KB235377

팝아트 소설가 죠 메노 단편집

유령 비행기

옮긴이 김현섭은 고려대학교 영문학과를 졸업하고, 런던 시티대학교에서 예술평론으로 석사학위를 받았다. 현재는 전문번역가, 집필, 출판기획 등을 하고 있다. 지은책으로는 『서태지담론』 『논리이야기』 등이 있으며, 번역한 책으로는 『위대한 편지』 『첫번째 수업』 『자기만의 방』 외에 다수 있다.

유령비행기

지은이 / 죠 메노
옮긴이 / 김현섭
발행인 / 조유현
발행처 / 늘봄
편　집 / 이부섭
디자인 / 박준철

등록번호 / 제1-2070 1996년 8월 8일
주　소 / 서울시 종로구 충신동 189-11 동국빌딩 3층
전　화 / (02)743-7784
팩　스 / (02)743-7078

초판 1쇄 펴냄 2008년 11월 20일

ISBN 978-89-88151-89-1 03840

●가격은 표지에 있습니다.

팝아트 소설가 죠 메노 단편집

유령 비행기

죠 메노 지음 김현섭 옮김

늘봄

고마워

코디 허드슨.

당신이 없었다면 이 책은 발생하지도 못했을 거야.

당신만큼 재능이 뛰어나면서 함께 일하는 게 즐거운 사람이 또 있을까?

또한

코렌, 룰루, 조니 템플, 조애나 잉걸스, 존 레시, 댄 싱커,

제임스 비커리, 토드 박스터, 그 외 일러스트를 기고해 준 아티스트 여러분,

당신들의 시간과 창의성에 감사를 보낸다.

차 례

Autumn

Winter

| 한국어판 동시 출판에 부쳐 |

무엇보다 먼저, 번역본을 통하여 한국의 독자들을 만날 수 있게 되어 기쁘고 영광입니다.

이번 단편집에 실린 스무 편의 소설을 쓰는 지난 7년 동안, 지구상에는 태풍, 지진, 전쟁, 홍수, 그리고 나날이 무능해지는 것 같은 정치인들에 이르기까지, 재앙에 이은 재앙이 우리의 상상력을 둔화시켜 왔습니다. 이처럼 세상이 뒤죽박죽 엉망이 되어갈 때 우리는 어디에서 도움을 구하려 할까요? 실망과 비극으로 점철되었던 근래, 시대의 망령을 떨쳐버리기 위해서 우리는 어떤 방법을 썼습니까?

마치 한 통의 폭죽처럼 구성된 이 단편집은 우리가 살고 있는 가장 현대적인

시대에 진행되고 있는 재앙으로부터 벗어나려는 의도로 기획되었습니다. 중국의 폭죽은 원래 재앙을 불러온다는 귀신들을 놀라게 하여 쫓아버리려는 목적으로 발명되었다고 합니다. 여기 스무 편의 단편소설은 그 전통을 차용한 폭발력을 가진 글과 그림으로 전개됩니다. 이는 대형 참사에서부터 일상적인 비극에 이르기까지, 다양한 종류의 재난을 잠재우려는 의미를 갖고 있습니다. 이러한 재앙에 직면함으로써, 우리가 멀리 있든 가까이 있든 얼마나 서로 닮은 존재인가를 깨닫게 될 것입니다.

2009년 10월 시카고에서

죠 메노

●●●

최고의 위력을 지닌 단편소설에 각각 다른 미술가의 일러스트가 곁들여진 이번 단편집에서 저자 죠 메노는 문체의 탁월함으로 독자를 현혹시키려는 지나친 노력을 하는 것이 아니라, 각각 특유한 내면세계를 갖고 있는 등장인물을 서서히 끌어내어 우리가 '현실세계'라고 인식하는 영역에 투영한다. 이 모든 영혼들을 통합하는 공통언어는 상실감이다. 상처받은 영혼에 대한 메노의 공감은 예리하기 때문에, 작가 자신은 물론 독자들로 하여금 소설적 현란함에도 불구하고 등장인물의 인간적 특성을 간과하지 않도록 한다.

– 뉴욕 타임스

1973년 스톡홀름

사과 하나면 웃을 수 있다

그것은 로맨스다

세상의 종말 전에 들리는 소리

유령 프랜시스

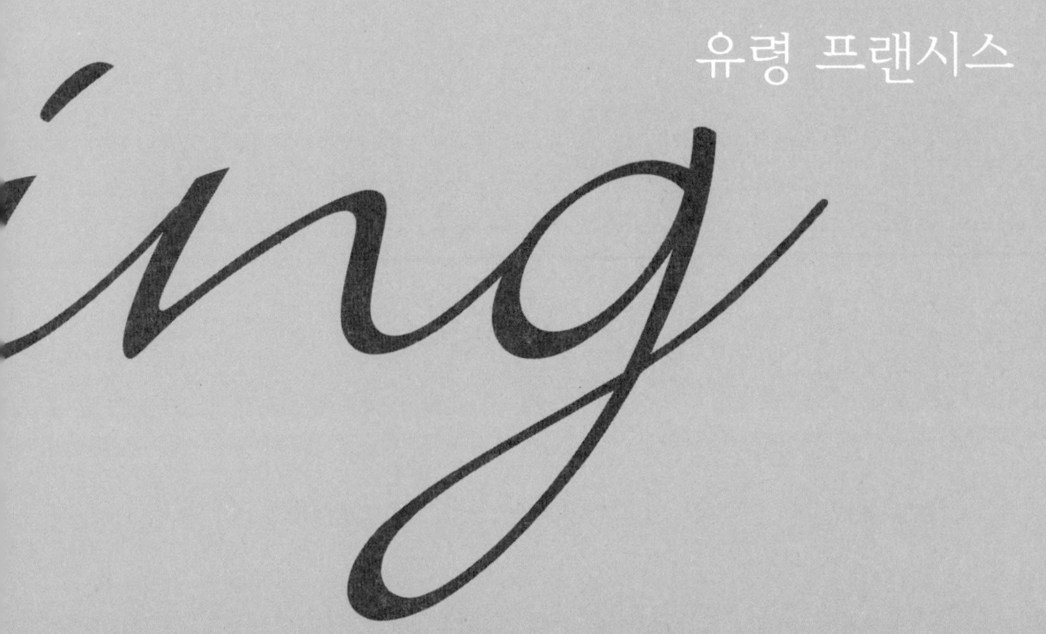

STOCKHOLM
1973

1973년 스톡홀름

가석방 중인 얀 올손은 스웨덴 스톡홀름 중심가의 금융지구 노르말름스토리가街의 크레디트방켄Kreditbanken으로 걸어 들어간다. 재킷 주머니에는 작은 피스톨 한 자루가 들어있다. 권총은 어떤 차의 앞좌석 사물함에서 훔친 것으로, 얀은 그 총이 실제로 발사되지는 않을 거라고 생각한다. 총을 훔쳐낸 미국산 차는 온통 녹이 슬고 앞 유리창이 깨져 있었기 때문에, 본능적으로 얀은 이 권총이 재수 없을 것이라고 생각한다. 얀은 조금 전에 다량의 암페타민을 복용했는데, 이 때문에 다른 사람이 볼 수 없는 것을 자기는 볼 수 있다고 생각한다.

은행으로 들어가는 유리회전문 안에서, 얀 올손은 바로 지금이다, 라고 결심하고는 주머니에서 권총을 꺼내 머리 위로 들어 올린다. 부릅뜬 검은 눈이 위협적이다. 회전문 유리창에 비친 자신의 모습, 턱수염이 덥수룩한 얼굴과 감지 않은 머리를 보고는 스스로 겁을 먹는다. 마치 악마에게 영혼을 팔고 늑대가 되어버린 동화 속 인물처럼 보인다. 미처 회전문에서 빠져 나오기도 전부터 그는 소리 지르기 시작한다. 이것이 실수로 점철된 아마추어 같은 은행 강도사건의 시작이다. 은행에 있던 고객들은 어두운 색 가죽재킷을 입은 젊은 남자가 머리 위로 권총을 휘두르며 들어오는 것을 보고는 순식간에 공황상태에 빠진다. 검은색 드레스에 흰색 모피를 두른 여자가 권총을 보더니 몸이 딱딱하게 굳은 채 대리석 바닥에 쓰러져 기절한다. 주인의 품에 소중하게 안겨 있던 검은 색 장난감 푸들이 짖기 시작한다. 엄마 손을 잡은 아이가 큰 소리로 울부짖는다. 이 끔찍한 위급상황에 놀란 아이가 질러대는 비명은 얀이 외치는 고함소리보다 오히려 더 섬뜩하게 들린다.

지금 나는 끔찍한 실수를 저지르고 있다, 라고 얀이 생각하지만 이미 너무 늦었다. 그는 우리는 은행 강도다, 라고 선언하지만, 그 목소리는 회전문의 두

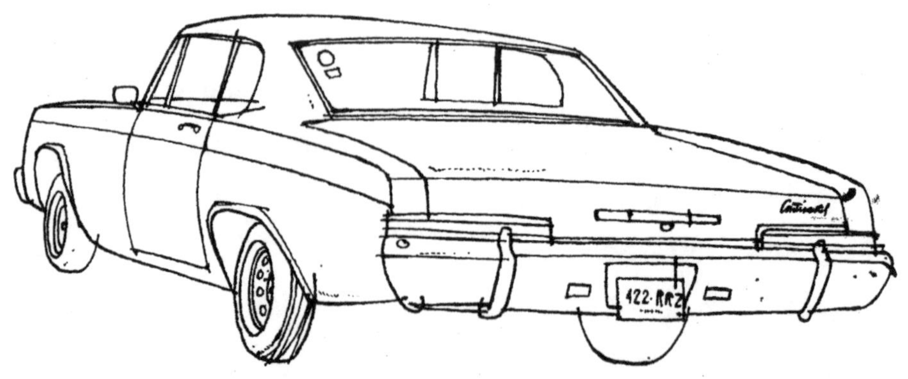

꺼운 유리에 막혀서 잘 안 들린다. 마침내 얀이 대리석이 깔린 은행에 들어설 때쯤, 숱이 많은 구레나룻에 갈색 콧수염을 기른 경비원은 이미 경찰에 전화를 한 다음이다. 지금 경비원은 오른손에 수화기를 들고 있다. 수화기는 밝은 노란색으로 삑삑 소리 내는 것이 경보장치임이 분명하다. 얀은 노란색 수화기를 보면서, 새장 안에 쓰러진 새 한 마리가 파충류 같은 발이 벗겨진 채 끽끽 비명 소리를 내는 것을 떠올린다. 은색 낚싯바늘에 걸려서 온몸이 찢겨지는 큼직한 물고기를 떠올린다. 이제는 움직이지 않는 붉은 아가미를 통해서 숨을 쉬려고 발버둥치지만 노르스름한 내장만 보일 뿐이다. 노란색 벌집이 한꺼번에 뭉개어지면서 성난 벌들이 서로서로 쏘아대는 것을 떠올린다. 그들의 죽음을 알리는 윙윙 소리는 지금 얀이 초조하게 이빨을 갈면서 내는 소리와 비슷하다. 이미 경찰관 두 명이 은행의 유리문을 통해서 들어오고 있다. 키가 작은 쪽은 용감하게 생겼고, 키가 큰 쪽은 꽤 겁먹은 듯 보인다. 얀 올손은 권총을 들어 한 발을 발사한다. 치명상은 아니지만 오른쪽 둔부에 총을 맞은 키 작은 경찰관은 반들반들 윤이 나는 바닥에 쓰러진다.

얀은 키 큰 경찰관에게는 어떻게 할지 아무 생각이 없다. 어린아이는 울고 있고, 장난감 강아지는 짖고 있고, 쓰러진 경찰관은 신음하고 있지만, 그럼에도 불구하고 이제 은행은 참을 수 없을 만큼 고요하다. 고객들은 모두 무릎을 꿇은 채 조용히 기도하고 있다. 그들이 속삭이는 소음은 소름끼친다. 그들은 비탄에 잠긴, 육신이 없는 영혼처럼 속삭이고 있다. 얀이 키 큰 경찰관에게 무기를 버리라고 명령하자, 순찰경관은 고맙게도 그 말을 따른다. 그의 큰 손은 땀에 젖은 채 떨리고 있다. 끔찍한 기도소리가 두려워진 얀은 무장해제한 경찰관에게 노래를 불러달라고 요청한다.

— 노래를 부르라고요? 경찰관이 묻는다. 경계심에 가득한 눈이 떨리고 있다.

— 노래해, 뭐든지. 얀이 푸념하듯 말한다.

— 하지만 나는 진짜 음치라서….

— 상관없어. 제발 노래를 불러 줘.

겁을 먹은 경찰관은, 부상을 입은 채 검은색과 회색으로 된 대리석 바닥에 완전히 뻗어 있는 동료를 바라보다가 눈을 감은 채 노래를 시작한다. 자신이 큰 소리로 노래하고 있지만, 무슨 가사인지 인식하지도 못한다. 그에게 노래는 단지 깜짝 놀란 호흡이 간간이 이어지는 소리일 뿐이다. 그의 입에서 나오는 것은 부상 입은 동료의 희미해져가는 맥박에 맞추어 자신의 심장이 뛰는 소리의 반향일 뿐이다. 시간이 흐를수록 사람들의 희망은 사라져간다. 사람들의 심장은 쇠모루가 되고, 큰 돌덩어리가 되어, 사람들은 이제 익사하고 있는 느낌이다.

얀은 노래하고 있는 경찰관을 바라본다. 남자의 얼굴은 젊고 살이 없다. 잘생겼다. 눈은 옅은 갈색이며 입 모양은 오만하게 보인다. 이렇게 경찰관의 얼굴을 들여다보면서, 얀은 이 경찰관에게 사랑하는 아내와 두 명의 아이가 있음을 파악한다. 아들은 스키 타는 것을 좋아하고 딸은 슬픈 말에 대해서 시를 쓸 것이다. 얀은 이 점을 확실히 알 수 있다. 경찰관이 부르는 노래를 알고 있기 때문이다. 그것은 엘비스 프레슬리가 부른 '외로운 카우보이' 이다.

얀 올손은 주위를 둘러본다. 은행 고객들은 이제 모두 바닥에 쓰러져 울고 있다. 떨리는 손으로 기름기 흐르는 머리를 감싸고 있다. 경찰관이 노래 부르는 중에도 그들의 기도소리가 들린다. 어린아이가 우는 소리와 장난감 개가 짖는 소리도 들린다. 바로 그때 경비원 책상 옆에 있는 노란색 전화가 울리기 시작한다.

— 전화 받을까요? 라고 경비원이 묻는다.

— 받아. 얀이 말한다.

경비원은 노란색 전화에 대고 잠시 통화하더니, 경찰인데 당신이 뭘 요구하

Kreditbanken,
Stockholm

는지 알고 싶다고 한다, 라고 말한다.

얀은 혼란스러운 은행 안을 둘러본다. 이제 모든 것이 정지되어 있다. 장난감 개조차 경청하고 있는 것 같다.

— 나는…, 얀이 중얼거린다. 나는 가장 친한 친구 클라크 올로프손을 여기로 데려오길 원한다.

— 뭐라고요? 경비원이 묻는다.

— 나의 가장 친한 친구 클라크 올로프손을 데려오라고.

— 그것이 당신의 첫 번째 요구요? 경비원이 묻는다.

— 그렇다, 라고 얀이 말한다. 나한테 가장 친한 친구다. 그가 잘 알아서 할 것이다.

경비원은 노란색 전화기에 대고 첫 번째 요구를 되풀이한다. 수화기를 잡고 있는 희고 큼지막한 손이 떨리고 있다.

— 다른 요구는 없는가? 경비원이 묻는다.

— 있다. 3백만 크로네를 달라.

경비원은 이 요구사항을 전한다. 말하는데 이빨이 맞부딪친다.

— 또한, 총 두 자루도 필요하다. 최고 품질로.

— 어떤 종류의 총을 원하는가? 경비원이 묻는다.

— 장전되어 있다면 어떤 종류라도 좋다.

경비원은 이 말을 전한다. 힘없는 목소리로 속삭인다.

— 또, 방탄조끼 두 벌, 그리고 헬멧도 준비해 달라. 하나는 내가 쓸 거고, 또 하나는 나의 친구 클라크가 사용할 것이다. 그리고 아주 빠른 자동차 한 대.

경비원은 이 요구를 하나하나 중얼거리며 전달한다.

— 어떤 종류의 차를 원하는가? 경비원이 묻는다.

얀 올손은 고개를 돌려 두꺼운 유리창 밖을 바라본다. 이제 막 오후 한 시가 넘었다. 오후시간 그 자체는 지금 무슨 일이 벌어지고 있는지 전혀 모르고 있다. 자동차는 서둘러 지나가고, 쇼핑한 사람들은 쇼핑백을 이손 저손 옮겨 들고 있으며, 자전거를 탄 소녀가 지나가는데 노란색 얇은 스커트가 바람에 나풀댄다.

— 차 종류는 상관없다. 빠르기만 하면 된다. 그리고 노란색만 아니면 된다. 얀은 이렇게 말하고 경비원이 이 말을 전달하는 동안 기다린다.

경비원은 이 마지막 요구를 중얼중얼 전달하고 나서 이쪽을 쳐다본다.

— 최선을 다하겠다고 한다. 모든 것이 준비되면 전화를 하겠다고 한다.

— 잘 됐군.

얀은 은행 안을 둘러본다. 갑자기 기분이 좋아진다.

— 그때까지는 우리는 어떻게 해야 하면 되는가? 경비원이 묻는다.

얀은 그런 질문에는 어떤 대답을 해야 하는지 모른다. 잠시 생각하자 아이디어가 떠오른다.

— 당신들은 여기에 있을 거다. 인질로 하겠다.

— 인질? 터무니없는 소리 마라! 부상당한 경찰관이 소리친다. 다른 사람은 이 일에 연루될 이유가 하나도 없다.

얀은 대리석 바닥 여기저기에 엎드려 있는 고객을 바라본다. 그들은 모두 슬프고 창백하고 기력이 없어 보인다. 마치 러그로 사용하기 위하여 가죽을 벗겨낸 동물들 같다. 대형 유리와 대리석으로 만들어진 카운터 뒤편에는 네 명의 창구직원이 있다. 모두 여자이며, 모두 젊고 밝고 예쁘다. 컬러풀한 터틀넥과 블라우스에 스커트 차림의 그녀들은 얀이 가보고 싶은 멀고 먼 별나라처럼 보인다.

— 당신들 네 명은 나와 함께 간다. 얀은 총으로 창구직원을 가리키면서 말한다. 당신들은 내 친구가 올 때까지 나와 같이 있을 거다.

— 그럼 나머지는 어떻게 하는가? 경비원이 묻는다.

— 나머지는 이제 가도 된다, 라고 얀이 말한다.

얀은 첫 번째 직원인 크리스틴 에네마르크, 금발에 근사한 푸른 눈을 가진 날씬한 그녀에게 총을 겨눈다.

— 숨기에 가장 좋은 장소는 어디인가? 얀은 그녀의 폭신폭신한 오렌지색 스웨터에 총구를 누르면서 묻는다.

— 본관 지하금고.

— 그럼 거기로 가서 내 친구 클라크가 올 때까지 기다린다. 이 중에서 트랜지스터라디오를 가진 사람?

— 나한테 있어요, 라고 엘리자베트 굴베리가 순순히 오른손을 들면서 말한다.

— 좋아. 그걸 가지고 가서 당신들 중 누가 춤을 출 수 있는지 보기로 한다.

얀은 네 명의 여직원을 앞세우고, 크리스틴의 등에 총을 겨눈 채 걸어간다. 크리스틴은 금발의 절세미인이고, 엘리자베트는 소심하지만 매력적이다. 나머지 두 명 산드라와 디아네는 짙은색 눈에 갈색 생머리를 가진 쌍둥이자매이다. 젊은 여자 네 명이 일렬종대로 걸어서 흰색의 긴 복도를 따라 사라지는 동안, 나머지 사람들은 일어나서 비명을 지르며 앞 유리문을 통해 뛰쳐나간다.

키 큰 경찰관은 노래를 멈추고 동료를 일으켜 세워서 최선을 다해서 유리회전문을 통해 끌고 나간다. 부상당한 경찰관 뒤로는 검붉은 핏자국이 이어지고, 신발의 고무바닥이 대리석바닥에 끌리면서 끽끽 소리를 낸다. 얼마 지나지 않아 은행 로비는 완전히 텅 비어 절망과 정적이 감도는 한 폭의 정물화가 된다.

직사각형으로 생긴 지하금고에는 작은 선반과 은색 금고상자가 가득하다. 얀은 엘리자베트에게 라디오를 켜라고 지시한다. 디스코 외에는 들을 것이 별로 없으며 지하실이라서 수신 상태도 엉망이다.

— 당신들 중 누가 춤출 수 있는가? 얀이 묻는다.

— 나는 춤을 상당히 잘 춰요, 라고 크리스틴이 말한다.

— 다른 사람은?

나머지 여자 세 명은 모두 고개를 젓는다.

— 좋아, 그럼 당신 춤 춰.

크리스틴은 고개를 끄덕이고 춤을 시작한다. 다리와 엉덩이를 오른쪽으로부터 왼쪽으로 움직이면서 천천히 춤을 춘다. 얀은 총으로 라디오를 가리키면서 엘리자베트에게 볼륨을 높여 달라고 부탁한다. 크리스틴은 눈을 감는다. 그녀는 지금 자기가 혼자서 집에 있다고 생각한다. 오늘은 토요일 밤이고 자기는 지금 남자친구의 전화를 기다리고 있다고 생각한다.

얀은 조명스위치를 찾아내 껐다 켰다 하기 시작한다. 조명효과를 내는 것이다. 은행 강도의 기이한 유머 감각에 놀란 디아네와 산드라 자매는 정확하게 동시에 미소 짓는다.

— 당신들은 어때? 얀이 쌍둥이자매에게 묻는다.

자매는 함께 어깨를 으쓱하더니, 서로의 뻣뻣한 움직임을 거울처럼 보면서 춤추기 시작한다. 그들의 길고 검은 머리카락조차 동시에 흔들리는 것 같다.

— 훌륭해, 라고 얀이 말한다. 좋아, 이제 잘 돼 가는 중이야.

긴 디스코 트랙이 끝나기 전에, 얀은 밖에서 경찰이 메가폰으로 소리치는 것을 들을 수 있다. 그는 엘리자베트에게 총으로 신호를 보내고 그녀는 다시 한 번 걱정스러운 표정으로 재빨리 라디오를 끈다.

— 얀 올손! 확성기에서 목소리가 흘러나온다. 당신의 친구 클라크 올로프손을 찾았다! 이제 당신 친구가 은행 안으로 들어갈 것이다!

얀은 크리스틴에게 권총을 겨누면서 헛된 짓 하지 마, 라고 말하고는 그녀를 데리고 은행 로비로 간다. 오후의 창백한 햇살 속을 통과하기 전에 얀은 잠시 멈춘다. 갑자기 경찰저격수가 자신의 머리에 총알을 박아 넣는 장면을 상상한다. 그는 약간 몸을 떨기 시작한다. 크리스틴을 붙잡고 지탱한다. 암페타민 캡슐을 꺼내 먼저 크리스틴에게 한 알을 권하고 자신은 두 알 먹는다. 크리스틴은 점잖게 사절한다. 그들은 함께 천천히 햇살이 비치는 로비로 올라간다. 유리문과 창문을 통해 1개 대대 규모의 경찰이 보인다. 푸른색 제복을 입고, 무기를 들고, 푸른색 헬멧을 쓰고, 검은색 방탄조끼를 입고 있으며, 경찰차와 경찰밴이 푸른색 라이트를 깜빡이고 있다.

— 이렇게 되기를 바랐던 게 아닌데, 라고 얀이 슬프게 말한다. 정말 이게 아니었는데.

경찰 바리케이드 뒤쪽에 얀의 단짝 친구 클라크 올로프손이 있는 게 보인다. 클라크는 꽃무늬가 큼직한 셔츠에 황갈색 가죽 재킷을 걸치고 판탈롱을 입고 있다. 마치 디스코텍에 있다가 끌려온 것처럼 보인다. 얀은 천천히 친구를 향해 손을 든다. 클라크는 짙은 갈색 턱수염 속으로 미소 지으면서 눈을 굴리고 있다. 마치 이렇게 말하는 것 같다. 친구여, 이 무슨 난장판이란 말인가?

— 이 세상에서 나하고 제일 가까운 친구야, 라고 얀이 비밀처럼 털어놓는다. 그리고 크리스틴의 목덜미에 대고 속삭인다. 친구는 뭘 어떻게 해야 하는지 알고 있을 거야.

클라크는 작은 도로를 건너서 은행의 육중한 유리문을 연다. 얀은 친구의 넓은 얼굴을 바라본다. 어두운 눈의 형태와 제멋대로 자라서 덥수룩한 턱수염을 보면서 친구의 곤란한 삶 전체를 단숨에 알아차린다. 제일 친한 친구 클라크 역시 자신과 맞먹을 만큼 부정적인 곤궁에 처해 있으며, 여전히 되풀이해서 체포될 것이고, 그들의 우정으로부터는 어떤 좋은 결과도 나올 수 없다는 것을 알고 있음에도 불구하고, 얀은 고마움으로 울기 시작한다. 클라크는 방탄조끼 두 벌과 무시무시하게 보이는 자동소총 두 자루를 가지고 있다.

— 와 주었군, 이라고 얀이 속삭인다.

— 물론이지, 라고 클라크가 크게 씩 웃으며 말한다.

그들은 서둘러 긴 복도 안으로 되돌아간다. 얀은 크리스틴의 갈비뼈에 총구를 가볍게 댄 채 친구를 지하금고로 안내한다. 갑자기 얀이 멈춰서더니 근심스러운 듯 눈썹을 올린다.

— 헬멧은 어떻게 된 거야? 얀이 묻는다. 헬멧은 어디 있어?

— 헬멧은 필요 없어. 인질이 있잖아, 라고 클라크가 말한다. 우리가 은행 창구직원을 해치지 않는 한 발포하지 않을 거라고 경찰이 확실하게 말했어.

— 자동차는?

— 저기 모퉁이에 주차되어 있어.

— 무슨 색인데?

— 노란색.

— 거 봐! 얀이 소리친다. 봐, 이것들이 나를 엿 먹이네!

— 다른 차를 요구하면 돼, 라고 클라크가 말한다.

— 그렇구나. 잠시 흥분해서 미안해, 라고 얀이 말한다.

클라크는 지하금고 안으로 들어서며 미소 짓는다. 그의 미소는 텔레비전 대

변인이나 보험 세일즈맨, 혹은 당신이 특별히 좋아하는 치과의사의 미소 같다. 믿어서는 안 되는 줄 알지만 믿게 되는 그런 미소. 클라크는 갈색 눈의 엘리자베트와 두 명의 자매에게 싱긋 미소를 보낸다.

— 질문 하나 해도 될까? 지금 여기 지하금고에 있는 여러분은 뭘 두려워하고 있는가? 클라크가 묻는다.

어떻게 대답해야 할지 확신이 없는 네 명의 여자는 말이 없다.

— 나한테는 말해도 된다. 정말 알고 싶은 거다, 라고 클라크가 덧붙인다. 당신들이 뭘 두려워하는지 알면 우리에게 도움이 될 거야. 거기 당신, 이라고 그가 말하면서 수줍은 엘리자베트를 지적한다. 두려워하는 게 뭔가?

— 뱀 종류 몇 가지. 그리고 거미. 거미는 어떤 종류라도 싫어요.

— 좋아. 또 다른 것은?

— 마녀에 관한 이야기들.

— 좋아, 바로 이게 내가 하고자 하는 말이야. 우리는 서로에게 솔직해져야 하거든. 그래야 이 난관을 헤쳐 나갈 수 있지.

클라크는 일부러 턱수염을 긁고는 쌍둥이자매를 향해 고갯짓을 한다.

— 당신들은 어때? 뭐가 두렵지?

— 우리는 둘 다 혼자 있는 게 두려워요, 라고 그들이 한 목소리로 말한다.

— 물론 누구나 다 그렇지. 그리고 당신, 이름이 뭐지? 크리스틴 쪽을 살피면서 클라크가 묻는다. 크리스틴은 대범하게 눈을 깜빡인다. 어쩌면 시내 디스코텍에서 한 번쯤 함께 춤을 춘 적이 있는 남자일는지도 모르겠다고 크리스틴이 생각한다. 아마 아닐지도 몰라. 아마 저 눈빛이나 저 억세어 보이는 턱수염 때문이겠지. 어쩌면 클라크는 한 때 그녀가 사랑에 빠졌다가 결국 실연당했던 그 모든 남자들과 똑같이 생긴 것 같다. 크리스마스 선물로 목에 빨간 리본을 맨 새끼고양이를 선물해 놓고는, 후에 그녀와 제일 친한 친구 모니카와 잠을 잤던

남자. 혹은, 둘이서 행복하게 달나라에서 살고 있는 그림을 그려서 선물해 놓고는, 후에 그 그림을 팔아야 하니 돌려달라던 남자. 혹은, 그녀의 몸에 있는 온갖 주근깨에 하나하나 이름을 붙여놓고는 한 달 만에 사라져버린 남자. 여기 있는 이 남자도 그런 종류의 매력을 가지고 있다. 나약함을 암시하는 그런 매력, 얼마나 그녀를 슬프게 만들 것인지 암시하는 그런 종류의 매력. 순간적으로 크리스틴은 자신이 이 남자에게 반했다는 것을 알아차린다.

— 말하라고. 이름이 뭐야? 클라크가 소리친다.

— 크리스틴 에네마르크.

— 좋아, 크리스틴 에네마르크, 당신이 무서워하는 건 뭐야?

— 핵전쟁이 두렵죠.

— 좋아. 다른 것은?

— 폭죽도 무서워요. 시끄러운 소음을 싫어해요.

— 좋아. 그리고 또?

— 경찰도 두려워요.

— 훌륭한데. 나도 경찰이 두려워. 당신은 왜 경찰을 무서워하는데?

— 그들이 은행으로 돌격해 올까봐 무서워요. 사고로 우리를 모두 죽이게 될까 봐 두려워요.

— 마치 내 마음을 들여다 본 것처럼 말하는군, 이라고 클라크가 말하면서 윙크를 한다. 내가 지금 제일 무서워하는 게 바로 그거야. 그런 일이 일어나지 않도록 해야 하겠지.

— 너는 1999년에 덴마크에서 마약 때문에 체포될 거야, 라고 얀이 불쑥 내뱉는다.

클라크는 친구를 바라본다. 얀은 클라크보다 몸집이 작고 코는 더 길고 믿음이 안 가는 얼굴을 하고 있다. 클라크는 친구의 어깨를 토닥이며 속삭인다. 제발 긴장을 풀어, 얀.

— 우리는 떠나야 해, 라고 얀이 말한다. 가능한 한 빨리 떠나야 해. 그렇지 않으면 우리 모두 여기서 죽을 거야. 저들이 전선을 통해서 해로운 것을 보낼 거야.

— 내 말 좀 들어 봐. 차는 준비되어 있어, 라고 클라크가 조용히 말한다. 문제는 우리가 인질을 데리고 갈 수 없다고 경찰이 말했단 말이야.

— 인질이 없으면 경찰이 우리를 쏠 거야! 그래서 내가 말했잖아, 헬멧이 있어야 한다고. 헬멧이 있다면 탈출할 수 있어!

— 아니야, 아니야, 아니야, 아니야, 라고 클라크가 말한다. 너는 이 모든 걸 이성적으로 생각하려 하고 있어. 비이성적으로 생각해야 돼. 내가 수상에게 전화 걸어서 인질들과 함께 떠날 수 있게 해 달라고 말하겠어. 다른 차를 준비해 달라고 할 거야. 그리고 스위스까지 가는 비행기를 원한다고 말하겠어. 그곳에 도착하면 또 다른 차가 필요하겠지. 그걸 타고 산이나 뭐 그런 비밀스러운 곳에 가서 우리 모두 한동안 함께 사는 거야. 나무가 많은 곳이어야 해. 새도 많이 있어야지. 그래야 우리가 숲속을 산책하면서, 우리 모두 함께 말이야, 다양한 새들이 지저귀는 걸 들으면서 어느 새의 노랫소리가 더 좋은지 얘기할 수 있겠지.

젊은 여자들은 모두 의심스러운 눈초리로 클라크를 바라본다.

— 내가 한 말에 이의가 있는 사람은 지금 말해. 그가 말한다.

여자들은 여전히 아무 말이 없다.

— 당신, 이라고 클라크가 달콤하지만 믿을 수 없는 미소를 지은 채 크리스틴에게 말한다. 당신은 나와 함께 간다.

라이플을 어깨에 멘 채, 그는 조심스럽게 크리스틴의 손목을 잡고 긴 복도를 지나 은행 로비로 간다. 그는 노란색 전화기를 들어 경찰에게 전화를 걸고는 수화기를 크리스틴에게 건넨다.

— 당신이 누구인지 말해. 수상과 통화하고 싶다고 말해. 수상을 연결해 주지 않으면 당신이 죽게 될 거라고 말해.

크리스틴은 수화기에 대고 조용히 말한다.

— 뭐라고 하는데? 클라크가 묻는다.

— 당신이 원한다면 언제든지 수상하고 통화할 수 있대요.

— 잘 됐군.

크리스틴은 전화기를 클라크에게 되돌려준다.

— 팔메 수상(당시 스웨덴 수상)이요? 라고 클라크가 묻는다.

전화 저쪽의 목소리는 딱딱하지만 떨리고 있다.

— 맞소. 그쪽은 누구요? 목소리가 말한다.

— 그쪽이 누구냐고? 내가 누구냐고? 나는 클라크 올로프슨이다. 라이플을 갖고 있지. 여기에 앉아서 예쁜 여자에게 총구를 겨누고 있어. 이제 막 여자의 머리를 날려버리려는 참이지.

— 알겠소. 몰라본 것 사과하오. 내가 적임자와 통화하는지 확인하고 싶었을 뿐이요.

— 내가 바로 그 적임자다.

— 잘 됐소, 라고 수상이 말한다.

— 그럼 잘 된 일이고말고. 이제 나는 당신이 중요한 사실을 알았으면 좋겠어. 인질을 데리고 떠나도록 해 주지 않는다면 우리는 인질을 죽여 버릴 거야. 무슨 말인지 알겠어?

— 올로프슨 씨, 이렇게 하면 어떻겠소….

— 아니, 당신은 내 말을 들어야 해. 당신이 무슨 짓을 하고 있는지, 그 소리를 들어봐야 해.

클라크는 오른손으로 크리스틴의 가느다란 목을 꽉 움켜잡는다. 전화기를 그녀의 핑크색 입가에 가져다 댄다. 그녀의 입술은 가쁜 숨을 쉬느라 말려 올라간다.

— 한 시간 안에 경찰을 철수시켜. 아니면 총질을 시작하겠어.

클라크는 전화기를 쾅 끊고는 크리스틴을 풀어준다. 그녀는 방금 그의 손이 닿았던 붉은 자국을 감싸 안은 채 그를 쳐다본다.

— 그런 짓을 해서 미안하오, 라고 클라크가 말한다. 우리가 농담이 아니라는 걸 수상에게 알려야만 했으니까. 당신에게 해를 끼치지 않겠다는 걸 알아줬으면 해.

— 당신은 왜 이런 일을 하는 거예요? 당신은 그럴 필요가 없잖아요… 내 말은… 당신이 왜 여기에 있는 거예요? 당신도 은행을 털고 싶었던 건가요?

— 아니, 라고 클라크가 말한다. 하지만 얀이 도와달라고 했잖아. 얀은 이 세상 유일한 내 친구야. 현재 구금 상태가 아닌 유일한 친구. 나에게는 다른 선택이 없었어.

— 그는 당신 친구가 아니에요. 친구라면 당신을 도와주고 당신을 행복하게 해 줘야 해요. 당신이 행복해지는 걸 원하지 않는 사람하고는 친구하면 안 돼요.

— 우리는 모두 행복해 질 거야. 우리 모두 함께. 작은 산에서. 동물도 키울 거야, 염소 몇 마리, 그리고 아마 고양이도. 당신이 고양이 한 마리에 내 이름 붙이면, 나는 다른 고양이에게 당신 이름을 붙이겠어.

— 경찰이 그렇게 하도록 두지 않을 걸요. 그들은 당신이 우리와 함께 이 건물을 떠나도록 하지 않을 거예요.

— 그렇게 하게 될 걸.

— 그러지 않을 거예요. 그리고 우리는 모두 죽을 거예요.

— 내 말 들어봐. 우리가 모두 죽도록 되어 있다면, 우리가 할 수 있는 일은

아무 것도 없어. 그러니 지금은 지하실로 돌아가는 수밖에.

그러나 크리스틴은 움직이지 않는다. 그녀는 목을 감싸 안은 채 클라크를 쳐다보면서 눈물을 글썽인다. 클라크는 그 표정이 뭘 의미하는지 알아차린다. 크리스틴은 배반당했다고 생각하는 것이다.

— 내가 뭘 두려워하는지 말했잖아요, 라고 그녀가 말한다. 나는 당신이 죽는 것도 원치 않아요. 당신은 나쁜 짓을 하려고 여기 온 게 아니잖아요. 당신도 우리랑 같아요. 왜 당신도 죽어야만 하죠?

— 이봐, 라고 클라크가 말한다. 정말 미안하군. 봐, 이걸 봐, 라고 그가 속삭이면서 재킷을 뒤진다. 여기, 이거 좀 봐, 보라고. 그는 작은 은반지를 꺼낸다. 이건 우리 엄마 반지야, 엄마 거라고. 엄마의 결혼반지야. 당신이 가져. 그거 행운이야. 그게 나의 행운 부적이야. 당신에게 주겠어. 그걸 지니고 있으면 당신에게는 나쁜 일이 생기지 않을 거야.

그는 크리스틴의 작고 하얀 손을 잡아서 손바닥에 그 반지를 놓는다.

— 이제, 빨리 지하실로 돌아가자고. 됐지?

크리스틴은 고개를 끄덕이고 앞서서 걸어간다. 클라크는 불가능할 정도로 가냘픈 크리스틴의 발목과 발을 바라본다. 몇 년 후, 마약 혐의로 감옥에 있을 때, 그는 그토록 작은 크리스틴의 발을 떠올리면서, 그녀에게 거짓말을 했기 때문에, 그토록 섬세하고 그토록 무방비이고 그토록 가냘프고 그토록 연약한 것에 해를 입혔기 때문에, 영원히 저주 받는다는 것을 알게 될 것이다.

그날이 끝날 때쯤, 경찰은 철수하지 않기로 결정했다. 은행 강도들은 다시 한 번 수상에게 전화하려 한다. 그때쯤 얀 올손은 거의 포기한 상태이다. 그는 엄청나게 넓은 지하실 구석에 앉아서 흐느껴 울고 있다. 경찰로부터 받은 자동소총은 아무 소용도 없이 그저 발치에 놓여 있을 뿐이다. 어떻게 해야 할지 확신이 없는 클라크는 여자들을 전선으로 결박한다. 그들의 목에 고리를 하나 묶어 놓는데, 이렇게 함으로써 만일 여자들이 탈출하려고 하거나 전선을 풀려고 한다면 목이 졸리게 될 것이다. 그는 텅 빈 은행 사무실을 뒤져서 안내창구 뒤에서 전화선이 매우 긴 전화기 하나를 찾아서 지하실로 끌고 들어온다.

엘리자베트의 트랜지스터라디오에 배터리가 나가자, 클라크는 로버타 플랙의 노래 '킬링 미 소프틀리' Killing Me Softly 를 되풀이해서 몇 번이고 불러댄다. 그런 다음 몇 시간 동안 완벽한 침묵이 흐른다. 밖에는 자정이 되었을 것이다. 클라크는 다시 한 번 지하금고에서 나와서 긴 복도를 걸어 나와 불이 꺼진 로비를 바라본다. 대리석 바닥에는 수십 대의 경찰차량에서 비추는 서치라이트 불빛이 반사되고 있다. 그는 욕을 하고는 재빨리 지하실로 돌아온다. 전화기를 들고 수상을 바꿔달라고 해서는 소리 지르기 시작한다.

— 왜 아직도 경찰들이 있는 거야?

— 인질들이 풀려나기 전에는 철수할 수 없다는 것이 경찰의 입장이요.

— 이봐, 당신은 우리에게 엿 먹이고 있어! 클라크는 비명을 질러댄다. 이 여자들이 죽는 걸 보고 싶어?

— 그렇지 않소.

— 그래? 그런데 상황을 보면 그런 것 같아. 우리는 당장 떠나고 싶어. 인질도 함께 데리고 갈 거야. 노란 색이 아닌, 빠른 차 한 대 필요해. 스위스에 있는 우리만을 위한 산 하나와 그곳으로 갈 비행기도 필요해.

— 그건 내가 할 수 있는 일이 아닌 것 같소, 올로프손 씨.

— 글쎄, 노력해 보는 게 좋을 걸! 아니면 이 여자들이 총살되기 시작할 거니까. 자, 한 번 들어 봐….

클라크는 지하금고 안을 둘러보다가 크리스틴에게 전화기를 갖다 댄다.

— 말해, 라고 클라크가 흥분한다. 우리를 내 보내 주지 않으면 우리가 당신

들을 죽일 거라고 말해.

클라크가 수화기를 귀에 가져다 대자 크리스틴은 눈을 감는다.

— 수상각하, 라고 그녀가 조용히 말한다. 각하께서는 저희를 위험으로 몰고 가고 있습니다. 이 사람들은 우리를 해치고 싶어 하지 않지만, 이대로 간다면 해치게 될 것입니다.

— 우리는 당신들의 안전을 염려하고 있소, 라고 수상이 말한다. 당신들을 데리고 탈출하고 나면 당신들을 죽일까봐 염려하고 있소.

— 각하, 라고 크리스틴이 말한다. 저는 각하의 태도가 매우 불만스럽습니다. 저희가 강도와 함께 떠날 수 있도록 허락해 주시기 바랍니다.

— 아가씨, 라고 수상이 조용히 대답한다. 우리는 당신들을 위해서 생각하고 기도하고 있소. 당신들을 안전하게 구출하겠다고 약속하겠소. 하지만 그들이 당신을 데려가도록 할 수는 없소.

— 뭐라고 하는데? 클라크가 묻는다.

크리스틴은 어깨를 으쓱한다.

— 당신이 우리를 데려가도록 하지는 않겠다는군요.

클라크는 던지듯이 전화기를 내려놓는다. 전화기에서는 달그락 소리와 함께 약한 벨소리가 나더니 지하실의 넓은 내부에서 공명을 일으킨다.

— 이제 어쩌지? 얀이 파묻고 있던 얼굴을 들어 물어본다. 그의 얼굴은 상기되어 있고 아랫입술은 제어할 수 없이 떨리고 있다. 이제 어떻게 해야 하는 거지?

— 그들이 마음을 바꿀 때까지 기다려야지. 클라크가 말한다.

얀은 고개를 젓는다. 다시 흐느끼기 시작한다.

— 1996년에 너는 오슬로에 있는 은행에서 체포될 거야. 얀이 나지막하게 말한다.

— 그러겠지.

— 그러면 우리의 친구 사이는 그걸로 끝이야.

클라크는 쯧쯧 혀를 차고는 친구의 어깨를 토닥인다.

— 이제 그만 해.

클라크는 자동소총을 들고 앞뒤로 서성이면서 생각한다. 그동안 얀 올손은 울음을 멈추지 않는다. 크리스틴 에네마르크는 클라크를 바라보며, 만일 그들이 가까운 친구라면 자신의 생일에 이 남자가 어떤 선물을 해 줄 것인지 생각한다. 엘리자베트 굴베리는 잠든 채 혼잣말을 중얼거린다. 산드라와 디아네 에켈룬트 자매는 조용히 마주보면서 눈을 깜빡인다. 다른 사람은 아무도 이해할 수 없는 그들만의 비밀신호이다. 마침내 모든 것을 포기한 것처럼 클라크가 걸음을 멈춘다. 지하금고 문 앞에 앉더니 먼지 싸인 바닥에 라이플 총구로 스위스 산의 모양을 그린다.

사흘째 아침이 되자 은행 강도들은 완전히 의기소침해 있다. 클라크는 손톱을 조금씩 물어뜯고 얀은 아예 고개를 들지도 않는다. 아홉 시쯤 멀리서 노랫

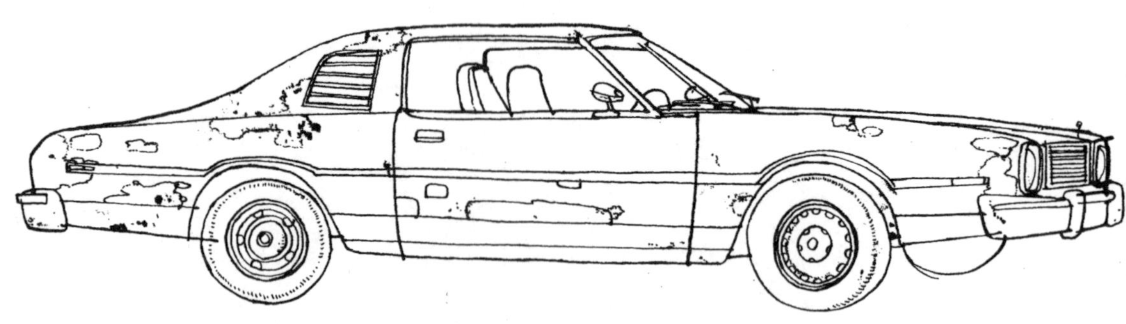

소리 같은 것이, 지하실 어두운 방에 갇힌 새 소리 같은 것이 들린다. 곧 머리 위에서 석고가 흔들리면서 부서져 내린다.

— 세상에, 도대체 이게 뭐야? 이렇게 물으면서 클라크는 소총을 잡는다.

작은 구멍이 나타나더니 천천히 확장되기 시작한다.

— 우리에게 마법을 걸고 있는 거야! 얀은 손가락으로 가리키면서 비명을 지른다. 우리가 조심하지 않으면 그들이 마법을 걸 거라는 걸 알고 있었어!

클라크는 구멍 아래 서서 미소 짓는다.

— 드릴로 구멍을 뚫고 있는 거야.

바로 그때 전화벨이 울리기 시작한다. 클라크는 서둘러 수화기를 든다.

— 여보세요?

— 경찰이다. 우리는 지하실 천장을 드릴로 뚫고 있다. 그 구멍으로 소형 카메라를 내려 보낼 거다. 인질들이 무사한지 확인하고 싶다.

클라크는 웃는다. 그는 돌아서서 구멍을 바라본다. 그 순간, 검은색 소형 장치가 작은 입구를 통해서 내려온다. 클라크는 그 아래 서서 미소 짓는다. 그는 수화기에 대고 말한다. 그래, 무엇이 보이는데?

— 모두 다 살아있는 것 같군.

— 우리가 그렇게 약속했잖아. 이제 우리를 내 보내 줄 거지?

전화가 끊긴다. 소형 카메라도 사라진다.

— 여보세요? 클라크가 말한다. 여보세요!

그는 전화를 끊고 지하실을 가로질러 가서 작은 구멍을 올려다본다. 바로 그때, 또 다른 소리가, 친숙하지 않은 소리가, 음악이나 멜로디도 없는 어떤 소리가 쉭쉭 시작된다. 엘리자베트 굴베리가 미친 듯이 울기 시작한다.

— 뱀? 그녀가 소리친다. 뱀이야?

클라크는 작은 구멍 안을 들여다보면서 웃는다.

— 아니, 뱀이 아니라….

갑자기 그가 인상을 찌푸린다. 소리는 점점 더 커진다.

— 가스다.

그는 무기를 던져버리고 셔츠를 찢는다. 그것을 얼굴과 입에 둘러보지만 이미 너무 늦었다. 이미 목이 잠겨온다. 콧물과 눈물이 엄청나게 쏟아진다. 그는 여자들을 풀어줘야 한다고 결심한다. 서툰 솜씨로 작은 매듭을 푸는 동안 눈물 때문에 숨이 막힌다. 바닥에 쓰러진 엘리자베트를 풀어주고 나서 함께 묶여 있는 쌍둥이자매를 풀어준다. 그러고 나서 크리스틴의 목과 손목을 겨우 풀어준다. 그녀는 숨이 막혀 기침을 하면서 연기 사이로 손을 뻗어 클라크의 셔츠를 잡는다. 그들은 얼굴을 가린 채 함께 바닥에 쓰러진다. 크리스틴의 손은 클라크의 꽃무늬 셔츠를 움켜잡고 있다. 지하실 구석에 쭈그리고 앉은 얀 올손은 계속해서 흐느낀다. 가스 때문에 눈물이 은색으로 빛난다. 얀은 두 팔로 머리를 감싼 채, 미국산 차에서 그 재수 없는 권총을 훔치지 않았더라면 좋았을 걸, 하며 후회하고 있다. 폭동진압경찰대가 지하실 문을 부수고 진입했을 때쯤 얀은 이미 항복하기로 결심하고 있다. 그는 벌게진 얼굴로 손을 머리 위로 올린 채, 최후의 패배자의 자세로 기어 나온다.

올손과 올로프손은 납치와 강도 혐의로 기소되어 형을 선고 받을 것이다. 얀 올손은 법정에 출두하는 쪽을 선택할 것이다. 재판 중에, 얀은 중요한 증인 몇 명에게 제발 노래를 불러주겠느냐고 부탁할 것이다. 모두 거절하지만 크리스틴 에네마르크는 승낙할 것이다. 그녀는 '프레르 자크' Frere Jacques 를 부를 것이다. 그러자 얀 올손은 피고석 책상에 머리를 대고 천천히 잠들어 버릴 것이다. 판사가 그를 깨우려고 조용히 노력할 것이다. 올손은 법정에 사과할 것이다. 이 모든 것은 후에 공식 법정기록에서 삭제될 것이다.

클라크 올로프슨은 재판을 받는 동안 턱수염을 깎을 것이다. 그는 외로운 여자들로부터 수많은 청혼을 받을 것이며, 그 여자들 중에는 이미 유죄가 선고된 범죄자와 결혼한 사람들도 있을 것이다. 형을 선고 받은 후, 올로프손은 자신은 강도와는 아무 상관이 없으며, 친구가 인질을 해치는 것을 막기 위하여 그곳에 있었다고 주장할 것이다. 스웨덴 항소법원이 결국 무죄를 선고할 것이며, 이로써 얀 올손과의 우정은 끝나게 될 것이다. 클라크는 풀려나지만 1년도 지나지 않아 다시 체포될 것이다.

범죄학자이며 정신과 의사인 닐스 베예로트는 뉴스 방송 중에 인질이 시련을 겪는 동안 점점 강도에게 연민을 가지게 되는 현상을 가리켜 '스톡홀름 신드롬' 이란 신조어를 만들어낼 것이다. 그는 여자들이 강도보다는 경찰이 더 두려웠다고 진술한 것을 해설할 것이며, 이 주제를 가지고 다수의 논문을 쓸 것이다. 그런 다음에 요트를 한 척 사서 거대한 뱃머리에 '스톡홀름 신드롬' 이라는 실버 레터링을 새겨 넣을 것이다. 아무도 그에게 함께 요트 타러 가자는 말을 하지 않을 것이다. 한 번도.

석방된 후, 클라크 올로프슨은 크리스틴 에네마르크와 평생 우정을 시작할 것이다. 휴일이나 생일이면, 그가 감옥에 있지 않을 때에는, 그들은 선물을 주고받을 것이다. 한 번은, 올로프손이 흰색 토끼를 구멍난 상자에 담아서 크리스틴에게 크리스마스 선물로 줄 것이다. 목에 푸른색 리본을 묶은 토끼에게서는 바이올렛 향수 냄새가 나고 있을 것이다. 그것은 동네 애완동물 가게에서 훔친 것일 것이다. 그것은 크리스틴이 받은 선물 중에서 최고의 선물이 될 것이다. 클라크와 크리스틴은 기분 상하는 일이 있을 때마다 서로 찾아가곤 할 것이다. 하지만 클라크가 꽤 자주 투옥될 것이기 때문에 서로 찾아가는 것이 그리 쉽지는 않을 것이다. 종종, 서로의 꿈에 상대가 나타나면, 그들은 전화를 걸어 꿈속에서 본 것을 얘기할 것이다. 크리스틴의 꿈속에서 클라크는 얼음으로 만들어진 손으로 나타난다. 클라크의 꿈속에서 크리스틴은 사랑스러운 흰색 비둘기로 나타난다.

일 · 러 · 스 · 트

에반 히콕스 Evan Hecox는 미술가이며 그래픽디자이너로, 1997년 이래 수백 장의 스케이트보드 그래픽을 제작하면서 스케이트보드라는 하위문화를 통하여 알려지게 되었다. 또한 미국 및 해외에서 전시회를 갖는 등, 미술가로도 활동하고 있다. 시애틀, 로스앤젤레스와 도쿄에서 개인전을 가졌으며, 샌프란시스코, 시카고, 뉴욕, 파리, 런던 등에서 그룹전을 열었다. 그의 작품(사진과 회화)은 도시의 복잡한 풍경을 다루고 있는데, 그렇게 함으로써 쉽게 지나칠 수 있는 일상적인 주변 환경에 관심을 기울이도록 한다.

사과 하나면 웃을 수 있다

사과는 다른 사과와 키스한다. 회색고양이는 다른 회색고양이와 키스한다. 나무는 다른 나무와 키스한다. 당신과 나는 키스하지 않는다. 우리는 같은 사무실에서 일한다. 우리는 각각 다른 사람의 아내이고 남편이다. 그건 별 문제가 되지 않는다. 왜냐하면 우리는, 당신과 나는, 우리가 키스를 할 것인지 말 것인지에 대해서 오직 생각만 하고 있으니까. 이러한 생각은 아마도 한편으로는 좋고 한편으로는 나쁠 것이다. 직장에서, 우리는 이런 생각을 크게 말로 하는 것이 아니라 핑크색 전화 메모지를 사용하여 정교한 그림을 그려 보낸다.

당신은 이렇게 쓴다. '당신과 키스한다면 이렇겠죠.' 그리고 나비 두 마리가 번개를 맞는 그림을 그린다. 당신은 회색 칸막이 벽 너머로 나에게 메모지를 건네준다. 나는 그것을 들여다보고는 아마도 당신 말이 맞을 거라고 생각한다. 나도 그림을 그리고 이렇게 적는다. '당신과 키스한다면 이럴 거예요.' 그리고 얼음으로 만들어진 남자가 난로로 만들어진 여자와 키스하는 그림을 그린다. 우리는 이런 그림을 수백 개씩 그렸다. 직장에서, 우리는 서로에게 키스한다면 어떠할 것인지 상상하는 것 외에는 실제로 일은 하지 않는다. 우리는 그것에 대해서 너무나 오랫동안 생각하고 있기 때문에 우리가 해야 하는 일이 무엇이었는지 잊어버리고 말았다.

당신 남편은 내가 한두 번 만난 적이 있는 남자다. 그는 늘 슬퍼 보인다. 턱은 나약하게 생겼다. 눈은 어두운 색이며, 언제나 검은색 우산을 가지고 다닌다. 나는 당신이 남편의 검은색 자동차에 타는 것을 본 적이 있다. 내가 상상하고 싶지 않은 어떤 세계 안으로 당신의 하얀 발목이 사라질 때 마치 최면처럼 섬광이 번뜩이는 것을 지켜본 적이 있다. 나는 당신이 울고 있는 것을 본 적이 있으며, 당신을 울게 만든 것이 그 남자라는 것을 알고 있다. 나는 당신이 그 남자와 전화하면서 미소 짓는 것을 본 적이 있다. 당신의 목소리는 부드럽고 소녀다웠다. 그럴 때 당신은 다른 사람 같았다. 그 앞에 내가 무릎을 꿇고 싶은 그런 사람, 무릎 꿇고 앉아서 상대의 회색 플란넬 스커트를 무릎 위까지 끌어올리고 싶은 바로 그런 사람 말이다. 당신이 아직도 남편을 사랑하고 있는지 아닌지 나는 알지 못한다. 당신이 알고 있는지 아닌지 모르겠지만, 나와 아내는 더 이상 대화하지 않는다. 아내는 다른 남자와 함께 독일 어딘가에 살고 있다. 아내의 사진은 남아있지 않지만, 나는 아내의 얼굴이 분노로 불타오르던 것을 기억한다. 완벽하게 체념한 것 같은 시선으로 나를 응시하던 눈 위로 가

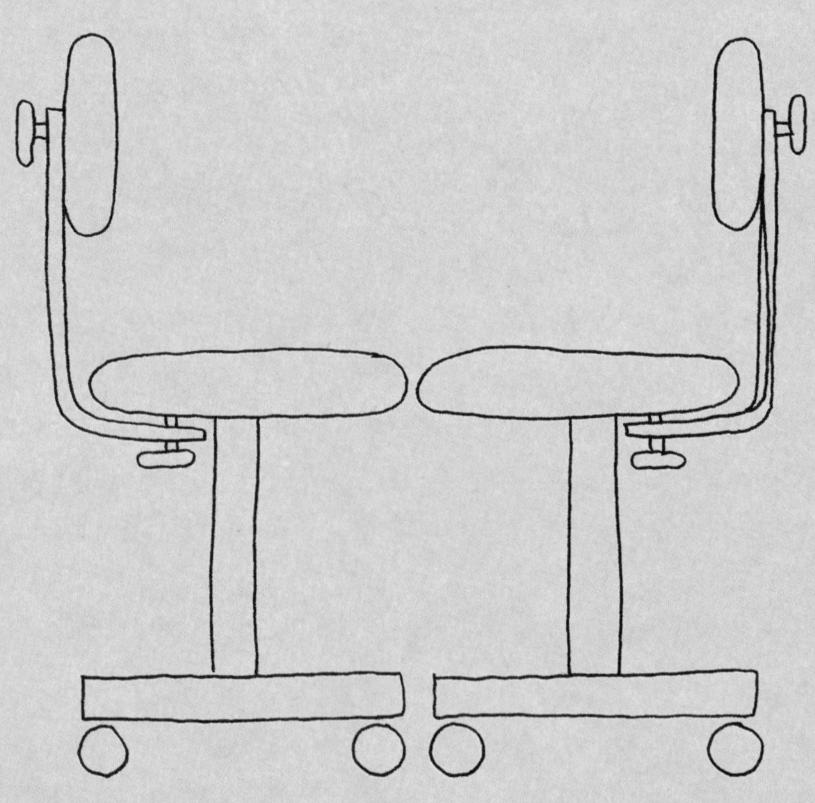

지런하던 짧은 금발을 기억한다. 화내지 않을 때 그녀는 키가 크고 유연했으며 좁고 하얀 치아를 가졌던 것으로 기억한다. 우리가 결혼한 것은 어릴 때였다. 물론 지금도 우리가, 당신과 내가, 많이 늙은 것은 아니지만.

직장에서, 당신은 종이비행기를 만든다. 당신은 이 종이비행기에 어울리는 이름을 많이 알고 있다. '2회전 비행기'는 완전하게 두 바퀴를 돌고 나서 추락한다. '잠수함 비행기'는 물에 떨어진다. '영구 표류선'은 대기의 운동을 통하여 영원히 공기 중에 머물 수 있도록 당신이 특별히 고안한 것이다. 우리는 종이비행기를 종류별로 한 벌씩 만들어서 사무실 창밖으로 날려 보내고, 비행기들이 날개를 나란히 한 채 바람을 타고 도시 저편으로 사라지는 것을 지켜본다. 중력의 쾌락에 굴복한 종이비행기가 마침내 추락할 때, 나는 당신에게 키스하는 것을 생각하고 그때의 느낌이 바로 저렇겠구나, 하고 알게 된다.

하루는 우리가 함께 점심을 먹으러 간다. 가는 길에 당신은 내 뺨에 눈썹이 붙어 있는 것을 찾아낸다. 당신은 손끝으로 눈썹을 집어내고, 나는 눈을 감은 채 숨을 몰아쉬면서 어딘가에 있는 누군가에게 간청한다, 우리를 유랑자로 만들어 달라고. 백 년 전 백만 마일 떨어진 곳, 어딘가 정글 속에 둘만이 남겨진, 옷을 입지 않은 유랑자로. 당신은 점심식사로 야채만 주문한다. 자기 몫을 끝내고 나면 당신은 내 음식을 먹어치우는데, 그걸 보면서 나는 갑자기 행복해진다. 그 광경만으로도 그렇게 행복해진다는 것이 나는 마음에 들지 않는다. 당신이 하얀 냅킨으로 입가를 가볍게 누르는 것을 지켜보면서, 나는 지금 당장 키스하는 것이 얼마나 쉬울 것인지 상상한다. 어떻게 우리가 화장실이나 모텔 방, 혹은 택시 뒷자리로 사라질 수 있을 것인지, 그곳에서 서로의 불행한 옷에 달린 단순한 버튼, 수월한 지퍼, 그리고 필사적인 허리띠를 더듬으면서 내가 어떻게 당신의 입술을 내 입술 위에서 느낄 수 있을 것인지 상상한다. 나는 당신의 팔 아래에 손을 넣어 들어 올려 대리석 욕조 가장자리에 앉힐 것이다. 당신의 블라우스는 크림색의 커튼처럼 열릴 것이고, 당신의 어깨는 눈으로 만들어진 영양羚羊만큼이나 희고 매력적일 것이며, 당신의 가슴, 두 개의 굴곡 있는 다이아몬드는 나의 손과 나의 손가락과 나의 혀에 덮여 사라질 것이다. 나는 당신의 플란넬 스커트를 무릎 위로 끌어올릴 것이다. 부드러운 스타킹은 당신의 날씬한 허벅지에 팽팽하게 조여져 있을 것이다. 나는 당신의 맨발 끝까지 스타킹을 끌어내리고는 아무 생각도 하지 않을 것이다, 당신도, 나도, 아무도, 절대로 생각하지 않을 것이다. 나는 당신 앞에 무릎을 꿇고 앉아서, 부드럽게 수놓인 연한 핑크색 팬티 아래로 손가락을 움직이면서, 허벅지의 움푹 들어간 부분에 부드럽게 키스할 것이다. 그 외에 무슨 일을 더 하겠는가? 당신은 어떻게 할 것인가? 내가 당신 앞에 무릎을 꿇고 있다면 당신은 무슨 말을 할 것인가? 당신은 아마도 웃을 것이다. 웃고서 우리가 지금 하는 일은 괜찮은 것이라고 말할 것이다. 아무 것도 아니라고, 정말 아무 것도 아니라고.

당신의 머리는 금발이다. 당신의 목은 기린 같다. 당신의 손은 자그마하지만 주름이 많다. 당신은 회색 플란넬 스커트에 검은색 스타킹을 신고 있다. 가끔씩 나는 당신의 스커트를 만지면서, 당신 오늘 멋진데, 라고 말하곤 한다. 물론 당신이나 나나 진짜 생각하고 있는 것은 다른 말이라는 것을 우리 둘 다 알고 있다. 나는 당신 둔부의 모양, 하프를 연상시키는 그 모양을 생각하며, 모든 것이 우리 주위 바닥에 팽개쳐져 있을 때, 옷을 벗은 당신의 골반이 나의 둔부에 어떻게 들어맞을 것인지 생각하고 있다. 나는 당신이 숨을 쉴 때 쇄골에서 어떤 소리가 날 것인지 생각하며, 당신의 발목, 손목, 귓불, 목의 아래쪽, 팔꿈치, 이 완벽하게 부드러운 곳들은 어떤 촉감일까 생각하고 있다. 아마도 다른 사람들은 이런 부위에 키스할 생각은 하지 못했을 것이다. 사무실에서, 나는 당신의 입술에 닿기 전에 수백 번, 수천 번 키스할 수 있는 신체 부위를 모두 표시한, 매우 복잡한 순서도를 만들었다. (손가락 끝에서부터 키스를 시작한다면, 다음은 손바닥, 다음은 팔꿈치 안쪽, 다음은 어깨, 다음은 가슴으로 옮겨갈 것이다. 발에 키스하는 것으로부터 시작한다면, 발가락 하나씩 키스하고 나서 다리를 따라 입을 맞추면서 허벅지 안쪽으로 옮겨갈 것이다.) 나는 이 순서도를 당신에게 팩스로 보내기로 한다. 당신은 팩스로 답장한다. 찾는데 시간이 걸린 그 답장은 가격표이다. 발가락과 귓불은 하나 당 수천 달러이다. 당신도 알겠지만, 나에게는 그럴 만큼 돈이 없다.

직장에서, 우리는 서로를 스쳐 지나가는 이유를 만들어내기 시작했다. 물론 그 이유를 믿으려할 사람은 없을 것이다. 우리조차 그것을 믿지 않는다. 당신은 내 전화기를 쓰겠다고 한다. 당신의 전화기 소리가 너무 명랑하다는 것이 이유이다. 당신이 통화를 끝내고 나자, 전화기는 갑자기 아름답게 변한다. 한때 당신에 대해서 꾸었던 꿈에 나오던 전화기처럼. 그 꿈에서 우리는 비누로 만들어진 사람이었다. 그 후에 당신은 펜을 빌려간다. 당신의 펜에는 귀신이 붙었다는 것이다. 펜을 돌려줄 때 보니, 끝부분을 따라서 당신의 이빨자국이 선명하게 남아 있다. 당신의 이빨자국을 만져보면서, 나는 이것이 당신이 남긴 편지이며 경고이며 초대장이라는 것을 알아차린다.

직장에서, 회의 중에 나는 당신 맞은편에 앉아 있다. 당신이 재채기를 한다. 내가 '건강 조심하세요!' 라고 말하자, 당신은 '고마워요' 라고 말하고, 나는 '뭘요' 라고 말하는데, 마치 뭔가 다른 것에 대해서 말하는 것 같다. 사실 당신은 '나도 그러고 싶지만, 당신이나 나 자신을 절대로 용서하지 못할 거예요'

라고 말하고 있는 것이다. 나는 '당신 앞에 한 번만 무릎 꿇도록 허락해 준다면, 나는 용서받지 않고도 오랫동안 살 수 있어요' 라고 말하고 있다.

우리는 점심시간에 공원에 산책 간다. 우리는 스스로를 의심하고 있기 때문에 아무 짓도 하지 않은 채 손만 잡고 있다. 나란히 앉아서 세상을 바라보다가, 갑자기 우리가 느끼고 있는 것을 눈으로 보게 된다. 주석 깡통으로 장식한 자전거들이 시끄러운 소리를 내며 나란히 길을 따라 가고 있다. 개들은 길고 하얀 베일을 쓰고 있는 신부 차림의 개를 좇아간다. 돌들은 서로서로에게 비밀스러운 욕망의 말을 속삭이고 있다.

우리가 함께 있지 않을 때 내가 뭘 하는지 당신은 묻지 않는다. 내가 알고 싶지 않은 것, 예를 들어 당신 부부가 침대에서 어떻게 서로의 몸에 화합하는지 같은 것에 대해서도 말하지 않는다. 당신의 남편은 잠잘 때 당신 쪽으로 누워서 자는가? 당신은 그에게 등을 돌리고 자는가? 그가 당신이 모르는 일에 대해서 중얼대는가? 절정에 이를 때 당신은 어떤 소리를 내는가? 어떤 움직임을 보이는가? 눈을 감는가? 농담을 하는가, 아니면 모든 것을 무시한 채 심각하게 몰입하는가? 나는 이런 것들을 물어본 적이 있지만 당신은 대답하지 않았다. 나는 질문하면 안 된다. 이미 알고 있는 것보다 더 많은 것을 알고 싶지 않다.

사과 하나만 있으면 당신을 웃게 할 수 있다. 당신은 그처럼 매력적이다. 점심시간에, 우리는 사람이 붐비는 거리를 따라 걷는다. 갑자기 당신이 멈춰 서더니 거리에서 팔고 있는 사과 두 개를 집어 든다. 사과 두 개를 바라보다가 당신은 그들이, 두 개의 사과가, 사랑하는 사이라고 결론짓는다. 당신은 그들을 서로에게 속삭이게 한다. 그들을 춤추게 한다. 그들이 추는 춤은 섬세하며 유

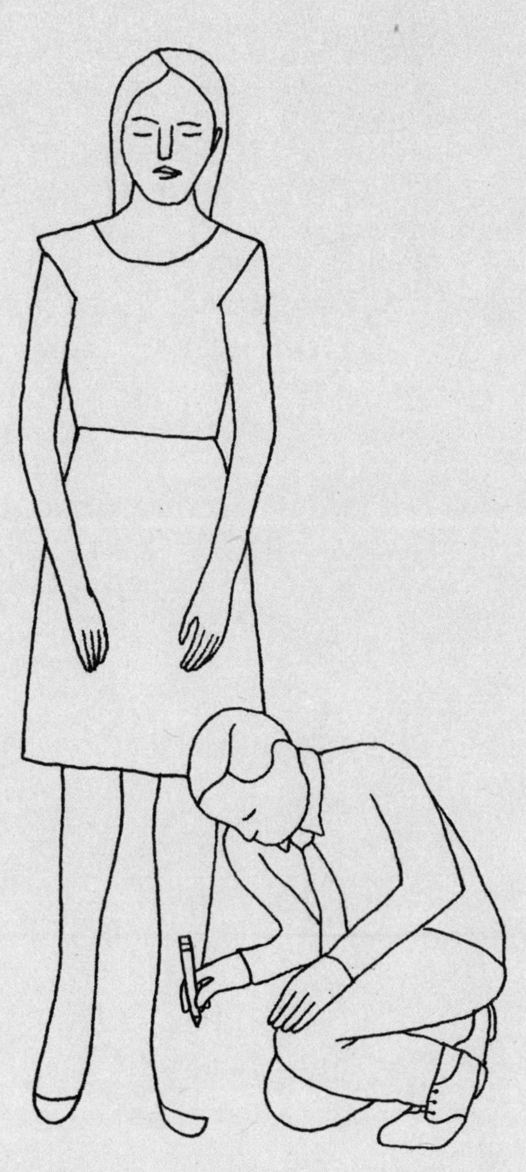

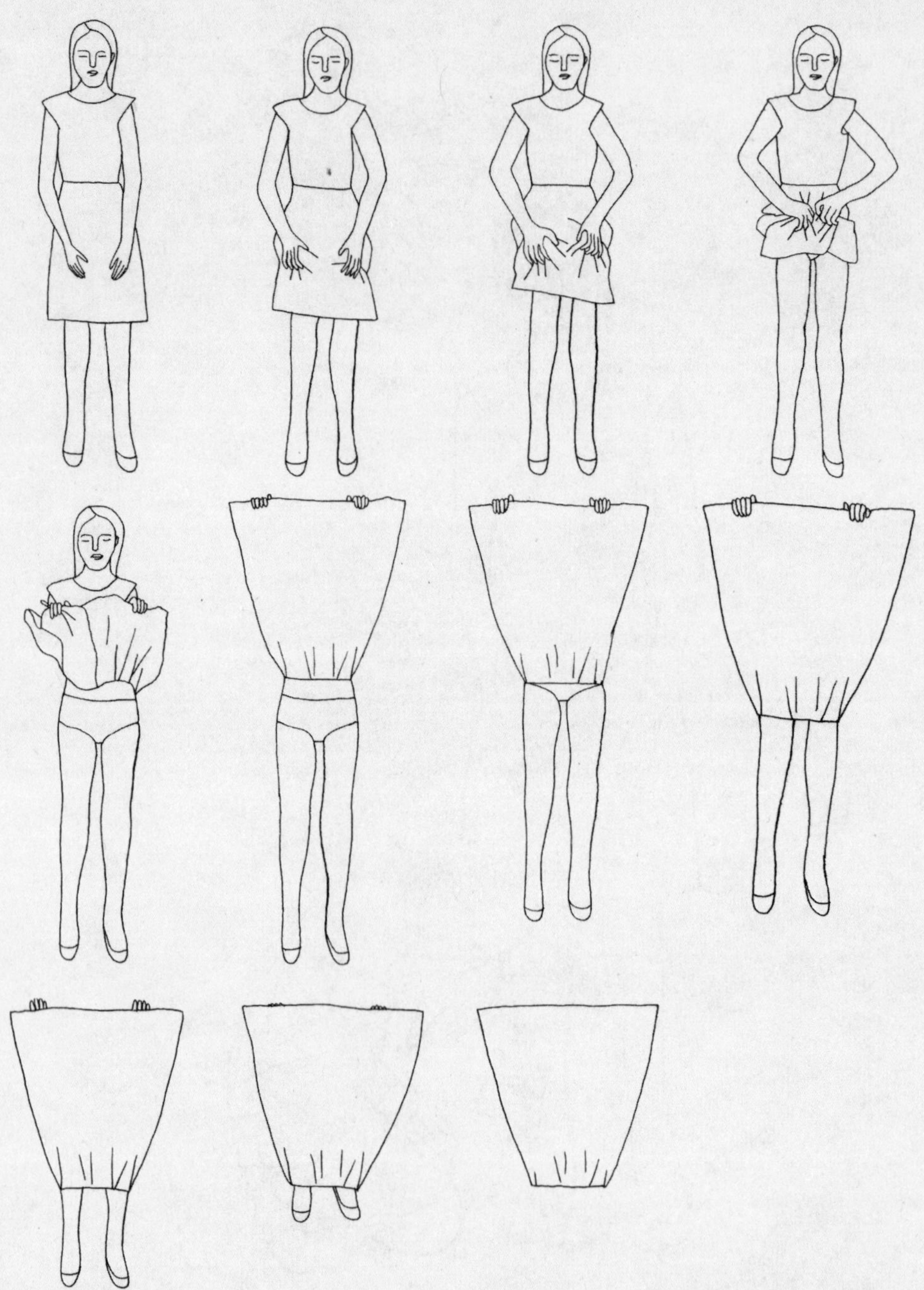

려하다. 무도가 끝나자 사과는 간단한 예식을 치르고 결혼한다. 두 개의 사과가 키스한 다음, 당신과 나는 웃는다. 사과 커플을 믿어보는 것은 괜찮을 것이다. 그들은 잘 지낼 것이라고, 누구라도 말할 수 있다. 함께, 우리는 사무실로 돌아오면서 이 사건에 대해서 어쩌면 그렇게 쉽게 웃을 수 있을까 생각하며 서로를 혐오한다.

어느 날 나는 더 이상 참을 수 없다. 나는 다리 너머로 신발을 던져버린다. 이제 막 피어나는 꽃봉오리를 찢어버린다. 자전거를 타고 나무에 들이받고는 당신에게 전화를 걸어 악을 쓴다. 당신의 남편은 무슨 여행 중이라고 한다. 아마도 당신은 그 남자가 영원히 가버렸다고 생각하고 있을 것이다. 나는 나중에 후회할 말을 한다. 당신의 플란넬 스커트와 스타킹과 내가 무릎 꿇고 손을 당신의 무릎 위에 올려놓는 것에 대한 나의 생각을 이야기한다. 나와 함께 런던으로 가자고 말한다. 당신은 침묵하더니 매우 화가 난 채로 전화를 끊는다.

당신은 영원히 그렇듯이 젊고 아름답다. 당신은 사무실에 있다. 전화를 받고 있지만 경청하는 것은 아니다. 당신은 나를 쳐다보더니 지금 당장 키스해도 괜찮겠느냐고 묻는다. 안 될 이유 없지, 라고 내가 말한다. 당신은 이 일을 심각하게 고려해 왔다고 말한다. 우리는 어떤 일이 일어날까 생각한다. 우리가 키스를 한다면, 늘 상상해 왔듯이 세상이 끝날 수도 있다. 건물은 쓰러지고 가로등은 은백색 유리로 바뀔는지도 모른다. 성당 하나가 반짝이는 붉은색 사탕으로 변하더니 자신의 무게를 견디지 못한 채 산산조각 날는지도 모른다. 아이들과 비둘기가 몰려들어 사탕 조각을 먹고는 금세 사라질는지도 모른다. 어떻게 될 것인지 우리는 알아내지 않을 것이다.

우리는 키스하지 않겠지? 내가 묻는다.

당신은 나를 응시하고는 끔찍한 소식을 전해준다. 당신은 남편을 떠나기로 결정했다고. 당신은 이미 결정했으며 이제 남편과, 도시와, 모든 것으로부터 떠난다고.

정말? 내가 묻는다.

정말. 당신이 대답한다. 오늘, 나는 오늘 모든 것으로부터 떠날 거야.

오.

당신은 어디든 당신이 왔던 곳으로 돌아갈 것이며 이제 나를 바라보지도 않을 것이다.

나는 함께 가도 되느냐고 물어본다. 당신은 미안하지만 안 된다고 말한다. 나는 당신의 어깨를 만지려고 시도하지만 당신은 돌아선다. 나는 책상 모서리에 앉아서 당신이 짐 싸는 것을 지켜본다. 당신은 작은 갈색 상자를 가지고 있다. 나는 사라질 수 있는 방법이 없을까 고민한다. 나에게 엽서라도 보내주겠느냐고 묻는다. 당신은 노력해 보겠다고 대답한다. 나는 당신을 잡아야 한다고 스스로에게 확인하지만 나에게는 그만한 용기가 없다. 당신은 조금도 시간을 낭비하지 않겠다는 듯, 책상에 있는 물건을 전부 챙겨서 상자 안에 담는다. 당신은 사무실을 둘러보며 혹시 빠뜨린 게 있는지 살펴본다. 오, 그렇지. 녹색 장갑을 빠뜨렸군. 당신은 장갑을 상자 안에 넣는다. 나는 당신의 한숨 소리를 듣는다. 그러나 한 마디 말이 없다. 나는 당신이 코트 단추 채우는 것을 지켜본다. 나는 당신의 이름을 부르지만 당신은 쳐다보지 않는다.

일·러·스·트

죠프 맥피트리지 Geoff McFetridge는 로스앤젤레스 광역경계선 안에 거주하는 멕시코계 미국인, 디자이너, 자전거주자 등이 모여 사는 독립 커뮤니티인 '앳워터'에 살고 있다. 맥피트리지의 작품은 구글과 solitaryarts.com, 그리고 championdontstop.com에서 볼 수 있다.(그대로 해석하자면 '챔피언은 멈추지 않는다.' 하지만 실제 그렇다는 말은 아니다.)

그것은 로맨스다

IT IS ROMANCE

플로스무어 고등학교의 모의 국제연합이 논쟁을 시작할 때마다 그것은 로맨스다. 학생들이 도서관 회의실 구석에 반원형으로 앉아서 각자의 의견을 발표하는 동안, 지도교사인 미스터 앨비는 학생 하나하나에 주의를 기울이려고 애쓰지만, 실제로 학생들이 말하는 내용을 듣는 것은 아니다. 와인색 블레이저코트에 황갈색 바지를 입은 미스터 앨비는 학생들이 예의바르게 반론을 펼치는 입 모양을 지켜보면서 행복해하는 중이다. 중국 대사 역할을 맡은 여학생, 검은색 터틀넥을 입은 마가렛 해치는 지금 일어서서 모조 나무탁자 맞은편에 있는 아르헨티나 대사 역의 헥터를 가리키고 있다. 회색 정장 타이를 맨 헥터는 노란색 스커트를 입은 유연한 영국 대사 사샤를 가리키고 있다. 이들은 모두 국제 금리의 불공정성에 대하여 설전을 벌이고 있는 중이다. 아이들의 말은 모두 음악처럼 들린다. 불가능할 정도로 아름다운 협주곡, 견딜 수 없을 정도로 감동적인 한 편의 악곡이 미스터 앨비의 작은 귀 안에 있는 비밀스런 팀파니에 의해서 연주되는 것처럼 들린다. 오늘 미스터 앨비는 토론에 참여하지 않았다. 오늘 미스터 앨비는 아이들이 격식 차린 어조로 말하는 음성에 매혹된 채 그들을 지켜보고 있다. 아이들의 젊고 불안정한 목소리가 떨리면서 냉정을 잃고 폭발하기 시작할 때, 다음절多音節 단어와 복잡한 생각과 긴급한 목적을 전달하기 위해서 빠른 속도로 말하기 시작할 때, 학생 한 명이 손을 들기 시작할 때, 한 명이 문제점을 제기하기 시작할 때, 한 명이 자신이 대표하고 있는 국가를 방어하기 위하여 이의를 제기하기 시작할 때, 그럴 때면 미스터 앨비는 그들 모두를 영원히 사랑할 수 있을 것 같은 느낌이다. 그들 모두를 사랑할 수 있을 것 같다. 트위드 스웨터를 입은 뚱한 표정의 남학생 퀸 앤더슨조차도 사랑할 수 있을 것이다. 미스터 앨비의 역사수업에 제출하지 않은 과제를 벌충하기 위하여 강제로 모의 국제연합에 참여하게 된 이 남학생은 러시아 대사 역을 맡았지만 러시아에 대해서 아무것도 조사하지 않았다. 그러한 퀸 앤더슨조차 마가렛의 말을 자른 채 끼어들어 다른 아이들에게 눈을 흘기면서 모두들 틀렸다고 지적하고는 "사람들은 어차피 탐욕스러운 동물이니까."라고 말할 때, 학생들의 생각이 노란색 꽃봉오리처럼 흰색 치아 뒤로부터 피어날 때, 바로 그럴 때 마침내 미스터 앨비는 진실한 사랑이라는 것을 발견하게 되는 것이다.

"대사께서 발의한 비非공산권 국가에 대한 경제제재안이 어떻게 최소한 합법성을 갖는지 의문입니다."라고 말하는 것은 니겔이다. 이 주근깨투성이 3학년 학생은 모의 국제연합의 사무관이다.

"오, 제 말이 맞습니다."라고 마가렛이 응수한다. "어젯밤 내내 인터넷으로 검색했습니다. 이제는 자본주의 국가들이 고립주의를 벗어난 중국의 위력에 고개를 숙여야 할 때입니다. 우리는 총으로 전쟁을 일으키지는 않을 것입니다. 우리는 당신들이 절대로 값을 수 없는 채권으로 전쟁을 수행할 것입니다."

"좋은 계획입니다만,"이라고 프랑스 대사인 그웬이 말한다. "하지만 무력 보복 가능성은 고려하지 않으십니까?"

"세계 최대의 군대를 향해서 무력 보복을 하지는 않으리라 봅니다. 핵폭탄은 말할 것도 없겠죠. 중국에 맞설 만한 국가는 드물다는 게 저의 견해입니다만."

"그 상대가 대한민국이라면 다를 것입니다."라고 대한민국 대사를 맡은 월트가 말한다. "우리는 중국 기마병을 공격하는 방법으로 태권도를 고안했습니다. 맨손으로 하는 전투라면 우리는 중국 군대를 꼼짝 못하도록 제압할 수 있습니다. 뿐만 아니라 우리에겐 미국의 지원이 있습니다. 남한에 몇 개의 미군기지가 주둔하고 있는지 알고 계십니까? 수천이 넘습니다. 아마도 십만은 될 것입니다."

"그 말이 전부 정확하다고는 볼 수 없는 걸." 미스터 앨비가 말을 막는다. 그는 방안을 둘러본다. 아이들의 얼굴은 모두 상기되어 있고 마가렛은 의기양양한 채 탁자 저편에 눈을 흘기고 있다. 누군가 투표를 제청한다. 누군가 동의를 재청한다. 누군가 사춘기 이전의 정제되지 않은 목소리로 국제문제에 대해서 상당히 심각한 우려를 표명하고 있다.

이와 같은 순간이면, 미스터 앨비는 이들 모두를 하나하나씩 사랑한다고 선언할 수 있다. 이런 순간이면, 미스터 앨비는 귀중한 수정유리 동물로 엮은 부케처럼, 찬란한 파베르제Faberge(유럽 장식미술의 거장으로 꼽히는 보석세공인. 대표작으로 50개의 부활절 달걀을 남겼다 : 역주)의 달걀 한 꾸러미처럼, 아이들을 모두 모아서 자신의 코트 속에 감춘 채 멀리 도망갈 수도 있을 것 같다.

개인적인 삶으로 보면 미스터 앨비는 그리 운이 좋은 편이 아니다. 혼자 사는 아파트에서 미스터 앨비는 무가지 뒷면에 실린 개인광고 한두 명에게 전화를 걸어본다. 동성애자 채팅 전화에 접속해 보기도 한다. 웹사이트를 검색하고, 끔찍한 포르노잡지 뒷면을 뒤져서 다양한 전화번호를 찾아낸다. 하지만 그렇게 대화를 나눠봤자 아무런 즐거움이 없다. 전화 저편에 있는 동성애자 남자들은 번지르르한 광고에 실린 아름다운 사진에서 보이는 것보다 (사진에서는 언제나 젊고, 생기 있고, 눈빛은 주피터처럼 빛나고, 부드러운 얼굴에 수줍은 표정을 띠고 있다) 훨씬 나이 먹고, 훨씬 외롭고, 훨씬 절박한 목소리로 대답한다. 그런 남자들이 말을 할 때, 느리고 어눌한 목소리로, 아무런 여운도 없고 아무런 멜로디도 없는 목소리로, 우둔하고 노골적인 말을 중얼대기 시작할 때, 미스터 앨비는 그 불친절한 어구와 비참한 수사법을 혐오하며, 그들의 대화가 더 이상 대범하지도 않고 더 이상 생각이나 이상理想도 없을 때, 상대방 남자의 혀와 이빨이 어쩌다 수화기에 부딪쳐 시끄럽게 딸깍 소리가 날 때, 미스터 앨비는 맞은편에 있는 신사분께 시간을 내 줘서 고맙다고 말하고는 전화를 끊을 것이다. 미스터 앨비가 추구하는 것은 정욕으로 인하여 신경이 동요하고 심장박동이 빨라지는 그런 것이 아니다. 어색한 중얼거림, 막연히 무거운 호흡, 어설프게 서로를 자극하는 그런 것이 아니다. 그가 찾고자 하는 것은 희망이다. 순진함이다. 보이지 않는 가능성의 전율이다. 미스터 앨비가 세상에서 가장 원하는 것은 제시카 친이 확신에 가득 찬 큰 눈을 집중한 채, 중동에서 분규가 멈추지 않는 것은 식민지 해체에 책임이 있다고 주장하는 것을 듣는 일이다. 미스터 앨비를 몽상에 잠기게 하는 것은 다른 사람의 육체가 얼마나 혈색 좋으며, 얼마나 단단하며, 얼마나 가까이에 있는가 하는 것과는 거의, 혹은 전혀 상관이 없다. 그가 소유하고 싶은 것은 AP 클래스(고등학교에서 대학 수준의 수업을 미리 듣는 과정)를 열심히 공부하고 펜싱대회 우승을 휩쓰는 매튜 앵글이

틈틈이 외운 독일 국가를 매일 밤 미스터 앨비의 침대 곁에 서서 암송해 주는 것이다. 미스터 앨비가 모의 국제연합에게 가장 갈망하는 것은, 수준이 떨어지는 퀸조차 포함한 그룹 전체, 열한 명 학생들에게 절실하게 바라는 것은, 지루한 일상을 끝내고 밤에 집에 왔을 때 그들이 기다리고 있는 것이며, 또한 아침에 눈을 떴을 때에도 그들이 그곳에서 기다리고 있다가 서로서로 예의바르게 논쟁을 벌이는 것이다. 아이들의 목소리는 찬란하게 빛날 것이고, 아이들의 심장은, 아직까지는 반응 없는 짝사랑이나 불공정한 성적보다 더 심각한 일 때문에 상심해본 적이 없는 그 심장은, 모든 것에 대하여 고요히 흥분하고 있을 것이다.

그러나 오늘밤 집에 왔을 때 미스터 앨비가 발견하는 것은 앳된 얼굴을 한 미래의 대사들이 함께 만들어 내는 합창이 아니라 옛 애인 배리로부터 온 전화 메시지이다. '이봐, 나 없어도 혼자 재미 보는 방법을 잊어버린 건 아니겠지. 잘 풀어가고 있길 바라겠어. 나는 네가 걱정되거든. 시간 나면 전화해 줘. 나의 새 전화번호는….' 미스터 앨비는 배리의 새 전화번호를 받아 적지도 않은 채 재빨리 메시지를 지워버린다. 그는 머리를 들어 검은색 소파 위쪽에 있는 기묘한 공간을 바라본다. 거대한 앙리 루소Henri Rousseau 그림이 — 호랑이와 물소가 싸우는 장면을 묘사한 작품 — 걸려 있었던 곳이다. 그림은 배리와 함께 사라졌다. 이제 그곳에는 그림이 붙어 있던 직사각형 벽면은 새하얗고 그 주위를 따라 먼지투성이의 테두리가 둘러져 있다. 미스터 앨비는 자기가 늘 그 그림을 혐오해 왔다고 결론을 내리고는, 선 채로 텅 빈 벽을 바라보다가 그 오점 없는 공간의 완벽한 외로움을 상상하고는 갑자기 그림이 없다는 사실에 기뻐한다. 그 공허한 직사각형은 학생들을 떠올리게 한다. '아이들은 지금 어디에 있을까?' 공백을 응시하던 미스터 앨비는 이렇게 생각하다가 거의 입 밖으로 소리

내어 물어본다. '바로 오늘밤, 그들은 어떤 일을 최초로 하고 있는 걸까?'

그 가을 학기에 모의 국제연합은 일주일에 두 번, 월요일과 수요일에 만나기로 했는데, 이는 미스터 앨비의 요청에 의한 것이다. 그는 어느 날 오후 모임이 끝난 다음에 마치 뒤늦게 이런 생각이 들었다는 듯이 애매모호하게 말했다. 하지만 이미 부모의 동의를 구하는 가정통신문을 만들어놓고 있었다. 등사인쇄를 한 가정통신문 한쪽 구석에는 국제연합 건물이 그려져 있는데, 좁은 사각형 건물 측면에는 이해할 수 없는 국기들이 물결치고 있다. 그가 직접 그린 국제연합 건물 정면에는 열두 개의 국기가 있는데, 이는 학생 열한 명과 미스터 앨비 자신을 대표하는 것이다. 물론 아무도 이를 알아차리지 못한 것 같지만, 물론 그래도 상관은 없지만, 그래도 누군가 신경 써서 쳐다본다면 그곳에 열두 개의 국기가 있음을 알게 될 것이다. 모임이 더 늘어나는 것에 대해서 아이들은 이의를 제기하지 않는다. 물론, 모의 국제연합 같은 과외활동이 1주에 한 번 이상 모임을 갖는다는 것은 이상한 일이지만, 관련된 학생들은 모두, 물론 퀸 앤더슨은 빼고 나머지는 모두, 미스터 앨비의 학생을 향한 책임감에 매우 만족스러워하는 부모의 서명이 든 승낙서를 가져올 것이다. 그런 부모 중 하나, 에밀리 배너의 부친인 능변의 지방 판사는 등사인쇄 된 가정통신문 하단에 정성들인 필체로 이렇게 써서 보낸다. '존경하는 선생님, 당신은 가장 훌륭한 교사의 모범입니다. 우리 세대에는 대부분 당신 같은 선생님을 만날 기회도 없었습니다. 당신의 열광적이며 지적인 영혼이 지속되기를, 용감한 심장박동이 계속되기를 기원합니다.' 창백한 회색 교무실에 앉아서 던힐 담배를 피우며 그 친필메모를 바라보던 미스터 앨비는 거의 울 것 같은 기분이다. 그는 기쁨과 죄책감이라는 상반되는 감정에 휩싸인 나머지 바로 다음날로 예정되어 있는 모의 국제연합 모임을 취소한다. 그러나 모임을 취소하고 나자 미스터 앨비는 아이들의 생동감 넘치는 목소리와 반짝이는 눈빛, 주름 한 줄 없는 아름다운 이마, 지성과 동시에 박애로 빛나는 옆모습을 그리워하게 되었는데, 그 조바심이 너무 심해서 결국 미스터 앨비는 바로 다음 날 외출하여 모의 국제연합 멤버 각자에게 해당 지역을 상징하는 장신구를 구입하기에 이른다.

다음 날 모임에서 미스터 앨비는 학생 각자에게 존경의 정표를 선물한다. 마가렛 해치에게는 공산당원용 회색 노동자 모자를, 헥터에게는 아름답게 짜인 허리띠를, 사샤에게는 검은색 중산모中山帽(꼭대기가 둥글고 높은 서양 모자)를, 그리고 퀸 앤더슨에게는 모피로 만든 러시아 모자를 준다. 예상했던 대로 퀸은 모자를 쓰지 않겠다고 한다. 모자는 부상당한 동물처럼 앞에 놓여 있으며, 퀸은 사각형으로 생긴 모자를 의심스러운 눈초리로 바라보다가 고개를 들어 미스터 앨비의 창백한 얼굴을 쳐다보고는 다시 모자를 보고 다시 선생을 보는 일을 되풀이한다.

오늘 회의에서는 화려한 솜브레로(챙이 넓은 멕시코 모자)를 쓴 멕시코 대사 파블로가 대부분의 발언을 이어간다. 그는 당당하게 검은색 네커치프를 두르고 있는 스페인 대사 제롬에게 멕시코 식민통치 기간 동안 스페인이 자행한 불법행위와 박해에 대한 책임을 따지고 있다. 파블로는 스페인에게 멕시코 수도 어딘가에 교량을 하나 건설해 줄 것을 원한다. 교량은 금으로 만들어져야 하고 거대한 사과 문구를 새겨 넣어야 한다고 주장한다. 나머지 2학년 대사들은 물론 멕시코 편에 서서 투표한다. 제롬은 승인하고 즉시 가상의 계획이 입안된다.

그 날의 회의가 끝날 때 미스터 앨비는 학생들 모두 새로운 복식을 갖춘 기념으로 촬영을 하자고 제의한다. 프랑스 대사를 맡은 그웬은 또 하필이면 학교 연감의 편집자인 바람에 언제나 폴라로이드 카메라를 들고 다닌다. 그웬이 아

이들을 모아서 포즈를 잡게 하고는 베레모를 벗은 채 셔터를 누른다. 아이들은 모두 자신이 대표하는 지역을 상징하는 복장을 하고 있으며, 이를 비웃던 퀸조차도 그웬이 사진을 찍자 웃음을 터뜨린다. 사진이 인화되어 나오자 모의 국제연합 회원들은 선 채로 사진을 바라본다. 사진 안에서 미스터 앨비는 빛을 내고 있다. 30대 후반의 남자처럼 보이지 않는다. 혹이 나고, 멍이 들고, 소름끼치는 안색을 한 그의 얼굴에는 기쁨이 넘쳐흐른다. 숱이 적은 머리조차 이발을 한 것 같다. 그는 사춘기 소년만큼이나 희망에 부풀고 생기발랄해 보인다. "복제해서 나눠줄게." 미스터 앨비는 이렇게 약속하고 나서 사진을 양복 조끼 주머니 안에, 심장박동의 영역 가까이에 집어넣는다.

미스터 앨비는 자동응답기에 남아 있는 배리의 메시지를 듣는다. '지나가다 들렀는데 집에 없더군. 너 진짜로 누군가 사귀는 거야? 모든 게 괜찮은지 확인하고 싶었을 뿐이야. 시간 나면 전화해 줘.' 미스터 앨비는 두 번째 메시지를 지우고 벽에 있는 공백을, 루소 그림이 있었던 희미한 공간을 바라보고 나서 조끼 주머니에 손을 넣는다. 서랍에서 압정을 꺼내어 공허한 흰 공간의 정중앙에 모의 국제연합 폴라로이드 사진을 붙인다.

아침에 일어나서 파자마를 입은 채 그 사진을 바라보면서 미스터 앨비는 심한 수치심을 느낀다. 그는 사진을 떼어내서 한 번 더 들여다보고는 — 열한 명 모두 찬란하게 빛나는 얼굴이다 — 사진을 휴지통에 버린다. 그는 휴지통 옆에서서 한 시간 동안이나 휴지통을 내려다보며 눈물을 글썽인다.

다음 주 수요일에 모의 국제연합은 그 도시의 위험한 지역으로 이상한 현장학습을 간다. 미스터 앨비의 계획은 그들 모두가 죽음을 당하는 것이다. 그것만이 무척이나 불길한 이 상황을 해결하는 유일한 방법이라고 미스터 앨비는 생각한다. '오늘날 미국 주요 도시의 생활에 관련된 외교문제의 이해' 라는 자신이 고안해 낸 가공의 활동과제를 수행하기 위하여 미스터 앨비는 이제는 이름만 남은 배드민턴 클럽에서 포드 이코노라인을 한 대 빌려서 아이들을 싣고 시내로 가서 도시의 서쪽 어딘가에, 허물어져가는 저소득층 공영주택단지 길 건너편에 차를 세운다. 그웬은 그곳에서 흑인 여자아이들 세 명이 더블더치(두 개의 줄을 서로 반대편으로 돌리는 줄넘기) 스타일로 줄넘기하는 근사한 사진을 찍는데, 이 사진을 '가장 아름다운 유형의 빈곤' 이라는 제목을 붙인 포토에세이로 만들어서 올해의 연감에 실을 예정이다. 미스터 앨비는 아이들에게 차가 움직이지 않는다고 알려준다. 아이들은 모두 휴대폰을 가지고 있지만 미스터 앨비는 조금만 참아 보라고 부탁한다. 그는 계속해서 열쇠를 돌려 시동을 걸어보는 척하지만, 엔진에서는 아무 응답이 없다. 이 대형 밴의 마지막 열에 앉아 있는 퀸 앤더슨이 눈을 굴린다. 백미러를 통해서 가장 뒷좌석에 앉아서 코웃음치고 있는 소년의 창백한 얼굴모양이 보인다. 미스터 앨비는 다시 한 번 시동을 걸어보는 척하지만, 퀸이 적의를 품은 채 자신을 지나치게 자세히 관찰하고 있다는 것을 느낀다.

"이건 엉터리야." 퀸이 모두 알아들을 수 있는 목소리로 투덜댄다. "나는 집에서 할 일이 있다고. 엄마한테 전화할 거야."

"잠깐만 기다려!" 퀸의 어머니를 만나야 할는지도 모른다는, 한술 더 떠서 심술궂을 것이 확실한 그의 아버지를 만나야 할는지도 모른다는 생각에 겁을 먹은 미스터 앨비가 소리친다. 곁눈으로 보니 어디서 나왔는지 젊은 흑인 남자 두 명이 꼼짝 못하고 서 있는 차량에 지대한 관심을 보이고 있다. 그들은 후드가 달린 헐렁한 운동복을 입고 있는데, 황금색 이빨은 위협적이며 귀걸이는 찬란한 다이아몬드 색으로 빛나고 있다. 그들은 미스터 앨비가 앉아 있는 운전석으로 다가오더니 차창을 두드린다. 미스터 앨비는 눈을 감은 채 모든 것이 간명하게 끝나기를 바란다. 진짜 폭력이 발생하기 전에 자기가 먼저 기절해버렸으면 하고 바란다. 무엇보다도 그들이 아이들을 죽이기에 앞서 자신을 죽이기를 바란다.

"창문 열어."라고 한 명이 말한다. 남자의 얼굴은 넓고 얽은 자국이 있지만 꽤 잘 생겼다.

미스터 앨비는 즉시 손으로 귀를 막는다. 그는 죽음이란 오페라 극장에서의 훌륭한 밤이 끝나는 것과 같을 거라고 상상한다. 치장을 한 안내인들에 의하여 바로크 양식의 청동제 문이 천천히 열리면, 상류사회 사람들이 — 요란하고 피곤하고 지나치게 흥분한 그들이 — 물밀 듯 쏟아져 나오는데, 그들이 입고 있는 최고로 좋은 코트와 모피가 서로 가볍게 스치면서 익숙지 않은 잡음을 만들어내고, 오페라의 음악적 반복주제가 아직도 감돌고 있으며, 이곳저곳에서 배우자를 도와서 추운 극장 밖으로 나가는 남편과 아내가 그 음악을 되풀이해서 흥얼대고 있으며, 보기로 되어 있는 것을 모두 본 관객이 마침내 그저 집으로 돌아가기 위해서 밤거리로 나서는 거기에는 유혈도 없고 고통도 없으며, 단지 실제로 불리지 않은 노래들, 실제로 키스하지 않은 배우의 키스, 모르는 사이에 끝나버린 장면에 대한 일종의 슬픔, 일종의 실망만 남아있는 것이다.

밖에 있는 남자들은 이제 차창을 쾅쾅 두드리고 있는데, 가로등에 반쯤 비친 그들의 황금색 이빨이 잔인하게 보인다. 사샤는 비명을 지르기 시작했다. 그웬은 기도하고 있다. 니겔과 파블로와 매튜와 헥터는 겁먹은 것처럼 보이지 않으려고 애쓰고 있지만, 이미 떨리고 있는 입술 하며 평소답지 않은 침묵 등으로 미루어볼 때 그들의 노력은 실패가 분명하다.

"이봐, 창문 열라고!" 밖에 있는 불량배가 소리친다. "창문만 열면 된다니까!"

미스터 앨비는 마가렛 해치가 스커트가 벗겨진 채 배에 칼자국이 있는 것을 상상한다. 제롬의 큼직하고 털 많은 귀에서 피가 흘러나오는 것을 상상한다. 어딘가 어두운 뒷골목에서 제니퍼 친이 죽은 채 쓰러져 있으며, 그녀의 수학 숙제가 바람에 날려가는 것을 상상한다. 줄이 쳐 있는 공책 종잇장이 오르락내리락하면서 마치 위로를 찾아 헤매는 유령처럼 메아리조차 없는 밤 속으로 날아가는 것을 상상한다. 미스터 앨비는 열쇠가 아직도 점화장치에 꽂혀 있으며 아직도 자신의 손 안에 있다는 것을 발견하고는 열쇠를 한 번 돌리고 기어를 당겨서 운전 위치에 놓고, 속력을 높여 출발하다가 신호등과의 정면충돌을 가까스로 피하면서 대범하게 적신호등을 날려버린다. 아이들은 지도교사의 어깨를 토닥이고 수줍음도 없이 서로서로 끌어안으면서 모두 행복한 환호성을 지른다. 진정으로 감명을 받은 마가렛 해치는 '인터내셔널가' Internationale (공산주의 혁명가)를 부르기 시작한다. 나머지 아이들도 생각에 잠긴 채 잠시 그 노래에 귀 기울이더니 곧 천천히 한 명씩 한 명씩 따라 부르기 시작한다.

그 후 몇 주일 동안 모의 국제연합 모임은 없을 것이다. 미스터 앨비는 아이들에게 개인적인 업무가 있어서 챙겨야 한다고 알린다. 그는 대상포진帶狀疱疹과 유사한 정체불명의 불치병을 앓고 있는 병약한 어머니를 날조해 낸다. 아이들은 불평하지도 않고 야단법석 떨지도 않는다. 마지막 모임이 끝날 때 퀸 앤더슨이 톨스토이의 말을 인용하면서 위로의 뜻을 전한다. '죽음에도 불구하고, 그는 삶과 사랑에 대한 욕구를 느꼈다. 그는 사랑이 그를 절망으로부터 구원한다고 느꼈으며, 절망의 협박 하에서도 이 사랑은 여전히 더욱 강해지고 더욱 순수해져 왔다는 것을 느꼈다.'

미스터 앨비는 이상하리만치 감명 받은 채 창백한 소년을 바라본다.

"이건 〈안나 카레니나〉에 나오는 말이에요."라고 퀸이 덧붙인다.

"나는 몰랐단다." 미스터 앨비가 말한다.

"그 책은 러시아 문학에서 가장 중요한 작품 중 하나죠."

미스터 앨비의 하얀 뺨에 감사의 불꽃이 피어오른다. 그는 퀸 앤더슨이 나가는 것을 지켜보면서 지금 이 순간이 자신의 인생에서 가장 충만한 순간이라는 것을 깨닫고, 자신의 삶이 두뇌의 동맥류[動脈瘤]로 인해서 그때 그곳에서 아무 문제없이 끝나게 되기를 꿈꾼다.

❋ ❋ ❋

또다시 미스터 앨비는 동성애자 채팅 전화로 돌아간다. 또다시 기만적인 포르노에 열중한다. 또다시 여러 곳의 싱글즈바(데이트 상대를 찾는 사람들이 모이는 술집 : 역주)에 드나들고, 평판이 나쁜 목욕탕에서 몇 시간씩 보내며, 헬스클럽 회원권을 끊는다. 이 모든 것이 아무 소용없을 때, 러닝머신 위에서 흐느끼고 있는 자신을 발견할 때, 몸매는 참으로 단단하고 이름은 게리라는 회계사가 자기는 다르푸르 전쟁(2003년 아프리카 수단 다르푸르에서 발생한 유혈분쟁 : 역주)에 대해서 아무 것도 모른다고 말할 때, 새벽 4시에 도요타 코롤라를 탄 채 혼자서 학교를 빙빙 돌고 있는 자신을 발견할 때, 미스터 앨비는 결국 항복한다. 아무래도 모의 국제연합은 다시 시작되어야만 할 것이다. 점심시간에 공고를 내자 그 수요일 오후 3시 정각에 모의 국제연합 열한 명 학생이 모두 모인다. 니겔은 의제를 만들어 왔으며, 마가렛 해치와 니겔은 이미 뭔가에 대해서 논쟁을 벌이고 있다.

그렇게 해서, 만족스러운 겨울과 기쁨 충만한 봄이 지나가도록 미스터 앨비와 모의 국제연합의 학생 대사들은 매주 두 번씩 만나면서 거침없이 회합을 이어간다. 학년말이 가까워오자 학생들은 모두 오하이오 주 신시내티에서 열리는 전국 모의 국제연합 정상회의에 초대되는데, 거기에서 미스터 앨비는 스스로 할 수 있으리라고 생각하지 못했던 일을 해치우게 된다. 그는 의도적으로 자신과 그 모든 아이들을 위한 방을 하나만 예약한다. 호텔 방 하나를, 그리고 오직 하나의 호텔 방을. 몇 시간 동안 전세버스를 타고 온 아이들은 지쳐있고 현기증을 느낀다. 아이들은 온통 금박과 거울로 번쩍거리는 호텔 로비에서 초조하게 서 있다. 미스터 앨비가 뭔가 착오가 생겨서 방은 하나밖에 없고, 이 마을의 다른 호텔도 모두 꽉 차 있기 때문에 열한 명 모두 한 방에서 묵어야 한다고 설명하자, 학생들은 즉시 불만을 표시하지는 않는다. 혹은 학생들이 즉각적으로 불만을 표시하지 않았다는 것은 미스터 앨비의 믿음일는지도 모른다. 호텔 로비에 서서 수트케이스와 여행가방 주위에 둘러선 채, 아이들 몇 명은 약간 불평을 하고 나머지는 한숨을 쉰다.

퀸 앤더슨은 고개를 흔들고 인상을 찌푸리며 툴툴거린다. "이건 말도 안 돼. 엄마아빠가 이 여행에 60달러나 지불했단 말이야."

언제나 낙천주의자이며 그만큼 미식가이기도 한 그웬은 이것이 멋진 기회라고 생각한다고 말한다. "파자마파티 같을 거야."라고 그녀가 말한다. "밤새 얘기하다 보면 서로에 대해서 진정으로 이해하게 되지 않겠어?"

아이들 일부는 수긍하고 나머지는 확신하지 못한 채 말 없이 자신의 짐을 내려다보고 있다. 하지만 일단 호화로운 방 안에 들어가자, 모의 국제연합 대표들은 모두 꽤 행복해 한다. 그들은 여기저기에 옷가지를 던지고, 침낭과 담요를 바닥에 깔고는 룸서비스를 주문해도 되느냐고 물어본다. 감정이 북받친 미스터 앨비는 조용히 승낙한다. 여학생들은 서로의 머리를 손질해준다. 남학생들은 앉은 채 여학생들을 지켜보면서 혹시 밤 동안에 낯선 팔다리와 비밀스럽게 뒤얽히게 되지 않을까 생각한다. 모두 나이트가운과 파자마로 갈아입은 아이들은 반원형으로 둘러앉아서 서로에게 비밀을 털어놓기 시작한다. 제니퍼 친은 보트 모양으로 생긴 모반母斑이 복부에 남아있단다. 헥터는 작년에 화재경보를 울린 것이 바로 자기란다. 제롬은 자신이 동성애자일까 봐 두렵단다. 마가렛 해치는 수영하는 법을 모른단다. 니겔은 습진이 있단다. 파블로는 라틴어 과목에서 낙제할 거란다. 그웬에게는 쌍둥이 자매가 있었는데 세 살 때 죽었단다. 매튜는 생부가 누구인지 모른단다. 퀸은 높은 곳을 두려워한단다. 자기 순서가 되자 사샤가 갑자기 울기 시작한다. 왜 우는지 아무도 모른다. 사샤는 손으로 눈을 누르면서, 지금 여기에 있는 것이 너무나 행복하다고 털어놓는다. 이런 친구들이 있는 자신은 세상에서 가장 운이 좋은 사람이라고 말한다. 미스터 앨비는 갑자기 죽을 것만 같은 기분이다. 그는 자신이 일어서서 서둘러 문 밖으로 나가서, 거리로 나가서, 멀리 멀리 가 버려야 하는지, 아니면 아이들에게 말해야 하는지, 바로 지금, 여기에서, 아이들이 모두 함께 있는 이곳에서, '나는 너희를 사랑한다. 너희 모두와 사랑에 빠져있다.' 라고 말해야 할 것인지 알지 못한다.

"선생님은 아직 자기 비밀을 하나도 얘기해 주지 않았어요." 마가렛이 정직과 장난기가 놀랍게도 공존하는 푸른 눈을 반짝이며 말한다.

"이제 또 다른 게임을 할 때가 된 것 같다." 미스터 앨비가 말한다. 그는 일어서서 불을 끈다. "상상력을 이용해 보는 거다."라고 그가 말한다. "끔찍한 사건 같은 게 일어났다고 가정해 보자."

"어떤 종류의 사건이요?" 니겔이 묻는다.

"세계대전 같은 것. 혹은 비행기 충돌. 그래서 우리만 살아남았다고 가정해 보자. 문명의 미래를 결정하는 것은 우리에게 달려있다."

"우리는 지금 어디 있는 건가요?" 헥터가 묻는다.

"북극 어때요?" 마가렛이 제안한다.

"아니, 무인도라고 하자. 우리는 이곳으로 피신해 온 거야." 미스터 앨비가 말한다. "너희들이 알고 있는 것은 모두 멀리에 있다. 너희들이 사랑했던 사람들은 모두 죽었다. 우리는 이 섬에 함께 있다, 우리 모두. 대양은 순수하고 선명한 푸른빛이며, 파도는 흰색 포말로 부서지는데, 폐허가 된 세상의 쓰레기와 파편이 밀려와 해변에 쌓이고 있다. 바람결에 야자수가 불구처럼 흔들린다. 그럴 때 너희는 누구에게서 위안을 찾을 것인가? 누구에게 안아달라고 할 것인가? 비가 오기 시작할 때, 우기가 닥치고 너희 가족들의 시체가 해안으로 밀려오기 시작한다면, 그들의 눈을 이미 갈매기가 파먹었다면, 누구의 품에 안길 것인가?"

아이들은 불확실하고 무기력하고 불편한 마음으로 어둠 속에서 서로를 바라본다.

"나는 불을 켜고 싶은데 너희들은 어때?" 니겔이 말한다.

미스터 앨비는 움직이지 않는다. 그는 이제 목소리일 뿐이다. 그가 어디에서 있는지, 아니, 이 방안에 있기는 한 것인지 아무도 모른다.

"우리가 이 섬에 갇혔다고 상상해 보라. 이 세상 최후의 생존자로서, 우리 모두 슬픔으로 병들고, 멀리 떨어진 곳에 있지만 그러나 함께 있다. 우리는 우리의 오두막을 스스로 짓는다. 식물을 이용해 우리의 옷을 스스로 만든다. 우리는 새로운 규칙을 만든다. 우리는 고기잡이를 하고 수렵을 하고 채집을 해서 음식을 구한다. 허리케인이 왔다가 사라진다. 이 세상에 남아있는 국가들은 서로를 멸망시키는데 우리에겐 그저 불꽃놀이처럼 보일 뿐이다. 밤이 되면 우리는 해변에 앉아서 아름다운 폭발을 손으로 가리키며 바라본다. 우리는 이곳에서 안전하니까. 그 불꽃놀이에 어떤 이름을 붙일 것인지 상상해 보라. 저 붉은색 폭발을 뭐라고 부르며, 흰색은 뭐라고 부르고, 저 푸른색 수선화처럼 보이는 폭발은 뭐라고 부를 것인가? 우리가 창작할 노래를 상상해 보라. 우리가 만들어 갈 새로운 문명을 상상해 보라. 우리가 서로에게 털어놓을 비밀을 상상해 보라. 우리가 얼마나 행복할 것인지 상상해 보라.”

아이들 중 하나가, 아마도 퀸 앤더슨이거나 여학생 한 명이 불을 켠다. 남색 새틴 파자마를 입은 미스터 앨비는 이미 울고 있다. 그는 구석에 앉아서 작은 손으로 눈물 젖은 얼굴을 감싸고 있다. 자기 위로 불빛이 깜빡이자 미스터 앨비는 한 번 흐느끼며 일어선다. 그는 커튼을 젖히고 창문을 밀어젖힌다. 비상 출구로 기어나가려고 애써보지만 창문은 더 이상 열리지 않는다. 그는 억지로 창문을 열려고 하지만 창문은 양보하지 않는다. 이제 미스터 앨비는 걷잡을 수 없이 흐느끼고 있다. 그는 한 번 더 창문을 밀어보더니 갑자기 흐트러진 베이지색 카펫 위로 쓰러지면서 이상한 소리로 울부짖는다. 아이 한 명은 초조하게 미스터 앨비의 이름을 몇 번 불러댄다. 아이 한 명은 교환원에게 전화하고 있다. 최선을 다해서 상황을 설명하는 아이의 목소리는 마치 어른처럼 들린다. 아이 한 명은 자기가 당혹스러움을 느껴야 하는지 수치심을 느껴야 하는지 알지 못한 채 어느 쪽이든 결정적인 느낌이 없는 것을 우려하고 있다. 아이 한 명은 이미 부모에게 어떻게 말할 것인지 생각하는 중이다. 무슨 말을 하든지 그의 부모는 자동적으로 당신들 탓이라고 할 것을 알고 있기 때문이다. 아이 한 명은 방에서 뛰쳐나가 복도로 나가서는 오랫동안 돌아오지 않는다. 그는 모텔에 있는 처량한 비디오 게임방에서 외롭게 몇 시간을 보낸다. 아이 한 명은 이것이 영화라면 지금 순간은 어떻게 보일 것인지, 그리고 자신의 역할은 어떤 유명 배우에게 어울릴 것인지 생각하고 있다. 아이 한 명은 이것은 확실히 사태의 슬픈 전환점이 될 거라고 생각하면서, 해고된 이후 미스터 앨비는 어떤 일을 하게 될지 궁금해 하고 있다. 보험 세일즈맨이 될까? 아니, 어쩌면 새로 생긴 슈퍼마켓의 매니저? 아이 한 명은 다른 곳으로 시선을 돌리지 못한다. 후에 그가 대학 입학원서에 쓰듯이, 이 순간은 그가 이 세상은 아름다움의 필요성을 거의 망각했다는 것을 최초로 깨닫게 되었던 사건이다. 아이

한 명은 코트 주머니에 숨겨 두었던 초콜릿을 먹느라 정신이 없다. 아이 한 명은 차마 더 이상 볼 수 없어서 손으로 얼굴을 가렸지만 계속해서 손가락 사이로 빠끔히 바라보고 있다. 아이 한 명은 기도를 시작한다.

일·러·스·트

이반 브루네티 Ivan Brunetti는 시카고에서 살고 있다. '미저리는 코미디를 좋아해' 와, 연재 중인 '쉬조' 시리즈(둘 다 판타그래픽스북스 출판)의 저자로, 그의 만화와 일러스트 작품은 '뉴요커', '시카고리더', '맥스위니즈' 등에 게재되었다. 현재는 예일대학교 출판부에서 간행하는 '그래픽소설, 카툰, 실화 선집' 의 제 2권 편집을 맡고 있다. www.ivanbrunetti.com

THE SOUND BEFORE THE END OF THE WORLD

세상의 종말 전에 들리는 소리

이 끔찍한 세상, 파괴력을 자랑하는 폭탄이 낯설고 이름도 없는 나라의 죄 없는 아이들의 머리 위로 쏟아져 내리고, 시민들은 선택의 여지도 없이 선출해 놓은 무시무시하고 게걸스러운 위정자들에 의해서 기만당하고 있으며, 분개한 학생들은 오하이오 주 방위군의 오만한 총질에 쓰러지고, 그리고 대통령은, 글쎄, 대통령은 자기 맘대로 속이고 훔칠 수 있으며, 패티 허스트(미국 언론재벌 허스트가의 딸로 열아홉 살 때 급진 게릴라단체에 납치된 후 그들의 일원이 되어 은행 강도에 동참했다 : 역주)처럼 돈 많은 여자애가 거짓말쟁이에 범죄자에 절도범이 되려고 결심하는 이런 세상에서, 유일한 관건은 남부럽지 않아야 한다는 것이다. 지난 한두 달 사이에 일어난 사건과 지난 일이 년 사이에 겪은 실망 때문에, 론은 자기가 '주류 조직'의 일원이라고 생각하지 않는다. 자신이 경찰이라고 생각하는 것조차 싫다. 그래, 순찰경관이라는 게 나쁘진 않다. 하지만 텅 빈 편의점 주차장에 순찰차를 세워놓고 홀로 앉아서 라디오에서 흘러나오는 로큰롤 음악을 듣다 보면, 때때로 자기가 유명한 음반제작자라면 얼마나 좋을까 하는 생각이 들곤 한다. 그렇다면 불구가 되고 비탄에 잠긴 퇴역군인들이 참전용사회관 앞에서 서로에게 총질을 해도 신경 쓰지 않을 것이다. 헤로인 때문에 눈이 노랗게 변한 젊은 엄마가 아기를 거꾸로 든 채 버스정류장에서 있는 것도 무시할 수 있을 것이다. 초등학생들이 학교 앞에 세워진 성조기에 대고 폭죽을 발사하는 것도 못 본 체할 것이다. 대신에 조명이 어두운 녹음실에서 턱수염을 어마어마하게 기른 뮤지션들과 환호하는 파티 걸들에게 둘러싸인 채, 아직 제목도 정해지지 않은 에어로스미스Aerosmith 신곡에 바이올린 연주를 삽입하기로 결정하는 자신의 모습을 상상할 것이다. 주간 팝송 순위를 알려주는 방송을 들을 때면 언제나 론은 마치 초능력을 가진 것처럼 어느 노래가 히트할 것이며 어느 노래가 히트하지 못할 것인지 알아맞힐 수 있다.

로큰롤을 제일 좋아하는 론에게는 로드 스튜어트가 부른 '내가 섹시하다고 생각해?' Do Ya Think I' m Sexy?야말로 진정한 히트곡이다. 그는 리듬에 맞춰 계기판을 손으로 탁탁 두드리면서, 브라를 하지 않은 히피 소녀 두 명이 폼 잡으며 주차장을 가로질러 걸어가는 것을 본다. 내일모레면 4월이지만 날은 여전히 싸늘한데 소녀들은 옷을 너무 얇게 입었다. 론이 보니 소녀들의 무릎은 추위 때문에 붉어져 있다. 갑자기 글로리아 게이너Gloria Gaynor의 노래가 나오자 디스코를 인정하지 않는 론은 라디오를 꺼 버린다.

형이 입었던 낡은 군용재킷을 걸친 십대 아이들 한 무리가 편의점에서 비척비척 걸어 나온다. 아기 얼굴을 한 도깨비처럼 느릿느릿 갈지자로 걷는 걸 보니 뭔가 약물을 한 것 같다. 론은 아이들 대부분을 교회에서 본 적이 있다. 대부분 고등학생이며, 몇 명은 아직 중학생이다. 아이들 중 한 명, 눈이 짙고 솜털 같은 턱수염을 기른 느끼하게 보이는 애송이가 비척거리다가 멈춰서더니 론을 바라보며 인상을 쓴다. 론은 순찰차의 계기판에서 눈을 들어 아이를 보고는 눈을 감고 이렇게 생각한다. '오, 얘야, 제발 그러지 마라. 제발 하지 마라.'

하지만 아이는 그렇게 한다. "엿 먹어라, 이 돼지 같은 경찰 놈아." 아이는 이렇게 말하더니 가운데 손가락을 세워서 론을 향해 흔들고는 냅다 도망간다. 론은 어떻게 할 것인지 생각지도 않은 채 순찰차에서 내린다. 나이가 30대 중반을 넘어 후반으로 가고 있으며, 지난 3년 내내 경찰 신체검사에서 가까스로 통과했으며, 허리에 두르고 있는 탄띠보다는 자신의 허리 살이 더 무겁고 더 거북함에도 불구하고, 론은 어떻게든 아이를 쫓아가서 철책 모서리에 몰아넣는데 성공한다. 다른 아이들이 소리 지르면서 거리로 도망가고 자기 혼자 남자 아이는 겁먹은 것 같은 표정이다. 론이 힘들게 호흡을 진정시키는 동안 그가 내쉰 숨은 쌀쌀한 밤공기에 흰색으로 퍼진다. 론은 손가락을 세우고 이렇게 말한다. "좋아, 좋아. 내가 너를 다치게 하지는 않겠지만 말이야, 내 말 좀 들어봐, 그냥 듣기만 해."

아이는 요리조리 빠져나가려고 하지만 론이 큼직한 팔을 뻗어 저지한다.

"좋아, 말 들으라고. 그냥 말 좀 들으라니까."

아이가 고개를 숙이자 머리카락이 얼굴을 덮는다.

"너희 애송이들이 알아둬야 할 게 있어. 나는 파시스트당원이 아니야. 나는 돼지가 아니야. 누구를 억압하기 위해서 경찰이 된 게 아니라고. 내가 경찰이 된 건 다른 사람을 돕는 걸 좋아하기 때문이야. 경찰관이 아니면 선생님이 되려고 했지. 하지만 나는 수학도 잘 못하고 역사나 영어에도 소질이 없기 때문에 이렇게 생각했어. '멋진 경찰관이 된다면 얼마나 근사한 일인가. 아이들과 사이좋게 지내는 경찰, 아이들이 문제가 있을 때 찾아올 수 있는 경찰이 된다면!' 나는 너를 잡거나 네 친구들을 잡아들이기 위해서 나온 게 아니야. 나는 너희들이 안전하게 고등학교를 졸업해서 어느 날엔가는 인생을 마음껏 설계할 수 있기를 바라는 거라고. 나는 아무도 다치게 하고 싶지 않아. 단지 내 일을 하고 앨리스 쿠퍼Alice Cooper의 노래를 듣고 네 녀석들이 문제에 빠지지 않게 하고 싶을 뿐이야."

아이는 눈을 덮은 머리를 옆으로 넘기면서 위를 올려다보며 "엿 먹어라, 돼지 경찰아."라고 중얼거리고는 재빠르게 도망쳐서 어둠 속에서 기다리던 친구들과 함께 낄낄 웃고 있다.

비록 경찰이긴 하지만 론은 여전히 키스 아미KISS Army(미국의 헤비메탈 밴드 키스의 공식 팬클럽)의 열성회원이다. 다른 팬들과 함께 모이는 회합에 참가해서, 키스 멤버들이 소름끼치는 분장을 하지 않았을 때에는 어떤 모습일 거라는 이야기와 소문을 서로 나눈다. 팬들은 키스의 공연 중에서 특히 좋아하는 장면에 대해서 이야기하곤 하는데, 예를 들어 피터 크리스의 드럼이 공중부양空中浮揚을 했을 때라든가 진 시몬즈가 피를 토했을 때라든가 하는 것들이다.

론은 키스 아미 모임에 늦게 모습을 드러낸다. 여전히 경찰관 제복 차림으로 나타나자 다른 회원들이 "론!"이라고 외치고는, 적당히 끔찍해 보이는 번쩍이는 분장 틈새로 이빨을 드러내고 웃는다. 이곳 키스 아미 지부의 회원들은 각각 자기가 좋아하는 키스 멤버를 내세운다. 론은 드럼주자인 피터 크리스에게 열광하고 있다. 그는 발라드 곡인 '베스'Beth야말로 키스 최고의 노래라고 주장하는데, 물론 다른 회원들은 이 말에 화를 낸다. 초등학교 교사인 바비는 폴 스탠리같은 얼굴분장을 하고 있다. 글렌은 진 시몬즈의 악마 분장을 하고 있으

며, 브루스는 에이스 프렐리처럼 우주비행사 분장을 하긴 했는데 분장용 기름이 턱수염으로 줄줄 흘러내리고 있다. 론은 순찰차 안에서 가까스로 시간을 내서 검은 고양이 수염을 달았는데 (키스의 멤버 피터 크리스는 고양이 분장을 했다 : 역주) 콧잔등의 분장에서는 서두른 흔적이 보인다. 론이 들어서면서 보니 글렌은 직접 사인 받은 '키스 다이내스티' 레코드 자랑을 또 하고 있는 중이다.

"글쎄 말이야, 누가 그러는데 이 레코드 녹음할 때 피터하고 에이스는 연주도 하지 않았대."

"뭐라고?" 론이 맥주를 따면서 묻는다.

"레코드가게 하고 있는 로렌스 있잖아, 걔가 그러는데, 제작자 비니 폰시아가 말하길 피터하고 에이스는 마약에 너무 취해 있어서 연주할 수 없었대. 그래서 자기들이 맡은 부분을 연주할 때는 다른 연주자들을 불러들였다는군."

론은 맥주를 내려놓고 미간을 손으로 집는다. 그곳에 검은색 화장품을 칠했다는 것을 잊어먹은 채 손을 댔다가 손가락 끝에서 기름이 미끈거리자 인상을 찌푸린다.

"왜 그랬대?" 론이 묻는다. "기다렸다가 말짱하게 깼을 때 녹음하면 됐을 거 아냐?"

"아마 녹음을 끝내야 됐었나 봐."라고 과체중 우주비행사 브루스가 말한다. "아마 다른 방법이 없었던 것 같아."

론은 맥주에는 손도 대지 않은 채 일어난다. "지금은 그런 말 들어주지도 못하겠어."라고 말하고는 서둘러 나간다.

어젯밤 누워있을 때 론의 아내는 별거를 고려하는 중이라고 말했다. 바로 정확하게 그렇게 말했다. "나는 별거를 고려하는 중이야."

"뭐라고?" 론이 물었다.

"다른 길을 찾아 볼 필요가 있는 것 같아. 다시 학교로 돌아갈까 생각 중이야."

론은 일어나 앉아서 침대 옆에 있는 불을 켰다. 얼마나 재빨리 스위치를 켰는지 스탠드가 흔들리면서 아내의 자그마한 얼굴을 따라 그림자가 지나갔다. 베스는 코를 긁적거리더니 침대에 누운 채 똑바로 앞을 바라보았다.

"여보, 지금 무슨 얘길 하는 거야?"

"지금 우리 결혼생활은 제대로 되는 게 아닌 것 같아. 어쩌면 잠시 떨어져 있는 게 좋을는지도 몰라."

"제대로가 아니라니, 어떻게 그런 말을 할 수가 있어?"

"나는 불만스러워. 나 자신에 대해서 괜찮다는 기분이 안 들어. 당신은 직업이 있지. 아이들은 학교가 있지. 다들 기대할 것이 있는데 나만 없어."

"여보, 우리는 서로를 기대하도록 되어 있는 거야. 그게 부부가 해야 하는 일이야. 함께 시간을 보내는 걸 기대하면 되잖아."

"하지만 나는 안 그래. 당신하고 함께 있는 시간을 기대하지 않는다고."

"기대하지 않는다고?"

"그래. 요즘 당신한테 무지하게 실망하고 있어."

"실망했다고?"

"응."

"왜?"

"왜냐하면 함께 시간을 보낸다고 해도 제대로 된 게 아니잖아. 당신이 집에 있다고 해도 지하실에 내려가서 열심히 그 끔찍한 레코드나 듣고 있잖아."

"베스, 그렇지 않아."

"오늘은 지금까지 어디 있었어? 아이들은 나하고 같이 텔레비전을 보고 있었고 당신은 아래층에서 레코드를 듣고 있었지."

"여보." 론은 미소를 짓고 타이르듯 말했다. "나는 경찰이야. 굉장히 스트레스 받는 직업이지. 때때로 긴장을 풀어줘야 한다고. 그게 어떤 건지 당신이 이해할 것 같지는 않지만, 여하튼 나는 그런 게 필요하단 말이야."

"언제나 그런 식이지. 당신하고 나는 그대로 고정되어 있는 것 같아. 우리는 인간으로서 성장하지 못하고 있다고. 우리는 5년 전이나 지금이나 변한 게 없단 말이야."

"뭐라고?" 론이 물으면서 아내에게 고개를 돌렸다.

"당신은 형사 자격시험을 치지 않겠다고 했지. 당신은 승진하고 싶지 않은 거야."

"그 일이라면 당신하고 얘기하지 않겠어."

"당신도 전진하고 싶지 않아? 더 좋은 자리를 얻고 싶지 않아? 현재의 모습과 다른 사람이 되고 싶지 않아?"

론은 불을 껐다. "그러고 싶지 않아." 론은 이렇게 말하고 나서 돌아누웠다. 어둠 속에서 그는 아내의 울음소리를 들었다. 스스로 부끄러워진 론은 다시 돌아누워서 넓은 가슴팍에 아내의 머리를 끌어안았다. 그는 낮지만 달콤한 목소리로 부드럽게 노래 부르기 시작했다. "오, 베스, 내가 어떻게 해야 돼? 베스, 내가 어떻게 해야 돼?"(키스의 곡 '베스' 의 가사 일부)

아내의 이름은 베스다. 키스의 피터 크리스가 부른 발라드 제목과 같다. 사실 그것 때문에 론과 아내가 만난 것이다. 론이 처음에 베스를 만나고 싶어 했던 이유가 바로 그것이다. 친구의 애인 수즈가 대학시절 베스라는 이름의 룸메이트가 있었다는 말을 하자, 그 노래를 들을 때마다 늘 꿈꿔왔던 그런 종류의 여자일 거라고 상상한 론은 재빨리 베스와 데이트 하겠다고 동의했던 것이다. 처음 만난 날 저녁에 회전관람차[回轉觀覽車] 꼭대기에서 베스의 손을 잡은 론이

자기는 높은 곳을 무서워한다고 말했는데, 그때부터 그들은 사랑에 빠졌다.

오늘밤 베스는 집에 없다. 론은 구두, 코트, 화장품가방, 수트케이스 등 아내의 개인용품도 모두 사라진 것을 알아차린다. 론의 저녁식사는 알루미늄포일에 싸인 채 냉장고 안에 놓여 있다. 그는 그것을 데워서 식탁에 앉아서 나머지 세 자리가 비어있는 것을 바라보며 저녁을 먹는다.

론은 자기가 먹은 접시를 치우고 나서 바벨 운동을 하러 아래층으로 내려간다. 몸이 불편하고 약간 우울하기 때문에 운동을 하면 나아질 거라고 생각했기 때문이다. 지하실 층계를 내려가다 보니 아들 게리가 어둠 속에 앉아서 퐁Pong(아타리 사에서 개발한 1세대 비디오게임)을 하고 있다.

론은 아들 곁에 서서 이렇게 말한다. "게리, 이 친구야. 텔레비전에 너무 가까이 앉아 있잖아."

게리는 움직이지 않은 채 디지털로 표시된 흰색 공이 검은색 스크린을 가로질러 가는 것을 눈으로 쫓느라고 여념이 없다.

"게리, 너 얼마 동안이나 여기 있는 거냐?"

"여섯 시간."

"여섯 시간은 긴 시간이란다."

"그래요."

짙은 머리카락을 대걸레 모양으로 자른 소년은 말하는 중에도 게임을 멈추지 않는다.

"엄마가 어디 있는지 알고 있니?" 론이 묻는다.

게리는 고개를 젓는다. "할머니 집에 갈 거라고 말하긴 했어요."

"그렇구나. 엄마가 나갈 때 수트케이스 들고 있었니?"

게리는 고개를 끄덕이면서 게임기 손잡이를 맹렬하게 비틀어대더니, "거의 됐었는데."라고 혼잣말을 한다.

"이 친구야, 엄마가 수트케이스를 들고 있었냐구"

게리가 고개를 끄덕이자 게임기에서 나는 삑삑 소리가 대답을 대신한다.

"아빠는 바벨을 들러 갈 거야. 따라와서 점수 매길래?"

게리는 부정의 뜻으로 고개를 젓는다.

"게리, 너 지금 몇 살이지?"

"열두 살."

"그렇구나." 론은 이렇게 말하면서 아이의 머리를 쓰다듬는다.

그로부터 한두 시간 후, 론은 푸른색 박서트렁크 차림으로 TV 시트콤 '올 인 더 패밀리' All in the family를 보고 있다. 게리는 위층에서 과학 숙제를 하고 있다. 베스는 전화도 없고 돌아오지도 않았다. 딸 린지가 집에 도착하는 소리가 들리자 론은 불쑥 몸을 일으킨다. 노란색 카마로 한 대가 밖에 서 있는 걸 보자 론은 부드러운 오렌지색 안락의자를 뛰어넘어 창가로 간다.

"또 그 병신 같은 놈이냐? 린지, 그러지 마." 론은 중얼거린다. "맙소사, 나는 저 놈이 정말 싫어."

론은 눈을 가늘게 뜨고 지켜본다. 노란색 카마로 안에서는 소년이 린지를 보고 싱긋 웃자 린지는 얼굴을 붉히면서 긴 갈색 머리를 귀 뒤로 넘긴다. 소년은 뭔가 속삭인다. 린지가 속삭이며 대답한다.

론은 인상을 찌푸린 채 딸에게 중얼거린다. 물론 딸은 그 말을 절대로 들을 수 없겠지만 말이다. "네가 하고 싶지 않는 일은 하지 않아도 돼."라고 말한다. "그냥 악수만 하고 그 재수 없는 쪼그만 차에서 기어 나와."

린지는 입을 손으로 막으면서 킬킬댄다.

"잘 자라고 인사만 하고 그 차에서 나오라고."

린지는 눈을 감고 소년은 그녀의 볼을 쓰다듬는다.

"그러지 마. 그거 하지 말라니깐."

소년은 미소 지은 채 몸을 돌리면서 헤드라이트를 끈다. 린지의 머리가 숙여지더니 계기판 수평면 아래쪽으로 움직인다. 카마로의 시동이 꺼지자 론은 가슴이 철렁한다. 차 바로 위에 서 있는 가로등 때문에 차 안에서 무슨 일이 일어나는지 볼 수는 없지만 앞 유리창을 통해서 빛과 움직임이 희미하게 반영된다. 론은 욕을 내뱉고는 서둘러 부엌문으로 향한다. 커다란 떡갈나무를 지나서 이웃집 진입로에 세워져 있는 차로 쏜살같이 달려간다. 그렇게 해서 카마로 옆에 도달해 보니 창문을 통해서 린지가 이미 소년의 바지 단추를 끌러놓은 것이 보인다.

론이 주먹으로 유리창을 한 번 치자 소년이 소리가 나는 쪽으로 고개를 돌리면서 놀란 얼굴로 움칠한다. 린지 역시 놀라서 몸을 세우고는 아버지가 이 추운 날씨에 셔츠도 입지 않은 채 어둠 속에 서서 미소 짓고 있는 것을 보고는 경악한다. 론이 고갯짓으로 소년에게 창문을 내리라고 신호하자 소년이 창문을 내린다. 단추가 풀어진 바지 위로 플란넬 셔츠를 끌어내려 덮느라고 쩔쩔매는 소년의 얼굴은 죽은 사람처럼 하얗게 질려있다.

"안녕." 론이 말한다. "내가 린지 아버지란다."

"네, 안녕하세요."

"네 이름이 뭐냐? 아직 제대로 만난 적이 없는 것 같아서 말이다." 론은 미소 지으면서 말한다.

"파커입니다."

"파커, 지금 내 딸에게 작별인사를 했으면 좋겠는데."

소년은 고개를 끄덕이고 얼굴이 붉게 상기된 채 말한다. "잘 자."

린지는 얼굴이 붉어진 채 비틀거리며 카마로에서 내리면서 아버지를 향해

욕을 해 댄다.

“난 정말 아빠를 끔찍하게 혐오해! 정말이야! 지긋지긋하게 재수 없어!”

린지는 후닥닥 집으로 뛰어 들어가는데, 그걸 지켜보면서 론은 딸이 신발을 신지 않은 것을 알게 된다. 그는 돌아서서 소년을 쳐다본다.

“파커, 내가 뭘 좀 보여주고 싶은데.” 론은 차창에 가까이 몸을 숙이고 자신의 거대하고 털 많은 이두박근을 보여주는데 거기에는 거의 판독할 수 없는 작은 문신이 있다. “이게 뭔지 아나?”

“아뇨.”라고 소년이 말한다.

“이건 문신이지. 뭐라고 쓰여 있는지 알아?”

“아뇨.”

“키스 아미라고 쓰여 있지. 키스 아미에 대해서 알고 있나?”

뭐가 뭔지 모르는 소년은 천천히 고개를 끄덕인다.

“키스 아미 일원이 된다는 게 뭘 의미하는지 알아? 형제애야. 일반 군대 같은 거지. 하지만 키스 아미 형제들은 폭주족이나 마약중독자 등등 완전 미쳐있는 사람들이거든. 그게 뭔지 몰랐지? 그렇지? 몰랐을 거야. 혹시 시내에 있는 시체 공시소公示所에서 일하는 빌 워너가 키스 아미 회원이라는 거 알고 있었나? 내가 서류 좀 위조해 달라고 부탁한다면 빌이 그걸 해 줄 거라는 거 알고 있었나? 예를 들어서, 내가 지금 당장 총을 가져와서 너를 쏜다 치자. 그러면 빌 워너는 네가 자살했다고 서류를 만들어 줄 거야. 그건 확실해. 왜냐고? 그게 바로 키스 아미에서 우리가 서로를 위해서 하는 일이거든. 이제 내가 무슨 얘기를 하는지 알겠나?”

“네.”

“다시 한 번 이 거리를 지나간다거나 내 딸 근처에 있는 게 내 눈에 띈다면 너는 죽게 될 거야. 너하고 너의 그 근사한 차하고 함께 말이야. 이제 가서 다시는 여기에 돌아오지 마."

소년은 고개를 끄덕이고는 차에 시동을 걸고는 황급히 빠져나간다. 론은 다시 미소를 짓고 차를 향해 손을 흔든다. 돌아서서 집을 쳐다보고는 미소를 멈춘다. 린지가 2층에 있는 것이 보이는데 짐을 싸는 것 같다.

론은 문간에 서서 사과하려고 하고 있다.

"린지, 잠간만 멈춰볼래?"

"아빠하고는 얘기 안 해. 할머니 집으로 가서 엄마와 함께 살 거야. 아빠가 바보 같은 짓을 시작하면 할머니 집에 와도 된다고 엄마가 그랬어."

"나는 바보 같은 짓을 한 게 아니란다. 나는 너를 도와주려고 한 거야. 그 놈은 말이야, 글쎄, 그 놈은 너에게 상처를 줄 거야. 너를 이용하려던 거라고. 그래서 내가 도와준 건데."

린지는 하던 일을 멈추더니 돌아서서 아버지를 노려본다. 푸른색 아이섀도가 눈물로 얼룩져 있다.

"아빠가 나를 도와주려고 그랬다고? 농담이죠? 아빠는 내가 집 밖에서는 뭘 하는지도 모르잖아. 학교에서든 어디든 집이 아닌 곳에서는 내 친구들이 누군지, 내가 어떤 사람인지 모르잖아."

"린지…."

"엄마 말이 맞대니까. 아빠는 아예 없는 것 같아."

"린지."

린지는 노란색 작은 수트케이스 뚜껑을 닫고는 핑크색 전화를 집어 든다. 딸이 전화를 거는 동안 론은 문틀에 기댄 채 말 없이 지켜본다.

"엄마? 나 린지에요. 지금 당장 데리러 와 줄래요?"

다음날 론은 순찰차를 타고 98번가를 왔다 갔다 하다가 낯선 검은색 형체가,

무슨 구름 종류 같은 것이, 도로 한복판에서 빛나고 있는 걸 보게 된다. 그 옆에는 아이들 몇 명이 자전거를 옆에 둔 채 막대기로 그것을 찔러보고 있다. 론은 라이트를 깜빡이고 차를 세운다.

"얘들아, 여기 무슨 일이냐?" 론은 이렇게 물으면서 차에서 내린다.

"우리도 몰라요. 테디에게 뭔가 일이 생겼어요."

"그래? 테디는 어디 있는데?"

아이들은 모두 아래쪽을 내려다본다. 론은 그 이상한 검은색 형체가 서서히 커지고 있는 것을 알아차린다. 그것은 끊임없이 확장하고 있는 거대한 갱坑, 공간의 부재不在처럼 보인다.

"저게 너희 친구냐? 그 안에 있는 거야?"

"테디가 저기 빠졌어요. 걔하고 자전거하고." 녹색 눈의 아이가 이렇게 말하면서 나뭇가지로 검은색 구멍(즉, 블랙홀)을 찔러본다.

"그 안으로 빠졌다고?"

아이들이 모두 고개를 끄덕인다.

"알았다, 아무도 어디에도 손대지 마라. 모두 뒤로 물러 서." 아이들은 고개를 끄덕이고는 지켜보면서 그 이상한 검은색 물체 안으로 꺼져 들어간 친구가 정말 사라졌다는 것을 알게 된다. 그러자 그 구름 같은 형체는 반짝이기 시작한다. 마치 밤하늘로 이루어진 것 같다. 물체가 외부로 확장되면서 작은 별들이 나타난다. 아이들은 뒤로 물러나지만 물체에 너무 근접해 있던 트레일 자전거 한 대가 그 안으로 삼켜져 들어간다. 차체가 뒤틀리며 접히더니 사라지고, 그 다음엔 아무 것도 없다. 론은 순찰차로 뛰어가서 숨을 몰아쉬며 콜센터에 있는 앤지에게 무전 연락을 한다.

"앤지, 여기는 론이다. 98번가와 호먼가街 교차로에서 불가사의한 일이 발생하고 있다. 구멍인지 화학 구름인지 뭔지 그런 종류다. 소방차든지 화학약품

처리반이든지 그런 걸 보내 달라."

"알았다, 오버." 앤지가 말한다.

론은 고개를 들어 쳐다보니 블랙홀은 계속해서 자라고 있다. 주차되어 있던 푸른색 노바Nova(여기에서는 차종. 원뜻은 신성新星을 의미한다 : 역주) 한 대가 암흑 속에서 흔들리다가 별이 반짝이는 물질 안으로 사라진다. 론은 차에서 뛰쳐나와 아직도 근처에 서서 바라보고 있는 아이들에게 소리친다. 아이들은 자전거를 타고 그것의 주위를 천천히 8자로 돌면서 아직도 사라진 친구 이름을 소리쳐 부르고 있다.

잠시 후 소방차가 98번가를 따라서 사건 현장으로 질주해 오는 소리가 들린다. 론은 심호흡을 한 다음, 가로등 세 개가 구멍 안으로 스러져 가는 것을 끔찍한 혼란 속에서 지켜본다.

네 시간 후, 블랙홀은 성장을 멈추고 론은 잠시 업무에서 풀려난다. 그는 땀에 흠뻑 젖은 옷을 갈아입고 뭔가 먹기 위해서 집으로 향한다. 론이 근무하는 동안 베스가 집에 왔다 갔다. 베스는 남편이 먹을 저녁을 만들어서 알루미늄포일을 덮어 냉장고에 넣어 두었다. 청소도 했음이 확연하다. 일전에 론이 바비큐 포테이토칩 봉지를 떨어뜨렸던 카펫 위에는 진공청소기가 지나간 자국이 있다. 론은 냉장고에서 접시를 꺼내 오븐에 넣고 데우면서 게리가 하는 비디오 게임 소리, 컴퓨터로 실연되는 낯선 삑삑 소리가 지하실로부터 울려오는 것을 듣는다.

론은 한숨을 쉬고 아래층으로 향한다. 게리는 또다시 어둠 속에서 혼자서 퐁 게임을 하고 있는데, 눈은 충혈 되어 있으며 푸른색 셔츠 칼라에는 콧물인지 침인지 흘린 자국이 보인다.

"게리?"

"응, 아빠?"

"게리, 멋있어지는 것에 대해서 한 번이라도 생각하니?"

"안 해."

"그래? 아빠는 네가 고민해야 할 것 같은데."

"그렇게 생각해?"

"그래. 다른 아이들이 너를 어떻게 보고 있는지에 대해서 네가 신경 좀 써야 한다고 생각한단다."

"걔네들이 나를 좋아하든 말든 나는 정말 상관없어."

"바로 그게 문제야, 이 친구야. 그래서 신경 쓰라는 거야. 친구가 있었으면 하고 생각하지 않니?"

"미래에는 사람들에게 친구가 없을 거야. 컴퓨터하고 접촉하면 되니까."

"그럴지도 모르지. 하지만 지금 당장이 문제잖아."

"글쎄, 나한테는 아빠가 있잖아. 린지도 있고."

"린지는 너의 누나다. 나는 네 아빠다. 우리는 친구가 아니야."

"왜 안 돼?"

"왜냐하면 말이다. 왜냐하면 가족하고는 친구할 수 없으니까."

"하지만 아빠, 나는 학교에서는 좋은 사람이 아무도 없어."

"글쎄, 그렇다면 좋아하는 척이라도 해야 할 거야. 이렇게 지하실에서 게임만 하고 있을 순 없잖니. 게임만 하면 덜 떨어진 사람이 된단다."

"정말?"

"내 생각은 그래. 게임만 하다 보면 이상한 사람이 될 거야."

게리는 고개를 끄덕인다. 론은 아들의 어깨를 토닥이고 나서 위층에 올라가서 눈을 붙인다.

잠에서 깨어보니 지하실은 조용하다. 비디오게임을 하는 삐삐 소리가 들리지 않는다. 론은 미소 짓고는 소파에서 일어나 아래층으로 내려가는데, 그곳에는 아들도 없고 게임기도 사라졌다. 둘 다 실종된 것이다. 론은 지하실 계단을 기어올라 부엌 조리대에 놓여있는 작은 흰색 메모를 발견한다. 거기에는 이렇게 쓰여 있다. '엄마한테 가요. 거기서 살 거예요.'

그날 밤 순찰 중에 론은 블랙홀이 터너가[街] 전체를 집어삼키는 것을 지켜본다. 블록 전체가 갑자기 사라졌다. — 집도, 나무도, 주차되어 있던 차들도, 열심히 짖어대다가 곧장 낯선 물체 안으로 달려 들어간 개 한 마리까지. 소방서에서 다음 블록을 대피시키는 동안 아이들을 데리고 나온 부모들은 공포에 질려 숨도 제대로 쉬지 못한 채 거리에 서 있다. 검은색 형체는 잠시 성장을 멈추는 것 같더니 다음 순간 결심이라도 한 듯 끊임없이 확장하여 소방차 한 대를 통째로 삼켜버린다. 시청에서 누군가 라디오에 나와서 연설을 하고 있으며 주지사는 주 방위군을 파견하기로 한다.

론은 일가족 여섯 명과 그들이 키우는 카나리아까지 모두 순찰차 뒷자리에 실어서 친척 집에 데려다 준다. 다시 현장으로 돌아오자 노란색 목제 바리케이드는 이미 먹혀버렸다. 론은 무전기를 들고 상황을 보고하지만 콜센터의 앤지는 이렇게 말할 뿐이다. "알고 있다. 지금 도시 전체를 대피시키고 있는 중이다. 론, 원한다면 집에 가서 가족을 대피시켜도 좋다고 서장이 말했다."

"그건 문제없다." 가족이 이미 가버린 것을 알고 있는 론은 그렇게 대답한다. 론의 가족은 이미 주간[州間] 고속도로 저편에 가 있으며 아마도 TV를 통해서 이 모든 상황을 보고 있을 것이다. 그들은 멀리 있지만, 최소한 지금은 안전하고 건강한 것이다.

도시의 동부 대부분에 대피가 끝나자 론은 근무가 끝난다. 그는 경사에게 일이 완료될 때까지 있겠다고 주장해보지만 경사는 론의 얼굴을 가로지르는 탈진의 흔적을 볼 수 있다. 두렵고 피곤하고 홀로인 채 뭘 해야 할지 잘 모르지만 사람 없는 집에 가고 싶지는 않은 론은 그날 밤 키스 아미가 모이기로 되어 있는 바비의 집으로 향한다. 다행히 바비의 집은 이 재난으로부터 안전한 거리에 위치하고 있다. 론은 구태여 피터 크리스 분장 따위는 하지 않는다. 그는 작은 벽돌집의 측면을 돌아서 부엌문을 두드린다. 부엌의 조명은 침침하며 안에 있는 남자 세 명은 작은 리놀륨 탁자에 둘러앉아 있는데 아무도 분장을 하지 않았으며 모두 혼란스럽고 슬퍼하는 듯 보인다.

"여기 무슨 일이야?" 론이 출입구에 서서 묻는다. 피터 크리스의 솔로 넘버인 '베스'가 스테레오에서 조용히 흘러나오고 있으며, 바비의 눈을 들여다보자 그가 울고 있다는 것을 알 수 있다.

바비는 잠시 훌쩍인 다음에 론을 쳐다본다. "이봐, 나쁜 소식이야. 나쁜 소식."

"가장 나쁜 소식이야."라고 글렌이 말한다.

"지금까지 중에서 가장 나쁜 소식."이라고 브루스가 덧붙인다.

"피터 크리스 얘기야. 그가… 밴드를 그만 뒀어."

"뭐라고?" 론이 나지막이 말한다. "대체 무슨 말을 하는 거야?"

"피터가… 키스를 그만 뒀다고."

론은 천천히 문으로 나와서는 최대한 빨리 순찰차에 올라탄다.

론은 순찰차를 타고 한 시간 동안 마을을 빙빙 돌면서 라디오를 듣는다. 디제이는 몇 분 간격으로 끔찍한 뉴스를 전해준다. 블랙홀이 시 청사를 삼켜버렸다, 시장은 실종되었다, 다음에는 초등학교가 먹힐 것 같다, 등등.

결국 론은 텅 빈 집 앞에 차를 세운다. 집안으로 들어가서 장모에게 전화하기로 마음먹는다. 그는 두려움에 질려있다. 왜 그런지는 모르지만 수화기를 들어 귀에 가져다 대는데 손이 떨리고 있다. 멀리서 사이렌이 날카롭게 울리는 소리가 들린다. 그는 심호흡을 한다. 전화벨이 울리고, 울리고, 울리자, 장모의 늙고 혼란스럽고 성난 목소리가 들린다.

"장모님, 론입니다. 베스와 통화했으면 해서요."

"글쎄, 베스가 자네하고 얘기하고자 할지는 잘 모르겠네." 한참 동안 아무 말도 안 들린다. "베스, 베스, 론하고 통화할래?" 약간의 소동이 있은 후 장모가 전화에 대고 속삭인다. "베스는 자네하고 얘기하고 싶지 않다는데."

"위급상황이라고 말해주실래요? 사느냐 죽느냐 하는 문제라고 전해주세요."

론은 장모가 그 메시지를 전달하고 거기에 덧붙여서 "얘야, 론의 목소리를 들어보니 정말 문제가 있는 것 같구나." 라고 말하는 것을 듣는다. 수화기가 넘겨지고 아내의 숨소리가 전화선을 타고 들린다. 론은 아내의 숨소리를 알고 있다. 어디에서든지 그녀의 숨소리를 구별할 수 있다. 부드럽고, 불안정하며 약간 슬픈 그 소리. 하지만 정말로, 정말로 사랑스러운 아내의 숨소리.

"여보세요." 베스가 말한다. 론은 생각한다. 자기가 잘못했으면서도 한 마디도 말하지 않았던 그 모든 순간, 그녀 자신도 알지 못했겠지만 여하튼 그녀에 의해서 구원을 받았으면서도 한 마디 고마움도 표현하지 않았던 그 모든 순간에 대해서 하고 싶은 모든 말, 그리고 하고 싶어 왔던 모든 말에 대해서 생각한다. "여보세요?"라고 베스가 다시 말한다. 론은 완벽한 말, 정확한 말, 이 순간 자신을 구해줄 수 있는 한 가지 말을 생각해 내느라 애쓰는 사이, 손에 잡은 수화기가 떨리는 것을 느낄 수 있다. 당신이 나의 전부라는 것을 알려줄 수 있는 그 한 가지 말은 무엇일까? 당신이 없다면 나는 아무 것도 하고 싶지 않으며 아무 데에도 관심이 없다는 것을 알려주기 위해서 지금 당장 어떤 말을 해야 할까? "여보세요? 론? 전화 받고 있는 거야, 없는 거야?" 그녀는 이렇게 말하고 있는데, 론은 눈을 감고 눈물 같은 것이 나오는 것을 느끼며 뭐든지 말해야겠다고 마음먹는다. 비록 그 말이 완벽하지 않다고 해도, 비록 그 말이 히트곡 가사가 될 만큼 훌륭하지 않다고 해도, 비록 그것이 무심코 하는 말이라고 하더라도, 론은 어쨌든 말을 하기로 하고 그 나름대로 최선을 다해서 이렇게 말한다. "베스, 오 베스, 당신과 아이들이 없다면 나는 아무 것도 아니야. 나는 정말 아무 것도 아니야." 그러자 베스의 목소리가 이렇게 대답한다. "괜찮아, 론, 괜찮아. 곧 거기로 갈게. 곧 거기로 갈게."

일 · 러 · 스 · 트

심 키요르토이 Kim Hiorthøy는 노르웨이 출신의 그래픽디자이너 겸 미술가로 현재 베를린에 살고 있다. '룬 그로모폰'과 '스몰타운 슈퍼사운드' 음반사의 레코드재킷 디자인을 하고 있으며, 스몰타운 슈퍼사운드에서는 키요르토이 자신의 음반을 내기도 했다. 가끔 턱수염을 기르기도 한다. 오래 전에는 아동용 도서에 일러스트를 그리기도 했다.
www.samlltownsupersound.com, www.standardoslo.com

유령 프랜시스

유령 프랜시스가 학교에 간다. 눈 위치에 구멍이 뚫려 있는 흰색 침대시트를 뒤집어 쓴 채 엄마가 운전하는 스테이션왜건 조수석에 앉아서 간다. 지나가는 사람들이 프랜시스의 모습을 보고는 얄궂은 미소를 띤다. 물론 프랜시스가 유령이 되는 것은 엄마가 포기했다는 뜻이다. 오늘은 아침부터 너무 심했기 때문에 엄마는 좋아, 상관없어, 어차피 이렇게 행동할 거라면 그렇게 하라고 하지, 라고 결정했던 것이다. 전화는 쉴 새 없이 울어댔고 아기는 또다시 칭얼대고 있었으며 프랜시스는 구두 버클을 잠그지 못하는 척하고 있었다. 엄마 자넷이 딸 프랜시스에게 소리를 지르자 딸은 바닥에 쓰러져서는 일어나려 하지 않았다. 프랜시스는 숨을 죽이고 울기 시작했는데 이럴 때 프랜시스를 달래는 유일한 방법은 흰색 시트를 뒤집어 씌워 유령으로 만들어 주고는 시트에 덮인 앞이마 부위에 부드럽게 뽀뽀를 해 주는 것이었다. 그제야 눈물이 천천히, 천천히 멈추기 시작했다. 그로부터 상당한 시간이 지난 후 엄마와 딸은 갈색 스테이션 왜건의 앞자리에 타고 있었다. 차가 움직이기 시작하자 머플러가 질질 끌리고, 오늘도 역시 베이비 카시트 잠그는 것을 잊어버렸다는 생각이 갑자기 자넷의 머리에 떠오른다.

❊ ❊ ❊

앞쪽 교차로에서 아이스크림 트럭과 밴이 충돌했다. 자넷은 차 속력을 늦추고 프랜시스는 앉아서 그 광경을 바라본다. 흰색과 녹색으로 칠한 아이스크림 트럭이 옆으로 쓰러져 있다. 도로 위로 쏟아진 온갖 종류의 아이스크림이 4월의 햇빛 아래 금세 녹기 시작한다. 모든 아이들이 꿈꾸는 광경이다. 산더미 같은 아이스크림이 달콤하게 녹는 광경에 흥분한 땅벌 수백 마리가 아이스크림 트럭 위로 구름처럼 모여든다. 흰색 침대시트 안에서 프랜시스는 엄마가 뚫어준 두 개의 구멍을 통해서 믿을 수 없다는 듯 벌떼를 바라본다. 프랜시스는 벌을 좋아하지 않는다. 벌이 자신의 적이라고 생각한다. 작년 여름 어느 날인가 마시고 있던 음료 캔으로 날아드는 벌 한 마리를 놀라게 했다가 입 안을 쏘인 적이 있었다. 이 사건이 기억난 프랜시스는 시트 밖으로 입 주위를 가린다. 프랜시스는 트럭이 점점 작아져서 마침내 또 하나의 흐릿한 비일상적 기억이 되는 것을 지켜본다.

오, 오, 오, 이리 와서 보세요.
소녀를 봐요. 소년을 봐요. 조랑말을 봐요.
와서 보세요.

유령 같은 시트를 들쳐 낸다면, 그 안에 있는 프랜시스는 매우 예쁜 소녀이다. 눈은 부드러운 갈색이며 얼굴 모양은 민들레 같다. 머리카락은 곱슬곱슬한 금발이다. 벌써 5개월째 프랜시스는 말하는 것을 거부하고 있다. 그녀는 교과서를 읽고 있는데 온통 말에 관한 이야기다. 검은색 암말이 흰색 조랑말과 보금자리를 꾸민다는 내용이다. 뒷자리 카시트에 앉은 아기는 방울방울 침을 흘리면서 프랜시스를 향해 웃고 있다. 엄마가 라디오를 조정하는 사이, 프랜시스는 뒤돌아서 아기를 꼬집는다. 정말 아무 이유도 없다.

학교 앞, 스테이션왜건 안에서 자넷은 고개를 돌려서 딸을 쳐다본다. 자신의 입술 모양을 보고 프랜시스가 알아들을 수 있도록 자넷은 천천히 말한다. "좋아, 아가야, 이젠 시트를 벗어야 한단다."

유령은 움직임이 없다.

"프랜시스."

"유령은 말이 없다.

"프랜시스, 당장 그 시트를 벗어주면 좋겠는데."

유령은 약간의 움직임을 보인다. 프랜시스가 뿌루퉁하게 팔짱을 끼고 있다는 것을 자넷은 알아차린다.

"학교 갈 시간이야. 그 담요를 벗어야 할 시간이라니까."

유령은 고개를 좌우로 젓는다.

"프랜시스, 당장!"

유령은 다시금 고개를 젓는다.

“프랜시스, 담요를 벗어. 그렇지 않으면 벌 받을 거야.”

유령은 움직이지 않는다. 자넷은 재빨리 그 얄팍한 천을 잡아채려 하지만, 작고 냉혹하고 날쌘 프랜시스는 이미 시트를 단단히 움켜쥐고 있다.

아직 아침 여덟 시도 안 되었는데 자넷은 지쳐버린다.

“알았어, 알았어, 알았어, 알았어, 알았어, 알았어, 알았어, 알았어, 알았어, 알았어, 알았어, 알았어, 알았어, 알았어, 알았어, 알았어, 알았어, 알았어, 알았다구!” 자넷은 소리 지른다. 흰색 담요든, 시트든, 무엇이든, 맘대로 하라지. “그 꼴을 한 채로 학교에 가겠다면, 나는 상관없어, 너 좋을 대로 해.”

유령은 잠시 꼼짝 않고 있다가 핑크색 손 하나를 시트 밖으로 빼서 자동차문 손잡이를 잡는다. 스테이션왜건에서 내린 프랜시스는 엄마가 혹시나 마음을 바꿀까봐 서둘러서 학교운동장으로 걸어간다. 흰색 침대시트는 여전히 소녀의 머리를 덮어 싸고 있다. 자넷은 저지할 생각도 없다. 8시 1분. 이제 상황은 완전히 그녀의 통제를 벗어났다. 자넷은 운전석에 앉은 채 아이들이 한 줄로 서서 박수 치고 노래하고 소리 지르는 것을 지켜본다. 프랜시스는 학교에서 잘한다. 대부분은 그렇다. 세 살 때부터 그 아이는 읽는 법을 알고 있다. 프랜시스는 글 읽는 것은 좋아했지만 말하는 것, 아니 여러 가지 소리를 내는 것은 힘들어 했다. 청각장애 때문이었다. 물론 몇 마디 말은 할 수 있다. 응, 아니, 안녕, 잘 있어. 하지만 프랜시스는 점점 게을러지더니 더 이상은 말하기 위한 노력을 하지 않았다. 딸이 말 같은 것을 중얼거리는 것을 마지막으로 들었던 게 언제였는지 자넷은 기억이 잘 안 난다. 프랜시스는 철자법이 뛰어나고 어휘 이해력이 매우 높다. 보청기는 있지만 착용하는 것은 싫어한다. 보청기를 착용하면 다른 아이들이 쳐다보기 때문이다.

매일 아침 자넷은 이렇게 앉아서 자신들이 한 결정이, 즉 프랜시스를 일반학교에 보내기로 한 것이 과연 옳은 일이었을까 하고 생각한다. 특수학교가 있지만 한 시간 반이나 가야 한다. 뿐만 아니라 이곳의 학교는 딸에게 매우 호의적이다. 가장 큰 문제는 프랜시스 본인이다. 그 아이는 좌절감을 느끼고 있으며, 상당히 심술궂게 굴기도 한다.

❊ ❊ ❊

1학년 학생들은 일렬로 서서 휘파람을 불고 있다. 프랜시스도 휘파람을 분다. 그 소리는 아찔할 정도로 가볍다. 마치 작은 새가 창공에서 8자 비행을 하는 것 같다. 프랜시스는 휘파람 부는 법을 알고 있다. 그 소리를 정확하게 듣는 것은 아니지만 입술에서 느껴지는 작고 가벼운 진동으로 알 수 있다. 음향과 음의 높이는 손가락으로 조절한다. 유령 차림을 한 귀머거리 소녀가 휘파람을 불려고 애쓰는 걸 보면서 아이들 몇 명이 웃기 시작한다. 녹색 원피스를 입고 수줍은 미소를 띤 5학년 소녀가 프랜시스에게 손가락질 하면서, 프랜시스가 싫어하는 방식으로 그녀의 이름을 부르면서 놀린다. 프랜시스는 그들의 입 모양을 보면서 그들이 얼마나 끔찍한 방식으로 자신의 이름을 불러대는지 알아차린다. 그러자 곧 5학년 학생들이 모두 합세해서 이름을 합창하기 시작한다. 프랜…시스, 프랜…시스, 프랜…시스. 프랜시스는 가장 가까이에 있던 5학년 학생, 검은 눈의 소년에게 돌진해서 시트를 뒤집어 쓴 채로 그의 팔을 깨물려고 한다. 도브 선생님이 나타나서 대체 이게 무슨 소동이냐고 묻자, 금세 프랜시스는 또다시 울음을 터뜨린다.

자넷은 차를 뺀다. 아기는 이제 잠들었다. 그녀의 손가락은 애타게 담배를 찾고 있다. 자넷은 하루에 담배 두 개비만 피우기로 했다. 하나는 프랜시스를 학교에 데려다 준 다음, 또 하나는 두 명의 아이들이 모두 잠든 다음. 아이들의 아버지는 이제 젊은 남자의 사진일 뿐이다. 금발에, 부드러운 눈빛에, 소년 같은 미모를 지닌 그 남자는 옆구리에 자동소총을 찬 채 모래사막에 우뚝 솟아오른 모스크를 배경으로 서 있다. '해방군이라고? 웃기고 있네.' 자넷은 생각한다. '차라리 '큼지막하고 멍청한 표적' 이라고 하는 게 어때? 아니면 '상상 속의 남편' 이라고 하는 게 어때?' 라이터가 켜지자 자넷은 라이터가 꺼지기 전에 박하담배갑을 찾으려고 애쓴다. 신호등은 너무 빨리 바뀐다. 뒤에서 볼보를 탄 놈이 경적을 울려대기 시작한다. 아기는 뒷자리에서 잠자고 있다. 자넷은 생각한다. 그녀는 프랜시스가 침대시트에 숨기에는 너무 자랐다는 결론을 내렸다. 박하 향 담배를 한 모금 삼키고 나서 자넷은 마음속에 있는 남편에게 상상 속의 편지를 쓴다. '당신 딸이 다시 한 건 했어. 지난주에는 학교에서 다른 아이를 할퀴더니 오늘은 담요 없이는 아무 데에도 안 가겠다는 거야. 그런데 이 바보야, 너는 도대체 어디 있는 거야? 절대 그곳에서 죽지 마. 그랬다간 영원히 용서하지 않을 테니.'

프랜시스는 종종 학교에서 휴식시간에 벌 받는 자리에 앉곤 한다. 공책에 말 그림을 그렸다거나, 허락을 받지 않고 자리를 떴다거나 하는 이유 때문이다.

'위로, 아래로. 위로, 아래로. 위로, 위로, 위로. 아래로, 아래로, 아래로.' 도브 선생님이 말한다.

또다시 문제를 일으킨 프랜시스는 교실 구석에서 벌을 선다. 등받이 없는 작은 나무의자에 앉아 있는 것이다. 아이들은 볼 수 없는 곳에 은색의 거미줄이 숨겨져 있다. 프랜시스는 그곳에서 파리 두 마리가 죽어 있는 것을 발견한다. 프랜시스는 그 파리들에게 이름을 붙여준다. 하나는 프리츠, 하나는 퍼디난드. 그들은 군인이다. 그들은 프랜시스의 절친한 친구들이었는데 불행히도 집에서 멀리 멀리 떨어진 전쟁터에 있는 것이다. 이제 그들 앞에는 어떤 모험이 기다리는 것일까. 보라, 프리츠가 사이드카가 달린 모터사이클을 구해왔다. 그런데 퍼디난드는 사이드카에 타지 않으려 한다. 겁먹은 것이다. 퍼디난드는 모든 것을 무서워한다. 이제 프리츠와 퍼디난드는 언쟁을 벌이고 있다. 하지만 서둘러야 할 텐데. 적군이 가까이 다가오고 있으니 말이다. 적군이 쓰고 있는 깃털 달린 사악한 헬멧이 위험할 정도로 가까이 다가오고 있다. 적군이 허공을 향해 머스켓 총을 발사하자, 갑자기 용기를 되찾은 퍼디난드가 모터사이클의 사이드카로 뛰어들고, 두 명의 용맹한 군인은 속력을 높여 출발한다. 공작부인이 납치되었단다! 프리츠는 자신들이 공작부인을 구출해서 영웅이 되겠다고 결심했다. 둘 중에 용감한 것은 프리츠다. 퍼디난드는 꽃을 바라보는 것을 좋아하며 그리 용감한 편은 아니다.

직장에 가기 전에 자넷은 어머니 집에 들러서 아기를 맡긴다. 텔레비전에서 게임쇼를 보고 있던 어머니는 아기를 받아서 유아용 침대에 눕히면서 게임쇼 진행자가 물어 본 질문에 대답한다. "제인 맨스필드." 이것이 그날 아침에 어머니가 자넷에게 한 말의 전부이다.

재향군인병원 뒤편에 차를 세우고, 자넷은 운전석 시트 밑에 손을 넣어 작은 담배케이스를 찾아낸다. 그 안에는 단단히 감아놓은 마리화나 담배 네 개비와 꽁초가 하나 있다. 자넷은 꽁초에 불을 붙여 깊숙이 빨아들인다. 그리고는 백미러를 들여다보면서 모습을 점검하다가 자기 모습이 하룻밤 새에 할머니처럼 변해버렸다고 생각한다. 인공누액 몇 방울을 눈에 떨어뜨리고 나서 일어서서 간호사 유니폼 매무새를 다듬는다.

자넷은 댄 일병이라는 이름의 환자를 사랑하고 있다. 그는 서른다섯 쯤 되었을까, 1차 걸프전에 출전했던 퇴역군인으로 왼쪽 다리 대부분을 잃었다. 용모는 수려한데 재미없게 생겼다. 연마되지 않은 보석이랄까, 벼랑의 깎아지른 듯한 표면처럼 말이다. 댄 일병은 외상 후 스트레스장애를 겪고 있는데 아마도 '걸프전 병'病을 앓고 있는 것 같다. 그는 마치 유명 인사처럼 자넷이 근무하는 병동을 들락거린다. 4년 동안 예비역으로 복무하다가 일병으로 제대했다는데, 별로 내세울 만한 전적은 아니다.

오늘 댄 일병은 발진에 대해서 불평하고 있다. 그리고 만성 설사병에 대해서도.

자넷은 그에게 이렇게 말한다. "당신도 다른 사람들처럼 기다려야 해요." 그러나 그 남자가 삐친 것처럼 시무룩한 표정을 지을 때면, 자넷은 마음이 졸아들고 두근거리는 것을 느낀다.

네가 이쪽을 본다면, 유령처럼 입은 프랜시스가 혼자 할머니 집의 현관에 앉아 있는 것이 보일 것이다. 오늘은 스쿨버스가 평소보다 일찍 프랜시스를 내려 주었는데, 손녀가 그렇게 빨리 올 거라고 예상하지 못한 할머니는 아기 기저귀를 사러 상점에 간 것이다. 네가 부모님의 미니밴 뒷좌석에 타고 지나갈 때, 프랜시스는 현관계단 꼭대기에 앉아서 너에게 손을 흔든다. 흰색의 작은 유령처럼 차려입은 소녀가 스치듯 잠깐 보일 뿐이다. 너는 미소를 짓고 손을 흔든다. 그러나 이미 그녀는 희미하다. 이미 그녀는 사라졌다. 프랜시스는 집 앞 진입로에 세워져 있던 자신의 핑크색 자전거를 끌어내서 큰길로 나가지 않는 범위 안에서 최대한 멀리까지 타고 나간다. 앞바퀴가 회색 콘크리트 도로경계 가까이에 위험하게 멈춰 선다. 프랜시스는 아무도 보지 않는 틈을 타서 길을 건너간다면 어떨까 생각해 본다. 하지만 도로에서는 절대로 자전거를 타면 안 된다는 주의를 들어왔기 때문에, 앞바퀴로 검은색 포장도로를 건드려볼 뿐 더 이상 나가지는 않는다. 천천히 고개를 돌리자 할머니가 돌아오는 것이 보인다. 파란색 낡은 차가 반대방향으로부터 힘겹게 올라오고 있다. 프랜시스는 자전거에서 폴짝 뛰어내린다. 머리에 쓰고 있던 흰색 시트를 끌어내리고는 안녕, 하고 손을 흔든다. 할머니는 프랜시스의 볼에 뽀뽀를 하느라 아직도 카시트에 채워져 있는 아기를 거의 잊어버렸다. 프랜시스는 길 건너편을 가리킨다. 할머니는 차가 오는 것을 살펴보고 나서 고개를 끄덕인다. 프랜시스는 이웃에 사는 소녀 앨리와 놀기 위해서 서둘러 길을 건넌다. 사실, 앨리는 프랜시스의 친구는 아니다. 앨리는 세 살이나 더 많은데, 자기가 이 작고 이상한 소녀에게 일종의 엄마 같은 역할을 하고 있다는 생각이 만족스러운 것이다. 앨리는 어깨가 빈약하고 깡마른 체격에 섬유질 같은 금발과 누런 치아를 가지고 있다. 앨리는 프랜시스를 아기처럼 안아서 옮기려 할 것이다. 하지만 빨리 내려놓지 않으면 프랜시스가 앨리의 어깨를 깨물 것이다.

앨리는 함께 숲으로 가서 최근에 찾아낸 벌집에 돌을 던질 계획을 세워놓고 있다. 프랜시스는 그 계획이 마음에 들지 않는다. 벌을 싫어하기 때문이다. 완전히 벌에게 겁먹고 있다. 프랜시스는 걷다 말고 멈춰 서서 전에 벌에 쏘였던 곳을 손으로 만져본다. 그녀는 숲 속으로 들어가지 않겠다고 결심한다. 할머니 집으로 돌아가서 텔레비전을 봐야겠다고 결심한다. 앨리는 프랜시스를 쳐다보면서 너 아직 어린애구나, 라고 말하고는 혼자서 숲 쪽을 향해서 걸어가기 시작한다. 프랜시스는 어린애라고 불리는 것이 마음에 들지 않는다. 나는 어린애가 아니야, 라고 결론을 내린 프랜시스는 서둘러 앨리를 쫓아간다. 두 명의 어린 소녀는 찾을 수 있는 돌이란 돌은 모두 모아놓고 갈색 종이처럼 생긴 벌집을 향해 돌을 던지기 시작한다. 앨리가 웃는다. 프랜시스는 아마도 무서운 일은 없을 거야. 그저 멍청한 벌에 지나지 않는 걸, 이라고 생각한다. 프랜시스는 또다시 돌을 던지고 하나 더 던진다. 그러자 순식간에 반짝이는 벌들이 일렬로 내려오면서 프랜시스의 얼굴과 손을 쏘아댄다. 프랜시스보다 나이는 약간 더 먹었지만 더 똑똑하지는 못한 앨리는 자기가 담당하기로 했던 프랜시스를 스스로 지키도록 남겨놓은 채 뒤돌아서 도망친다. 프랜시스는 얼굴을 방어하려고 하지만 벌떼는 이미 그녀를 점령했다. 한 통의 벌떼 전체가 프랜시스의 푸른색 원피스와 핑크색 타이츠를 뚫고서 쏘아댄다.

군인병원에서는 댄 일병이 검사를 받겠다고 우긴다. 자넷이 커튼을 치자 댄이 푸른색 셔츠를 벗는다.

"남편은 잘 있대?" 그가 뻔뻔스럽게 묻는다.

이 남자는 내가 자기를 어떤 시선으로 바라보는지 모른단 말인가? 이런 식으로 나를 단념시키겠다는 건가? "며칠에 한 번씩 이메일 보내와요."라고 자넷이 말한다. 때때로 그 이메일이란 한 줄짜리다. 이런 식이다.

—험비 차량 아래 폭발장치를 숨기고 있던 아이를 잡았음.

—하루 종일 캔디만 먹었음.

—우리 아이들이 이젠 나를 알아보지 못하겠지?

"당신 남편은 괜찮을 거야." 댄 일병이 말한다. "나도 그쪽에 6개월이나 있었는데 총 한번 제대로 쏜 적도 없어. 물론 다른 전쟁이었지만 말아야."라고 그가 중얼거린다.

"이제 발진에 대해서 말해 보세요." 자넷은 사무적인 분위기를 만들려고 노력하면서 말한다.

"여기." 댄은 가슴팍에 있는 붉은 자국을 가리키며 말한다. "정말 화끈화끈해."

자넷은 라텍스 장갑을 끼고 조심스럽게 퇴역군인의 가슴팍을 찔러본다. 아직까지는 몸이 좋군, 이라고 자넷이 생각한다. 몸에 자신 있으니까 셔츠를 벗은 거겠지. 자랑하고 싶어서.

"당신 생각은 어때?" 댄이 묻는다.

"나는 의사가 아니에요." 자넷이 대답한다.

"그래서?"

"그래서 닥터 그랜트가 진찰할 때까지 기다려야죠."

"증세가 심각한 건가?"

"잘 모르겠어요." 그녀가 말한다.

"모른다고? 그렇다면 당신은 그저 셔츠를 벗은 내 몸을 보려고 그랬단 말이야?" 댄은 미소 지으면서 말한다. 댄이 이빨을 드러내면서 씩 웃자, 그 모습에 자넷은 웃음을 터뜨린다.

"의사가 곧 올 거예요."

"어이, 간호사."

"네?"

"혹시 누군가 대화 상대가 필요하게 된다면 말이야… 내 말은, 누군가를 기다린다는 게 무지하게 외로운 일이라는 걸 알거든."

"가 봐야 해요." 그녀가 말한다.

"간호사."

"네?"

댄 일병이 윙크한다. 그리고 자넷이 과장해서 역겹다는 반응을 보이기도 전에 남자는 그녀에게 키스를 날린다. 그 보이지 않는 키스가, 실제 키스만큼이나 진짜 같은 그 키스가 자넷을 흔들어 놓는다. 검사실에서 나와서 간호사 대기실로 뛰어 돌아오면서 자넷은 얼굴이 달아오르는 것을 느낀다.

할머니는 탄력 없는 부드러운 팔에 아기를 안은 채 프랜시스를 찾고 있다. 앨리가 길 건너편에 혼자 앉아 있는 것을 본 할머니는 소리쳐 부른다. "너 프랜시스 봤니?"

앨리는 깜짝 놀라 얼굴을 들더니 고개를 젓는다. 이렇게 말하고 있는 것이다. 아니요, 못 봤어요. 하지만 세 명의 아이를 길러낸 할머니는 아이들이 거짓말하는 것을 귀신처럼 알아차린다.

군인병원의 주차장에 있는 자넷의 스테이션왜건 안에 그녀와 댄 일병이 나란히 앉아 있다. 서로 만지는 것도 아니다. 대화하는 것도 아니다. 자넷의 마리화나 한 대에 불을 붙여서 나누어 피면서 앞좌석에 연기가 가득 차는 것을 바라보고 있다. 마침내 댄 일병이 입을 연다.

"가끔씩 이렇게 기분이 오르면 발가락이 꼼지락거리는 것이 느껴져."

"그래?"

"잃어버린 쪽 다리에서 말이야. 가끔씩 기분이 올랐을 때 그쪽 발가락이 움직이는 게 느껴져."

"오, 그거 이상한 증세 같은데."

"상관없어."

그들은 한동안 말이 없다. 그러자 댄 일병이 다시 입을 연다.

"자넷 간호사, 나 당신에게 키스하고 싶은데."

"나는 남자가 있어." 그녀가 말한다.

"알고 있어."

갑자기 자넷은 스스로에게 기뻐한다. 어쩐지 성인이 된 듯한, 텔레비전 드라마의 여주인공이 된 듯한, 누군가의 진짜 아내가 된 듯한 느낌이다. 세상의 반대편에 있는 바보 남편 미키를 생각하며, 그가 소파에 누워서 잠을 잘 때 어떤 모습이었는지 떠올리면서, 자넷은 미소 짓기 시작한다.

"다시 돌아가 봐야 해." 그녀가 말한다.

같은 병동에서 일하는 간호사 메러디스가 황급히 주차장으로 들어온다. 당황한 모습이다.

"전화 왔어. 너희 어머니야. 일이 터졌나봐."

괜찮아, 무엇보다도, 프랜시스는 괜찮아. 갓 태어난 아기처럼 부풀어 오르긴 했지만 죽지는 않아. 자넷은 프랜시스의 얼굴과 팔과 손을 살펴본다. 벌에 쏘인 상처는 아홉 개. 그런데 할머니는 언제나처럼 완전히 오버했다. 프랜시스는 코듀로이 소파에 누워있는데 눈에 보이는 곳은 모두 핑크색 칼라민(피부소염제)으로 뒤덮여 있다. 프랜시스는 작은 손을 허리춤에 가지런히 놓고 있는데, 마치 관 속에 누워 있는 아름다운 사람의 사진 같다.

"무슨 일이예요?" 자넷이 어머니에게 묻는다. 그러나 어머니가 대답하지 않으리라는 것을 알고 있다. 자넷은 자는 척 누워있는 딸에게 다가간다. 프랜시스의 손을 토닥거리면서 어머니에게 아기는 어디에 있는지 묻는다.

"맙소사, 잊어먹을 뻔했네! 길 건너편에 앨리에게 맡겨놨는데." 할머니는 일어나서 부지런히 앞문으로 나간다.

지금 프랜시스는 유령 복장을 한 채 집에서 저녁을 먹는 중이다. 벌에 쏘인 상처에 바른 칼라민 때문에 흰색 유령 복장은 온통 핑크색 반점으로 얼룩져 있다. 자넷은 지금 자기가 먹고 있는 고기가 어떤 종류의 육류인지 알아보기 위해서 텔레비전 식품(가열만 하면 먹을 수 있도록 만들어진 즉석냉동식품 : 역주) 포장지를 들여다보고 있다. 그녀는 종이 냅킨으로 입을 닦고 나서 프랜시스를 똑바로 쳐다본다.

"프랜시스, 우리 얘기 좀 하자."

프랜시스는 갑자기 동작을 정지한 채 눈만 깜빡인다.

"프랜시스, 이제 그 침대시트는 치워버려야 해."

프랜시스는 움직임이 없다.

"프랜시스, 너는 엄마처럼 어른이 되고 싶니, 아니면 아기처럼 어린애가 되고 싶은 거니?"

프랜시스가 흰색 담요 속에서 어떤 표정을 짓고 있는지 자넷은 짐작이 간다.

"어른이 되고 싶은 거야? 그렇다면 담요를 끼고 다니면 안 돼."

프랜시스는 움직이지 않는다.

"잠잘 때는 담요를 끌어안아도 돼. 하지만 학교에 갈 때는 안 돼. 밥 먹을 때도 안 돼. 이제 더 이상은 안 돼. 오늘로 마지막이야."

유령의 눈 주위에 회색 반점이 생기기 시작한다. 프랜시스가 울기 시작한 것이다. 자넷은 이미 그 소리를 들었다, 이빨을 조용히 부딪치는 소리, 그리고 작은 입술을 꽉 다무는 소리.

자넷은 자리에서 일어나서 프랜시스를 안아서 무릎에 앉힌다. 그리고는 딸의 귀에 입을 대고 노래를 시작한다. '프랜시스, 프랜시스, 제발 울지 마, 제발 울지 마….'

귀를 막고 있을 때 들리는 속삭임은 키스와 같은 느낌이 아니다. 웃을 때 목 주변의 잔털이 긴장하는 것은 누군가 당신에게 소리를 질러댈 때 잔털이 긴장하는 것과는 다른 방식이다. 누군가 소리치고 있다면 당신은 마치 비가 오기를 기다리는 것 같은 기분일 것이다. 누군가 노래를 불러준다면 그것은 당신의 가슴 속에 하트 모양을 그려 넣는 것 같은 기분일 것이다. 물론 이것은 맞는 말이다.

프랜시스는 엄마의 목에 머리를 기대고 천천히 울음을 멈춘다.

아기가 잠들었을 무렵, 프랜시스도 잠들 준비를 한다. 자넷은 프랜시스 옆에 앉아서 말과 공주와 성이 등장하는 동화를 읽어준다. 프랜시스의 왼쪽 눈 위에 있는 쏘인 상처에 칼라민을 발라주고 나서 자넷은 야간등을 켠다. 아래층으로 내려와서 이리저리 텔레비전 채널을 돌리면서 30분 동안 기다린다. 이제쯤 프랜시스가 잠들었을 거라는 생각이 들자, 자넷은 다시 위층으로 올라가 딸의 방에 살그머니 숨어들어, 조심스럽게, 정말 조심스럽게, 잠든 딸이 베고 있는 흰색 시트를 끌어낸다. 이것을 어떻게 처리할 것인가에 대해서 아직 계획이 없지만, 자넷은 소파에 앉아서 또다시 남편에게 상상 속의 편지를 쓴다.

'나는 오늘밤 나쁜 짓을 했어. 살아오면서 가장 끔찍한 일 중의 하나를 해치웠어. 나는 프랜시스가 잠들 때를 기다렸다가 아이의 머리 밑에 있던 시트를 훔쳤어. 나는 당신을 그리워하고 있어. 아니, 어쩌면 당신이라는 개념을 그리워하는 건지도 몰라. 나, 다른 남자에 대해서 진지하게 생각하기 시작했어. 나는 내가 이런 문제에 관해서 충분히 강한 것도 아니고 충분히 끈기 있는 것도 아니라서 걱정스러워. 나는 늘 걱정하고 있어. 몇 달 동안 잠도 제대로 못 잤어. 이 바보야, 대체 언제 돌아올 거야? 당신이 없더라도 용감해지려고 우리 모두 노력하고 있지만 정말 제대로 되는 게 없어. 당신 없이 용감해져야만 하는 상황이 더 이상은 싫어.'

자넷은 흰색 시트에 얼굴을 묻는다. 울고 싶지만 울지 않는다. 그녀는 시트를 머리에 덮어쓰고 한숨을 쉬고, 잠시 동안 그대로 소파에 앉아있다. 눈구멍을 통해서 TV를 응시하는 유령의 모습이다. 그 다음에 자넷은 시트를 아래층으로 가지고 가서 빨랫감 속에 숨긴다. 그러면서 지금 하는 일이 옳은 일이 아니면 어떡하나 걱정스럽다.

아침은 끊임없이 울리는 전화벨로 시작한다. 처음에는 어머니의 전화, 그 다음엔 프랜시스 괜찮으냐고 묻는 메리디스의 전화, 그 다음엔 생명보험 들라고 귀찮게 졸라대는 군 출신의 판매원. 아기에게 아침밥을 먹이고 나면 프랜시스가 일어난다. 곧 자넷은 그들을 모두 스테이션왜건에 태운다. 키를 돌리고 백미러 위치를 조정한 다음 차를 후진시킨다. 순간 프랜시스가 난리법석을 떤다. 뭔가 잊어먹은 것이다. 흰색 시트 챙기는 것을 잊어버린 것이다. 프랜시스는 발을 구르면서 흐느끼기 시작한다. 자넷은 스테이션왜건을 세우고, 숨을 한 번 쉬고, 딸 쪽으로 고개를 돌리고는 프랜시스가 자신의 입술을 제대로 읽을 수 있도록 턱을 낮춘다.

"프랜시스, 엄마는 네 도움이 필요하단다. 오늘 이 문제를 헤쳐 나갈 수 있도록 네가 도와줘야 해."

딸의 얼굴은 하얗게 질린다. 검은 속눈썹에 작은 눈물방울이 맺힌다.

"프랜시스, 우리는 시트 없이 하루를 헤쳐 나가 보려고 하는 거야. 만일 성공한다면 저녁 식사 후에 아이스크림 선데이를 먹을 거야. 하지만 네가 짜증을 낸다면, 나는 당장 여기서 그만 둘 거란다, 아가야. 나는 집으로 들어가서 다시는 침대에서 일어나지 않을 거야."

스테이션왜건은 마치 죽으러 가는 듯한 소리를 낸다. 자넷은 프랜시스가 비명을 지를 것을 예상한 채, 울음이 터질 듯한 표정으로 프랜시스를 바라본다. 그러나 프랜시스는 고개를 돌린다. 여전히 뿌루퉁한 채 정면을 똑바로 응시한다. 미칠 것 같고 성이 나 있지만 프랜시스는 울지 않는다. 이만하면 됐어, 이 정도는 괜찮아, 라고 자넷이 결론짓는다. 분노는 감당할 수 있다. 분노는 괜찮은 말이다.

일·러·스·트

찰스 번즈 Charles Burns는 '하비 상'을 수상한 카툰작가 겸 일러스트작가로 현재 필라델피아에 살고 있다. 수상작인 그래픽소설 '블랙홀'을 포함하여 '빅 베이비'와 '스킨 딥' 등을 창작했다.

●●●

죠 메노의 소설은 젊음의 에너지, 그리고 젊음의 순수와 감정 등을 분출하며 폭발한다. 메노는 우리 인생의 초기 25년을 구성하는 어설픈 실수를 그것이 가공이든, 경험이든, 무엇이든 간에 정교하게 조율된 이해력으로 그려낸다.

– 뉴욕 옵서버

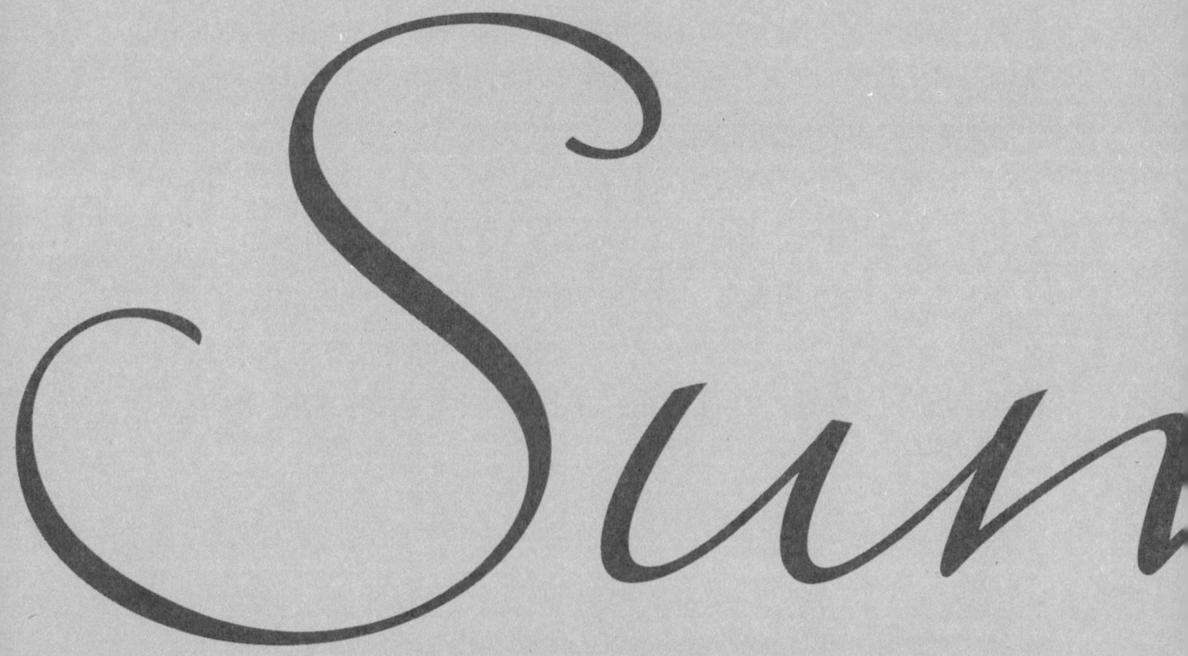

유령비행기

동물원의 동물

사람들은 구름이 되어간다

너는 놀라운 여학생이다

미니어처 코끼리는 인기 있다

ghost plane

유령비행기

공항은 거의 텅 비어있었다. 귀신이라도 나올 것 같은 분위기였다. 빌리는 탑승구직원의 눈을 쳐다보고, 심호흡을 하고, 다시 한 번 애써서 설명을 시작했다. 지금 같이 있는 여자는 진짜로 심각한 신경쇠약 같은 걸 앓고 있다고. 그것 때문에 탑승시간에 늦었으며, 그것 때문에 지금 탑승해야 한다고. 하지만 탑승구직원이 이 말을 조금이라도 이해했을까? 아닌 것 같다. 빌리는 다시 처음부터 천천히, 가장 쉬운 영어단어로, 지나치게 명확한 영어발음으로, 같은 말을 되풀이했다. 하지만 카운터 너머의 벨리즈(멕시코 남쪽 카리브 해에 있는 국가) 여자직원은 그저 고개를 끄덕이고 어깨를 으쓱하더니 손으로 손목시계를 가리킬 뿐이었다. 이미 원래 이륙시간보다 30분이나 지난 시각이었다.

“여기 이 여자는 진짜 완전히 제정신이 아니라니까.” 빌리는 열심히 설명했다. 니콜은 그저 어깨를 으쓱하고는 하품을 하고나서 손으로 입을 가렸다. 니콜이 말없이 눈을 두 번 깜빡이자 빌리는 그녀의 머리를 쳐다보았다. 그것은 어제 발광상태에서 스스로 가위질 한 것으로 한쪽은 길고 한쪽은 위험스러울 정도로 짧았다. 이마에는 불긋불긋한 가위 자국이 그대로 남아 있었다. “장난이 아니라고. 이 여자는 완전히 돌았다니까. 그래서 우리는 한시라도 빨리 이 지긋지긋한 당신네 나라를 떠나야 한다고.”

탑승구직원의 대답은 이러했다. ‘당신들은 다음 비행편이 있을 때까지 기다려야 한다. 가장 빠른 비행기는 내일 아침 출발이다.’

빌리는 그 모든 것이 마음에 들지 않았다. 그렇다, 마음에 들지 않았다. 그는 반사경 선글라스를 고쳐 쓰고 열대 꽃무늬가 그려진 셔츠를 매만졌다. “좋아요. 따져 봅시다. 여기 이 여자는 도움이 필요해. 이 여자가 자기 나라로 돌아가야 의사든 나발이든 왜 이 여자가 미쳤는지 아는 사람을 만날 거 아뇨. 자, 그런데 왜 비행기를 못 타게 하는 거요? 비행기는 아직 게이트에 서 있잖아?”

카운터에 있는 왜소한 여자는 고개를 젓고 이렇게 말했다. “안 돼요, 안 돼요, 내일 돼요, 감사합니다.” 여자는 내일 아침 비행기의 이코노미클래스 티켓 두 장을 주면서 그들의 여권을 다시 한 번 체크하고 나서, 늦지 마세요, 대단히 감사합니다, 안녕히 가세요, 라고 말했다.

갑자기 탑승구역으로 향하는 푸른색 대형 철문이 닫혔다. 빌리와 니콜은 공포에 질린 채 그 광경을 바라보았다. 그러자 다음 순간 거대한 흰색 비행기가 이륙했다. 빌리는 니콜의 손을 잡았다. 그것은 애정의 표시가 아니라 비행기가

떠남으로써, 이 끔찍한 5일 동안의 여행을 가장 쉽고 가장 신속하게 끝낼 수 있는 방법을 놓쳤다는 동질감의 표현이었다. 비행기가 출발하는 것을 지켜보던 니콜은 빌리의 손을 뿌리쳤다. 즉시 그들은 둘 다 절망적인 상태가 되었다.

"오늘 밤 묵을 호텔 방을 잡아야겠어." 빌리가 말했다. "택시를 타고 근처에서 방을 찾아보지, 뭐. 걱정 마. 괜찮을 거야."

"어쨌든 나한테는 상관없어."라고 니콜이 나지막이 말했다. "나는 이미 저 비행기에 타고 있어. 이곳으로부터 날아가고 있다고. 나는 떠났고 다시는 이 끔찍한 곳이나 당신이나 돌아보지도 않을 거야. 절대로."

"방을 잡아야 해." 빌리가 다시 말했다.

"이제 나한테 있어서는 당신이나 다른 사람 모두 죽은 거나 다름없어."

"훌륭하신 말씀이군." 빌리가 말했다.

"당신한테 비명 지르고 싶은 걸 참느라고 죽도록 애쓰고 있는 중이야." 니콜이 속삭이듯 말했다.

"덤까지 주시는군." 그가 말했다. 빌리는 짐을 들고 불편한 마음으로 출구를 향해 비척비척 걸어갔다. 갑자기 검은색 양복을 입은 벨리즈 남자가 은색으로 반짝이는 신분증 명찰을 들이대며 그들 앞을 막아섰다.

"안녕하십니까. 우리는 당신의 동반자가 정신질환 같은 것을 앓고 있을지도 모른다는 정보를 받았소. 당신이 비행 중에 자해하거나 다른 사람들에게 위해를 가하지 않는다는 것을 확인할 필요가 있소." 남자는 이 모든 말을 재빨리 하면서 니콜을 향해 미소 지었다. "당신들이 내일 아침 비행기를 타야 한다면, 탑승하기 전에 간단한 심리테스트를 받아야 합니다."

"여보시오, 그 말이 진담이요?" 빌리가 물었다. "당신들이 그런 검사를 할 수 있을 것 같지 않은데."

"아니요, 우리는 할 수 있소. 그리고 당신들 계획대로 이곳을 떠나는 절차를 밟고자 한다면 지금 당장 검사 받아야 할 거요."

니콜은 빌리를 쳐다보면서 눈을 흘겼다. 빌리는 고개를 끄덕이고 이렇게 말했다. "그러니까 내가 아무 말도 하면 안 되는 거였다는 말이지, 응?"

"그래, 당신은 입 다물고 있어야 했어, 이 바보야."

"검사 받는데 같이 가 줄까?"

"싫어."

"그걸 하는데 얼마나 걸립니까?" 빌리가 명찰을 단 남자에게 물었다.

"한 시간."

"좋아. 그럼 한 시간 후에 여기서 만나자고." 빌리는 항공사 카운터를 가리키며 말했다. "행운을 빌겠어. 당신도 알겠지만, 정상적인 사람이 할 만한 말만 골라서 하라고."

"하나도 재미없어." 니콜은 히죽 웃더니 짙은색 양복을 입은 남자를 따라서 복도를 지나 작은 사무실로 들어갔다. 니콜이 겁먹은 모습으로 그늘진 복도를 따라서 걸어가는 것을 보면서, 빌리는 왜 자기가 그토록 니콜을 좋아했는지 생각이 났다. 그것은 니콜이 강하지 않기 때문이었다. 니콜은 빌리가 지금까지 만나본 인간 중에 진실로 가장 약한 사람이었다. 그녀는 젊고 돈이 많고 멋대로 자란 여자로 토플리스로 봄방학을 즐기는 여자들을 기록 촬영한 비디오에 나왔다. 니콜은 이 특별 시리즈 두 편에 등장했다. 그녀는 빌리보다 나이는 열 살쯤 적지만 훨씬, 훨씬 똑똑했다. 독서를 했던 것이다. 그것도 책을, 모든 종류의 책을 읽는 것이었다. 한 번은 니콜이 생일선물로 빌리에게 책을 준 적이 있다. 빌리는 그것이 외계에서 떨어진 빛나는 암석이라도 된다는 듯이 쳐다보았다. 니콜을 처음 만난 것은 어느 파티에서였는데, 빌리는 그녀가 브라를 착용하지 않았다는 것을 즉시 알아차렸다. 그녀는 아주 얇은 흰색 티셔츠를 입고 있었는데, 작은 찻잔처럼 생긴 눈부신 가슴에 홀딱 반한 빌리는 밤새 미친 듯이 그녀를 따라다녔다. 택시비를 분담하기로 하고 함께 탄 택시 안에서 (물론 빌리의 집은 전혀 다른 방향이었지만) 그들은 일을 벌이기 시작했다. 니콜은 놀라울 정도로 키스를 잘했다. 그것이 세상에서 가장 즐거운 일이라는 듯 완벽하게 몰입한, 애무를 동반한 키스였다. 여자는 남자의 손을 잡아 자기 핑크색 스커트 속으로 이끌었으며 남자의 손가락은 부드러운 팬티라인을 따라 더듬어 내려갔다. 니콜은 빌리의 바지 앞부분을 파헤치면서 손가락으로 허리띠 버클을 벗겨내더니 갑자기 멈췄다. 장난스러운 표정으로 빌리를 쳐다보면서 인상을 찌푸리고는 "이렇게 행동하면 안 되는데."라고 말하긴 했지만, 어쨌든 다시 애무를 계속했다. 이틀쯤 후에 마침내 그들이 섹스하게 되었을 때, 니콜은 처음에는 약간 수줍어하더니, 그 다음부터는 내내 웃어젖혔다. 지금까지 빌리가 만났던 사람들 중에서 그만큼 실제로 섹스를 즐기는 여자는 없었다. 그것은 대단한 일이었다. 그것 때문에 빌리는 처음부터 벨리즈 여행을 함께 하자고 얘기한 것이었다. 니콜은 빌리가 알고 있는 어느 누구보다도 재미있었지만, 가끔씩, 아니 두 번에 한 번은, 정신병원에 수용되어야 할 정도로 이상한 태도를 보이곤 했다.

문제는 첫날 오후에 작은 호텔 방에 도착해서 짐을 풀 때부터 시작되었다. 니콜은 자기가 먹는 항불안제 약을 잊어먹고 안 가져온 것을 발견했다. 게다가 빌리는 잘 알지도 못하면서 니콜에게 약을 빠뜨린 것이 어쩌면 전화위복이 될 거라고 말했다. 걱정하지 말라고 말했다. 아마도 앞으로 그런 약은 필요도 없게 될 거라고 말했다. 물론 빌리는 일생 내내 제대로 된 판단을 한 적이 없는데, 이 서툰 의학적 충고 역시 예외는 아니었다.

니콜의 신경쇠약 발작은 정확하게 이런 식으로 일어났다. 사흘 동안은 파라솔 아래 앉아서 울기만 했으며, 음식을 먹지 않겠다며 빌리와 말다툼을 했고,

그 다음에는 호텔방 욕실에 들어가서 문을 잠근 채 네다섯 시간 동안 문을 열지 않았다. 빌리는 방을 서성이면서 십 분 정도 간격으로 욕실 문을 두드렸다. 그의 머리로 생각할 수 있는 말이라고는 이것뿐이었다. "니콜, 이렇게 하는 건 좋은 방법이 아니야. 나한테 화가 난 거라면, 제발 이 망할 놈의 문을 열어 봐. 그래야 얘기를 할 수 있을 거 아냐. 이렇게 나를 병신처럼 문 밖에 세워두지 마." 이 모든 말을 들으면서 니콜은 발이 달린 작은 욕조 안에 앉아서 헤어드라이어를 집어 들고 플러그를 꽂은 다음에 물속으로 함께 잠수했다. 아무 일도 일어나지 않았다. 헤어드라이어는 최신형이었기 때문에 누전사고 차단장치가 되어 있었던 것이다. 실망한 니콜은 머리를 자르기로 결심했다. 그녀의 머리는 길고 부드러운 금발이었다. 이발이 끝났을 때 머리카락의 반은 여전히 어깨 길이였고 나머지 반은 듬성듬성 들쭉날쭉한 모양이었다. 마침내 니콜이 문을 열었을 때 보니, 니콜은 옷을 벗은 채 물 속에 앉아 있었고, 피부에는 상처가 나 있었고, 옆에는 헤어드라이어가 값비싼 목욕용품처럼 둥둥 떠 있었다. 니콜이 자살이라도 한다면, 그것은 자신이 처리할 수 있는 능력 밖이라고 결론지은 빌리는 그 즉시 집으로 가는 비행기 표를 예약한 것이었다.

❊ ❊ ❊

공항 밖에는 택시정류장과 군사기지와 오래 된 녹색 공장 건물이 있었다. 7월의 열기 때문에 모든 것이 은빛으로 보였다. 빌리는 택시를 타고 벨리즈시티로 돌아가서 웬만한 방을 하나 잡아놓은 다음에 다시 공항으로 돌아와서 니콜을 데려가려는 생각이었다. 하지만 태양이 내리쬐는 곳으로 나서고 보니 시내에 갔다가 되돌아오는 것보다는 여기서 니콜을 기다리는 것이 낫겠다는 생각이 들었다.

택시정류장 근처 인도경계석에 피부가 검은 소년 하나가 낡은 빨간색 자전거 를 세워둔 채 옆에 앉아있었다. 소년은 빌리를 조심스럽게 관찰하더니 자전거 앞에 달려있는 철망 바구니를 가리키면서 폭죽을 사겠느냐고 물어왔다. 사실, 빌리는 폭죽에 무지하게 관심이 있었다. 사실, 그만큼 절실하게 폭죽을 사고 싶었던 적이 언제였나 싶을 정도였다. 빌리가 소년에게 미국 돈 1달러를 주자, 소년은 미망인의 세탁물, 불꽃을 튀기며 나르는 물고기, 꽃피는 불꽃 장원 등 괴상한 이름이 붙은 다양한 로켓폭죽, 소음폭죽, 미사일폭죽, 그리고 로만캔들 중에서 고르라고 하였다. 바구니 맨 밑에는 또 다른 종류의 제품이 있었다. 종이로 조잡하게 만든 세발자전거 위에 종이로 만든 작은 동물이 올라탄 모양의 폭죽이었는데, 빌리는 그중에서 붉은 색 터키모를 쓴 원숭이가 구식처럼 보이는 자전거를 타고 있는 것과, 이름 없는 푸른색 로켓폭죽 두 개를 골랐다. 빌리는 아이의 머리를 쓰다듬다가 그런 짓을 한 것을 후회하면서 1달러를 더 주었다.

믿기 어렵게도, 니콜은 아무 문제가 없다는 건강진단서를 받았다. 하지만, 물론, 그녀는 기다리기로 되어 있는 곳에서 기다리지 않았다. 대신에 밖으로 나와 '금연' 이라는 푯말 바로 아래에서 담배를 피우면서 미친 듯이 겨드랑이를 긁고 있었다.

"맙소사, 니콜, 대체 뭐가 문제야?" 빌리가 물었다.

"모기가 겨드랑이를 물었어. 끝내주게 열 받네."

"아니, 내 말은, 왜 바로 여기에서 담배를 피우느냐고. 여기 사람들은 꽤 심각하거든, 바로 여기에 망할 금연 표시가 있잖아."

"참견 마, 빌리. 담배 필 수 없게 한다면, 누군가 죽여 버릴 거야."

"좋아, 알았어. 시내로 돌아가서 방을 얻자고. 담배 다 피우면 출발하자."

"빌리, 앞으로 이 여행이 끝날 때까지 나에게 한 마디도 하지 마."

When he heard
that sound,
that snorting laugh...

"좋아."

"좋아, 그리고 엿 먹어."라고 니콜이 말했다.

빌리는 니콜을 택시에 태웠다. 그들은 광활하고 울창한 목초지를 지나서 벨리즈시티로 향했다. 가끔씩 오래된 옥색 코카콜라 간판과 음주운전을 경고하는 표지판이 있을 뿐, 경치는 냉담하고 공허했다. 니콜은 아마도 생각중인 듯 말이 없다가 어느 시점에 빌리를 쳐다보면서 적의에 가득한 눈을 가늘게 뜨고 곁눈질을 했다.

"그 공항에서 본 남자가 당신이 아빠냐고 묻던데." 니콜이 비웃으며 말했다. 그 때문에 작고 하얀 이빨이 조금 드러났다.

빌리는 고개만 끄덕일 뿐 말이 없었다.

"그게 내가 여기에 온 이유라는 걸 알게 됐어. 왜냐하면 나는 아빠를 정말 증오하거든. 아빠를 증오하기 때문에 이런 식으로 살면서 자학하는 거야."

"멋지군." 빌리는 차창 밖을 바라보면서 이렇게 말했다. "끝내주게 훌륭한 얘기야."

니콜은 그들이 얻은 방이, 기껏해야 예닐곱 시간 묵을 그 방이 허접하고 싸구려라고 툴툴댔다. 하지만 그 방은 진짜 그랬다. 목욕탕에서 니콜이 샤워하는 도중에 물이 끊겼기 때문에 그녀는 머리를 흰 타월로 감싼 채 키 크고 날씬한 알몸으로 그냥 나왔다. 니콜은 작은 침대 위로 와서 빌리 옆에 누워서 한숨을 쉬더니 이렇게 말했다. "빌리, 당신의 여행을 이렇게 망쳐서 미안해. 나는 지금 내 생애에서 별로 행복하지 않은 순간이야. 사람들이 진짜로 나를 싫어한다는 걸 깨닫고 있어. 속으로는 내 자신에 대해서 진절머리가 나고 있어." 그녀는 잠시 훌쩍이더니 돌아누워서 손에 얼굴을 묻었다. "당신이 이해할 거라고 생각하지는 않지만, 하지만 나는 사람들이 나를 싸구려로 취급하는 데 신물이 났어.

더 이상은 싸구려 취급을 견딜 수 없어."

"그렇다면 싸구려처럼 행동하지 않으면 되잖아." 빌리가 말했다.

"그게 무슨 의미야?"

"그대로야. 당신이 싸구려처럼 행동하니까 사람들이 그대로 대하는 거라고."

니콜은 입술을 부르르 떨며 빌리를 노려보았다. "난 정말 당신을 끝장나게 증오해, 빌리." 이렇게 말하고 나서 그녀는 다시 울기 시작했다. "정말 싫어해. 내가 여기에 온 것은 당신이 좋은 사람이라고 생각했기 때문이야. 나는 당신이 나를 있는 그대로 전부 다 진짜로 좋아해 주는 사람이라고 생각했어."

"오 맙소사, 니콜."

빌리는 몸을 일으켜 바닥에 내려섰다. 바지 단추를 채우고 나자, 마지막으로 열대지방의 석양을 보기에는 지금이 좋은 기회라는 생각이 들었다. 그는 배낭을 집어 들고 밖으로 나왔다. 그때쯤 벨리즈시티는 대부분 색깔 있는 불빛을 밝히고 있었다. 작은 식료품점과 모퉁이 가게에는 깡마른 아이들이 모여서 유리병에 든 청량음료를 마시면서 웃고 있었다. 그는 좁다란 인도경계석 위에 앉아서 담배를 찾고 라이터를 찾다가 폭죽이 기억났다. 그래, 가방 속에 폭죽이 있었지. 빌리는 푸른색 로켓폭죽 하나를 땅에 놓고 심지에 불을 붙이고는 조심스럽게 뒤로 물러났다. 폭죽은 솟아오르지도 않고 아무 소리도 없이 그저 타들어가기만 하다가 조그마한 흰색 불꽃이 터질 뿐이었다. 빌리는 화난 채 샌들로 밟아 껐다. 또 다른 로켓폭죽에 불을 붙여 보았지만 이번에도 불이 붙은 채 옆으로 쓰러질 뿐이었다. 다음 것은 작은 불꽃이 터졌고, 그 다음 것은 불발이었다, 세상에. 빌리는 터키모를 쓴 종이 원숭이 폭죽을 집어서 도로 위에 놓았다. 원숭이의 작은 다리는 자전거 페달에 연결되어 있었다. 그는 눈을 들어 모텔 방 창문을 바라보고는 인상을 찌푸렸다. 갑자기 그는 자신이 니콜에게 한 말에 대해서 후회가 들었다. 그녀가 어떤 사람인지 정확하게 알고 있으면서, 실제로 '미쳤다'는 걸 알면서, 함께 가자고 우겨서 여기까지 데리고 와서는, 다른 사람처럼 행동하길 기대했다는 것에 대해서 끔찍한 기분이 들었다. 지난 며칠 내내 그녀에게 잘 대해준 것도 아니었다. 약을 먹지 않아도 괜찮다고 말함으로써 그녀를 확실하게 망가뜨린 것도 빌리였다. 그는 아마도 지금이 사과하기에 적합한 때일 거라는 느낌이 들었다. 빌리는 두 손을 입가에 모아 메가폰을 만들고는 니콜을 소리쳐 부르기 시작했다. 대답이 없었다. 그는 니콜의 이름을 부르고 또 부르고 또 불렀다. 모퉁이에 있던 벨리즈 아이들이 그를 쳐다보고, 작은 개들도 합세했다. 마침내 니콜이 문을 열고 발코니로 나왔다. 머리에는 여전히 흰색 타월을 두른 채 흰색 침대시트로 몸통을 감싸고 있었다. 그녀는 정말 아름다웠다. 공주 같았다. 비록 더러운 모텔 침대시트를 두르고 있었지만, 목의 길이와 자태로 미루어볼 때 그녀에게 상당히 지적이며 세련된 분위기가 있다는 것은 명확했다. 그녀는 똑똑한 사람이었지만 매우, 매우 멍청하게 행동하는 것에 익숙해져 있을 뿐이었다. 그녀는 지겨운 척하면서, 유연하고 날씬한 몸을 난간에 기댄 채 담배를 피우고 있었다.

"이번에는 뭘 원하는 거야?" 니콜이 아래쪽을 내려다보며 물었다.

빌리는 무릎을 꿇고 앉아 심지에 불을 붙이고는 서둘러 뒤로 물러났다. 작은 원숭이는 불꽃과 함께 폭발하더니 거리 저편으로 날아가서 작은 평지에 떨어졌다가 다시 솟아올라 밤하늘로 사라져버렸다. 니콜은 깜짝 놀라서 아마도 꽤 오랜만에 처음으로 입을 크게 벌리고 박수치기 시작했다. 빌리는 앞뒤로 깡충깡충 뛰면서 원숭이 소리를 내기 시작했다. 니콜의 얼굴은 즐거움으로 달아올랐고 코에서는 엄청난 코웃음 소리가 울려 퍼졌다.

그 소리, 그 코웃음 치는 소리를 듣자, 빌리는 이렇게 생각했다. '오, 안 돼,

오, 맙소사, 맙소사, 나는 사랑에 빠진 거다.' 그는 거기에 서서 발코니에 있는 니콜을 향해 눈을 깜빡이고는 모텔 층계로 돌진하여 방으로 박차고 들어갔으며, 그러자 니콜은 웃으면서 비명을 지르기 시작했다.

일 · 러 · 스 · 트

존 레시 Jon Resh는 시카고에 살고 있는 작가 겸 그래픽디자이너로 공동제작과 위탁제작을 하고 있다. 특히 죠 메노의 책 표지디자인을 맡고 있다. www.go-undaunted.com

ANIMALS
IN THE
ZOO

동물원의 동물

동물원 사육사가 실연당했다. 아내가 그를 버리고 어떤 낯선 놈과 함께 비행기를 타고 페루로 가버린 것이다. 비탄에 잠긴 사육사는 동물 우리의 문을 모두 열어놓고 열쇠는 버렸다. 그는 편지 한 장을 남기고 아프리카 독벌 전시실 안으로 몸을 던졌다. 졸린 눈에 용기가 없는 동물들은 처음에는 탈출하지 않는다. 다만 열려있는 우리 문을 바라보며 이것이 분명 일종의 속임수일 거라고 생각할 뿐이다. 동물들은 이렇게 생각한다. '하하하, 아주 재미있군요. 사육사 아저씨.' 코끼리들은 아름다운 코로 입구를 훑어보며 다리를 씰룩거린다. 마음속으로는 기름칠이 잘된 코끼리용 주사총이 정확하게 날아 와 박힐 것을 비밀스럽게 원하고 있다. 다른 동물보다 눈치가 빠른 원숭이는 잘 속아 넘어가지만 매력적인 이웃, 판다곰에게 우리 문을 열어 보라고 부추긴다. 그러면서도 행동이 서투른 판다곰이 문지방을 넘는 순간 곧 총을 맞을 거라고 확신하고 있다. 호랑이와 사자가 한 목소리로 끙끙대다가 결국 믿을 수 없다는 듯 포기하고는 자기 자리로 되돌아간다. 에카라는 이름의 용감한 작은 영양이 우리 밖으로 걸어 나간다. 동물들은 모두 함께 기다리며 지켜보다가 아무 일도 일어나지 않는 걸 보고는 말을 잃는다. 영양은 거의 텅 빈 공원의 금지된 구역으로 가뿐하게 사라진다. '문이 정말로 열렸단 말인가?' 라고 동물의 작은 심장이 묻는다. 동

물의 작은 심장은 '그렇다' 고 대답한다. 동물들은 여전히 주차장에 도착하기도 전에 전멸당하는 게 아닐까 의심을 지우지 못한 채 서둘러 동물원 입구로 몰려간다.

그 시간에 초등학교 3학년생 에밀리 도트는 벌을 받을 각오를 한 채 집의 정문 현관에 앉아있다. 에밀리는 심각한 곤경에 처해 있다. 여름방학 첫 날인데 성적표가 도착한 것이다. 에밀리는 올해 내내 별로 잘하고 있는 것 같지 않다. 선생님의 통신문에 의하면, 에밀리는 매우 다루기 어려운 아이로, 수업을 방해하는 일을 멈추지 않는다는 것이다. 물론, 한 번 큰 소리로 이렇게 말한 적이 있다. "조물주가 있다는 건 말이 안 돼요! 만일 조물주가 있다면 어떻게 해서

성경 어디에도 공룡이 나오지 않을 수 있어요?" 에밀리 도트는 엄마가 다시 직장에 다니기 시작한 이후로, 이와 같은 못된 행동을 하는 것으로 알려져 있다. 엄마의 직업은 무엇인가? 스튜어디스이다. 엄마가 집을 떠나 있는 것이 에밀리에게 불행한 결과를 가져온 것이다. 예를 들어 종교수업 시간에, 선생님은 에밀리에게 할 말이 있으면 혼잣말로 하라고 경고했지만 아무 소용이 없다. 에밀리는 매우, 매우 슬프다. 동물원 사육사의 가슴과 마찬가지로, 이 세상의 심장과 마찬가지로, 에밀리의 마음 역시 약간 무너져버린 것이다.

키가 크고 핸섬한 도트 씨, 즉 에밀리의 아버지는 넥타이를 끄르고 에밀리 옆에 앉는다. 그는 영업에 종사하는 프로젝트 매니저이다. 한두 건의 프로젝트를 관리한 것으로 알려져 있는데, 여러분은 그 말을 믿는 편이 좋을 것이다. "어린 아가씨야, 이 성적표에 대해서 우리가 어떻게 해야 할까?" 도트 씨가 심각하게 묻는다.

"나는 어린아이 취급 받는 게 싫어요." 에밀리가 말한다. "세상에 조물주 같은 건 없다는 걸 알고 있어요. 아무리 선생님이 강요한다고 해도 조물주가 있다고 생각하지는 않을 거예요."

"그래, 그래서는 안 된다, 아가야. 아무도 네가 생각하기 싫은 것을 생각하도록 만들 수는 없단다."

"나는 공손하게 질문 하려고 노력해요. 하지만 쉴즈 선생님은 내가 말할 때마다 화를 내요."

"네가 질문을 많이 해서 선생님을 좀 성가시게 하는 모양이구나."

"엄마는 내가 물어보면 언제나 대답해 줘요. 나한테는 짜증을 낸 적이 없어요."

"그래, 네 엄마는 아주 친절하고 잘 참아주지."

"엄마는 나한테 어린아이에게 말하듯 말하지 않아요."

"맞아. 네 엄마는 안 그러지."

에밀리 도트와 그녀의 아버지 도트 씨는 바로 그때 눈앞에서 놀라운 광경을 보게 된다. 상아색 뿔을 가진, 참으로 우람한 코뿔소 한 마리가 집 앞 길 한복판으로 조용히 서둘러 오고 있는 것이었다. 코뿔소는 잠시 멈추고 그들을 보더니 큼직한 회색 콧구멍으로 냄새를 맡는다. 거대한 검은 눈을 껌뻑이면서 딸과 아버지를 차례로 보더니, 가던 길로 계속 간다. 쿵쿵거리며 모퉁이에 있는 노란색 작은 집 뒤쪽으로 가더니 시야에서 사라진다. 잠시 후에는 아프리카 붉은 사슴 한 마리와 점박이 호랑이 한 마리가 나타나고, 그 뒤로 은백색의 악어 한 마리가 뒤따르는데, 한 마리씩 한 마리씩 마치 기이한 퍼레이드처럼, 동물들은 목적 없이 길을 따라 가고 있다. 아름다운 흰색 순록 몇 마리가 잠시 멈춰서 도트 씨네 울타리 맛을 보더니, 이웃 푸른색 작은 집과 경계에 심어진 느릅나무에 사슴뿔을 문지르고는 전력질주해서 간다.

"경찰에 전화해야 돼." 도트 씨가 말하고는 황급하게 집 안으로 들어간다. 호기심 많은 에밀리는 현관계단에서 내려와 거대한 녹색 울타리 뒤에 숨어서 바라본다. 육중하고 두루뭉술한 하마 한 마리가 진주빛 이빨 위로 무거운 혀를 늘어뜨린 채 에밀리가 있는 쪽을 향해서 어슬렁거리며 다가와서는 울타리의 진달래 덤불을 한 입 베어 무는데, 발밑에 그림자처럼 보이는 작은 소녀는 안중에 없다. 다음 순간, 하마가 울부짖는다. 난데없이 나타난 치타 두 마리가 이 거대한 먹이 사냥을 해치우려고, 하마의 거대하고 넓은 등에 덤벼들어 큼직한 척추를 덥석 물어버린 것이다. 에밀리 도트는 한 쌍의 큰 턱이 구슬픈 소리를 내며 죽어가는 것을 올려다보고는 넋을 잃는다. 아버지가 와서 에밀리를 일으켜 세워 현관 방책 위로 데리고 간다. 하지만 이제 마지막 숨을 내쉬며 죽어가는 하마가 제공할 진수성찬에 꽤 만족한 치타는 아버지와 아이에게는 관심도 없다.

"저 위가 제일 안전할 거야."라고 도트 씨가 말한다. 그들은 덩굴장미 격자울타리를 타고 2층으로 올라간다. 경사진 나무 지붕 틈으로, 도트 씨와 그의 딸은 동물들이 작은 마을을 약탈하는 것을 지켜본다. 포스터 씨네 복층가옥은 뱀의 임시거처가 되고, 애견대회에서 상을 받은 푸들은 아나콘다 몇 마리의 소화관 속에 불룩하게 남아있다. 해밀턴 씨네 앞뜰은 알프스 염소와 아프리카 얼룩말이 우아하게 목련을 뜯어먹고 있는 임시 대평원으로 바뀐다. 낙타 두 마리가 할러웨이 씨네 뒷마당을 어슬렁거리며 하와이식 파티를 모두 망가뜨리고 점화장치를 넘어뜨리는 바람에 일련의 스파크가 일어나고 있다. 더 나쁜 것은, 고릴라 몇 마리가 동네 깡패인 디키 피터슨을 단풍나무가 빽빽한 그늘로 옮겨놓고 지분거리고 있는 것이다.

"저기 모퉁이에 작은 회색원숭이가 있다!" 도트 씨가 손으로 가리키면서 외친다.

"저건 갈라고 원숭이에요."라고 에밀리가 말한다. "과학 시간에 배웠어요."

"오, 그래, 갈라고 원숭이." 아버지가 말한다. "어디에서 왔더라?"

"열대우림이요."

"아, 그래. 맞아."

아버지와 딸은 이 작고 복슬복슬한 동물이 도로표지판에 날렵하게 매달린 채 스스로 털을 다듬는 것을 지켜본다. 그들은 한동안 말이 없다. 정글 동물들의 낯선 소리가 황혼 속에 울려 퍼진다.

"학교에서 소리 지른 것 미안해요." 에밀리가 말한다.

도트 씨는 고개를 끄덕이고 대답한다. "그래, 그런 짓은 하지 말아야지."

에밀리는 가쁘게 숨을 쉬고 고개를 숙인다. "엄마가 정말 보고 싶어요."라고 중얼거린다. "하루 종일 엄마 생각이 나요."

"나도 네 엄마가 보고 싶단다, 애야. 나도 네 엄마가 그립단다."

에밀리는 코를 긁고 한숨을 쉰다. 그리고는 오랫동안 생각해 오던 말을 한다. "엄마가 가 버린 후로는 제대로 되는 게 하나도 없어요."

"그래." 아버지가 안경을 벗으면서 말한다. "네 말이 정말 맞구나."

일 · 러 · 스 · 트

제이 라이언 Jay Ryan은 시카고와 매우, 매우 가까운 곳에 살고 있으며 대부분의 시간에 자신의 숍인 '버드머신'에서 콘서트 포스터의 그림을 그리고 스크린인쇄 작업을 하면서 지낸다. 나머지 시간에는 통나무를 쪼개거나, 자전거를 타거나, 다른 집 마당에 있는 개들과 이야기를 하면서 보낸다.

PEOPLE ARE BECOMING

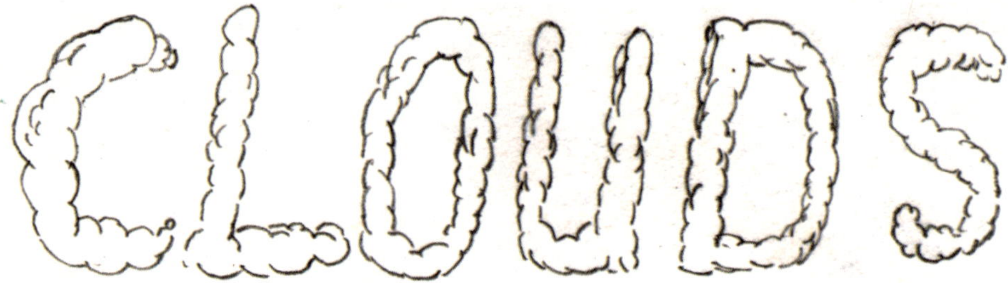

사람들은 구름이 되어간다

사람들은 요즘 구름이 되어간다. 존이 키스하려고 아내에게 다가설 때마다 아내 엘리너는 그저 품위 있게 자신의 운명대로 웃고는 즉시 부드럽고 하얀 수증기 덩어리로 변한다. 수증기는 아무런 냄새가 없으며 다양한 크기와 형태로 나타난다. 수증기는 여전히 말은 알아듣는다. 존이 아무 말 없이 울기 시작할 때마다 수증기는 그것을 이해한다. 한 번은, 공항에서 손을 맞잡고 있다가 존이 아무 생각 없이 엘리너의 부드러운 볼에 키스했는데, 순간 아내는 펜스를 넘으려 뛰어오르는 어린 조랑말 모양의 하얀 구름 덩어리로 바뀌어 버렸다. 조랑말은 길게 늘인 목을 통해서 소리를 내는 것 같았다. 누군가 그 구름을 보고 사진을 찍었는데, 결국 다음날 신문 2면에 실리고 말았다. 엘리너의 부모는 당장 전화 걸어왔다. 아버지는 상당히 불쾌해 했지만 어머니는 매우 만족스러운 듯했다.

❊ ❊ ❊

일단 엘리너가 수증기 구름으로 변하면 그 상태는 한 시간 이상 지속된다. 구름의 모습은 매우 다양하게 나타나는데, 그날의 기상조건이라든지, 어떤 음식을 먹었는지, 어떤 옷을 입고 있는지 등등 갖가지 이상하고 알 수 없는 요인에 의해서 결정되는 것 같다. 흰색 연기 덩어리가 아닐 때의 엘리너는 초등학교 1학년 선생님으로 학생들은 물론, 거리에서 스쳐 지나가는 낯선 사람을 포함하여 거의 모든 사람의 애정을 듬뿍 받고 있다. 그녀는 눈에 띄게 멋진 젊은 여성이다. 짧게 친 붉은 색 머리에 빛나는 눈동자가 마치 요정 같다. 그녀는 장난감 개가 웃는 것 같은 방식으로 웃곤 한다. 주목해야 할 점은, 이들 부부가 결혼하기 전까지 엘리너가 구름으로 변한 적은 없으며, 이처럼 계획에 없던 사건의 전개 때문에 존은 소리 없는 좌절을 겪고 있다는 것이다.

엘리너가 증기 구름이 되었을 때 보여준 이상한 모양을 소개하자면 다음과 같다. 거대한 날개를 펄럭이며 대형 트럼펫을 불고 있는 비둘기, 수 피트에 달하는 성城들로 복잡한 구조를 이룬 눈송이, 불가능하도록 긴 목을 지닌 채 담요를 깁고 있는 백조, 숟가락 고리를 후광으로 달고 있는 꽤 정확한 모습의 천사, 희미한 흰색 호랑이가 막 삼키고 있는 거대한 사과.

엘리너는 자신이 구름으로 변하는 것은 전적으로 자신의 통제 밖이라고 주장한다. 존은 이 말을 전적으로 믿지는 않는다. 구름으로 변신하기 직전에 엘리너는 웃는 것처럼 보이는데 존은 바로 이 웃음을 납득할 수 없는 것이다. 그러나 그는 이 부분에 대해서는 논쟁을 거부한다. 그는 아내를 사랑하고 아내도 자기를 사랑한다고 생각하며 그 문제는 스스로 해결되어야 할 것들 중 하나라고 믿는다. '부부는 이런 종류의 문제를 겪는 법이다' 라고 그는 생각한다.

존과 엘리너는 여전히 가끔씩 친밀한 행위를 시도할 것이다. 불을 끄고 부드러운 음악을 틀 것인데, 아마도 재즈 음악일 것이고 아니면 다른 음악일 것이다. 존은 흰색 침대에 누워서 눈을 감은 채 그의 아내가 자신의 몸을 만져 주기를 기다릴 것이다. 그리고 아내가 그렇게 할 때면 존은 자신의 손가락으로 그녀의 머릿결을 쓰다듬는 것을 참으려고 노력할 것이며, 잠간 동안은 참는 것이 가능할 것이다. 그러나 아내가 핑크와 브라운이 섞인 나이트가운을 입고 있다면, 존은 결국 아내의 몸을 더듬을 것이며, 그렇게 되면 다음 순간 아내는 남편 위에서 표류하는 구름이 되어 있을 것이다. 그러면 존은 침대에 누운 채 그녀를 쳐다볼 것이다, 수축과 팽창을 하면서 행복한 흰색 구름을. 그는 손을 뻗어서 그녀를 잡고자 하겠지만 할 수 없을 것이다. 그는 그녀를 빨아들여서 자신의 폐 안에 가두려고 시도하겠지만, 얼굴이 빨개지도록 숨만 들이쉬다가 포기하게 될 것이다. 그는 돌아누워서 베개에 얼굴을 파묻고 울고 싶겠지만 그렇게 하지 않을 것이다. 너무 당혹스러워서 울 수 없을 것이다. 결국 그는 천장을 향해 돌아누워서 엘리너가 눈처럼 흰 매가 되어 복숭아를 먹는 모습이나, 혹은 축소판 구름 마을에 둘러싸인 일련의 아름다운 언덕이 되어 있는 것을 보게 될 것이다. 그는 침대에 누운 채, 버려진 아내의 나이트가운을 만지작거리면서, 그녀가 다시 내려올 때까지 기다릴 것이다.

때때로 존은 어떤 알루미늄 회사의 회계대리인으로 일하고 있는 자신의 사무실에서 엘리너에게 전화해서 이렇게 물어볼 것이다. "당신 지금 구름이야?"

"아니." 그녀가 대답하면서 웃을 것이다. "물론 아니야, 여보."

"지금 어때?"

"음… 안 돼."

"지금은 어때?"

"안 된다니까."

다른 경우에, 존이 세인트루이스라든가 클리블랜드 같은 슬픈 장소로 출장을 갔을 때, 그는 모텔 방에서 엘리너에게 전화를 할 것이며 그들은, 마치 아직도 데이트 중인 것처럼, 야한 대화를 시도할 것이다.

"나는 창문으로 기어올라서 몰래 당신에게 접근하는 중이야."라고 존이 말할 것이다. "나는 옛날 강도처럼 줄무늬 셔츠에 마스크를 하고 있어."

"좋아. 그럼 나는 지금 뭘 하고 있지?" 그녀가 물을 것이다.

"당신은 설거지를 하는 중이야. 흰색 프릴이 달린 에이프런을 입고 있지. 하녀처럼 말이야."

"에이프런을 입고 있지만 하녀가 아닌 것은 어때?"

"그래, 좋아. 당신은 에이프런을 입고 설거지를 하는 중이고, 나는 살금살금 뒤로 다가가서 당신의 어깨와 팔과 다리 뒤쪽을 만지고 있어."

"그런 다음에는?" 그녀가 물을 것이다.

"잘 모르겠어. 음… 당신을 데려가서 내 제트기에 싣고 우리는 지금 멀리 날아가고 있는 중이야. 내가 당신을 납치한 셈이지."

"강도가 제트기를 가지고 있단 말이야?"

"음. 나는 강도와 상관없이 원래 부자야. 인생의 권태를 해소하기 위해서 범죄의 삶을 택했을 뿐이지."

"그렇구나." 그녀는 웃을 것이다. "이제 당신은 나에게 무슨 짓을 하고 있는

데?”

“나는 지금….” 모텔의 옆방에서 누군가 텔레비전을 지나치게 크게 틀고 있을 것이다. 그래서 존은 전화기를 입에 가까이 대고 속삭일 것이다. “나는 당신의 눈을 가리고 있어. 눈을 가리고는 설탕을 잔뜩 뿌린 케이크와 과자를 먹이고 있어. 많이.”

그러자 대답이 없을 것이다. 존은 그의 아내가 전화를 끊은 것인지 아니면 여전히 듣고 있는지 확신하지 못할 것이다. 잠시 시간이 흐른 뒤 그는 이렇게 속삭일 것이다. “당신 지금 구름이 된 거야?” 그리고는 침묵만이, 공기의 소리만이 있을 것이다. 말하자면 전혀 아무런 소리도 없을 것이며, 그것은 그녀가 지금 구름이라는 의미이다. 존은 바로 그때 아내에게 키스하는 것을 상상하겠지만 그렇게 할 수 없다는 것을 알고 있다. 대신에 그는 전화기에 입을 맞출 것인데, 현재로서는 그것이 아내에게 키스하는 실제 행동에 가장 근접한 행동이 될 것이며, 그런 다음 존은 ‘잘 자’라고 말하고 작은 플라스틱 상자 안에 수화기를 되돌려놓고는 눈을 감고 잠들기 위한 투쟁을 할 것이다.

그들은 전화번호부를 뒤져서 기상-인간관계 전문가를 찾아내서 상담예약을 한다. 생기 없는 푸른 눈에 흰색 턱수염을 기르고 있는 전문가는 엘리너의 손을 잡는다. 전문가는 해부학 책에 발췌한 밑그림 위에 온난전선과 한랭전선을 겹쳐서 표시한 차트와 도해와 그래프를 많이 가지고 있다. 그는 하얀 손수건에 대고 코를 푼 다음에 존과 엘리너 부부에게 지극히 사적인 질문을 한다. 예를 들자면, “당신들은 각각 얼마나 자주 자위행위를 합니까?”라든가, “당신들은 아직도 상대가 성적으로 매력 있다고 생각합니까?” 등등. 질문에 대답할 때 존은 두 손으로 눈을 가린다. 마음속에서 당황의 열기가 눈까풀을 통해서 빛으로 새어 나가지 않도록. 상담이 끝날 때쯤 전문가는 엘리너에게 구름이 될 때 특히 선호하는 형태가 있느냐고 묻자 그녀는 "그냥 일반적인 형태의 구름이 되는 것이 가장 좋다."라고 대답한다. 늙은 전문가는 마치 해답이든 무엇이든 찾아냈다는 듯 고개를 끄덕이고는 펜을 내려놓는다. 그는 75달러 수표를 청구하고는 부부에게 다음 주에 다시 오라고 말한다. 그들은 그렇게 하지 않는다. 대신에 영화관에 간다. 영화가 상영되는 중에 존은 대담하게 엘리너의 맨다리를 만지면서 멋대로 키스를 해 댄다. 그녀는 갑자기 거대한 검은 구름이 되고, 그녀의 황금 귀걸이는 지그재그로 빛나는 번개처럼 보인다. 안내인이 구름을 보고는 손전등을 비춘다. 반사되어 나오는 보고 존은 그것이 엘리너의 미소라고 상상한다.

존은 사무실에서 인터넷을 검색한다. 혹시 다른 정상인, 붉은 피를 가진 정상인에게도 이와 유사한 기상과 관련된 문제가 발생한 사례, 힌트, 증거, 암시 등이 있는지 찾아본다. 그러나 없다. 젖은 티셔츠 선발대회에 참가한 여자들의 사진만 끝도 없이 계속된다. 아니면 멀리 떨어진 도시에 떠 있는 폭풍구름의 3차원 영상을 제공할 수 있다는 레이더 추적 장치를 적절한 값에 공급한다는 사이트만 계속된다. 존은 작은 흰색 집의 지붕이 멕시코 만류에서 발생한 허리케인에 의해서 날려간 사진 한 장을 보게 되는데, 그 주위의 회색 하늘에 떠 있는 구름 중 하나가 엘리너라고 생각한다. 그는 그 사진을 오랫동안, 오랫동안 바라본다.

엘리너가 구름이 되어 있을 때, 그녀는 종종 이상한 소리를 내곤 한다. 말하자면 이런 소리다. ~~우우우~~

우우우우우우우우우우우우우우우우우우우우우.

때로 엘리너가 존의 사무실로 전화를 한다. 때로 그들은 존이 서류를 분류하느라 바쁜 중에도 이야기를 한다.

"나는 당신이 나에게 화를 내도 괜찮다는 것을 알았으면 좋겠어."라고 엘리너가 말한다. "입장을 바꿔 생각해 보면 나라도 화날 것 같아."

"나는 당신에게 화나지 않았어." 지루한 서류를 타이핑하면서 그가 대답한다.

"알고 있어. 하지만 가끔씩 나는 당신이 화를 냈으면 좋겠어. 가끔 당신이 나에게 소리치고 나를 미워한다거나 하는 말을 했으면 좋겠어."

존은 수화기를 가슴에 끌어안는다. 그는 높은 곳에서 떨어진 것처럼 느낀다. 매달릴 곳을 찾으러 허공을 휘젓지만, 허공은 사악하게 웃고 있을 뿐이다. 그는 일어서서 자신을 둘러싸고 있는 사무실의 소음을 바라보다가 소리 지르기 시작한다. "정말 엿 같아서 더 이상은 못 참겠어! 참을 수 없다구!" 존은 수화기를 머리 위로 올리고 울부짖은 다음에 수화기를 다시 귀에 대고는 숨을 몰아쉬며 말한다. "엘리너?"

"응?" 그녀가 속삭인다.

"미안해. 그렇게 고함질러서 미안해."

"기분이 조금이라도 나아졌어?" 그녀가 묻는다.

"음." 그가 말한다. "그런 것 같아."

"그렇다면 다행이네. 집에서 봐요."

"그래."라고 그가 말한다.

집에 오는 버스 안에서, 존은 다양한 정체불명의 낯선 여자들의 입술에 대하여 몽상한다. 만일 기회가 주어진다면 그 뜨거운 입술에 대고 무엇을 어떻게

할 것인지 상상한다. 버스 통로 너머를 바라보면서 그의 마음속에는 질문이 하나 생긴다. '만일 아내를 소유하는 것이 이토록 불가능한 것이 아니라면, 그래도 나는 여전히 그녀를 이만큼 열렬히 사랑하고 있을까? 내가 원할 때마다 그녀를 가질 수 있다면, 그래도 나는 그녀를 원하고 있을까?' 그는 알지 못한다. 확신이 없다. 갑자기 그는 아닐 거라고 생각한다. 그러나 아마도 그녀에게 키스하는 것은 이 세상 모든 권태와 맞먹을 만한 가치가 있을 것이다.

존이 집에 와서 보니 엘리너는 광채를 내는 고층빌딩이 되어 있다. 마천루만큼이나 높고 전체적으로 구름 같은, 비싸 보이는 투명한 이상한 은백색 물질로 만들어져 있다. 빌딩은 앞뜰에 서 있는데 당당하고 높게 저녁 하늘로 치솟아 있다. 마치 초현대식 방첨탑方尖塔처럼 보인다. 존은 서류가방을 내려놓고 한숨을 쉬고, 재킷을 벗어서 팔에 걸친다. "훌륭한데." 위를 올려다보면서 그가 말한다. "정말 대단해." 존은 은백색의 고층빌딩 입구를 찾아서 회전문을 통과하여 엘리베이터를 타고 최고층으로 올라간다. 그곳에 서서 나머지 세상을 비추고 있는 별들을 바라본다.

지평선은 너무나 크고 어둡고 슬퍼서 존은 고개를 들 수가 없다. 그 엄청난 높이의 침묵 속에서 존은 자기가 숨 쉬는 소리의 메아리를 듣는다.

"엘리너?" 존은 이렇게 부르고 나서 은색 난간에 기댄다. 어떤 방법으로인지는 모르지만 그는 아내가 듣고 있다는 것을 알고 있다. 그는 넥타이를 풀고 다시 한 번 난간을 툭툭 치면서 말한다. "당신, 오늘은 운이 나빴던 모양이군."

일 · 러 · 스 · 트

닉 부처 Nick Butcher는 화가이며 포스터작가이며 음악가이다. 또한 해변부랑자이기도 하며 시카고에 거주한다.
www.programmablepress.com

너는 놀라운 여학생이다

What a Schoolgirl You Are

너는 놀라운 여학생이다. 너는 〈자신만의 모험을 선택하라〉 시리즈의 책과 표지에 치어리더가 그려진 하이틴 로맨스 소설을 읽는다. 너는 진실한 사랑이라는 것을 믿는다. 너희 반 학생들은 너를 가리켜 내성적이라고, 수줍다고 한다. 너의 등 뒤에서 그들은 너를 좀 모자라는 아이라고 부른다. 너는 그런 것 따위에는 신경 쓰지 않는다고 혼잣말을 하면서 주디 블룸(미국의 베스트셀러 작가. 어린이와 청소년 문제를 다룬 작품을 쓴다 : 역주)의 책을 읽어나간다. 비록 네가 현재 고등학교 2학년이며 아직도 왜 자신이 학교에 적응하지 못하는지 파악하려고 애쓰고 있긴 하지만.

너는 초등학교 5학년 때의 헤어스타일을 그대로 유지하고 있다. 너는 아이브라우펜슬이나 립라이너를 어디에 사용하는지 알지 못한다. 너는 겨드랑에도 털이 없고 다리에도 털이 없다. 너는 열다섯 살인데 엄청난 두려움을 가지고 첫 생리를 기다리고 있다. 너의 몸은 어린 나뭇가지처럼 혹과 결절과 모난 부분이 흉하게 두드러져 있다. 네가 가진 모든 폴더는 똑같은 페가수스가 똑같은 성 위를 뛰어넘어가는 똑같은 그림으로 장식되어 있다.

너는 놀라운 여학생이다.

너는 수업시간에 주의를 기울이지 않고 차라리 공포소설을 읽는다. 그래서 여름에는 대부분의 시간에 여름학기를 들어야 한다.

수학수업을 땡땡이친 날, 너는 하이웨이 옆 수풀 안에서 단짝 친구가 담배 피우는 것을 지켜본다. 너는 절대로 담배 피우지 않는다. 너희 아버지는 두 달 전에 암으로 사망했다. 네가 어렸을 때, 아버지는 너에게 책을 읽어주고 이마에 키스를 한 다음 불을 꺼 주곤 했다. 불이 꺼지면 아버지는 그림자가 되곤 했다. 너는 지금 아버지를 바로 그렇게 생각한다. 네 방 어두운 구석에 있는 조용하고 외로운 그림자라고. 이제 너는 네가 사랑하는 사람들은 모두 갑자기 죽는다고 생각한다. 어쨌든 네 아버지의 죽음이 너와 어떤 관련이 있다고 확신하고 있다.

그날 오후에 너는 너의 젊은 인생을 바꾸어 놓을 비밀을 하나 듣게 된다. 제시카 베넷, 검은 눈에 장밋빛 뺨을 가진 고등학교 응원단장인 그녀가, 이해할 수 있는 설명도 없이, 자살했다는 것이다. 너의 가장 친한 친구 패트릭 반 버렌이 젖은 통나무에 앉아 있는 너에게 속삭이는 목소리로 이 소식을 전해준다. 패트릭은 너보다 한 살 어리며, 작고 섬세한 용모를 지니고 있는 남학생이다. 패트릭은 말을 더듬는 버릇이 있다. 그는 체육과목에서 낙제했기 때문에 여름

학기에 다니는 중이다. 아이들은 패트릭을 가리켜 괴상한 놈이라고 한다. 그의 금발 앞머리는 폭포수 모양으로 가지런히 늘어뜨려져 있다. 네가 생각하기에, 한 번은 그가 너에게 키스를 하려 했던 적이 있는데, 너는 혹시 그가 발기하게 되면 어떤 일이 생길 것인지 생각하고는 겁먹었다. 너는 패트릭이 너의 눈에서 두려움을 보았으며, 그것 때문에 더 이상 어느 누구에게도 키스하지 않겠다는 결심을 했다고 생각한다.

패트릭은 너에게 담배 한 개비를 권하고, 너는 사양한다. 그리고 이렇게 묻는다. "걔는 어떻게 자살했대?"

또 다른 친구인 코리 필립스가 치열 교정틀을 쑤시면서 이렇게 대답해 준다. "자기 몸을 서른아홉 번이나 찔렀대." 코리는 키가 큰 여학생으로 복도를 걸을 때면 다른 학생들이 "말상!"이라고 소리치곤 한다. 그녀는 고의적으로 화학과목에서 낙제했다. 화학교사인 미스터 브랜트를 사랑하기 때문에 여름학기에 그의 수업을 한 번 더 듣고 싶었던 것이다. "믿어지니?"라고 코리가 말한다. "자기 몸을 서른아홉 번이나 찔렀다는 게?"

너는 감동받는다. 왜냐하면 너는 칼로 찔러서 자살하는 것을 종종 상상했기 때문이다. 신기하게도, 네 머릿속의 숫자는 언제나 정확하게 서른아홉이었다. 너는 〈사운드 오브 뮤직〉의 사운드트랙을 틀어놓고, 부엌칼로 네 몸통을 찌르는 것을 상상해 왔다. 찌르면서 횟수를 센다. 첫 번째, 두 번째, 세 번째, 그렇게 서른아홉 번째까지 세고 나면 너는 쓰러지고 음악도 끝난다. 지금 너는 제시카 베넷이 그렇게 하는 것을 상상하면서, 그녀에게 말로 표현할 수 없을 만큼의 존경을 느낀다.

"왜 그랬대?"라고 네가 묻는다.

"브래드 암스트롱하고 헤어졌대."

너는 브래드 암스트롱에 대해 생각한다. 큰 키, 각진 턱, 검은 눈동자, 풋볼

팀 주장. 학교 연극에서 로미오 역은 언제나 그의 몫이다. 제시카 베넷이 거절당한 사랑 때문에 자기 몸을 서른아홉 번이나 찔렀다는 것을 알자, 너는 네가 그녀에 대해서, 그리고 모든 것에 대해서 잘못 알고 있었을는지도 모른다는 생각을 하게 된다.

코리는 교정틀 청소를 끝내고 인상을 찌푸린다. "제시카는 말이야, 뭐랄까, 완벽한 악惡이었어." 그녀가 말한다. "세상은 말이야, 뭐랄까, 그녀가 없는 게 훨씬 나아."

너의 마음속에 애매한 질문이 생긴다. 한 말에 대해서 실제로 고려할 기회를 가지기 전에 너는 말부터 해 버린다.

"그러면 응원단에서 누가 제시카 자리를 맡는다니?"

"내일 오후에 긴급 오디션을 할 거래." 작은 고무 밴드를 어두운 입 속 어딘가 제자리에 끼워 넣으면서 코리가 대답한다.

결심을 하자 너는 갑자기 일어서서 이렇게 말한다. "응원단 입단시험에 응시할 거야." 그리고는 학교를 향해서, 용감하게 보일 거라고 믿는 방식으로 걸어가기 시작한다. 네 친구 코리는 얼어붙은 듯, 말상을 한 채 쳐다보는 소녀의 조상彫像처럼 서 있다. 패트릭은 작은 입을 벌린 채 다물 줄 모른다. 네가 용감하게 걸어가는 동안 패트릭은 존재감이 미미한 너의 가슴을 한 번 보려고 시도한다.

정말로 응원단 선발시험에 응시하려고 결심한다면, 2페이지로 가시오.

집에 가서 〈사운드 오브 뮤직〉 사운드트랙을 틀어 놓고, 제시카 베넷과의 연대감으로 자신을 칼로 찌르기로 결심한다면, 15페이지로 가시오.

너는 응원단 선발시험에 응시하는 것을 선택한다. 왜냐하면 이 결정이, 그 나름대로, 실제로는 칼로 자살하는 것과 다르지 않다는 것을 너는 알고 있기 때문이다. 그것은 일종의 자살이다, 라고 너는 생각한다. 이것은 끔찍하면서도 유쾌한 일이다.

집으로 걸어가는 길에, 전에 네가 언니와 한 방을 쓰던 시절에 언니 멜라니가 연습하곤 했던 응원을 기억해 본다. 이것은 작년에 멜라니가 집을 나가기 이전의 일이다. 그녀는 너의 흰색 돼지저금통을 훔쳐서 사라졌는데, 그 안에는 3백 달러에 가까운 돈이, 그 전 해 여름에 베이비시터를 해서 모은 돈이 들어 있었다. 멜라니는 지금 애리조나 주 어딘가에서 연상의 남자와 살고 있다. 네가 본 적이 없는 그 남자의 이름은 론이라고 한다. 너는 그 남자가 턱수염을 길렀으며 손은 거칠 것이라고 상상한다. 최근에 멜라니가 너에게 편지를 보내왔는데, 집을 떠나지 않았더라면 좋았을 것이라고 쓰여 있었다. 너는 멜라니가 살아있기를 바라면서, 그 편지를 책가방 바닥에 넣고 다닌다.

"레디? 오케이!" 이것이 멜라니가 연습하던 응원 중에서 네가 기억할 수 있는 유일한 부분이다. 너는 한발 한발 걸음에 맞춰 이 구절을 계속해서 되풀이한다.

언니의 예쁜 얼굴에 피어 있던 미소를 기억하면서 리허설에 몰입해 있는 사이 낯선 갈색 스테이션왜건 한 대가 네 옆에 다가온다. 짙은 머리에 검은 안대를 한 잘 생긴 남자가 조수석 창문을 내리더니 너를 부른다.

"여보세요,"라고 그가 소리친다. "나 좀 도와줘요, 제발."

너는 그 남자를 쳐다보고는 그가 곤경에 처해 있다는 것을 단번에 알아차린다. 그 남자가 너에게 해악이 된다는 것도 단번에 알아차린다. 그의 턱은 나약하게 보이며, 입은 부드럽지만 단호하다. 너는 조수석 쪽으로 다가가서 그 남자의 흰 손을, 떨리는 손을 내려다본다. 남자가 저 손으로 네 목을 조르는 것을 너는 쉽게 상상할 수 있다. 그런데 목 졸려 죽는 것도 그리 나쁘지는 않을 것이다.

"내 곁에 와 줘요. 50달러 줄게요."

너는 그의 얼굴을 살펴보고는, 네가 만일 차에 탄다면 모든 것이 이전과는 달라질 것임을 알아차린다. 지금이 바로 그런 시점이다, 라고 너는 생각한다. 모든 것이 변해버리는 바로 그런 시점.

이 정체불명의 남자가 있는 차에 올라타겠다고 결정한다면, 3페이지로 가시오.

그 제의를 거절하고, 이미 죽었을는지도 모르는 너의 언니가 하던 응원을 연습하면서 계속 걷기로 결정한다면, 8페이지로 가시오.

너는 스테이션왜건 차문을 열고 올라탄다. 한쪽 눈에 검은 안대를 한 정체불명의 남자는 네가 금방 읽었던 로맨스 소설에 등장하는 해적처럼 핸섬하고 용감하게 보인다.

"내가 어떻게 하면 돼?" 너는 숨을 몰아쉬며 묻는다.

"내 손을 잡아줘."

그는 크고 창백한 손을 뻗어서 너의 가냘픈 손을 잡는다. 너는 눈을 감고 아마도 이것이 네 인생의 마지막 순간이라고 상상한다. 사람들이 너를 발견한다면, 숲 속 어딘가에서 옷이 벗겨진 채 죽어 있는 너의 몸을 발견한다면, 얼마나 놀랄까 생각하면서 너는 즐거워한다. 바로 이 순간, 남자가 너의 손을 잡는 이 중대한 순간 이전에는 아무도 상상할 수 없었던 몸부림의 흔적이 남아 있는 너의 주검을 발견한다면. 그러나 남자는 네 목을 조르려 하지 않는다. 남자는 턱이 가슴팍에 닿을 만큼 고개를 숙이고 울기 시작한다. 너는 그의 곁에 앉아 있고, 그는 계속 울다가, 울음을 그치고, 미안하다고 말하고, 약속한 대로 50달러를 너에게 준다. 20달러짜리 지폐 두 장과 구겨진 10달러 한 장.

"네가 없었다면 나는 일을 저질렀을 거야." 그는 여전히 너의 손을 잡은 채 속삭인다. "나는 나에게 끔찍한 짓을 하려던 참이었어."

발밑을 내려다보니 지저분한 갈색 종이봉지가 하나 있다. 너는 그 봉지 안에 총이든 칼이든 무기 하나가 얌전히 들어있으며, 형태 없는 손잡이에는 그 남자의 필사적인 지문이 얼룩져 있음을 즉시 알아차린다. 너는 또한 그 남자가 성인남자가 아니라 많아봤자 열일곱이나 열여덟쯤 된 소년이라는 것도 알아차린다. 이것이 소년의 부모 차라는 것도 명백하다. 왜냐하면 계기판 위에는 작은 성상[聖像]이 있으며, 네 옆에는 뜨개실과 바늘이 놓여있기 때문이다. 처음에 턱수염이라고 생각했던 것은, 학교복도에서 마주치는 소년의 면도하지 않은 솜털일 뿐이라는 것도 알아차린다. 너는 이 낯선 소년의 손에서 손을 뺀다. 그동안 숨을 멈추고 있었던 듯한 기분이다.

너는 돈을 접어서 주머니에 넣고 서둘러 차에서 내린다. 네가 막 떠나려는데, 소년이 묻는다. "다시 볼 수 있을까?" 너는 펜을 꺼내서 그의 손등에 너의 실제 이름과 주소와 전화번호를 적어주고는 한 마디 말없이 걸어간다.

집으로 가는 길에, 너는 네 아버지가 이 사건에 대해 뭐라고 생각할까 궁금해진다. 아버지가 너를 지켜보고 있는지, 아니면 보통 네가 믿는 것처럼, 그저 꿈일 뿐인지 궁금하다.

죽음 이후에도 사랑은 계속된다는 믿음을 고수하기로 결정한다면, 4페이지로 가시오.

죽음이 모든 것의 종말이라고 결론짓는다면, 16페이지로 가시오.

너는 죽음은 종말이 아니라는 믿음을 고수하기로 결심한다. 너는 사랑이란 어떤 인간적 이별보다 위대하다는 믿음을 고수하기로 결심한다. 아버지가 죽기 전에 찾아갔던 병원과 그 이해할 수 없었던 악취를 생각한다. 너는 아버지 곁에 앉곤 했는데, 감겨진 그의 부드러운 회색 눈은 슬퍼 보였고, 옆에 놓여있던 기계는 기계적인 숨소리를 내고 있었으며, 네 손 옆에 놓인 아버지의 손에는 이상하게 보이는 푸른 혈관이 불거져 있었다. 매일 방과 후에 아버지를 찾

39

We're righ... so let's show it

you're on top and you k...

We're right with you. so l... on top and you know it

you're on top and y... and you know it

...you. so let's show i

you're ... t. so let's show it

아갈 때, 너는 아버지가 지난번 생일선물로 사줬던 노란색과 흰색 줄무늬가 있는 스웨터를 입고 갔다. 옷은 너무 작았고 특히 어깨가 꽉 끼었지만, 어쨌든 너는 아버지를 찾아갈 때마다 그 옷을 입었다.

입원하고 석 달이 지났을 때, 너는 아버지에게 머리를 잘라야 할 때가 됐다고 말했다. 그는 동의했다. 간호사가 와서 아버지의 목에 흰색 가운을 두르고 머리카락을 다듬어 줬다. 아버지는 영화배우처럼 핸섬했다. 그는 서른아홉이었다, 겨우 서른아홉. 그런데 백 살처럼 보였다. 그런 건 너한테는 상관없었다. 너는 아버지의 머리를 빗겨주었다. 엄마는 어디에 있느냐고 아버지가 물었다. 너는 엄마가 일하는 중이라고 거짓말을 했다.

아버지가 죽었을 때, 너는 울지 않겠다고 스스로에게 약속했다. 절대로 안 울겠다고. 아직까지 너는 이 약속을 깨지 않았지만 거의 깨뜨릴 뻔한 적도 있다. 지금 이 순간, 집으로 가면서 스테이션왜건을 탄 낯선 소년을 생각하는 지금, 이 순간이 바로 약속을 깨뜨릴 뻔한 경우일 것이다.

집으로 가서 내일 있을 응원단 입단시험 연습을 하려고 결심한다면, 5페이지로 가시오.

울기 시작함으로써 결국 그 약속을 깨뜨리기로 결심한다면, 15페이지로 가시오.

다음날 학교의 로커룸에서 너는 응원단 입단시험을 앞두고 옷을 갈아입으면서 네 다리가 얼마나 허옇게 보이는지 발견하고는 경악한다. 너는 응원단 대표단원인 호프 창이 스커트 벗는 것을 곁눈질로 살핀다. 그녀의 다리는 수영복 모델처럼 미끈하고, 가슴은 여성스럽다. 너는 네가 지금 하고 있는 일이 칼로 자살하는 것만큼이나 고통스럽다고 깨닫는다. 어쩌면 더 고통스러울 것이라고, 왜냐하면 자살이라는 것은 나름대로 최소한 종말은 있기 때문이다. 이것은, 이 계속되는 마음의 고통은, 이 하루하루 살아있는 것은, 이 순간들, 이 깊이, 깊이 울부짖는 순간들, 이 뒤집히고 어둡고 비참한 순간들, 이 가슴을 후벼 파는, 관棺처럼 생긴 순간들, 이 '너의 손바닥에 못을 박는' 순간들, 이 '숨을 쉴 때마다 거미가 쏟아져 나오는' 순간들, 이러한 순간들이야말로 훨씬 더 끔찍한 것이다.

체육관 안에서, 코치 앞에서, 너의 다리는 후들거리기 시작한다. 코치는 검은 눈을 가진 몸집이 작은 여자인데, 긴 머리를 빗지 않은 것은 대원 한 명을 잃은 슬픔에 대한 말 없는 표식인 것이다. 그녀가 상喪을 당한 것은 명백하며, 울음을 참으려고 분투하는 것도 명백하다. 그녀는 입단시험에 응시한 아홉 혹은 열 명의 소녀들을 살펴보고는, 생기 없는 목소리로, 대답 불가능한 질문을 속삭인다. "너희들 중 누가, 제시카가 했듯이, 대범하게 인간피라미드 꼭대기에 오를 수 있는가? 너희들 중 누가, 죽음의 어두운 심연을 응시하며, 시끌벅적한 하프타임 중간에, 목숨과 사지四肢를 위협할 용의가 있는가? 우리의 소중했던 제시카가 했던 것처럼?"

너는 작은 손을 들고 내키지 않는 걸음으로 한 발짝 앞으로 나선다. 코치는 고개를 끄덕이고 휘슬을 분다. 즉시 기존의 응원단 대원 여섯 명이 모인다. 그들은 젊고 매력적이며, 깔끔하게 샤워한 피부에는 윤기가 흐르고 있다. 그들은 응원을 시작하여 한 명씩 거대한 인간피라미드를 만들기 시작한다. 코치는 쏟아지는 눈물을 훔치며 너에게 고개를 끄덕이고, 너는 앞으로 걸어 나가 호프 창의 손을 잡는다. 너는 이것이 바로 그 순간이 될 것이라고, 너의 마지막 순간, 네가 종종 상상해 왔던 죽음의 순간이 될 것이라는.

그러나 너는 죽지 않는다. 어떻게든, 어떻게 해서든 너는 서 있다. 이것이 종말이 되기를 바라고 있을 뿐이다.

지금 너는 집에서 거울 앞에서 네 모습을 보고 있다. 너는 거울에 비친 네 모습이 마음에 들지 않는다. 무릎만 빼고는 마음에 드는 게 없다. 무릎은 막연하게나마 참아줄 만한 유일한 부분이다. 그러나 너도 알다시피 네 주위에는 너의 무릎을 눈여겨보는 사람은 아무도 없다. 너는 붉은색과 흰색이 섞인 응원단 유니폼을 너의 작고 깡마른 몸에 대어보는데, 그걸 입으면 어떻게 보일 것인지 상상조차 가지 않는다. 그것은 죽은 소녀가 입었던 유니폼을 전문 클리닝을 한 부드러운 옷인데, 너는, 마치 잃어버린 글자처럼, 그 옷에 제시카 베넷의 비밀이 남아있을 거라고 상상한다. 러플이 달린 소매 끝에 남은 자국은 아마도 브래드 암스트롱의 키스의 흔적일 것이다. 그런 다음에 그들은 서로에게 밀착한 채 제시카 베넷의 붉은색과 흰색이 섞인 지프차 뒤편에 기대어 있었을 것이다. 브래드의 손은 집요하게 제시카를 누르고, 브래드의 입에서는 성난 요구가 흘러나왔을 것이며, 제시카는 결코 그 요구에 저항할 수 없었을 것이다. 프릴이 달린 스커트에는 눈물방울의 흔적이었음직한 것이 있다. 아마도 학교기념일 행사에서, 마을 전체와 남자친구 브래드의 자랑스러운 시선을 받으며, 머리 위로는 호프 창을 떠받치면서 입으로는 억지로 명랑한 미소 사이를 짓고 있던 제시카가 숨을 몰아쉬면서 고통을 참지 못하고 흘렸던 눈물이었을 것이다. 그들은 이미 헤어지는 것에 대해서 이야기하고 있었을까? 웅얼웅얼 남긴 전화메시지, 혹은 직접 전한 유치한 메모를 통해서 그는 제시카가 왜 자기에게 맞는 여자가 아닌지 그 이유를 세세하게 늘어놓았던 것일까? 브래드가 이미 그런 말을 했던 것일까, 아니면 그가 다른 사람의 농담에 크게 웃는 것을 제시카가 직접 보았던 것일까, 아니면 그 사실을 그때 막 알았던 것일까? 증거를 찾기 위해서, 너는 유니폼을 주의 깊게 검사하다가 날씬한 허리의 끝부분에 있는 자국으로부터 풀려나와 돌돌 말려 있는 작은 실밥을 발견한다. 거기에, 모스부호처럼, 거의 보이지 않는 흰색 자국이 있는데, 너는 그것이 제시카가 '브래드' 라고 썼던 흔적이라고 확신한다.

전화가 울린다. 너에게 전화하는 사람은 아무도 없었기 때문에, 아래층에서 엄마가 전화 왔다고 소리치자 너는 매우 놀랐다. 전화가 왔다는 것을 믿을 수 없는 너는 침대 발치에 있는 핑크색 전화기를, 그것이 전화기가 아니라 가구라도 된다는 듯이 쳐다본다. 자신은 없지만, 너는 수화기를 들고 말을 시작한다. 그러자 대답하는 것은 바로 어제 오후에 너의 손을 잡고 울던 그 소년의 목소리다.

"고맙다는 말을 하려고 전화했어." 그가 말을 흐린다. "그리고 사과하려고."

"사과?" 네가 말한다.

"너를 겁먹게 한 것에 대해서. 그런 식으로 너에게 겁을 줘서 미안했어."

"나는 겁먹지 않았어." 이렇게 말하면서 너는 지금 하는 말이 사실이라는 것을 깨닫는다.

"나는 차타고 돌아다니면서 오랫동안 이런 생각을 했어. 나는 차타고 돌아다니면서 아마 나는 살아있을 가치가 없는 게 아닐까 생각했어."

너는 속삭인다. "왜?"

너는 이 말을 재빨리 속삭이면서 그가 듣지 않는 게 아닐까 생각한다. 전화선에서 조용한 신호음이 들리더니 곧 그의 목소리가 다시 묻는다. "지금까지 가장 나쁜 일을 한 게 뭐야?" 그의 목소리가 정적으로 바뀐다. 갑자기 너는 다시 한 번 그와 함께 차를 타고 있는 것 같은 느낌이 든다.

네가 생각하고 있는 대답은 이렇다. '나는 아버지의 죽음을 막을 만큼 충분히 사랑하지 않았어.'

"잘 모르겠어. 내 생각에 정말 나쁜 일은 한 적이 없는 것 같아."라고 네가 말한다.

"나는 자동차사고를 내서 친구를 죽게 했어." 소년이 말한다. "내가 주의를 기울이지 않았기 때문에 사고가 난 거야. 우리는 손을 잡고 있었어. 우리가 즐기곤 했던 게임이지. 비밀이었어. 그가 내 손을 놓았고, 나는 그의 손을 잡으려 했는데, 바로 그때 사고가 난 거야." 그는 숨을 몰아쉬는데, 마치 곧 울 것 같은 소리다. "나는 눈 하나 잃었어."라고 그가 덧붙인다. "그건 중요하지도 않아 — 눈 하나 없는 것쯤은."

전화기는 마치 고요한 손이 너의 목을 움켜잡고 끌어내서는 네가 아직 숨을 쉬는지 안 쉬는지 확인하려는 것처럼 느껴진다.

"나는 자살하는 것에 대해서 생각해 왔어." 소년이 말한다. "하지만 이제는 괜찮아. 친구를 얻은 것 같아."

"좋아." 네가 말한다.

"나 울 것 같아. 울어도 돼?"

"그래." 네가 말한다.

눈을 감고, 소년으로 하여금 앞으로 세 시간 동안 울도록 하고, 잠이 들었다가 눈을 떠서 아래층에 내려가서 엄마가 아직 숨을 쉬고 있는지 확인하고 나서, 전화기를 들고 젊은 남자가 우는 것을 계속해서 듣기로 결심한다면, 7페이지로 가시오.

그런 다음에 당장 전화를 끊기로 결심한다면, 13페이지로 가시오.

손은 허리에 얹고 어깨는 뒤로 젖힌 채, 너는 여섯 명의 치어리더와 함께 조용한 군중 앞에 서 있다. 여섯 달이 지났으며, 지금은 빅게임이 한창 진행되는 중인데, 너희 팀인 '타이거즈'가 이기고 있다. 너는 환호하는 야외석을 훑어보면서 낯선 소년의 얼굴을 찾고 있다. 잘 생겼으며, 수줍어하고, 한쪽 눈에 안대를 하고, 약간 극적이고, 약간 무서운 얼굴. 마침내 너는 여섯 번째 줄 가운데 앉아 있는 그를 찾아낸다. 그는 암녹색 군용 재킷을 입고 눈빛으로 너에게 대답한다. 그는 병실에 있는 수채화처럼 슬프고 아름답게 보인다. 바로 그때, 심판이 휘슬을 불더니 트렌튼 타이거즈가 52:46으로 앞선다. 응원단에서 가장 작은 소녀인 타라 암스트롱이 네 유니폼 등판을 잡아당긴다. 응원단을 소집하는 소리를 너만 듣지 못한 것이다. 너는 어깨너머로 신비주의 소년에게 한 번 더 눈길을 주고는 응원단으로 돌아간다. 응원단원들은 네가 준비될 때까지 참을성 있게 서서 기다린다.

호프 창이 소리친다. "레디?" 그러자 응원단원들이 한 목소리로 대답한다. "오케이!"

네가 최고라는 걸 너는 알고 있어!
우리 함께 있으니, 그걸 보여주자!

너는 인간피라미드에 오르기 시작한다. 너는 떨어져서 두개골이 깨지고, 너의 극적인 죽음으로 순식간에 군중이 고요해지는 것을 상상한다. 너는 학교 신문 1면에 실린 너의 희미한 사진을 보고 그들이 뭐라고 말할 것인가 상상한다. 네 친구인 패트릭과 코리가 그 사진을 보고 겨우 고개를 끄덕이는 것을 상상한다.

타라 암스트롱의 어깨 옷자락을 움켜잡고 비틀거리면서 인간피라미드의 정상에 오르자, 너는 작은 사각형의 체육관이 너의 발아래에서 동요하는 것을 본다. 너는 팀원들이 응원하는 소리와 군중이 박수치는 소리, 그리고 네 심장이 공포와 죽음에 맞서 강하게 뛰는 소리를 듣는다. 너는 네가 지금까지 알고 있었던 세계가 늘 얼마나 작은 것이었는지 보고서 미소 짓는다. 그런 다음에 눈을 감고 뒤로 쓰러져서 다른 응원단원들의 팔에 안긴다. 그들의 손이 부드럽게 너를 잡는다. 언제나 연습해 왔듯이 정확하게 죽음을 비껴서 떨어지는 것이다.

일·러·스·트

켈시 브룩스 Kelsey Brookes는 1978년에 태어났다. 정규훈련을 받은 과학자로, 몇 년 동안 미국 정부 내에서 바이러스 탐지하는 일을 했으며, 현재는 샌디에이고에서 화가로 활동한다. 그는 자신의 작품이 미숙하고 불안한 것은 미국의 대학제도 탓이라고 말한다. 미국의 대학이 과학도에게는 그림 그리는 법을 가르치지 않기 때문이라는 것이다.
www.kelseybrookes.com

미니어처 코끼리는 인기 있다

Miniature Elephants are Popular

미니어처 코끼리는 매우 인기 있다. 이 작은 애완동물에 대한 광고는 라디오와 텔레비전에 나오고, 다수의 최신판 잡지에서도 볼 수 있다. 광고에 의하면, 미니어처 코끼리는 매우 상냥하며 가정용 애완동물 중에서 가장 조용하다. 슬프게도, 지금 시점에서는, 코끼리 중에서 멸종하지 않은 것은 미니어처 코끼리뿐이다.

홀아비 우산판매원 라치몬트 씨는 종종 외로움을 탄다. 그의 동료와 가족친

지들은 라치몬트 씨에게 미니어처 코끼리를 한 마리 사라고 현명하게 설득한다. 그의 특성을 보면 어쩐지 미니어처 코끼리를 좋아할 것 같은 부분이 있는 모양이다. 얼굴은 길고 주름이 많으며 행동은 종종 매우 느릿느릿하다.

한 손에 검은 우산을 든 라치몬트 씨는, 애완동물 가게의 작은 유리진열장 앞에서 신기하다는 듯 서 있다. 그는 보이는 것들 중에서 가장 작고, 가장 약하게 보이는 코끼리를 찾고 있다. 라치몬트 씨는 자신의 심장과 정확하게 짝을 이루는 크기의 미니어처 동물을 찾고 있는 것이다. 그는 우리의 구석에서 다른 것들보다 더 작은 소형 코끼리 한 마리를 찾아낸다. 그 동물은 낡은 신문지로 만든 보금자리에서 자고 있는데 몸통은 흰색이며 가느다란 코는 핑크빛이다. 애완동물 상점 직원이 코끼리의 목 뒤쪽 주름진 피부를 집어서 들어 올려 작은 흰색 상자에 담아 라치몬트 씨에게 건네주는 동안, 동물은 수줍은 눈을 껌뻑인다.

— 우리는 절친한 친구가 될 겁니다, 라고 라치몬트 씨가 말한다.

— 저도 그렇게 되길 바랍니다, 라고 애완동물 상점 직원이 말한다. 하지만 언제나 잘 되는 것은 아니랍니다. 이 미니어처 코끼리들은, 뭐랄까, 아주 예민하거든요. 쉽게 잘 죽곤 한답니다. 만일 아이를 위한 애완동물을 찾는다면, 미니어처 말이 어떨는지요. 아주 훌륭하거든요.

— 괜찮습니다, 라고 라치몬트 씨가 대답한다. 이 코끼리와 나, 우리는 절친한 친구가 될 거에요.

그들은 그렇게 절친한 친구가 된다. 라치몬트 씨와 그의 미니어처 코끼리는 종종 여름 오후를 즐기면서 사려 깊게 도시를 산책한다. 코끼리는 서툰 걸음걸이로 인도를 따라서 활보하며, 라치몬트 씨는 손에는 우산을 들고, 머리에는 중산모를 쓴 채, 그날 신문을 읽으면서, 발소리를 죽인 채 천천히 애완동물의 뒤를 따라간다.

— 브라보. 미니어처 코끼리가 철벅거리며 물웅덩이를 지나자 라치몬드 씨가 말한다. 계속하게, 오랜 친구여.

미니어처 코끼리는 종종 라치몬트 씨의 서랍 안에서, 그의 낡은 넥타이와 속옷, 양말, 와이셔츠 틈새에서 잠잔다. 목욕탕 세면기 아래 파손된 파이프에서 흘러나오는 물을 마신다. 먹이로는 오직 미니어처 야채만 먹는데, 거리 끝에 있는 이상한 외국 상점에서 라치몬트 씨가 사오는 것이다. 미니어처 코끼리는 산책하다가 그 도시에서 가장 오래 된 빵집 앞에서 멈추는 것을 좋아한다. 빵집 주인은 흰색 턱수염을 기른 친절한 노인인데, 종종 코끼리에게 작은 핑크색 케이크를 줄 것이다.

라치몬트 씨와 미니어처 코끼리가 산책하는 것을 보는 사람들은 이런 질문을 할 것이다.

— 이 코끼리 몇 살이에요?

— 이름이 뭐에요?

— 어떻게 이 작은 몸집을 유지하는 거죠?

보통의 경우 라치몬트 씨는 신문을 읽느라 정신이 없는 척하면서 대답을 하지 않는다.

하루는, 인도를 따라 걷는 중에, 미니어처 코끼리는 멈춰 서더니 걷지 않으려고 한다. 라치몬트 씨는 미소 짓고 내려다보면서 그의 윙팁 구두 끝으로 코끼리에게 가자고 재촉한다. 그러나 미니어처 코끼리는 움직이지 않는다. 라치몬트 씨는 코끼리 곁에 웅크리고 앉아서 이 작은 동물이 눈을 감은 채 고개를 숙이고 있는 것을 알아차린다. 마치 심각한 생각에 잠겨 있는 노인의 조각상 같다.

— 친구여, 무슨 문제인가? 라치몬트 씨가 물어보지만 미니어처 코끼리는 반응이 없다. 그러더니 몸을 돌려서 하수구의 격자 철장을 내려다본다. 그곳에서 라치몬트 씨는 사람 손이 보이는 것을 발견한다. 주름진 손의 가는 손가락에 핑크색 반지가 끼워 있는 것을 본 라치몬트 씨는 몸서리를 친다. 이상할 정도로 슬픔에 잠긴 미니어처 코끼리는 유기된 시체의 손 앞에 서서 더욱 깊숙이 고개를 숙일 뿐이다. 동행자의 연민에 감동 받은 라치몬트 씨는 부드럽게 동물을 들어 올려 손에 안은 채 서둘러 그 현장을 피한다.

그때부터 산책을 하던 중에 주목받지 못한 죽음의 고요한 그림자 근처에 이를 때마다 미니어처 코끼리는 종종 걸음을 멈추고 슬프게 고개를 숙일 것이다. 그러면 라치몬트 씨는 주변을 찾아볼 것이며, 잠시 후 코끼리의 병을 유발한 원인을 발견할 것이다. 인도경계석 옆에 배를 드러낸 채 누워있는 비둘기의 시체, 현관 입구 구석에 숨겨져 있는 노랗게 색이 바란 바퀴벌레 끈끈이, 교통사고 현장을 표시하는 플라스틱 조화 다발 등. 미니어처 코끼리의 비탄 감각은 섬뜩할 정도이다. 한 번은 지저분한 골목에서 코끼리가 멈춘 적이 있다. 골목에는 노란색으로 반짝이는 쥐덫 수십 개가 있었다. 각각의 쥐덫에는 작은 갈색이나 회색 쥐가 잡혀 있었는데, 끔찍한 집게에 눌린 황갈색 옆구리가 짓이겨져 있었다. 모두 열두 마리의 쥐가 죽어 있었다. 코끼리는 수치심을 견디지 못하고 눈을 감은 채 외면한다.

다른 날 오후에는, 쇼윈도에 신선한 고깃덩어리가 매달려 있는 중국 정육점 앞을 지나가다가, 미니어처 코끼리는 멈추더니 아주 오래된 첨탑에서부터 울려나오는 망가진 트럼펫 소리처럼 길고 불길한 소리를 내는 것이다.

가장 끔찍했던 경우는 라치몬트 씨가 신문을 읽으면서 걷다가 방향을 잃고 고개를 들어 보니 도시에서 가장 오래 된 공동묘지 입구라는 것을 발견한 사건이다. 미니어처 코끼리는 그저 눈을 감더니, 라치몬트 씨가 코끼리를 들어 올려 미안하다고 하면서 그 자리를 뜰 때까지, 단단한 돌처럼 몸을 감고 있을 뿐이다.

어느 디너파티에서 젊은 여자가 라치몬트 씨에게 그녀의 고양이가 사라졌다는 말을 한다. 고양이는 아파트 어딘가에 숨어있을 거라고, 젊은 여자는 그렇게 생각한다. 라치몬트 씨는 난처한 표정으로 젊은 여자의 얼굴을 쳐다본다. 그는 사랑스러운 여주인의 손목 부분을 툭 치고는 총총히 나가더니, 곧 미니어처 코끼리와 함께 돌아온다. 사람들은 파티장을 떠나 함께 여자의 아파트로 몰려가면서 재미있다는 표정이다. 라치몬트 씨는 부드러운 회색 카펫 위에 미니어처 코끼리를 내려놓고는 그의 앞머리를 부드럽게 토닥인다. 처음에 미니어처 코끼리는 여자의 흰색 난초에 즐거운 관심을 보이면서 뒤뚱뒤뚱 걷더니, 천천히, 슬프게, 돌아서서는 작은 걸음으로 여자의 회색 소파에 다가간다. 코끼리는 코를 들어 냄새를 맡더니, 마치 오래된 그림처럼 정지한 모습이 된다.

라치몬트 씨는 난처한 표정을 짓는다.

젊은 여자는 신경질적인 웃음을 터뜨린다.

— 물론 소파 아래는 찾아봤어요, 라고 그녀가 말한다.

라치몬트 씨는 아무 말도 하지 않는다.

— 물론 거기는 찾아봤다니까요.

젊은 여자는 무릎을 꿇고 앉아서 소파 아래쪽을 수색한다.

— 봐요, 아무 것도 없잖아요.

라치몬트 씨는 젊은 여자 옆에 무릎을 꿇고 앉아서 소파 아래를 손으로 더듬어본다. 아무 것도 없다. 그는 고개를 돌려 미니어처 코끼리를 바라본다. 미니어처 코끼리는 움직임 없이 앉아서 슬프게 고개를 숙이고 있다.

이제는 당황한 젊은 여자가 소파 아래를 한 번 더 수색한다.

— 오, 맙소사, 맙소사, 안 돼, 안 돼, 안 돼, 안 돼!

젊은 여자는 손으로 더듬어 소파 밑면에 찢어진 작은 구멍을 찾아낸다.

— 오, 맙소사. 고양이가 새끼일 때 이 구멍 안으로 들어가곤 했었거든요. 결국 고양이는….

라치몬트 씨는 난처한 표정을 짓고 살며시 미니어처 코끼리를 들어 올려 조심스럽게 주머니에 넣는다. 젊은 여자는 흐느끼기 시작한다. 칵테일파티는 곧 끝난다.

❊ ❊ ❊

미니어처 코끼리는 며칠 동안 슬픈 채로 있다. 잃어버린 고양이를 발견한 이후, 미니어처 코끼리는 일주일째 먹지 않는다. 라치몬트 씨가 미니어처 양배추를 권하지만 코끼리는 시무룩한 표정으로 거대한 푸른 눈을 껌뻑이고는 라치몬트 씨의 책상서랍 안에서 반대로 돌아누울 뿐이다. 생기 없이 무료한 일주일을 보낸 후, 라치몬트 씨는 동물을 데리고 수의사에게 간다.

— 코끼리가 매우 슬퍼 보이는군요, 라고 수의사가 말한다.

— 나도 그렇게 생각합니다, 라고 라치몬트 씨가 말한다.

— 최근에 다른 동물이 죽어있는 것을 보게 된 적이 있나요? 그랬다면 끔찍한 기분일 겁니다.

— 사실, 그랬답니다.

— 오, 맙소사, 그건 정말 안 좋아요. 코끼리는 그걸로 죽을 수도 있어요.

— 죽을 수도 있다구요? 라치몬트 씨가 묻는다.

— 그래요, 그렇답니다. 코끼리는 매우 예민하거든요, 라고 수의사가 말한다. 코끼리가 우울해 하지 않도록 주의해야 합니다. 그러지 않으면, 음, (이 부분에서 수의사는 속삭인다) 죽을 수도 있어요.

— 그렇다면 어떻게 해 줘야 할까요?

— 코끼리 기분을 북돋아 줘야 합니다. 기운 나게 하지 않으면 코끼리는 먹는 것을 멈춰 버릴 겁니다.

— 알았습니다, 라고 라치몬트 씨가 말한다. 그런데, 어떻게 하면 코끼리의 기분을 북돋아 줄 수 있나요?

— 여기 있어요, 라고 수의사가 말한다. 그는 흰색 가운에서 작고 빨간 고무공을 꺼낸다. 이걸로 해 보세요. 효과가 있을 겁니다.

고무공은 미니어처 코끼리에게 놀라운 효과를 낸다. 코끼리는 곧 모든 도시의 모든 건물의 모든 방의 고요한 구석에 숨겨져 있는 죽음의 슬픔을 잊어버린다. 라치몬트 씨는 산책할 때 주의를 기울인다. 그는 묘지, 병원, 그리고 희귀동물 스테이크를 파는 고급 음식점을 피한다. 미니어처 코끼리는 다시 즐거운 기분을 회복한 듯이 보인다. 물이 새는 소화전 옆에서 코끼리가 첨벙거리면서 여름날 대기로 물을 뿜어대는 것을 보면서 라치몬트 씨는 미소 짓는다.

— 계속하게, 라고 라치몬트 씨가 말한다. 즐기게나, 소중한 친구여.

그 도시에서 소녀 하나가 갑자기 실종된다. 라치몬트 씨는 신문을 읽으면서 그곳에 실린 소녀의 사진을 슬프게 쳐다본다. 소녀는 짧은 갈색 머리에 왼쪽 귀 위쪽에 흰색 나비리본을 달고 있다.

— 오, 맙소사. 이 얼마나 끔찍한 세상인가. 라치몬트 씨는 기사를 세 번째

읽으면서 이렇게 말한다.

그날 오후에 산책하는 중에, 미니어처 코끼리는 본능적으로, 실종된 소녀가 마지막으로 목격되었던 아파트 빌딩 근처로 라치몬트 씨를 인도한다. 회색 벽돌로 지어진 그 건물에는 모든 창에 차양이 내려져 있어 마치 울고 있는 얼굴 같은 외관이다.

— 안 돼, 나의 소중한 친구여. 우리는 여기서 돌아서서 방향을 바꿔야 하네.

그러나 미니어처 코끼리는 라치몬트 씨의 말에 주의를 기울이지 않은 채 서툰 걸음을 계속한다. 속도가 조금씩 느려지더니 마침내 라치몬트 씨와 그의 애완동물은 경찰과 구경꾼과 참견꾼들이 모여 있는, 접근이 차단된 곳 근처에 도달한다. 미니어처 코끼리는 안절부절못하는 군중을 무시한 채, 그들의 발을 지나쳐 앞으로 진격한다.

— 오, 세상에, 라고 라치몬트 씨가 중얼거린다.

코끼리는 잠시 멈춰서더니 코를 말아서 매듭을 만든다. 경찰관이 신은 반들반들 윤나는 구두가 황급히 지나가는 것을 본 코끼리는 흥분한 푸른 눈을 껌뻑이더니 킁킁대며 난리를 편다. 코끼리는 다시 한 번 멈추더니 갑자기 움직이기 시작한다. 라치몬트 씨는 가쁘게 숨을 쉬며 코끼리를 따라간다.

— 친구여, 라고 그가 부른다. 다정한 친구여, 기다리게.

그러나 미니어처 코끼리는 기다릴 수 없다. 작은 기둥 같은 다리로 계속해서 빠르게 걸어 나가는데, 그 축소판 질주에 맞추어 작은 귀가 펄럭인다. 대로를 따라서 올라가고, 거리를 따라서 내려오고, 모퉁이를 도는 동안, 라치몬트 씨는 우산에 발이 걸려 넘어질 듯 비틀대면서 검은색 중산모가 떨어지지 않도록 꽉 잡는다. 그는 자신의 작은 애완동물을 따라 도시를 헤매 다닌다. 마침내 미니어처 코끼리는 버려진 인형 공장 입구에 멈춰 선다. 안쪽에는 이상한 형태의 사각형 그림자가 늘어져 있다. 미니어처 코끼리는 귀를 슬프게 늘어뜨린 채 전

혀 꼼짝 않고 서 있다.

— 오, 맙소사. 오, 세상에. 라치몬트 씨가 말한다.

라치몬트 씨는 말없이 깨진 유리와 판자를 덧댄 문을 타고 넘는다. 문 안쪽 음침하고 어두운 안개 속으로 들어가자 주머니에 들어 있는 미니어처 코끼리가 부르르 몸을 떤다. 라치몬트 씨의 가장 좋은 구두는 두꺼운 먼지 속에 파묻히고, 손은 낡은 기계의 녹슨 손잡이를 움켜잡는다. 철제 빔으로 가로세로 엮어진 지붕 아래 어딘가에서, 붉은색, 녹색, 회색을 띤 황량한 물체들 사이의 어딘가에서, 라치몬트 씨는 작은 검은색 메리제인슈즈 한 켤레를 발견한다. 순간 그의 호흡이 무뎌진다. 목이 없는 인형이 하나 누워있다. 그 옆에는 흰색 대형 박스가 엄청난 높이로 쌓여 있다. 라치몬트 씨가 다가가자 박스 안에서는 한 무더기의 쥐가 허둥지둥 쏟아져 나와서 흩어진다.

— 오, 세상에.

비틀비틀 걸어가던 라치몬트 씨는 거대한 염색 통과 그 옆에 있는 깊은 배기구를 발견하는데 배기구에서는 오싹한 녹색 광선이 서로 반사되면서 새어 나온다. 무릎이 후들거린다. 라치몬트 씨는 멈춰 선다. 그의 심장은 미니어처 코끼리의 심장만큼이나 빨리 뛴다. 그의 심장이 박동할 때마다 천 분의 일만큼 작은 박동이 뒤따른다. 그렇게 두 개의 심장 박동은 서로 섞여서 뒤범벅이 된다. 라치몬트 씨는 더러워진 배기구 입구로 다가가서 금속 지지대를 움켜잡고 아래쪽을 들여다본다. 암흑 외에는 아무 것도 없다. 그러나 라치몬트 씨의 노안老眼이 어둠에 익숙해지자, 작은 물체들이 눈에 들어오기 시작한다. 배기관에는 수백 개의 작은 인형이 가득 차 있는데 슬픔에 잠긴 푸른 눈에서 빛이 반짝인다. 라치몬트 씨는 손을 입가에 대고 암흑을 향해 소리친다.

— 여보세요. 거기 누구 있어요?.

대답으로 돌아온 것은 고요히 그를 응시하는 공장뿐이었다.

아마도 이쯤에서 우리도 잠시 쉬는 게 좋을 듯하다. 도시의 소리가 우리 뒤에 있는 낯선 그림자 안에서 속삭이는 것을 생각한다면, 우리도 이쯤에 서서 말을 멈춘 채, 손목에서 뛰는 맥박을 셈으로써 우리 인생의 순간들을 헤아려 보는 것이 어떨는지. 도시의 소리에 몰입한 채, 이 고요에 몰입한 채, 이 적막에 몰입한 채 그저 기다리는 방법도 있다. 그러다 보면 어느 특정한 순간의 소리를 알게 될는지도 모른다. 우리는 이 순간을 정지시킨 채, 죽음 이후에 과연 우리는 무엇이 될 것인지 생각해볼 수도 있다.

공장은 점점 더 어두워지기 시작한다.

라치몬트 씨는 소리쳐 부른다. 대답하는 것은 메아리뿐이다.

— 여보세요! 라고 그는 한 번 더 부른다.

이번에도 침묵뿐이다.

라치몬트 씨는 눈을 깜빡이면서 어둠 속을 들여다보다가 숨을 멈춘다. 뭔가 훌쩍이며 우는 소리가 들린다고 확신한다.

— 여보세요! 그는 소리친다. 여보세요, 거기 누구 있어요?

자갈이 움직인다. 울지 않으려고 애쓰는 작은 벌레 같은 소리가 올라온다.

— 누구 있어요?

— 그래요. 세상에서 가장 작을 것 같은 목소리가 뭔가 말한다.

— 그 아래에 누구 있어요?

— 있어요. 대답이 온다. 여기 있어요. 무서워 죽겠어요.

기쁨에 찬 노신사 라치몬트 씨는 미친 사람처럼 배기구에서 솟아올라와 공장을 가로질러 돌진한다. 거의 쓰러질 지경의 쇼크 상태로, 다리와 목에 통증을 느낀다. 지금 서둘러야 한다. 어딘가, 어딘가에 도움을 청할 수 있다. 그는 판자로 된 문을 뚫고 비틀거리며 대로쪽으로 나간다. 경찰관 한 명, 경찰관 한 명만 찾으면 되는데, 한 명이라도 되는데. 허둥대며 찾는 사이에 라치몬트 씨 앞에 도시가 나타난다. 그러자 그는 알아차린다, 자기 머리와 몸통과 손목에서 뛰는 박동이 슬프게도 혼자서 뛰고 있다는 것을. 양복 코트 주머니 옆에 손을 대어보고는 그 정적에 깜짝 놀란다. 라치몬트 씨는 터져 나오는 울음을 겨우 억누른다. 숨을 쉴 수가 없다. 그의 주머니 안에 있던 미니어처 코끼리, 그의 가슴 속에 있는 심장과 놀랍게도 무게가 같던 그것은, 이제 죽었다.

그날 저녁 신문의 헤드라인 기사를 본 도시의 사람들은 미니어처 조각상을 만들어 코끼리에게 헌정하기로 하고 모금을 시작한다. 며칠 후 신문에는 병원 침대에 누워 얼굴에 붕대를 감은 채 미소 짓고 있는 소녀의 사진 옆에 기념 조각상 사진이 실려 있다. 코끼리에게 헌정된 기념상은 높이가 10센티미터밖에 되지 않는데, 도시에서 가장 오래 된 빵집 앞에 세워졌으며, 그 옆에는 석고로 만든 미니어처 케이크가 함께 놓여 있다. 기념상 주변에는 비둘기들이 날아와 둥지를 틀고, 호기심 많은 아이들은 그림을 그릴 때면 언제나 미니어처 코끼리를 그려 넣는다.

일 · 러 · 스 · 트

토드 박스터 Todd Baxter는 뉴멕시코 주 앨버커키에서 태어났다. 사진작가로 활동하고 있는데 그의 작품은 여러 갤러리와 다양한 인쇄광고에서 만날 수 있다. 현재 시카고에 살고 있다. www.baxterphoto.com

유쾌하게 읽을 수 있는 포스트모던 단편소설. 시카고 출신 작가의 소설에 다양한 시각으로 작품을 재해석한 일러스트가 곁들여짐으로써 예술적 기교가 한층 강화되었다. 다양한 일러스트는 소설의 매력을 더하고 있지만, 메노의 글은 그 자체만으로도 충분한 위력을 지니고 있다. 메노의 작품에는 심오한 공감이 관통하고 있는데, 바로 이 점 때문에 작품이 문체주의 소설 이상의 가치를 지니게 된다.

– 커커스 리뷰

유나바머와 우리 형

한때 지저귀는 꾀꼬리였던 소년

나는 파티 걸의 고요한 순간을 원한다

달의 건축양식

미술학교는 너무 지루하다

The Unabomber and my Brother

유나바머와 우리 형

1

유나바머와 우리 형은 둘 다 일리노이 주 에버그린파크에서 자랐다. 그들은 서로 알지 못한다. 유나바머의 이름은 테드 카친스키Ted Kaczynski이다. 우리 형의 이름은 앨런이다. 둘 다 폴란드 계 미국인이다. 둘 다 자기 남동생으로부터 배반을 당했다. 둘 다 심각한 정신질환을 앓고 있다. 지금 한 사람은 감옥에 있다. 다른 사람은 정기적으로 재활원을 들락거린다. 한 사람은 테크노산업 시대와 그 의미를 두려워한다. 다른 사람은 표범과 치타에 관한 몽롱한 생각을 하고 있다. 그들은 둘 다 머리도 짙은색이고 눈도 짙은색이다. 그들 중 한 명만 여전히 턱수염을 기르고 있다.

2

유나바머는 5학년 때까지 52번가에 있는 셔먼 초등학교에 다녔다. 5학년 때 유나바머는 몇 가지 시험을 쳤는데 그가 일종의 천재라는 것이 판명되었다. 그는 6학년 전체를 건너뛰고 곧바로 에버그린 파크 센트럴 학교 7학년으로 진급할 수 있게 되었다.

형이 5학년일 때 나는 3학년이었다. 우리는 둘 다 103번가에 있는 퀸오브마터스 학교에 다니고 있었다. 학기가 시작하고 몇 달이 지났을 때 형은 수술을 받아야만 하게 되었다. 그는 태어날 때부터 장 헤르니아를 가지고 있었으며, 그것 때문에 배꼽이 거의 탁구공 만하게 부풀어 있었다. 우리 부모님은 형이 더 자랄 때까지 수술을 미루어 왔다. 만일 누군가 형의 기형에 대해서 언급한다면, 예를 들어 당신이 다른 아이들 앞에서 그런 말을 한다면, 형은 당신의 귀에서 피가 날 때까지 주먹질을 했을 것이다. 형은 실제로 당신을 불구로 만들려고 했을 것이다. 나는 곧 형의 헤르니아에 대해서 말하면 절대로 안 된다는 것을 깨닫게 되었다. 이 약간의 기형 때문에 형은 수영장에 갈 때에도 티셔츠를 입어야만 했다. 나는 얕은 풀에서 물장난을 치면서, 형이 저쪽 제일 수심이 깊은 곳에서 헤엄치는 것을 지켜보곤 했다. 형은 어느 입이 싼 놈이 물에 젖어 반투명해진 티셔츠 속으로 뚜렷하게 보이는 이상하게 생긴 배꼽을 가리키며 자기를 웃음거리로 만들기를 기다리고 있었지만, 아무도 그런 짓을 하지 않았다. 턱의 형태나 가늘고 짙은 눈매 등, 형의 외모에는 특별한 것이 있었다. 형이 수영하던 곳은 성인용 풀이었는데, 형은 5학년 밖에 되지 않았지만, 형보다 몇 살 더 많은 수영장 감시원들은 형이 무서워서 그곳을 떠나라고 말하지 못했다. 바로 이것 때문에, 5학년이지만 이미 상당한 근육이 발달해 있으며 가슴팍

a critical event in a lifelong history of loneliness and alienation

에는 짙은 털이 나고 있었다는 것 때문에, 나는 곧 형을 우상화하면서 한편 증오하기 시작했다. 5학년을 마칠 때쯤 부모님은 헤르니아 제거 수술에 동의했으며, 수술은 잘 되었지만, 형의 분개하는 기질은 바뀌지 않았다.

3

유나바머는 7학년 때 자신의 IQ가 160~170 범위였다고 주장한다. 그는 6학년을 건너 뛴 것이 자기 인생의 중요한 전환점이 되었다고 말했다. 7학년으로 진급하자, 나이가 더 많은 동급생들이 그를 놀림감으로 만들었으며 그 때문에 유나바머는 한 번도 소속감을 느끼지 못했다는 것이다. 바로 이것이 외로움과 소외감으로 점철된 일생의 결정적인 계기였다.

우리 형 앨런은 7학년 때 학습장애 검사를 받았다. 그는 다른 아이들이 앞에 놓아주는 것이라면 뭐든지 먹어치우곤 했던 것이다. 종잇조각, 지우개, 그리고 누군가의 스프링노트에서 빼낸 철사조각까지도. 형이 유일하게 관심을 보였던 것 중 하나는 야생고양이에 관한 중등교육 그림책이었다. 그곳에는 사자, 호랑이, 그리고 특히 표범에 관한 내용이 있었다. 형은 7학년 내내 매일매일 책상 나무판에 표범을 새겨 넣는 것으로 하루를 보냈으며, 그런 짓을 하는 학생으로부터 기대할 수 있을 만큼의 성적을 받았다. 학교에서 형은 물건을 부수는 데에도 소질이 있었다 — 의자, 책상, 그리고 다른 사람의 연필 등. 그러나 검사 결과는 형에게 학습장애가 없다는 것이었다. 뿐만 아니라, 최소한 필기시험에서는 학급의 거의 모든 학생들보다 더 똑똑하다고 판명되었다. 학교에는 형이 견딜 수 없는 무엇인가가 있었던 것이다. 그는 자신이 수백 년이나 뒤늦게 태어났다고 믿었다. 수백 년 전 야만인으로 태어났다면 훨씬 행복했을 거라고 믿었다. 형이 포식자 살쾡이에 관한 그림책 외에 읽은 유일한 다른 책이라고는 훈족 아틸라에 관한 것이었다. 형은 그 책을 위층 목욕탕에 두었는데, 언제나 같은 페이지가 펼쳐진 채 흰색 변기 물탱크 위에 놓여 있었다. 형이 실제로 그 책을 다 읽는 데에는 1년이나 2년이 걸렸다. 형은 그 책을 학교도서관에서 훔쳤다. 사서였던 미시즈 모스는 붉은 머리를 한 전문가로 내가 마음속으로 동경하던 여인이었지만, 형이 책을 훔쳤다는 것 때문에 나에게는 언제나 차갑게 대했다. 한 번은 내가 목욕하는 동안 형이 변기에 앉아서 나에게 훈족 아틸라 책에서 자신이 가장 좋아하는 점이 무엇인지 설명하려고 한 적이 있었다. 형은 자기가 그 시대에 태어났더라면 뛰어난 솜씨로 로마인을 죽였을 것이라고 말했다. 그러한 자신이 지금 여기 에버그린 파크에서 태어난 것은 완전히 불공평하다고 생각했다. 바로 이러한 좌절, 이처럼 부단히 진행되는 악화 때문에 형이 나를 끊임없이 괴롭혔던 게 아닐까 생각한다.

형 앨런은 7학년 쯤 되자 신체적 가혹행위 방법을 고안해 냈는데 초기 몽골의 잔인한 고문에 필적할 만한 것이었다. 우리의 초기, 인격이 형성되던 시절에 형이 사용했던 고문방법은 독창적인 것이 아니었다. 손가락으로 귀를 튕기기, 풀넬슨과 하프넬슨(레슬링에서 목누르기와 목조르기 기술 : 역주), 가랑이에 주먹질하기 등, 일반적인 것들이었다. 하지만 7학년에 이르자 그의 잔혹한 상상력은 활짝 피었다. 형이 나에게 태클을 건 다음 내 머리 위에 앉아서 직접 내 얼굴에 대고 가스를 방출할 때, 내 양쪽 귀를 동시에 때려서 이후 며칠 동안이나 귀에서 울리는 소리가 계속될 때, 그리고 자기 무릎으로 내 어깨를 바닥에 누른 채 거대한 손으로 내 입을 벌리고 그 안에 침을 뱉을 때, 나는 형의 말이 옳다는 것을 깨닫게 되었다. 이런 종류의 위해를 가하는 것에 특히 더 탐닉하는 형의 특성을 뭐라고 표현해야 할까? 일종의, 옛날식의 걸출한 재주라는 것 외에는 달리 표현할 말을 찾지 못했다.

4

유나바머는 에버그린파크 커뮤니티 고등학교에 진학했다. 그는 2년이나 교육을 단축하고 2학년으로 졸업했다.

고등학교 2학년 때 우리 형 앨런은 에버그린파크 고등학교 여학생을 임신시켰다. 내가 이 사실을 알게 된 것은 형이 나에게 2백 달러를 빌려달라고 했기 때문이다. 어느 날 저녁을 먹은 후 나는 기하학 숙제를 끝마치고 있었는데, 형이 내 방문을 노크하더니 대답도 듣지 않은 채 안으로 들어섰다. 형은 열병이나 혹은 그런 것을 앓고 있는 것처럼 보였다. 앞이마에는 땀방울이 달려 있었으며, 무엇보다도 나를 놀라게 한 것은 겁먹은 것처럼 보이는 형의 표정이었다. 열심히 기르고 있던 턱수염은 땀 때문에 반짝이고 있었다. 형은 그때쯤부터 운동을 시작했던 것으로 기억한다. 중고품 시장에서 웨이트 벤치를 사서 지하실에 놓고는 몇 시간이고 저니Journey의 노래를 들으면서 바벨을 들어 올리곤 했다. 형은 상당히 빠른 시간에 상당히 근육질이며 상당히 무서운 모습으로 변했다. 그러나 그 순간 형의 얼굴에는 두려움과 의혹의 표정이 떠올랐는데, 그것은 나를 수영장 염소 살균한 물속에 가차 없이 처박을 때, 혹은 네안데르탈 목조르기 기술로 나를 발버둥질하게 만들 때, 형 자신이 나에게 강요했던 표정이었다. 그날 밤 형의 눈빛에는 전혀 다른 사람, 익숙하지 않은 사람, 훨씬 나약한 사람의 조용한 표정이 보였다.

형은 실제로 나에게 돈을 빌려달라고 부탁하지 않았다. 그저 "나는 2백 달러가 필요해."라고 말하고는 큰 손가락으로 나의 돼지저금통을 가리켰을 뿐이다.

"왜?" 본능적으로 마법사 모양으로 생긴 저금통을 가슴에 끌어안으면서 내가 물었다. 그 순간 나는 왜 나보다 두 살이나 많은 형에게는 자기 돈이 없는 걸까 의문이 들었다. 왜, 나는 열네 살이고 형은 열여섯 살인데, 그가 나에게 돈을 빌려달라고 하는 걸까? 그것도 내가 지난 2년 동안이나 금요일과 토요일 밤에 그리스 음식점에서 접시를 닦고, 봄 여름 가을 내내 잔디를 깎고, 겨울에는 삽으로 눈을 치워가며 모은 돈을? 이제 겨우 2백 달러가 조금 넘은 그 돈은 말할 수 없이 소중한 〈판타스틱 포〉 #48, '실버서퍼'가 처음 등장하는 시리즈, 95번가 만화책 서점의 카운터 뒤에 놓여있는 그것, 안전하게 비닐로 싸인 채 '새것과 같은 상태'라는 보증과 함께 275달러의 가격표가 붙은 그 만화책을 사기 위한 것이었다. 그런데 왜 나보다 나이 많은 형이 자기보다 나이도 어리고 좀 더 머리 복잡한 동생에게, 이 순간에도 어떻게 하면 이 상황을 가장 잘 이용할 수 있을까 머리를 굴리고 있는 동생에게, 비굴하게 돈을 빌리려 하는 걸까? 이게 무슨 형-동생 사이의 역학관계란 말인가? 이 모든 것은 훌륭한 질문이다. 하지만 어떤 대답이라도 듣고자 한다면, 독자 여러분이 직접 우리 형에게 물어봐야 할 것이다.

왜냐하면 형은 그저 같은 말만 되풀이했기 때문이다. "나는 지금 그 돈이 필요해."

"돈을 그냥 주지는 않을 거야." 내가 말했다. "형이 그 돈을 돌려준다는 걸 알아야만 주겠어."

"돌려 줄 거야." 형이 말했다.

"글쎄. 그 돈이 어디에 쓰일 것인지도 알아야만 하겠어."

"말했잖아, 내가 그 돈이 필요하다고."

"그렇다면 안 돼. 어디에 필요한 돈인지 말하지 않으면 안 빌려주겠어."

그 순간, 거의 알아차릴 수 없을 만큼 짧은 순간이었지만, 나는 형의 얼굴에 미묘한 표정이 스쳐가는 것을 보았다. 마치 울 것 같은 표정이었다. 눈은 가늘어지면서 물기가 생겼고, 턱은 아래쪽으로 처지고, 입에는 마치 입 밖에 내지 못한 의문부호 같은 굴곡이 만들어졌다. 형은 방문을 닫고 침대에 앉더니 고개를 숙인 채 사람 손이라고 믿을 수 없으리만치 큰 손으로 얼굴을 가렸다. 그리고는 알 수 없는 야생의 동물처럼, 곧 죽을 운명에 처한 것처럼, 괴로운 신음소리를 냈다. 그것은 이전에는 한 번도 들어본 적이 없는 소리로 결정적이고 완벽한 패배의 신음이었다.

"그 돈이 필요해." 형은 또다시 되풀이했다. 그러나 내가 뭔가 묻기 전에 이렇게 덧붙였다. "여자 때문이야."

"여자?" 그러자 내 안에서 변화가 생겼다. 뭔가 비열한 감정이, 우월감과 질투 같은 것이 꿈틀거렸다.

"내가 저질렀단 말이야, 알겠어? 여자를 임신시켰다고. 그래서 그 돈이 필요하게 됐어." 형은 여전히 불끈 쥔 주먹 뒤에 얼굴을 숨긴 채 이렇게 중얼거렸다.

"뭐라고?" 내가 속삭였다. "형이 뭘 어쨌다고?"

하지만 형은 대답하지 않았다. 다만 "지금 당장 2백 달러가 필요해."라고 말하더니 일어나서 내 앞에 우뚝 섰다. 당시 우리는 젊은 가톨릭신자가 아니었던가? 매주 어머니를 모시고 교회에 다니고 있는 게 아니었던가? 그런데 거의 두 살이나 어린 동생에게, 톨킨Tolkien이나 H. G. 웰즈Wells의 작품 속 등장인물과 어울리는 것을 더 좋아하는 동생에게, 이런 걸 부탁하다니 이게 무슨 경우란 말인가? 나는 그 순간 도덕적으로 유리한 입장을 누려야한다는 결심이 생겼다. 물론 나는 이미 그렇게 행동하고 있는 셈이었지만, 당시에는 알지 못했다. 그것은 바로 슈퍼히어로, 시트콤에 나오는 부모들, 수학선생님, 연작소설에 등장하는 마법사 등, 내가 존경하는 어른들이 행동하는 방식이었다. 형은 큼직하고 위협적인 얼굴로 나를 바라보았다. 입술은 곧 울 것처럼 떨리고 있었지만, 그때쯤에는 형이 울지 않으리라는 것을 알아차릴 수 있었다.

"여자를 임신시켰다고?" 내가 나지막하게 말하자 형은 고개를 한 번 끄덕이더니 이렇게 말했다. "나한테 돈 줄 거야, 안 줄 거야?"

나는 실제로 그 말을 믿을 수 없었다. 아니, 그 말은 믿을 수 있지만, 형이 나에게, 다른 사람도 아닌 나에게 그 말을 했다는 것을 믿을 수 없었다. 왜 그런지 정확히는 모르지만, 당시 내 마음속에서는 여자를 임신시킨다는 것은, 결혼할 것도 아니고 진정으로 사랑하는 것도 아닌 여자를 — 여기서 '진정한 사랑'이란 가장 엄격하고 가장 전통중심적인 유대기독교적 판타지 소설에서 말하는 사랑이다 — 임신하게 한다는 것은 이 세상에서 가장 나쁜 일이라고 생각되었다. 나는 형에게 그렇게 말했다. 그리고 내 생각으로는 형이 진짜 개망나니라고 판명되는 것 같다고 말했다. 형은 내가 우등반에 있다고 해서 중요인물이라고 생각하지 않는다고 말했다. 나는 나 자신을 중요인물로 생각한다고 말했다. 그리고 가까운 미래의 어느 날, 이 중요인물이 돈을 많이 모아서 차를 사면 에버그린파크를 떠날 것이며, 그 다음에는 한 번만 돌아올 텐데 그때 고향마을은 불타고 있을 것이라고 말했다. 그 당시 왜 우리 마을이 언젠가 화염에 휩싸이게 될 것이라고 생각했는지는 모르겠다. 여하튼 이것은 내 머릿속에서 진행 중이던 판타지였는데, 그 이후로도 몇 년이고 대책 없이 그 이야기에 매달리곤 했다.

"돈이나 줘." 참을성 없는 형은 재빨리 이렇게 말했다.

"조건이 하나 있어."라고 내가 말했다.

"뭐?"

형이 하고 싶었다면 내 손에서 저금통을 그냥 빼앗아 갈 수도 있었을 것이다. 하지만 그 대신에 형은 그곳에 서서 눈을 부릅뜬 채 나를 노려보면서 내 대답을 기다리고 있었다.

"그 여자를 보고 싶어." 내가 말했다.

"누구?"

"형이 사고 쳤다는 그 여자."

"뭐라고?" 형의 얼굴은 도저히 믿을 수 없다는 듯 일그러졌다. 굵은 눈썹이 단단하게 튀어나온 이마 끝까지 치켜 올라갔다. 이것이 내가 좀 더 익숙한 표정이었다. 텔레비전에서 만화영화가 아닌 것을 보고 있을 때, 농구 자유투를 어떻게 쏘는지 나에게 가르칠 때, 저녁 식탁에서 내가 부모님에게 과학수학 클럽에서 무슨 일이 있었는지 얘기하는 동안 맞은편에서 메스껍다는 표정으로 나를 바라볼 때, 형은 언제나 이런 표정을 짓고 있었다.

"나는 그 여자를 봐야겠어." 내가 되풀이해서 말했다.

내가 왜 그 여자가 어떻게 생겼는지 보고 싶었는지 모르겠다. 다만 그 순간에 나는 그렇게 해야 한다고 생각했다. 아마도 무자비하고 비열하고 단순한 악의였을 것이다. 아마도 그렇게 한다면 형이 지금까지 수없이 나를 곤경에 빠뜨렸던 것과 맞먹을 만큼 중대한 모욕이 될 수 있다고 생각했던 것 같다. 어쩌면, 단지 어쩌면, 내가 형에게 사고를 쳐서 임신하게 한 그 여자를 나에게 보여주도록 강요할 수 있다면, 그처럼 명확한 방법으로 형에게 망신을 줄 수 있다면, 잠시나마 우리가 대등한 관계가 될 수 있다고 생각했던 것 같다.

"절대 안 돼."라고 형이 말했다. 다시 자신감을 회복한 것 같았다.

"그렇다면 돈은 줄 수 없어."

"이 지겨운 새끼야. 당장 네 손목을 부러뜨려버릴 수도 있어."

"그러면 엄마를 부를 수밖에 없어. 그렇게 할 수밖에 없어."

"도대체 웬 참견이야?" 형은 격분한 채로 쉿소리를 냈다. "뭣 때문에 그 여자를 보고자 하는 거야?"

"그게 내가 내세우는 단 하나의 조건이야."

형은 다시 침대에 앉더니 잠시 후에 다시 일어나서 이렇게 말했다. "네가 이 문제에 대해서 그냥 조용히 넘어갔더라면 좋을 뻔했어. 하지만 너는… 너는 일부러 나를 엿 먹이려고 하고 있어."

"내 조건은 하나야." 나는 카펫이 깔린 바닥을 내려다보면서 되풀이했다.

"그것뿐이야."

형은 방문 앞에 서서 이렇게 물었다. "빌어먹을, 너 나한테 왜 이러는 거야?"

"나는 형에게 아무 짓도 안 했어." 나는 내가 형보다 나이도 많고 훨씬 더 현명한 사람이라고 생각하면서 중얼거렸다. "그건 형이 스스로에게 한 일이야."

"그래서 아무도 너를 좋아하지 않는 거지." 형은 딱 잘라서 말하고는 문을 닫고 나가버렸다.

한 시간 후, 나는 재미없는 수학 과제의 숫자와 도형이 뒤섞인 문제를 노려보면서 머릿속으로 이 문제를 어떻게 풀어갈 것인지 연습하고 있었다. 노크도 없이 문이 열리더니 형이 이렇게 말했다. "좋아, 이 재수 없는 놈아, 가자."

형은 포드 에스코트를 가지고 있었다. 당뇨 때문에 두 발을 잃은 아저씨가 물려준 것이었다. 형이 나보다 나이가 많았기 때문에 차는 자동적으로 형의 것이 되었다. 나는 말도 안 된다고, 아무리 내가 열네 살이지만 성적도 내가 더 좋고 내가 더 우수하기 때문에 그 차는 내가 가져야 한다고 주장했다. 부모님은 친절하게도 내 말을 다 들어 주셨지만, 여전히 동의는 하지 않았다. 이 세상 거의 모든 것과 마찬가지로, 그 차도 우선적으로 형의 것이 되어야 하는 것이었다.

형과 나는 진입로를 빠져나와 99번가로 차를 돌렸다. 형은 말이 없었으며, 스테레오카세트에서는 도어즈The Doors(사이키델릭으로 유명한 전설적인 미국 록그룹)의 노래가 큰 소리로 흘러나왔다. 나는 놀라서 넋을 잃은 채 음악을 들었다. 저속하고 성적인 환각을 불러일으키는 도어즈의 연주는 어떤 이유에서인지 나를 섬뜩하게 했다. 그것은 우리 형이나, 그처럼 곱슬곱슬한 턱수염을 기르고, 아버지의 군용재킷을 입고 다니는 아이들에게 속한 음악이었다. 그들은 내가 아직도 액션인형을 수집한다는 이유로 나를 놀려대곤 했다. 물론 우리 형이 말했기 때문에 알려진 이야기지만, 내가 액션인형을 모으고 있던 것은 사실이었다. 그것도 반짝이는 마분지 상자에 담긴 채, 포장을 뜯지도 않고 손대지도 않은 채. 나는 에스코트의 조수석 창문 밖을 바라보면서, 그 일을 당한 불쌍한 소녀의 멍한 얼굴을 상상하고 있었다. 소녀의 얼굴은 마치 찰스 디킨즈의 소설을 그린 만화책에서 나오는 거리의 아이 같을 거라고 생각하고 있었다. 낯익은 거리를 지나가는 동안 나는 형의 큼직한 몸집에 깔린 채 떨고 있는 피해자의 연약한 몸을 상상하고, 그 소녀가 말없이 얼굴을 치켜든 장면을 상상했다. 나는 알고 있었다, 형이 그 여자를 사랑하지 않는 것을. 그리고 그 여자도 형을 사랑하지 않는다는 것을. 형이 그 여자를 굴복시키기 위하여 거짓말 했다는 것을 나는 알고 있었다. 망신당한 소녀의 얼굴을 한 번만 쳐다보면, 형의 동물 같은 힘이, 20인치의 이두박근이, 정력적인 남성미가 망쳐놓은 흔적을 볼 수 있으리라. 그렇게 된다면, 나는 마침내 형의 모든 것에 대해서 품어 온 시샘과 선망으로부터 자유롭게 될 터였다.

켓지가[街]에 이르자 형은 라디오를 끄더니 고개를 돌리지 않은 채 이렇게 말했다. "너는 말하지 않는 거야, 알겠어? 그냥 재수 없는 놈처럼 그곳에 서 있기만 해. 한 마디도 말하면 안 돼."

나는 고개를 끄덕이고 나서 다시 창밖을 바라보았다. 형이 켓지가에서 좌회전을 하고, 화이트헨 편의점 앞을 지나고, 우리가 어린 시절 다니던 병원 앞을 지나고, 우리 둘 다 머리를 깎곤 했던 작은 이발소를 지나는 동안 나는 아무 말도 하지 않았다. 95번가에 이르기 직전, 형은 데어리퀸(아이스크림 패스트푸드 체인) 주차장에 조용히 차를 세웠다. 시동을 끄더니 지붕에 대형 아이스크림 광고판이 솟아올라 있는 빨간색과 흰색이 섞인 직사각형 건물을 눈으로 가리키면서 고개를 끄덕였다. 형은 운전석 문을 열고 나가서 내가 뒤따라오는지 뒤돌아보지도 않은 채 유리문 쪽으로 걸어갔다. 나는 뒤따라가고 있었다. 그러나 확실하지는 않지만 나는 기가 죽어 있었다. 나는 그 여자가 누구이든 간에 나를 보고 비웃을까봐 겁이 났다. 왜냐하면 그녀가 여자이기 때문에, 우리 형과 그 짓을 한 여자이기 때문에, 어떻게든 내가 어떤 사람인지 꿰뚫어볼 수 있을 것 같았다. 내가 초라하고 비참하며 비열한 놈이라는 것을, 열다섯 살에 실제로 보지도 않은 영화를 본 척하며, 제대로 읽지도 않은 책을 읽은 척하며, 그러면서도 마음속으로는 자기 형처럼 힘이 세고, 자신감 있으며 매력 있게 되기를 갈망하고 있다는 것을. 자신에게 주어진 것조차 누릴 가치 없는 짐승 같은 놈이라는 것을 알아챌 것만 같았다. 나는 겁이 나서 그녀의 얼굴을 볼 수가 없어서, 상점 유리창에 등을 돌린 채 인도경계석에 서 있었다. 하지만 형이 그 여자와 이야기를 하는 것은 볼 수 있었다. 조그마하고 별 특징 없는 금발 소녀였는데 머리에는 빨간색과 흰색이 섞인 데어리퀸 모자를 쓰고 있었다. 그들은 서로 뭔가를 속삭이고 있었으며 서로 조용히 손을 마주잡고 있었다. 나는 다시 한 번 힐끗 쳐다봤는데 소녀가 안경을 쓰고 있는 걸 보고는 놀랐다. 나는 우리 형이 안경 쓴 여자와 데이트할 거라고는 상상도 하지 못했다.

형은 내가 있는 쪽으로 고개를 돌리더니 뭔가 말했는데, 나는 그저 어깨를 으쓱하고는 재빨리 차에 타고 문을 닫아버렸다. 조수석에 앉아서 쳐다보니 형은 아직도 그곳에 서서 불투명한 유리창 뒤에 가려 그림자처럼 보이는 여자에게 이야기하고 있었는데, 형의 눈에 떠오른 눈빛과 얼굴에 떠오른 표정은 내가 이전에는 어디에서도 본 적이 없는 것이었다. 텔레비전에서도, 영화에서도, 만화책에서도, 혹은 우리 부모님이나 선생님의 표정에서도 그런 것을 본 적은 없었다. 형이 말할 때 부드럽게 움직이는 입의 모양, 나약해 보이는 눈빛, 소녀의 손가락을 잡고 마치 이 세상에서 가장 소중한 것처럼 큰 손으로 움켜잡고 있는 모습을 보면서, 나는 형이 진정으로 사랑에 빠졌다는 것을 알게 되었다. 나는 그때까지 그런 식으로 여자와 손을 잡은 적이 없었으며, 앞으로도 당장 그런 일은 생기지 않을 것이며, 어쩌면 영원히 그럴 수 없으리라는 것을 알았다. 그

pcp & angel dust

곳 조수석에 앉은 채, 나는 내가 이처럼 비참해진 것은 내 잘못이라는 것을 잠시 인정했다.

그날 저녁, 나는 형이 요구했던 2백 달러를 주었다. 형은 다음 주에 전부 다 되돌려주었다. 그때쯤 형은 이미 거의 일상적으로 마약을 하며 거래도 하고 있었던 것이다.

5

유나바머는 열일곱 살에 하버드대학교에 입학했다.

우리 형이 열일곱이고 내가 열다섯이었을 때, 우리는 크리스마스이브 전날 앞마당에서 몸싸움을 벌였다. 형은 군대에 자원하는 것을 허락해 주지 않으면 자살해버리겠다고 말했고, 그 때문에 어머니와 아버지는 둘 다 울고 말았다. 나는 더 이상 형의 얼굴을 바라볼 수 없었다. 그의 어두운 눈에서는 불꽃이 일었고, 그의 수척한 얼굴에는 이목구비가 선명했다. 형이 나에게 등을 돌린 채 현관에 서서 담배를 피우며, 자기는 부모도 끝났고 하느님도 끝났고 모두 다 끝났다며 나의 부모를 향해 소리치는 동안 나는 그의 등으로 뛰어올랐다. 형이 언제나, 언제나 나보다 힘이 셌다는 것을 채 기억해 내기도 전에, 형은 이미 내 머리를 잡고 팔로 조이고 있었다.

그보다 몇 주 전에 형 앨런은 세인트리타 학교에서 추방되었다. 수업시간에 약물에 취해있었다는 이유였다. 자포자기로 낙제하고 있던 생물수업 시간에 형은 다량의 세코날(진정최면제)과 쌍절곤을 가지고 들어갔던 것이다. 그 쌍절곤을 가지고 뭘 할 생각이었는지는 알 수 없다. 형이 책상 옆에 쓰러지는 바람에 아무 일도 일어나지 못했다. 형은 그저 타일 바닥에 누운 채 비참한 미소만 짓고 있을 뿐이었다.

6

유나바머는 하버드대학교를 졸업한 다음 미시건대학교 수학과 박사과정으로 진학했다. 그의 전공은 기하학함수이론이었다. 그는 교수들이 풀지 못했던 수학문제 하나를 풀어냄으로써 박사학위를 받았다. 곧 버클리대학교 수학과 조교수로 임용되었다.

우리 형 앨런은 대학교에는 가보지도 못했다. 형은 모레인밸리 커뮤니티칼리지에서 고등학교과정 졸업자격증을 따려고 했지만, 한 학기가 지나자 그는 "거기는 똑똑한 병신처럼 행동하는 우둔한 아이들이 모인 곳"이라고 결론 내리고는 그만두었다. 형은 선생들이 모두 합심해서 자신을 몰아냈다고 생각했다. 온 세상의 선생들이 공유하는 일종의 비밀 네트워크가 실제로 있다고 진심으로 믿었다. 고등학교 때 선생들이 커뮤니티칼리지 선생들에게 요청해서 자신을 낙제시킨 것이라고 믿었다.

그때쯤 이미 형과 나는 거의 말을 하지 않고 있었다.

나는 고등학교 2학년을 마치고 있었기 때문에 형 문제까지 고민하고 싶지는 않았다. 당시 스무 살이 된 형은 상당히 이상해져 있었다. 몸무게가 무척 줄어 이제는 피골이 상접했으며 언제나 땀을 흘리고 있었다. 침실 벽에는 열한 개나 되는 구멍을 뚫어놓았다. 그는 야생고양이에 관한 포스터나 〈내셔널 지오그래픽〉 잡지에서 찢어낸 그림으로 이 구멍을 가려놓았다. 마약 횟수는 점점 늘어갔다. 주로 PCP나 코카인 같은 것이었다. 더러운 흰색 속옷만 입은 채 저녁 먹으러 내려오곤 했다. 하루 종일 텔레비전 앞에 있었는데, 내가 볼 때마다 마약에 취해 있었다. 직장 갖는 것도, 집을 떠나는 것도 거부했다. 마침내 부모님이 형에게 독립해서 살 곳을 찾으라고 했다. 이 말에 마음 상한 형은 저녁을 먹다 말고 그 자리에서 흐느끼기 시작했다. 접시를 바닥에 내팽개치고 2층 자기 방으로 올라간 형은 문을 걸어버렸다. 그리고는 이틀 동안 문을 열지 않았다. 결국 어머니가 형에게 집에서 쫓아내지 않겠다고 약속했다.

이제 돌이켜보면, 그때가 형이 발병한 시기였음이 확실하다. 하지만 형에게는 증세와 성격이 서로 중복되어 있었기 때문에, 그리고 대체 형에게 무슨 일이 일어나고 있는지 알아차릴 만큼 가까이 다가갈 수 있는 사람이 없었기 때문에, 당시에는 그것이 병인지 성격인지 구별할 수 없었다.

7

아무런 설명 없이 버클리대학교를 그만두고 떠난 유나바머의 첫 번째 폭발물은 1978년 5월 노스웨스턴대학교의 버클리 크라이스트라는 교수 앞으로 보내졌다. 갈색 종이상자에 담긴 이 폭발장치는 크라이스트 교수의 반송주소가 적힌 채 주차장에 놓여있었다. 발견된 소포는 즉시 크라이스트 교수에게 전달되었다. 교수는 그곳에 쓰여 있는 자신의 주소가 자신의 필체가 아닌 것을 알아차리고는 노스웨스턴대학교 학내경찰에게 신고했다. 테리 마커라는 경찰관이 와서 상자를 열자마자 장치가 폭발했다.

우리 형 앨런은 마침내 95번가에 있는 메뉴마트 슈퍼마켓에서 일자리를 구했다. 그곳에서 형은 식료품을 봉지에 담고 주차장 여기저기 널려있는 쇼핑카트를 모아서 정리하는 일을 했다. 형의 짙은 갈색 머리는 길고 덥수룩했다. 턱수염은 지저분했으며 손톱은 늘 까맣고 더러웠다. 직장에서 형은 고객이 산 물건을 종이 백이나 비닐 백에 담는 동안 그들에게 괴상한 이야기를 함으로써 종종 문제를 일으키곤 했다. 당시 형은 하느님에 대한 생각에 집착하고 있었다. 그는 하느님이 자연 안에 현재하고 있다고 믿었다. 하느님은 자연계의 나무나 동물이나 흘러가는 강물이나 냇물 안에 살고 있으며, 그렇기 때문에 자연을 방해하거나 파괴하는 현대적 발전은 실제로 하느님을 죽이는 것이라고 믿었다. 형은 슈퍼마켓 고객들이 산 빵과 자몽, 다이어트 대용식 등을 더러운 하얀 손으로 봉투에 담으면서, 그들에게 하느님과 자연에 대한 이야기를 하곤 했다. 그런 다음에는 야생고양이과科에 대해서 자신이 알고 있는 모든 것을 늘어놓곤 했을 것이다. 말을 더듬으면서 "표범은 대형고양이 중에서는 가장 수가 적고 사촌간인 재규어와 매우 닮았다. 수컷 표범의 몸무게는 겨우 80에서 150파운드 정도이다. 표범은 신의 피조물 중에서 가장 멋진 작품이며 신이 존재한다는 증거이다."와 같은 식으로 말하곤 했을 것이다. 메뉴마트에 드나드는 고객들은 형의 설명을 고마워하지도 않았고 이해하지도 못했지만, 슈퍼마켓 지배인은 자기가 고용했던 사람 중에서는 형이 봉투에 담는 일을 가장 효율적으로 한다고 말했다.

형이 거기서 일하기 시작한지 몇 달이 지났을 무렵 어느 날, 젊은 여자가 아이 둘을 데리고 계산하려고 줄을 서 있었다. 형은 평소에 하던 대로 계산대에서서 봉투에 물건을 담고 있었는데, 그때 젊은 여자가 어린 아들의 손을 찰싹 때렸다. 그러자 형은 그 여자의 팔을 움켜잡고 소리치기 시작했다. 젊은 엄마가 아이들에게 사과할 때까지 팔을 놓아주지 않았다. 여자는 히스테리를 일으켰는데 그 때문에 형은 더욱 더 흥분하게 되었다. 누군가 조용히 경찰에 신고했다. 곧 경찰이 도착하고 형은 체포되었다.

다음날 아침에 받기로 되어 있는 재판을 기다리며 감방에 갇혀 있는 사이, 형은 관선변호인으로부터 종이집게를 훔쳐서 오른쪽 팔뚝을 그었다. 그는 자살하려고 한 것이 아니라고 주장했다. 단지 너무 화가 났기 때문에 화를 분출하기 위해서 한 짓이라는 것이었다. 정신과의사가 와서 보고는 처음에는 잔류정신분열증이라는 진단을 내리더니, 세 시간 동안 면접진찰을 한 다음에 중증 2종 쌍극성조울증으로 병명을 바꾸었다.

형은 겨우 스물한 살이었다. 열아홉인 나는 대학교 2학년으로 집을 떠나 있었다. 나는 당장 버스를 타고 집으로 갔다. 부모님은 충격에서 헤어나지 못한 채 어둠 속에 앉아 있었다. 무슨 일이 있었던 거냐고 묻고 싶었지만 부모님은 대답할 수 없었다. 그저 전화기를 지켜보면서 형이 전화해서 어떻게 될 것인지 말해주기만 기다릴 뿐이었다. 그들 안에 있는 중요한 무엇인가가 망가진 것이다. 소중한 무엇인가가 불가능할 정도로 파손된 것이었다. 우리는 아무도 무슨 말을 해야 할지 알지 못했다. 말없이 저녁상 앞에 앉아 있었는데, 들리는 소리라고는 텔레비전뿐이었다.

8

1979년, 시카고에서 워싱턴 DC로 가는 정기항로를 운항 중이던 아메리칸 에어라인 비행기의 뒤쪽 화물칸에서 연기가 피어오르기 시작했다. 최악의 상황을 우려한 조종사가 비상착륙을 했다. 알고 보니 유나바머가 화물칸에 폭발물을 장치해 놓은 것이었는데, 비행기가 폭발하지 않은 것은 시한장치의 접선 불량 때문이었다.

체포된 형은 재빨리 부모에게 송환되었다. 나는 그 일에 연루되고 싶지 않았다. 푸른색 양복을 입은 채 판사 앞에 서 있는 형의 모습을 보는 것은 섬뜩한 일이었다. 그것은 당뇨합병증으로 사망한 아저씨가 입던 양복이었다. 그 옷을 입은 형은 마치 해부용 시체처럼 보였다. 나는 형에게 실제로는 아무 일도 일어나지 않았다는 듯 가장했다. 나는 곧바로 학교로 돌아왔는데, 무슨 이유에서인지 수업에 들어가지 않았다. 나는 불법적인 것들을 가능한 많이 섭취했다. 이기적이며 지독한 인간이 되어갔다. 만일 형에게 병이 생긴 것이라면, 언제나 나보다 힘이 세고, 강인하고, 타고난 문제점을 다루는 데 더 뛰어났던 형이 발병했다면, 이제 나에게는 희망이 없다고 확신했다. 나는 뭔가 오싹한 것이, 뭔가 강렬하고 날카로운 것이 나의 내부에서 갑자기 폭발하기를 기다렸다. 밤이면 침대에 누워서 나 자신의 심장박동을 들으면서 이것이 일종의 시계소리라

industrial society and its future

고, 모든 것이 비참하고 낯설게 변해버리기 전까지 소중한 시간이 얼마 남지 않았다는 경고의 소리라고 생각하곤 했다.

집에서 형을 돌보는 부모님도 어느 정도 섬뜩한 기분을 느끼고 있었다. 형은 치료를 시작했다. 그때에는 그것이 길고 긴, 예측할 수 없는 약물치료과정의 겨우 첫 단계라고는 생각하지 않았다. 처음에는 정형 그 다음에는 부정형 항抗 정신병 약제, 그 다음에는 안정제, 그 다음에는 경련억제제가 투여되었는데, 모두 별 효과가 없었다. 마침내 형의 증세를 무력화시킬만한 적절한 약제의 적절한 투약 량이 결정되었다. 그러나 그 약을 복용한 형은 거의 긴장병緊張病 환자처럼 무기력하게 되었다. (가장 최근에 처방 받은 약은 라모트리진이다. 이 때문에 형은 체중이 엄청나게 증가했는데, 이것은 심각한 딜레마이다. 가족력에 당뇨가 있기 때문이다. 물론 지금 형에게는 다른 선택은 거의 없지만, 이 사실을 알면서 복용을 계속한다면 조만간 비만이 심각한 합병증으로 발전할 것이다.)

처음 학교에서 돌아와서 형을 봤을 때 나는 도저히 믿을 수 없었다. 체포 사건 이후 겨우 한두 달이 지났을 뿐인데 형의 얼굴은 거대하게 부풀어서 완벽한 원형이 되어 있었으며 갈색과 흰색의 거친 수염으로 덮여있었다. 내가 뭐라고 말을 거는 사이에 형은 파우더를 뿌린 도넛 한 상자를 모두 먹어치웠다. 그는 흰색 설탕 파우더로 뒤덮인 자기 손을 내려다보면서 거의 말이 없었다. 도넛을 다 먹은 형은 비틀비틀 자기 침대로 가더니 시트 위에 쓰러졌다. 방문 밖에 서서 형이 잠자는 모습을 지켜보면서, 나는 얼마나 있으면 형이 다시 자제력을 잃게 될 것인지, 얼마나 있으면 다시 폭력적이 되어 낯선 사람을 해치거나, 더 나쁜 경우 어머니와 아버지에게 위해를 가하게 될 것인지 생각해 보았다. 부모님이 돌아가신 다음에는 형을 돌보는 것이 내 몫이 된다는 것을 알고 있었다. 형 문제가 다시 나를 덮칠 때까지 얼마만큼의 시간이 남았을까 생각해 보았다.

방학 중에 집에 돌아와 있던 어느 날 밤 부모님이 슈퍼마켓에 간 사이에 나는 형과 둘이서 남아 있었다. 형에게 증세가 발전한 이후로는 처음으로 단둘이 있는 셈이었다. 당시 나는 무슨 말을 해야 할지 알지 못했다. 약으로는 기분을 안정시키는 데 성공하지 못하고 있었기 때문에 나에게 형은 낯선 사람처럼 느껴졌다. 멀리 있거나 알아볼 수 없는 사람이 된 것 같았다. 텔레비전을 보고 있었는데 비가 오기 시작했다. 어떤 이유에서인지 모르지만 빗소리 때문에 형은 엄청나게 불안해진 모양이었다. 형은 내 어깨에 머리를 기대더니 무섭다고 말했다. 지금 비가 자신을 위협하고 있다는 것이었다. 형이 무서워하는 게 있다고 나에게 말한 것은 그때가 처음이었다. 최소한 내가 기억하기로는 그랬다. 나는 형의 어깨에 손을 얹고 겁낼 것 없다고 말했다. 단지 비가 오는 것뿐이라고 말했다. 형은 빗속에 하느님이 살고 있다는 걸 안다고 말했다. 하느님이 자신에게 뭔가를 말하려고 하는데, 자기는 너무 두려워서 들을 수 없다는 것이었다. 나는 아무것도 두려워 할 것 없다고 말하려고 하였다. 내가 곁에 있으며, 어떤 일도 일어나게 하지 않겠다고 말했다. 형은 하느님의 소리가 나에게도 들리느냐고 물었다. 나는 그런 것 같다고 대답했다. 우리는 텔레비전 소리를 줄이고 나란히 빗소리를 듣고 있었다. 우리 뒤에 있는 유리창에 빗방울이 하나하나 부딪칠 때마다 일종의 비밀스러운 메시지를 전하는 것 같았다. 그것은 형과 내가 사이좋게 있었던, 뭔가 때문에 싸우지 않았던, 몇 안 되는 순간 중 하나였다. 나는 형이 이제는 예전의 형이 아니라고 생각했다. 약 때문인지 병 때문인지 그는 전혀 다른 사람이, 좀 더 소심한 사람이, 내가 실제로 친밀감을 느낄 수 있는 사람이 된 것이었다. 나는 이것이 끝이 되기를, 더 이상은 나빠지지 않게 되기를 바라고 있었다.

9

아메리칸 에어라인 444편 폭발 미수사건 이후, FBI는 '대학과 비행기 폭파범' UNiversity and Airline BOMber의 머리글자로 조합한 UNABOM을 코드명으로 하여 유나바머 사건을 추적하기 시작했다. 마침내 열여섯 건의 불법적인 폭발사건의 범인으로 테오도어 카친스키가 지목되었다.

형은 그 이후로도 세 번이나 더 체포되었다. 두 번째는 폭행미수 혐의였고, 세 번째도 폭행미수 혐의였으며, 마지막은 가게에서 물건을 훔친 것 때문이었다. 그것은 몇 년 전, 형의 서른다섯 번째 생일 직전이었는데, 시카고 리지 쇼핑몰에서 망원경을 훔치려고 한 것이었다. 형은 진열되어 있는 상품을 옆구리에 낀 채 정문을 통해 걸어 나갔다. 당시 형은 심한 조증躁症 시기였다. 갑자기 천문학에, 그중에서도 특히 큰곰자리와 사자자리 등 동물의 모양을 한 별자리에 집착하게 된 것이었다. 형은 또다시 하느님과 자연 사이에 일종의 연결이 있다고 믿었는데, 이번에는 동물 형태를 한 천체가 그 자연이었다. 형이 망원경을 옆구리에 숨긴 채 서둘러 걸어 나오는 것을 안전요원이 발견하고는 주차장에 억류한 채 경찰을 불렀으며, 그렇게 해서 형은 네 번째로 체포되었다. 주정부 의사가 와서 진찰하고는 인격장애라고 재진단을 내렸다. 하지만 세 번째 재판에서 법정지정의사는 중증 2종 쌍극성조울증으로 다시 병명을 바꿨다. 형이 약물치료를 계속하고 있었기 때문에, 그리고 대체로 매우 조용하고 겁이 많기 때문에, 재판정의 법관들은 형에게 무거운 형을 선고하려 하지 않는다. 형에게 주정부 시설로 보내겠다고 겁을 주기는 하겠지만, 다른 방법은 확신할 수 없기 때문에 또다시 부모가 보호하도록 돌려보낼 것이다. 나는 어떻게 해야 형에게 도움이 될 것인지 확신하지 못한 채 아버지와 형과 함께 법정에 갈 것이다.

아버지와 나는 형이 체포된 것을 어머니에게 알리지 않는다. 아버지와 나는 형에 대한 스트레스 때문에 어머니가 더 이상 파멸되지 않게 하기 위하여 최선을 다하고 있다. 사실, 어머니가 최대의 피해자이다. 어머니는 형 사건으로 인하여 진짜로 인생이 파괴되었다. 내가 가장 걱정하는 것도 어머니이다. 어머니는 예순여섯의 나이에, 몸은 어른이지만 정신세계는 충동적인 아이처럼 불안정하고 변덕스러운 아들을 돌보고 있는 것이다. 형이 대놓고 소리치는 것도 어머니이며, 졸라대는 것도 어머니이다. 한 시간만 차를 빌려달라고 부탁하고는 돌아올 때 보면 영락없이 차가 부서져 있다. 뿐만 아니라 가장 많은 시간에 형과 둘이서 있어야 하는 것도 어머니이다. 반백이 된 어머니의 머리는 언제나 빗질조차 안 되어 있으며, 어머니의 손은 언제나 떨리는 것처럼 보인다.

10

1995년, 유나바머는 3만 5천 단어에 이르는 선언문을 신문에 실어달라고 요구한다. '산업사회와 그 미래' 라는 제목의 선언문에서 유나바머는 이렇게 주장한다. "산업혁명과 그 결과는 인류에게는 재앙이 되었다. 산업혁명의 영향으로 우리들처럼 '선진화된' 국가에 사는 사람들의 수명은 연장되었지만, 사회는 불안정하게 되었고 삶은 성취할 수 없는 것이 되었으며, 인간을 모욕에 종속시키고, 정신적 고통을 만연시켰으며 (제3세계에서의 물리적 고통도 포함하여) 자연계에 격심한 손상을 끼쳤다."

이제 나는 예전에 내가 얼마나 형을 시기했는지 생각해본다. 키 크고 체격 좋으며 핸섬한 외모에서부터 말하는 방법, 체력, 매력, 유머센스, 그리고 교회에 앉아서 두 손을 모으고 실제로 기도하는 것처럼 보일 때 얼마나 진지해질 수 있는가에 이르기까지, 나는 형의 모든 것을 질투했었다. 그리고 이제는. 그리고 이제는. 이제 형이 예전 모습의 파편에 불과하다면, 그것은 나에게 행운인 것이다. 이제 형은 새로운 독한 약을 먹기 시작할 것이며, 그 약제 때문에 형의 목소리는 힘없고 느릿느릿하게 될 것이다. "어제 또 차를 망가뜨렸어."라고 말할 것이다. "새로 먹는 약 때문이야. 계속해서 잠이 밀려와. 운전하는 중에 잠깐 졸았나봐. 엄마의 스테이션왜건을 결딴냈어. 무슨 일이 일어났는지 잘 모르겠어. 주차되어 있는 차 두어 대를 들이받았어. 사실은 여섯 대를 박았어. 그 차 전부 옆면을 긁었어. 그래도 나는 안 다쳤으니 걱정하지 마." 혹은 때때로, 때때로 나의 음성사서함에 긴 메시지를 남길 것이다. 이런 식이다. "나 앨런이야. 뭔가 중요한 것에 대해서 너한테 얘기하고 싶어서 전화했어. 표범에 대해서 얘기하고 싶어. 표범에 대해서 뭐 아는 것 있니? 피트, 표범은 놀라운 동물이야. 정말 놀라워. 이런 걸 생각해 봐. 표범은 한 시간에 거의 40마일을 달릴 수 있어. 수평으로는 20피트 이상 건너 뛸 수 있고, 수직으로는 10피트 점프할 수 있어. 게다가 헤엄도 아주 잘 쳐, 피트. 표범은 이 지구상에 태어났던 동물 중에서 아마도 가장 위대한 동물일 거야. 그런데 지금 아프리카와 아시아에서는 가죽을 얻기 위해서 표범을 사냥하고 있어. 피트, 그들이 표범을 죽이고 있다고. 표범은 하느님의 눈으로 세상을 바라보는데, 피트, 우리가 그들을 죽이고 있는 거야."

형은 이런 얘기를 글로 쓰려고 하기도 했다. 몇 년 전 나의 생일에 형은 자기가 그린 그림으로 책을 한 권 만들어 주었다. 약물 때문에 형의 그림은 서툴고 불안정하다. 마치 어린아이가 낙서해놓은 것처럼 보인다. 그중에서 내가 특히 좋아하는 것은 표범새끼들을 그린 그림이다. 모두 길고 검은 속눈썹을 가진 표범새끼들이 정글 나무 위 높은 곳에 푸른색 철모 안에서 잠들어 있는데, 피곤한 듯 핑크색 입으로부터 zzzzzzzzz 라고 잠자는 소리가 한 줄로 흘러나오고 있다. 무슨 이유에서인지 새끼표범 몇 마리에는 날개가 달려있는데, 내 생각에는 천사 같다. 나는 이것이 현재 우리 형이 누구인지 보여주는 완벽한 초상화라고 생각한다. 그가 만들어 준 이 작은 책의 뒷장에는 형의 이름 '앨런' 이 서로 다른 필체로 여러 번 쓰여 있다. 이게 무슨 뜻이냐고 물어봤더니 그냥 연습한 것이라는 대답이었다. 자기가 누구인지 잊어먹기 시작했기 때문에 스스로 기억하기 위해서 자기 이름을 쓰면서 연습한다는 것이었다.

11

마침내 1995년 9월 19일자 〈뉴욕타임스〉와 〈워싱턴포스트〉에 유나바머의 선언문이 실렸다. 그러자 유나바머의 동생인 데이비드가 자기 형의 문체를 즉시 알아보고는 당국에 이를 알렸다.

나는 내가 형을 배반했다고 느낀다. 형을 위해서 무엇을 해야 할지 모르겠다. 더 이상 도와줄 방법도 알지 못한다. 얼마 전 추수감사절에 부모님을 찾아갔을 때, 나는 형이 턱수염을 깎은 걸 보고 기분이 좋았다. 형은 스스로를 챙기려고 노력하는 것처럼 보였다. 처음 하루 이틀은 잘 지나갔다. 그러자 그때, 무슨 이유에서인지 형은 약 복용을 멈춰버렸다. 약 때문에 감각이 느려지는 것이 싫다는 것이었다. 어머니는 형에게 약을 먹으라고 설득했지만 형은 말을 듣지 않았다. 형은 즐겁게 놀고 싶다고 했으며, 즐겁게 놀지 못하는 것에 신물이 났다고 했다. 약을 끊은 다음에도 하루 이틀은 괜찮았다. 그러나 그 주가 끝나갈 때쯤, 추수감사절 다음 날이 되자 형은 증세가 다시 발현되기 시작했다. 부모님을 향해서 소리 지르더니 결국 집을 뛰쳐나가버리고 말았다.

우리 집에서 두 블록 떨어진 곳에서 테레사 하워드라는 여자가 쇼핑해 온 식료품을 차에서 내리고 있었다. 큼지막한 검은색 SUV 차량의 조수석에는 아직 걸음마 중인 딸 아만다가 안전벨트가 채워진 채 앉아있었다. 여러 가지 이유가 있겠지만, 형 앨런은 언제나 검은색 차, 그중에서도 SUV에 대해서 의혹의 눈길을 가지곤 했다. 차의 크기가 겁을 주는 모양이었다. 형은 차에 다가가더니 곧장 세워져 있는 차량을 공격하기 시작했다. 큼직한 주먹으로 차창을 강타했다. 하워드 부인의 얼굴도 몇 대 쳤는데, 아마도 일곱 대 쯤 친 것 같다. 하워드 부인은 우리 형이 어린 딸에게 접근하는 것을 막기 위하여 형의 얼굴을 할퀴었다고 한다. 그런 다음에 핸드폰을 찾아서 경찰에 전화했다. 담당자들이 도착했을 때 형은 이미 차 밑으로 기어들어가 있었으며 말하려 들지 않았다. 결국 경찰관 한 명이 형을 무력하게 하기 위하여 전기총을 사용했다. 하워드 부인은 교회에서 우리 어머니와 아는 사이였기 때문에 고발하지 않기로 했다. 차의 피해는 유리창 하나와 사이드미러 한쪽이 깨진 것뿐이었고, 수리비는 아버지가 지불하였다. 그러나 아버지의 마음속에서는 무엇인가 변화가 일어났다. 아버지는 더 이상은 형이 자기앞가림을 할 수 있는 능력이 있다고 믿지 않게 되었다고 말했다. 형이 자기 자신이나 다른 사람을 해치지 않을 거라는 것도 신뢰할 수 없다고 했다.

며칠 후, 아버지와 어머니는 최소한 형의 증세가 안정될 때까지 만이라도 형을 보호시설에 맡겨야겠다고 결정했다. 아버지는 그것이 일생에서 가장 힘든 결정이었다고 말한다. 나에게 맡겨진 역할은 매우 간단했다. 형을 데리고 가는 일이었다. 그런데 그때 내가 형에게 한 일은 아마도 내가 지금까지 어느 누구에게 했던 것보다 더 나쁜 짓이었을 것이다. 나는 형에게 우리 드라이브 가는 거라고 말했으며, 형이 어디로 가는 거냐고 묻자 새로 문을 연 동물원에 구경 간다고 대답했다. 갑자기 나는 이 사람이 누구인가, 바로 우리 형이 아닌가 하는 생각이 들었으며, 내가 지금 하는 일 — 익숙하지 않은 이방인들의 조심스러운 보호에 형을 맡기러 가는 것 — 은 형이 가장 두려워하던 일이라는 것이 기억났다. 보호시설은 고속도로를 타고 남쪽으로 반시간 정도 거리에 있었다. 형은 라디오를 듣고 옆으로 나는 듯이 지나가는 차들을 보면서 만족스러워하는 것 같았다. 나는 형에게 뭐라고 말할 것인지, 어떻게 말해야 마음의 준비를 갖추게 할 것인지 내내 고민하고 있었지만 말을 꺼낼 수가 없었다. 보호시설의 출구가 나타났을 때 나는 거의 지나칠 뻔했다. 이대로 계속 갈 수도 있다는 생각이 들었다. 내가 형을 돌볼 수도 있다는 생각이, 그러면 모든 일이 괜찮을 거라는 생각이 들었다. 하지만 그때 나는, 지금까지 살아오면서 여러 번 그렇게 했듯이, 결국 쉬운 방법을 택했다. 나는 159번가에서 빠져나와 시골도로를 몇 마일 달린 끝에 거대한 잿빛 시설에 도착했다. 정문에 이르렀을 때쯤, 형은 무슨 일이 벌어지고 있는지 알아차렸지만 저항하려 들지도 않았다. 아무 소리도 내지 않았다. 중앙출입구에 도착하자 회색과 흰색 제복을 입은 간호당번 두 명이 다가와서 형이 차에서 내리는 것을 도와주었다. 부모님은 이미 그 곳에 와서 서류를 작성하고 있었다. 그렇게 하여 형은 중증 2종 쌍극성조울증이라는 진단을 받은 이후 10여 년 만에 처음으로 보호시설에 들어가게 된 것이었다. 어떤 이유에서인지, 부모님은 이 점에 대해서, 그토록 오랫동안 자신들의 힘으로 아들을 돌봐 왔으며, 나와는 달리, 애정과 이해를 가지고 아들을 치료할 수 있다고 생각해 왔다는 점에 대해서 자랑스러워했다. 하지만 그때쯤에는 모두 포기했던 것 같다. 나는 형이 예전대로 돌아올 거라고 생각하지 않는다. 내가 그걸 바라는지 아닌지도 모르겠다. 만일 그가 예전대로 회복된다면 무슨 말을 해야 할지도 알지 못한다. '기분이 어때? 우리가 누군지 기억해? 그동안 무슨 생각을 했어? 어디에 있었던 거야?'

12

현재 유나바머는 가석방 가능성 없는 종신형을 선고받고 콜로라도 주 플로렌스에 있는 연방 슈퍼맥스 교도소인 ADX 플로렌스에서 복역하고 있다. 그의 죄수번호는 04475—046이다. 편지를 쓰려면 다음 주소로 보내면 된다.

Theodore John Kaczynski

04475-046

U. S. Penitentiary Max

P. O. Box 8500

Florence, CO 81226-8500

형이 부모님 집 가까이에 있는 보호시설에서 네 달을 보내고 난 후, 아버지는 마음을 바꿔서 형을 나오게 했다. 형은 시설의 도움으로 도시 북부에 있는 재활원에 자리 잡게 되었다. 지난 5년 동안 형은 재활원과 저소득 숙소를 들락날락하면서 살고 있다. 내가 마지막으로 알고 있던 그의 전화번호는 이제 연락이 안 된다. 어머니에게 형의 새 전화번호를 물어봐야겠다고 생각하면서도 아직까지 물어보지 않았다. 꽤 종종, 매주 한 번 정도, 형은 어머니에게 전화해서 안부를 알릴 것이다. 혹시 형이 전화하는 것을 잊어버리면 어머니는 자동적으로 최악의 상황을 가정한다. 즉, 감옥에 있거나 죽었거나. 하지만 조만간 형은 전화할 것이다. 그동안 너무 기분이 우울해서 누구와도 얘기할 수 없었다고 할 것이다.

솔직히 말하자면 내가 형을 마지막으로 본 것은 일곱 달 전이다. 당시 형은 제화점에서 상품을 재진열하는 파트타임 잡을 갖고 있었다. 그는 매일 면도를 하고 목욕을 하고 있었다. 형의 얼굴은 잘 생긴 짙은 눈빛에 자신감과 장난기가 섞인 신비한 표정이 있었던 십대 시절의 모습을 거의 회복하고 있었다. 그러나 지금 내가 형 생각을 하면 떠오르는 것은 그 시절의 모습이 아니다. 나에게 떠오르는 것은 형이 열한 살이나 열두 살쯤 되었던 무렵의 어느 순간에 대한 기억 속의 모습이다. 우리는 둘 다 뒤뜰에 있었고 여름날이었고 나는 색칠 그림책에 그림을 그리고 있었으며 형은 풀밭 위에 있었는데 내가 자기를 지켜보고 있다는 것을 알지 못했다. 형은 네 발로 기어서 돌아다니고 있었다. 사자나 호랑이, 혹은 아마도 표범이 되는 연습을 하고 있었으며, 혼자서 으르렁거리며 새의 그림자를 향해 살금살금 다가가고 있었는데, 내가 자기를 바라보고 있는 것을 보지 못했으며, 내 생각에 어머니도 거기 있었던 것 같은데, 2층 창문에서 우리를 내려다보며, 우리 둘을 지켜보며 부드럽게 미소 짓고 있었고, 가장 잘 기억나는 것은 그 순간 우리는 모두 스스로에 대해서 만족하고 있었다는 것이다. 그 순간에는 우리 모두 고요히 행복했었다.

일 · 러 · 스 · 트

코디 허드슨Cody Hudson은 시카고에서 활동하는 미술가이며 그래픽디자이너로, '투쟁주식회사' 라는 이름으로 작업한다. 그의 회화작품은 미국과 유럽, 일본 전역에서 전시되었다. 얼음낚시, 독서, 잠자는 것을 즐기며, 나무로 만들어진 것들을 좋아한다. www.struggleinc.com

한때 지저귀는 꾀꼬리였던 소년

'한때 지저귀는 꾀꼬리였던 소년' 폭죽은 원래는 우리 아들이었습니다. 그간 보내주신 카드와 선물과 편지에 진심으로 감사드립니다. 과학자들이 뭐라고 말하든 나는 그리 신경 쓰지 않습니다. 나는 대체적으로 과학자들을 혐오합니다. '불가능'이라는 말을 장식처럼 사용하는 과학자들을 혐오합니다. 우리 측에서는 독자적으로 '라이프'와 매매계약을 성사시켰는데 대체로 매우 만족스럽습니다. 우리 아이도 만족스러워 합니다. 그렇기 때문에 여기서 나는 마지막으로 한 번 더 말하고자 합니다. **폭죽은 괜찮습니다. 폭죽제품은 일반적으로 안**

전합니다. 우리는 불꽃놀이가 미국적 삶에서 필수불가결하며 중요한 부분이라고 생각합니다. 우리는 14년 동안 나의 고용주였던 스탈링® 폭죽회사를 비난하지도 않으며 폭죽산업 전반을 비난하지 않습니다. 바비, 우리 아들, 이제는 폭죽이 된 소년은 여전히 무엇보다도 폭죽을 좋아합니다. 희미하게나마 아들의 모습을 볼 수 있는 것은 오직 폭죽이 꺼질 때뿐입니다.

바비가 특히 좋아했던 스탈링® 폭죽제품을 소개합니다.

'동방의 진주' 분수폭죽

제품번호 : H-106

크기는 작지만 충분히 장착된 이 분수폭죽은 우리가 생산하는 최고의 제품 중 하나입니다. 이 폭죽은 진주가 폭발하듯 타오르며 커다란 소리와 다량의 불꽃을 방출합니다. 이 특별한 분수폭죽은 우리 아들 바비가 특히 좋아하던 것입니다. 바비는 하늘을 바라보며 진주가 폭발하여 자줏빛 연기로 사라지는 것을 하나하나 세곤 했습니다. 다섯 살이던 해의 여름에 바비는 불꽃을 50까지 센 적도 있습니다. 그리고는 나에게 뛰어와서 고맙다고 하면서, 태어나서 가장 멋진 여름이에요, 라고 말해 주었습니다. 오직 스탈링®에서만 구할 수 있습니다.

'자이언트 뻐꾸기' 분수폭죽

제품번호 : H-110

황금색 불꽃을 내뿜으며 날카로운 휘파람소리를 내는 분수폭죽입니다. 한 상자에 여섯 개가 들어 있습니다. 바비가 열 살이 되었을 무렵, 우리는 아들의 창백한 피부에서 일종의 인광 같은 푸르스름한 빛을 발견하기 시작했습니다. 때때로 아들과 내가 가까이 서서, 나는 이 아름다운 분수폭죽에 불을 붙이고 바비는 나를 올려다보곤 했는데, 그럴 때 나는 아이의 몸을 거의 꿰뚫어볼 수

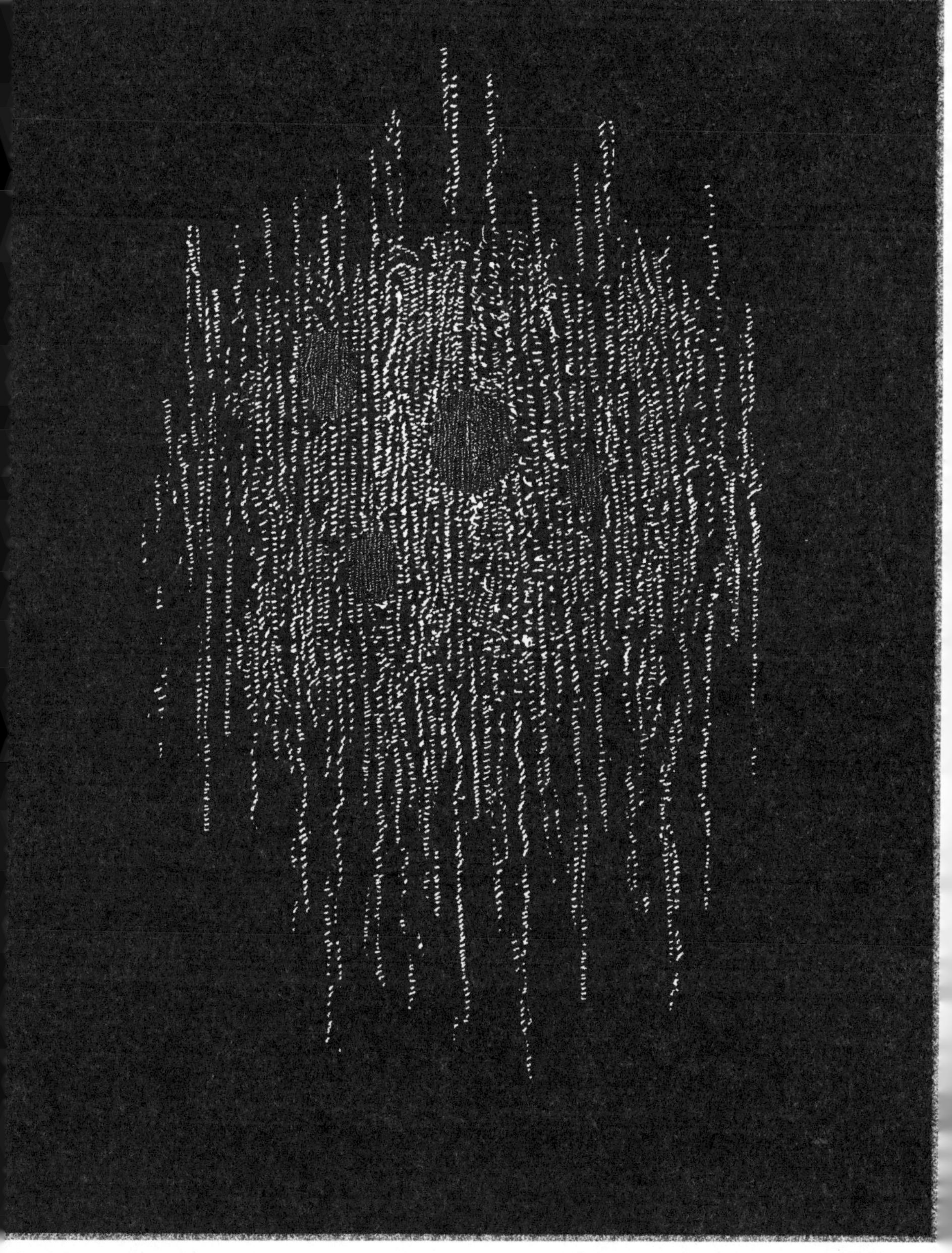

있었습니다. 아이의 몸은 마치 밤夜처럼 투명했습니다.

'골든게이트' 스펙터클폭죽

제품번호 : H-105

최고의 화려한 색상 분수폭죽으로 3년 연속 선정된 제품. 붉은색, 금색, 은색의 불꽃을 자랑합니다. 이 아름다운 분수폭죽을 지켜보던 중에 바비는 처음으로 몸에서 빛을 내기 시작했습니다. 나는 아이의 몸에 담요를 덮어주었고, 아이 엄마는 앰뷸런스를 불렀습니다. 하지만 사람들이 도착할 때쯤 되자 바비는 괜찮아졌습니다. 하지만 우리는 좀 더 잘 알아봤어야 했던 것입니다. 병원에서 온 사람들에게 좀 더 자세하게 질문을 했든지, 아니면 아이를 병원 실어 보내야만 했던 것입니다. 왜냐하면 그로부터 하루 이틀 후, 바비의 몸은 희미해지기 시작했기 때문입니다. 천천히, 몸의 한 부분, 한 부분씩.

'골든 파인' 분수폭죽

제품번호 : H-103

처음에는 솔잎 모양의 금색, 은색의 스파크가 분출되는 것으로 시작합니다. 여기에 황금색의 발사가 뒤따르며, 나무 모양의 스파크가 오랫동안 지속됩니다. 바비는 학교에 가지 못했습니다. 빛나는 피부 때문이었지요. 그래서 아이는 나를 따라 창고에 오곤 했습니다. 나는 바비에게 마음에 드는 폭죽을 맘껏 터뜨리게 했는데, 그것이 바로 수상작受賞作인 '골든파인' 제품이었습니다. 바비는 귀를 막은 채, 찢어지는 듯한 폭죽 소리에 맞춰 소리를 질러대면서, 기쁨에 겨워 발을 구르곤 했습니다. 아이가 소리를 지르는 동안 그의 몸 일부가, 손과 발과 무릎이, 잠시 사라지곤 했습니다.

'은색의 예포' 크래커폭죽

제품번호 : F-107

법으로 허용되는 한 **최대** 사이즈! 20,000 카운트의 조각으로 만들어진 불꽃놀이 폭죽으로, 우리 제품 중에서 최대 소음을 냅니다. 어느 날 밤 바비는 완전히 사라졌습니다. 아이 엄마는 질겁할 듯 놀랐지만, 나는 '은색의 예포' 20,000 조각 중 하나에 불을 붙였습니다. 작은 폭발이 어두운 하늘에 메아리칠 때, 우리는 손뼉을 치고 발을 구르며 우리를 향해 미소 짓고 있는 아들의 희미한 윤곽을 볼 수 있었습니다.

'휘파람부는 쌍둥이자리' 미사일폭죽

제품번호 : L-101

새롭고 경이로운 20인치 미사일폭죽으로 로켓이 날아가다가 최고점에 이를 때 다양한 효과를 보여줍니다. 열 개가 한 세트로 되어 있습니다. 우리는 곧 바비가 폭죽이 되었다는 것을 알게 되었습니다. 또한 바비가 어떤 폭죽을 좋아하는지, 어떤 폭죽을 터뜨려야 바비를 볼 수 있는지도 알게 되었습니다. 바비는 언제나 우리 곁에 있습니다. 단지 보이지 않을 뿐입니다. 고금을 통하여 우리 아들이 가장 마음에 들어 했던 폭죽이 바로 이 '휘파람부는 쌍둥이자리' 라는 것을 자랑스럽게 밝힙니다. 이 제품은 바비의 희미한 얼굴에 있는 주근깨까지도 환하게 보여줄 만큼 밝게 빛나는 유일한 로켓폭죽입니다.

'지저귀는 꾀꼬리' 로만캔들

제품번호 : C-105A

붉은색, 은색의 꼬리를 늘어뜨린 여덟 개의 불꽃이 시끄러운 굉음을 내며 유성처럼 떨어집니다. 이 제품은 시간을 초월한 인기품목입니다. 바비, 너는 지금 어디에 있니? 여기서 우리와 함께 하지 않을 때 너는 어디로 가버리는 거니? 이 지저귀는 꾀꼬리 폭죽이 소리쳐 울 때, 우리는 그것이 너의 목소리라고 생각해야만 한단다. 네가 이런 말을 하고 있다고 상상한단다. 우리를 사랑한다고, 그리고 우리가 너를 사랑한다는 것도 알고 있다고. 무슨 일이 있더라도 영원히.

일·러·스·트

아처 프레위트Archer Prewitt는 낮에는 카툰작가로, 밤에는 뮤지션으로 활동한다. 혼자서, 혹은 그의 밴드인 '바다와 케이크'를 이끌고 순회공연 및 음반 녹음을 한다. 그의 만화 연작 '소프보이'는 Drawn & Quarterly에서 출판되었다. 현재는 신작 솔로앨범 작업을 하고 있다. www.myspace.com/archerprewittmusic

i want the Quiet moments of a party girl

나는 파티 걸의 고요한 순간을 원한다

그 즈음 우리는 오직 열 받겠다는 일념으로 일주일에 한 번씩 영화관에 간다. 우리는 가장 형편없을 것 같은 영화를 고른다. 스캔들로 곤경에 처한 스타가 나오는 로맨틱 코미디라든가 Z등급을 받은 호러무비 등, 소피가 원하는 대로 영화를 선택하고는, 시작하고 얼마 지나지 않아 불만에 가득한 고함을 질러대다가 과격하게 자리를 박차고 나간다. 우리는 환불해 달라고 요구한다. 매니저를 불러달라고 요구한다. 성난 편지를 써서 투고하겠다고 협박한다. 가상의 위법행위 죄목을 둘러대며 그들을 협박한다. 우리는 어디에 가든지 이런 짓을 하기 시작한다. 모든 것에 대해서 분개할 이유를 만들어내는 것이다. 레코드 가게에서 소피는 음반가격이 과도하게 책정되었다고 주장한다. 버스를 타면 우리는 버스가 늦게 오는 바람에 비를 맞으며 기다렸다는 이유를 들어 요금을 내지 않는다. 이런 식으로 행동하면서, 마치 무척 감정이 상한 것처럼 행동하면서, 우리는 재미있게 즐기는 것이다. 사실, 우리는 모든 것이 지겨워서 눈물이 날 지경이다.

이때쯤 소피는 자기가 임신했다는 것을 알게 된다. 그것은 그다지 비밀도 아니다. 소피는 원래 비밀을 지키는 데 소질이 없기 때문에 누구든지 그녀를 보기만 하면 알아차릴 수 있다. 소피는 하고 싶은 말이 있으면 지나치게 자주 웃는데, 그럴 때마다 고리처럼 생긴 러시아 혈통의 눈썹이 넓은 이마에 반원半圓을 그리곤 한다. 일단 두려움이 사라지기 시작하자, 일단 우리가 이 사태를 돌파할 수 있다는 자신감이 생기자, 우리는 모든 사람들에게 이 사실을 알리기 시작한다. 우리가 별로 좋아하지 않는 사람에게도, 혹은 조금 전까지는 서로 알지도 못했던 사람에게조차. 우리는 둘 다 20대 후반이고, 완전히 공상에 빠져 있으며, 어른처럼 행동할 준비가 되어 있다. 나는 지금까지 일해 왔던 언더그라운드 미술잡지사를 그만두고 9시부터 5시까지 일하는 정규간행물 디자이너가 된다. 그것은 반짝반짝 광택이 나는 고급 잡지로 나무에 관한 내용을 다루고 있는데, 나무라는 익명의 세계에 어울리는 점잖은 레이아웃을 택하고 있다. 한편 소피는 화려한 미술가의 조수로 일하고 있으며 마침내 남부럽지 않은 의료보험을 제공받았다. 물론 소피의 부모는 우리에게 좀 더 나은 아파트로 옮겨주겠다고 제의하지만, 우리는 괜찮아요, 라고 말하고는 여하튼 신경 써 주셔서 고맙다는 말을 덧붙인다. 마치 우리는 문제없을 것 같은 기분이다. 마치 우리는 어디에 가든지 손을 맞잡고 있는 것 같은 기분이다.

유일한 문제는 소피가 임신하지 않은 것처럼 행동한다는 것이다. 언제쯤 그

속도를 늦추겠느냐고 물어보면, 언제쯤부터 아이를 가진 여자처럼 행동하겠느냐고 물어보면, 소피는 우습다는 듯 나를 쳐다보고 눈을 굴리면서 어깨를 으쓱하고는 그저 키스해 달라고 말한다. 소피의 머리는 길고 짙은 색이며 입술 위까지는 아름다운 얼굴이다. 그녀가 어깨를 으쓱할 때면 문제가 어떤 것이라고 해도 그녀를 괴롭힌다는 것은 소소하고 어리석은 일처럼 느껴진다. 밤에 집에 와 보면 소피는 보통 집에 없다. 외출 중이다. 그녀의 보스인 마리솔 — 성이 난 여성 생식기 그림을 엄청나게 그려대는 러시아 출신 미술가 — 과 함께 요란한 화랑 오픈행사에 가 있거나, 모델이 되려고 민크스에서 온 사촌동생과 함께 댄스파티에 가 있다. 소피가 입고 있는 옷은 모두, 허리를 드러낸 꽉 끼는 티셔츠로부터 짝퉁 디자이너진에 이르기까지, 너무나 타이트하기 때문에 옷 내부에서 어떤 일이 일어나고 있는지 상상할 필요가 없다. 모든 것이 정확하게 똑같이 드러난다.

소피는 담배는 끊겠지만 술은 끊지 않겠다고 한다. 그녀의 보스인 마리솔이 임신 중에 결코 술을 끊지 않았다는 것이다. 그 말을 하고 나자 30초도 지나지 않아 전화벨이 울리고, 소피가 전화를 바꿔주기도 전에 나는 그게 누구인지 알아차린다. "나는 임신했던 기간 내내 술 마셨어."라고 마리솔이 비난하듯 말한다. 그녀의 목소리는 러시아 장군처럼 묵직하다. "아이를 갖는 것에 대해서 누가 더 많이 알 거 같아? 당신이야 나야?"

나는 집 근처 모퉁이에 있는 '골드스타' 바에 가서 소피에게 술을 준다면 심각한 문제가 생길 거라고 말한다. 작년 할로윈 때 경찰관 복장을 했던 친구에게 부탁해서 거리 끝에 있는 식품가게에 함께 간다. 사람들이 내 친구의 플라스틱처럼 보이는 경찰배지에 속아 넘어가기 바라면서, 더 이상은 소피에게 술을 팔지 말라고 말한다. 그들은 나를 바라보고는 웃음을 터뜨리고 나서, 내가 안됐다는 듯 무료 로또티켓을 준다.

일주일 후, 지하철에서 만난 여자와 얘기를 나눈 소피는 이제 아기를 운에 맡기는 일은 하지 않겠다고 결심한다. 드디어 술을 끊어야 할 때라고 결심한다. 우리는 반쯤 남은 여러 개의 술병을 상자에 넣어 구석에 둔다. 아침이 되자 마치 마법처럼 그 곳의 술병은 모두 다 비워져 있다.

이제 소피를 보면, 그녀는 도무지 임신한 것처럼 보이지도 않는다. 그녀는 자신감에 가득 찬 것처럼 보인다. 마치 네가 모르는 무엇인가를 나는 알고 있다는 듯, 마치 그 무엇인가에 대해서 영원히 말해주지 않겠다는 듯 말이다. 유일하게 변한 것은 우리가 듣는 음악이다. 소피는 앞으로는 영국 밴드의 노래만 들으려한다고 말하면서, 우리가 가지고 있던 레코드를 모두 팔아버린다. 그녀는 닉 드레이크(어쿠스틱 음악을 하는 영국의 싱어 송 라이터)의 레코드 컬렉션을 샀다. "프랑스 댄스곡도 이제 그만, 하드코어도 이제 그만."이라고 그녀가 말한다. 포스트코어도 이제 그만, 뉴-뉴 웨이브도 이제 그만. 그날 밤 우리는 침대에 나란히 누워서 '메리 제인 생각' (닉 드레이크의 노래)을 듣는다. 나는 소피의 몸을 바라본다. 지금까지 몰랐던 곳에 작은 주근깨가 있는 것이 보인다. 하나하나 세기 시작하지만 주근깨 숫자는 너무 많으며, 소피는 너무 아름다워졌으며, 이제 그녀를 바라보는 것은 조금 전에 폭발을 일으켜 거의 모든 것을 파괴하는 초신성을 바라보는 것 같다.

❊ ❊ ❊

놀랍게도 소피는 아기에 관한 중고서적을 구해온다. 이제 태아의 크기는 손톱 만해졌다거나, 태아의 귀가 다 자랐다거나 하는 내용을 말해주는 책들이다. 우리는 밤에 함께 책을 읽는다. 내가 소피에게 아기에게 말을 걸어 봤냐고 물어본다.

"말도 안 돼." 그녀는 마치 내가 미쳤다는 듯 말한다. "너 미쳤어?"

소피는 정말 그렇게 물어본다.

하지만 나는 왜 소피가 아기에게 말을 하지 않는지 알고 있다. 자기가 말을 걸기 시작하면 뭔가 나쁜 일이, 아마도 징크스 같은 일이 일어나지 않을까 두려워하는 것이다. 나는 최소한 아기에게 자신이 환영받고 있다는 것을 느끼게 해줘야 한다고 말하고는, 엎드려서 소피의 배에 입술을 대고 아기에게 우리가 정말 기대하고 있으며 보고 싶어 참을 수 없다는 말을 한다. 아기에게 비틀즈 노래 한 곡을 불러주자 소피가 놀란 표정을 짓는다. 사실 나는 너무나 예민해져서 거의 울 지경이다.

"나한테는 더 이상 노래를 불러주지 않잖아?" 소피가 묻는다.

"너는 나에 대한 마음을 이미 결정했으니까." 내가 말한다.

몇 주가 지난 후, 우리는 아기를 '다람쥐'라고 부르기 시작한다. 나는 "오늘 다람쥐 상태가 어때?"라고 묻는다. 소피는 "이 침대 좀 봐. 다람쥐가 이걸 필요로 하겠지."라고 말한다. 우리 사이에서만 통하는 암호가 있다는 것은 기분 좋은 일이다. 나는 아기 사이즈의 티셔츠를 사서 앞판에 '다람쥐'라고 새겨 넣게 하기도 했다.

"귀엽네."라고 소피가 말한다. "하지만 우리 아기는 그렇게 촌스러운 건 입지 않을 텐데."

놀랍게도, 우리는 여전히 섹스를 한다. 할 수 없을 거라고 걱정했던 부분이다. 콘돔을 사용하지 않고 하는 것은 기기묘묘한 기분이다. 섹스가 무엇인지 이해하지도 못하던 시절부터 형은 나에게 콘돔 없이는 그 짓을 하지 말라고 가르쳐왔기 때문이다. 지금처럼 콘돔 없이 하는 섹스는 의미심장한 기분이고, 마치 진심인 듯 느껴지고, 마치 우리가 진실한 사랑에 관한 영화의 주인공이 된 듯한 기분이다.

소피의 어머니가 전화를 해서 러시아 억양으로 고함을 치면 나는 예의바르게 굴려고 노력한다. 도대체 소피와 언제 결혼할 거냐고 물어 보면, 나는 공손하게 안녕히 계세요, 라고 말하고는 재빨리 소피에게 전화기를 건네어준다.

❊ ❊ ❊

직장에서 나는 노르웨이 떡갈나무, 벚나무, 단풍나무의 변종을 탐구하는 전면특집기사의 레이아웃을 작업을 한다. 내 의지와는 상관없이, 나는 나뭇결, 옹이, 수피, 백목질과 적목질의 의미를 이해하기 시작한다. 나는 동료직원들의 얼굴에 때때로 드러나는 자포자기 표정을 무시한다. 옆자리 칸막이에 있는 남자직원이 우편으로 주문한다는 한국인 신부에 대한 공상으로 하루를 보내는 것도 모르는 척한다. 나는 생각 없이 일을 하고, 사심을 갖지 않으려고 노력하며, 예비아빠는 이래야 한다, 라고 믿는 방식대로 행동하려고 최선을 다한다.

우리 집 벽장에는 소피가 이 세상에서 가장 슬픈 것들을 모아 놓은 컬렉션이 있다. 그것은 소피가 몇 년 전부터 준비하고 있는 미술 설치전의 일부인데, 그 전시회가 성사되지 않으리라는 것은 소피도 나도 알고 있다. 주말이 되면 소피는 나를 끌고 모든 종류의 중고시장과 벼룩시장을 뒤진다. 다른 사람들의 일기, 자동응답기 녹음테이프, 일지, 편지 등, 누군가의 비극적인 이야기를 전해주는 물건을 찾는 것이 그녀의 일이다. 소피는 이런 종류의 물건으로 가득한 상자를 몇 개씩이나 가지고 있는데, 그 안에는 전쟁터에서 보낸 편지에서부터 만나본 적도 없는 사람들의 불쌍하게 보이는 가족사진에 이르기까지 모든 종류의 폐물이 들어있다. 처음에 이 일이 시작되었을 때 나는 소피에게 "왜 이런 잡동사니를 수집하는 거야?"라고 물었다. 그녀는 이것이 삶이란 하나의 연속적인 비극이라는 것을 이해하는 방법이라고 대답했다. 우리는 함께 소피의 작은 침대에 걸터앉아 있었으며, 나는 소피의 머리에서 나는 냄새를 맡고 있었다. 소피는 70년대의 사진앨범을 열더니 여덟이나 아홉쯤 된 여자아이가 동물원에서 아름답고 매끄러운 사슴 옆에서 찍은 사진을 보여주었다. 사진 속의 소녀는 울면서 왼손을 잡고 있었다. "그것이 나를 물었어."라고 소피가 속삭이면서, 자기의 왼쪽 손가락 관절에 있는 작은 흰색 흉터를 가리켰다. 소피는 자기 흉터에 입을 맞추고 나서 내 입술에 가져다 댔다. 그러자 나는 그녀에 대해서 뭔가를 이해할 것 같은 느낌이 들었다. 뭔가 굉장히 매혹적이며 동시에 굉장히 슬픈 것을. 나는 세상에 곧 종말이 닥친다는 점에 대해서 그녀만큼 확신하는 사람을 본 적이 없었으며, 어떤 이유에선지 그것은 나에게 안심이 되는 일이었다.

이제 우리는 함께 아기를 기다리며 소피가 수집한 비극의 증거들을 자세히 살펴본다. 소피가 수집한 수십 개의 자동응답기 테이프를 듣는다. 그중에 이런 녹음이 있다. "당신이 나에게 어떤 의미인지 알아줬으면 할 뿐이오. 당신은 숲과 같은 존재요. 당신은 내가 인생보다도 더 위대하다고 느끼도록 만들어. 내가 무적無敵인 것처럼 느끼도록 만들지. 당신과 함께 있다면 나는 뭐든지 할 수 있소. 제발, 제발, 제발, 나에게 전화를 해 주시오. 당신에게 했던 말은 정말 미안해. 당신은 나보다 훨씬 똑똑하잖소. 그래도 전화가 없다면, 당신의 대답이 무엇인지 알아듣겠소. 하지만 내 비행기는 11시에 출발하오. 당신의 마음을 바꿔달라고 하느님에게 기도하고 있소. 하지만 당신은 마음을 바꾸지 않겠지, 그렇지 않소? 맙소사… 바로 그 점 때문에 내가 당신을 사랑하는 거요."

우리는 바닥에 누워 이 테이프들을 되풀이해서 듣고 나서 하나만 골라내고 나마지는 쓰레기통에 버린다. 그렇게 해서 소피가 이미 사 온 아기침대 놓을 곳을 확보한다.

우리가 처음 만났을 때, 사람들은 소피를 나타샤 로스토바라고 소개해 주었다. 대학 시절에 〈전쟁과 평화〉를 읽었기 때문에, 혹은 최소한 소설의 일부라도 읽은 적이 있기 때문에, 나는 그 말이 농담이라는 것을 알아차렸다. 나중에 그녀의 진짜 이름을 알게 되었을 때 어떤 생각이 들었는지, 누구나 상상할 수 있을 것이다. 나는 소피가 속물이라고 생각했다. 가방 속에 프랑스 소설을 가지고 다니는 그런 속물 말이다. 그런데 실제로 소피는 가방 속에 프랑스 소설을 가지고 다녔다. 어느 작은 화랑의 전시회에서 처음 본 소피는 검은색 터틀넥에 오렌지색 스커트를 입고 있었다. 그 전시회는 내 의지와 상관없이 갔던 곳이다. 왜냐하면 당시 내가 알고 있던 사람들은 전부 아무 것도 하지 않는 것으로 유명해지려고 노력하고 있었기 때문이다. 수학 과제물 구석에 추잡한 그림이나 그리던 녀석들이 갑자기 진지한 미술가로 인정받고자 원했던 것이다. 나는 소피도 그런 사람들 중 하나라고 생각했다. 소피에 관해서 내가 처음 알아차린 것은 그녀의 눈이 보라색이라는 것이었고, 그 다음에는 앞머리를 스스로 잘랐다는 것이었다. 이마를 가로지른 짙은색의 앞머리는 지그재그로 잘려 있었다. 그날 밤에 친구 한 명이 그녀에게 나를 소개해 줬는데, 소피가 즉시 전화번호를 알려주었기 때문에 나는 놀랐다.

두 번째 데이트에서 이름을 물어보자, 그녀는 죽을 때까지 지켜야 하는 비밀이라고 대답했다. 그날 우리는 내가 사는 집 밖의 비상계단에 앉아서, 마치 이 세상에 달을 보는 사람은 우리밖에 없는 척하며 달을 바라보았다. 그로부터 이

틀이 지나자, 이미 우리는 달을 바라보는 일을 두 번이나 해치웠으며, 이미 손을 잡은 채 시내를 쏘다니고 있었다. 그제야 그녀는 이름을 알려주었다. 소피라고. 그러면서 다른 사람에게는 절대로 말하지 말라고 했다. 자기는 도피 중인 러시아의 공주라는 것이었다. 잠깐 동안, 아마 몇 주 동안, 나는 그 말을 믿었다. 나는 소피 같은 여자를 만나본 적이 없었기 때문에 그녀가 러시아 왕족이라는 것이 충분히 가능한 일이라고 생각했다. 사실 당시에는 어느 쪽이든 별 문제가 아니었다. 우리는 서로에게 홀딱 빠진 채 매일 밤 데이트를 했으며, 그러자 소피는 물어보지도 않은 채 나의 작은 거처로 이사 왔던 것이다. 물론 일반적인 수순은 아니었다.

소피는 이전에도 한 번 임신한 적이 있다. 열아홉 때였는데, 아직 자신이 준비되지 않았다고 판단하고는 중절수술을 받았다. 이 이야기는 소피가 이사 들어온 지 일주일 쯤 지났을 때 들려주었는데, 우리는 둘 다 울고 말았다. 나는 검은색 마스카라로 엉망이 된 소피의 보라색 눈을 들여다보면서 그게 무슨 큰 일이냐고 말했다. 나는 비슷한 일을 겪은 여자들을 많이 알고 있다고, 우리 누나도 둘 다 그랬다고 말해주었다. 그날 밤 섹스를 할 때, 나는 콘돔을 사용하고 있었음에도 불구하고 소피를 임신시키게 되면 어쩌나 하고 걱정했다. 나는 다시는 소피에게 그런 일을 겪게 하지 않겠다고 결심했다. 소피가 지금은 콘돔 쓰지 않아도 된다고 말해도 나는 괜찮다고 대답했다. 그게 무슨 큰 문제냐고 말했다. 하지만 몇 주일 후, 우리는 한 번인가 두 번인가 콘돔 없이 섹스를 했는데, 바로 그 증거로 아기가 생긴 것이다.

소피는 11시에 나에게 전화를 해서 기분이 어떤지 말한다. 11시는 화랑에 있는 그녀의 보스가 담배 피우러 밖에 나가는 시간이다. 오늘 소피는 자신이 사습이었으면 좋겠다고 말한다. 내가 이유를 묻자, 자기가 마치 코끼리처럼 커진 것 같기 때문이란다.

점심시간에 나는 길을 건너 공원에 가서 혼자 점심을 먹는다. 공원 벤치에 앉아있는데, 저쪽 모퉁이에 아이들 한 무리가 버스를 기다리는 것이 보인다. 아이들은 교복을 입고 가방을 메고 있다. 어떤 이유인지 나는 의아해진다. '벌써 여름이 끝난 건가? 벌써 개학했단 말이야?' 라고 스스로 물어보고는 이미 9월이 시작되었다는 것을 깨닫는다. 6개월 후면 아기가 나올 것이다. 바로 그거다. 그 6개월이라는 숫자는 믿을 수 없으리만치 작은 수로 느껴진다. 나는 눈을 들어 아이들이 서로 장난치며 밀치는 것을 바라본다. 핑크색 머리핀을 꽂은 소녀가 통통한 소년의 팔에 잡혀 꼼짝 못한다. 소년은 소녀의 책가방을 잡아챈 다음에 소녀를 놓아준다. 소년은 가방을 소녀의 머리 위로 들어 올린 채 뚜껑을 연다. 소녀는 비명을 지른다. 물론 마음속으로는 이목이 집중되는 것을 즐기고 있다는 것을 나는 알 수 있다. 소년은 핑크색 공책만 꺼내고는 나머지 물건은 인도경계석 위에 쏟아버린다. 소녀가 다시 비명을 지르는데 이번에는 즐거운 비명이 아니다. 소년은 공책을 펼쳐서 버스정류장에 있는 아이들이 모두 다 들을 수 있을 만큼 큰 소리로 읽어댄다. 이제 필사적이 된 소녀는 손으로 소년의 입을 막는다. 그들이 서로 관심이 있는지 알아보기 위해서 장난치는 것은 명백하다. 소년은 공책을 들고 날 잡아보라는 듯 장난을 치고, 소녀는 낄낄 즐겁게 웃으며 쫓아다닌다. 마침내 버스가 와서 정류장에 선다. 소녀는 자신의 가방을 집어 들고 쏟아진 책과 펜을 챙기고는 소년을 무시한 채 버스에 올라탄다. 소년도 자기 가방을 집는다. 그러더니 구석에 있는 쓰레기통에 핑크색 공책을 던져버린다. 소년은 되돌아가서 막 출발하려는 버스에 올라탄다. 버스 뒤쪽 창문으로 보니, 소녀가 소년의 머리를 때리고 있다. 운전수가 그들에게 고함을 치고 있다.

버스가 출발하자 어린 커플은 서로를 보며 미소 짓는 듯 보인다. 점심을 끝낸 다음에 나는 일어나서 아무도 쳐다보는 사람이 없다는 것을 확인한 후 쓰레기통으로 걸어간다. 핑크색 공책은 표지가 덮인 채 제일 위에 놓여 있다. 표지에는 은색 마커 펜으로 '라파엘라에 의한 관찰기록' 이라고 쓰여 있다. 나는 그것을 집어서 뒤적이기 시작한다. 페이지마다 날짜가 세심하게 기입되어 있고 쓴 사람의 기분이 단순한 말로 표현되어 있다. '6월 5일, 화났음, 7월 28일, 우울함.' 큰 제목 아래에는 좀 더 자세한 내용이 있다. 생각, 시詩, 날개가 고정되어 꼼짝 못하는 천마天馬의 그림, 마법에 걸려 불타고 있는 성을 스케치한 것, 그리고 부치지 않은 편지가 있다. 예를 들어, '엄마, 왜 나한테 그렇게 못되게 굴어요?' 혹은 '주디, 나는 네가 스스로 특별하다고 생각한다는 걸 알고 있어. 하지만 너는 특별하지 않아' 등등. 뒤표지에는 큼지막한 볼드체로 이렇게 쓰여 있다. '생각대로 되는 일은 없다.' 나는 공책을 덮고 나서, 아마도 이 공책이 소피 마음에 들 거라고 결론을 내린다. 나는 공책을 가슴에 안고 표지를 가린 채 사무실로 가지고 간다.

사무실에 돌아오자 나는 핑크색 공책을 서류가방 속에 넣는다. 벽에 걸린 시계를 쳐다보고 내가 늦었다는 걸 알아차린다. 옆 칸막이에 있는 낯선 사람이 성난 표정으로 나를 보면서 자기 손목시계를 손으로 가리키며 자작나무 레이아웃이 언제 끝나느냐고 묻는다. 나는 그에게 곧 끝난다, 금세 끝난다고 말하고는 서둘러 작업을 시작한다. 신기한 낯선 나무들이 서로 교차하면서 완벽한 침묵과 조화를 이루는 전면특집기사의 디자인이다. 이 작품의 제목은, 슬프게도, '자작나무 관찰하기' 이다.

4시에 소피가 다시 전화한다. 나는 책상 구석에서 전화를 받고 무슨 일이냐고 묻는다. 무슨 이유인지 그녀는 당황스러워하고 있다. 소피가 너무나 나지막한 목소리로 말해서 내가 잘못 들은 것이 아닌지 의심이 될 정도다. “병원에 가 봐야 할 것 같아.”라고 들은 것 같다. 나는 잘 듣기 위해서 수화기를 귀에 바싹 댄다. 나는 우리가 아는 누군가에게 무슨 일이 일어난 것이라고 생각한다. 우리가 사랑하는 누군가가 죽었던가, 어떤 사고가 일어났던가, 그녀의 엄마 혹은 이모거나 혹은 우리 아버지이거나.

그러나 소피의 말은 이렇다. “병원에 가 봐야 할 것 같아. 출혈이 있어.”

“알았어.”라고 내가 말한다. “곧 갈게.”

“알았어.”

“알았어. 내가….”라고 말을 하지만 소피는 이미 전화를 끊었다.

나는 사무실에서 나간다는 것을 아무에게도 말하지 않는다. 내가 디자인하기로 되어있는 레이아웃의 자작나무는 눈을 배경으로 한 희미한 검은 선으로 남아있을 것이다. 오후의 교통정체 때문에 소피의 화랑으로 가는데 막대한 시간이 걸린다. 우리의 작고 낡은 차를 세우면서 보니 소피는 이미 나와서 기다리고 있다. 겁먹은 듯 보이는 소피는 정말 사랑스럽다. 배가 약간 불러 있다. 나는 언제나 소피를 키 크고 깡마른 사람이라고 생각해 왔다. 그런데 지금은 뭔가를 삼킨, 아마 찌그러진 수박을 삼킨 뱀처럼 보인다. 차에 올라탄 그녀는 말이 없다. 나는 할 수 있는 한 최고로 조심스럽게 운전해서 병원으로 간다. 내 일생에 이토록 조심스럽게 운전한 적은 없다. 운전학교 강사처럼 운전한다. 규정 속도보다 시간당 10마일은 더 천천히 가고 있다. 내가 왜 이렇게 천천히 운전하는지 나도 모른다. 내 뒤에서 다른 차들이 빵빵 경적을 울린다. 갑자기 우리는 둘 다 유리인간이라서 너무 빨리 회전하면 부서져버릴지도 모른다는 기분이 든다. 응급실로 향하고 있을 때, 나는 소피의 얼굴에서 절대공포의 표정을 본다. 그녀의 입 모양과 눈의 크기를 지켜보며, 만일 이 모든 것에 의미가 있다면 그것이 대체 무엇일까, 하고 생각한다.

접수계의 간호사는 우리 얼굴을 보지 않는다. 소피가 증세를 설명하기 시작하자 간호사는 아랫입술을 안으로 말더니 다른 곳을 본다. 붉은 색 곱슬머리를 한 간호사는 아마도 다 봤을 것이다. 그녀는 이미 우리에 대해서, 우리를 뺀 세상에 대해서, 모든 것에 대해서 결정을 내렸을 것이다. 간호사는 나이의 흔적이 역력한 손으로 적절한 정보를 적어 넣는다. 그런 다음에 이렇게 덧붙인다. "아셔야 할 것 같은데, 상태가 좋지 않아요." 간호사는 소피의 체온을 잰다. 나는 체온계처럼 오래되고 어린애 같은 물건이 우리를 두려움으로부터 지켜줄 수 있다는 것이 참으로 신기하다는 생각이 든다. 간호사는 다른 문제는 없는 것 같다고 말하고는 우리에게 기다리라고 한다. 우리는 침착하게 기다리려고 노력한다.

"큰 일 아닐 거야."라고 소피가 말한다. "아마도 우리가 과잉 반응하는 걸 거야."

무슨 말을 해야 할지 모르는 채 나는 고개를 끄덕인다.

"너무 배가 고파서 정신이 없어. 오늘은 점심 먹을 시간도 없었어."라고 그녀가 말한다.

"자동판매기에서 먹을 걸 사 올게. 뭘 사다줄까?"

"네가 골라다 줘."

"알았어."

나는 일어나서 응급실을 가로질러 자동판매기 두 대가 있는 곳으로 간다. 오후 이 시간쯤이면 대기실은 거의 텅 비어있다. 대기실에서는 인조 소나무 같은 냄새가 난다. 형광등 불빛은 음흉하다. 무엇이든지 형광등 불빛을 받으면 순식간에 푸르스름하고 슬프게 보인다. 멕시코인 가족이 함께 앉아서 할머니 소식을 기다리고 있다. 응급실에 있는 텔레비전 두 대에서는 영어로 더빙된 로마시대 검투사에 관한 서사영화가 상영되고 있다. 실제로 나는 영화를 보기 시작한다. 헤라클레스와 제이슨이 '황금양모'를 찾으러 간다. 그들은 모든 일이 잘 풀릴 것이다. 텔레비전이니까. 자판기에 동전을 넣고 패스트리 두 봉지를 뽑아서 소피 옆에 앉는다. 소피는 봉지를 찢더니 패스트리 두 개를 재빨리 먹어치운다. 내가 놀라서 쳐다보자 그녀는 난처한 표정을 짓더니 이렇게 말한다. "어때서? 배가 많이 고팠다니까."

또 다른 간호사, 이번에는 손톱을 터키색으로 칠한 젊은 아시아 여자가 소피의 이름을 부른다. 우리는 마치 뭔가 당첨이라도 된 듯이 영문도 모르는 채 일어선다.

우리는 작은 노란색 검사실로 안내된다. 무슨 이유에서인지 나는 이것을 나쁜 징조로 받아들인다. 우리만 별도로 이곳에 안내된 것은 누군가, 어떤 의사가, 이미 우리의 비극을 눈치 챘기 때문일 것이다. 문 밖에서는 죄수 한 명이 의료처치를 기다리고 있다. 은백색 환자수송용 침대에 수갑이 연결되어 있다. 경찰관 한 명이 그 옆에서 외설 잡지를 읽으면서 기다리고 있다.

"나는 총 맞았어." 우리가 지나가자 죄수가 설명한다. "두 방이나. 다리에."

"다행스럽게도 말이지."라고 경찰이 말한다.

우리는 검사실 안으로 들어간다. 소피는 병원침대에 올라간다. 간호사는 소피에게 두 벌의 환자복을 주면서 갈아입으라고 하고는 사라진다. 환자복은 회색이 도는 푸른색인데 흉측하다. 송장의 색상으로 디자인한 것 같다. 나는 소피가 환자복을 입고 등 뒤에서 매듭 묶는 것을 도와준다.

"지금이라도 여기서 나갈 수 있어." 소피가 중얼거린다.

지금 그녀가 하는 말이 농담인지 진담인지 판단이 안 된다.

"아무 문제없는 척할 수 있다니까." 그녀가 다시 속삭인다.

"좋은 방법은 아닌 것 같아."

"아니지··· 그런데 말이야," 소피가 말한다. "너 두렵니?"

"아니. 너는 무서워?"

"아니."라고 소피가 말하더니 잠시 후 말을 바꾼다. "그래, 두려워."

"나도 그래."

간호사가 돌아오더니 소피에게 왜 왔느냐고 묻는다. 소피는 출혈이 있다고 설명한다. 간호사는 태아심장모니터라는 파란색 작은 기구를 손에 쥐고 아기의 심장박동을 체크한다.

"가끔씩 이 기계가 말을 안 듣기도 하니 걱정 말아요."라고 간호사가 말한다.

간호사는 소피의 배 위에 패드를 누르면서 열심히 찾고 또 찾아본다.

아무 것도 잡히지 않는다. 우리는 겁에 질린다. 나는 눈에 눈물이 고이는 것을 느끼기 시작한다. 소피와 나는 서로 마주보고는 재빨리 고개를 돌린다.

"내가 말했잖아요. 이 기계는 안 듣는다니까." 간호사가 설명하더니 문 밖으로 다시 사라진다. 그리고는 한 시간 후에 간호사가 마치 우리를 처음 본다는 듯한 태도로 들어온다. 곧 의사가 와서 진찰할 거라고 말하고는 문을 닫는다.

그러자마자 진짜로 응급실 의사가 들어온다. 소피와 나는 놀란 표정으로 마주본다. 의사는 대학 잼 밴드의 기타연주자 같은 모습이다. 열아홉 살인 것처럼 보인다. 사람들이 '브로' 나 '위슬' 같은 이름으로 불러댈 것 같은 모습이다. 어깨까지 내려오는 머리와 어려보이는 얼굴 때문에 나는 더욱 걱정이 된다. 의사는 우리에게 말을 하지만 나는 한 마디도 듣지 않는다. 마침내 나는 의사가 초음파검사를 하라고 지시하는 것을 알아듣는다. 더 원하는 게 있느냐고 의사가 묻는다.

"제발, 그냥 알고 싶은 건데, 만일 할 수 있다면, 제발 더 이상 기다리지 않으면 좋겠어요."라고 소피가 말한다. "어느 쪽이든, 우리는 단지…."

"내가 할 수 있는 일은 다 할 겁니다."라고 의사가 대답한다. 그러자 갑자기 무슨 이유에서인지 나는 그의 말이 진심이라는 느낌이 든다.

셔츠 앞주머니에 한 뭉치의 카드를 꽂은 나이든 흑인 남자가 소피의 침대를 밀고 복도로 나가서 엘리베이터를 타고 병원 지하로 내려간다. 나는 그들을 따라 또 하나의 복도를 지나 검사실로 간다. 그 곳에서 나는 또 다른 대기실에서 기다려야 한다. 나는 아무 불평 없다. 이렇게 시키는 대로 하면 모든 것이 잘 풀릴 것 같다고 생각한다. 나는 소피의 이마에 살짝 입을 맞추고 나서 그녀가 복도 끝에 있는 검사실로 들어가는 것을 지켜본다.

초음파검사실 대기실에 있는 텔레비전에서는 법정 프로그램이 상영 중이다. 나는 그것을 볼 수 없다. 대기실에 있는 다른 사람들이 텔레비전에 나오는 사람들을 놓고 설전을 벌인다. 나는 간호보조원을 기다리며 유리문을 바라본다. 갑자기 나는 내 코트와 소피의 핸드백이 내 무릎에 놓여있다는 것을 깨닫는다. 내가 그곳에서 무릎 위에 여자 친구의 핸드백을 올려놓고 있다는 것이 이 모든 일이 얼마나 잘못되어가고 있는지 명확한 증거라도 되는 양, 나는 핸드백이 어색하다고 느낀다. 10분이 흘러간다. 30분이 지난다. 간호보조원이 되돌아와서 나에게 고개를 끄덕이자 나는 서둘러 나간다.

"무슨 일이에요?" 내가 묻는다. 나는 소피를 보고나서 보조원을 쳐다본다.

"의사가 결과를 판독해야 됩니다."라고 보조원이 말한다. "걱정 말아요. 다 잘 될 거에요."

"그게 얼마나 걸린대요?" 소피가 묻는다.

"모르겠어요."라고 보조원이 말한다. 나는 그들을 따라 다시 복도를 지나간다. 보조원은 소피의 병상을 엘리베이터 안에 싣고 응급실로 다시 데려다준다. 나는 고맙다고 말한다. 그가 떠난 다음에 소피의 손에 입을 맞춘다.

응급실 의사가 병실 문을 노크한다. 무슨 이유에선지 나는 이 상황이, 마치 우리가 이 장소를 소유하고 있다는 듯 의사가 문을 노크한다는 사실이 우습다고 생각한다. 의사는 들어오더니 초음파 결과를 기다리는 중이라고 말한다. 그동안 골반검사를 해야 할 것 같다고 말한다. 소피와 나는 마주본 채 다시 한 번 눈을 굴린다.

나는 뒤로 물러선다. 무슨 일이 일어날 것인지 보고 싶지 않다. 보고 싶기도 하고 보고 싶지 않기도 하다. 복도로 나갈까 잠시 생각하다가 마음을 바꿔먹고 소피 곁에 서서 손을 꼭 잡아준다. 젊은 의사는 소피에게 검사대 끝으로 내려오라고 한다. 의사는 고무장갑을 끼고 있는데 그것 때문에 손이 거대해 보인다.

의사가 말한다. "만일 자궁경부가 열려있다면, 계류유산의 증거입니다."

"뭐라고요?" 소피가 묻는다.

"계류유산."

"자연유산하고 같은 뜻인가요?"라고 소피가 묻는다.

"그렇습니다."

"그렇다면 자연유산이라고 부르면 안 될까요?"

"그러죠."라고 의사가 말한다.

갑자기 의사의 얼굴이 심각해진다. 그는 검사를 계속하고는 멈춘다.

"자궁경부는 닫혀 있어요."

나는 거의 울음이 터질 것 같다. 결국 울음을 터뜨린다. 나는 의사가 하는 말이 무슨 뜻인지 모르기 때문에 대책 없이 울기만 할 뿐이다.

"그게 좋은 일인가요? 나쁜 일인가요?"라고 내가 묻는다.

의사는 고개만 끄덕일 뿐 그렇다고 대답하지 않는다.

"피가 많이 고여 있어요. 초음파 결과가 어떻게 나오는지 봐야합니다." 마침내 의사가 중얼거린다.

우리는 이 모든 일들이 누군가에 대한 애정을 입증하는 그런 종류의 이야기처럼 흘러가게 되기를 바라기 시작한다. "한 번은 우리가 캠핑 여행을 갔는데 소피가 길을 잃었어. 나는 소피가 언제나 남쪽과 북쪽을 혼동하곤 했다는 것을 기억해내고는 남쪽으로 걷기 시작했지…." 이런 식의 이야기 말이다.

기다리는 동안 나는 소피의 손을 잡고 있다. 내가 해줄 수 있는 일은 그것밖에 없는 것 같다. 우리는 둘 다 말이 없다. 말이라는 것은 미미하고 투명하고 겁나는 것이 된다. 우리는 응급실 소리, 문 밖에서 죄수가 스페인어로 노래하는 것에 귀를 기울인다. 소피는 내 가슴에 얼굴을 묻고 있다. 우리는 기다리고, 기다리고, 기다린다.

초음파 결과는 한 시간 후에 도착한다. 젊은 의사가 들어오더니 긴 머리를 귀 뒤로 넘기면서 이렇게 말한다. "나쁜 소식입니다…." 하지만 나는 그 나머지는 듣지 않는다. 모든 것이 윙윙 울리기 시작하기 때문이다. 낯선 사람 앞에서 그토록 울어본 적은 없을 것이다. 푸른빛이 도는 회색 환자복을 입은 소피의 얼굴은 슬픔으로 일그러진다. 곧 죽을 것처럼 보인다. 나는 그녀를 안으려고, 안아주려고 하지만 소피가 누워있기 때문에 팔을 두르는 게 어렵다. 소피는 내 가슴에 얼굴을 파묻고, 나는 그녀의 눈물이 내 셔츠와 목을 타고 흘러내리는 것을 느낀다. 젊은 의사는 말을 계속한다. 모든 임신의 4분의 1에서 3분의 1이 이런 식으로 끝난다는 말, 이것은 누구의 잘못도 아니며 우리가 잘못한 일은 없다는 말을 한다. 우리는 그의 말을 믿지 않는다. 우리는 잠시 우리가 생각했던 끔찍한 것을 기억해내고는, 모든 것이 우리 탓이라고, 서로의 탓이라고 마음속으로 생각한다. 고통스러운 것은, 지금까지 늘 믿어왔던 것처럼 우리가 특별한 사람들이 아니라는 사실을 알게 된 것이다.

이제 막 12주가 지났기 때문에 우리는 이미 모든 사람들에게 소피가 임신했다는 말을 했다. 제대로 알지 못하는 직장동료에게도, 우리가 경멸한다고 생각하는 사람들에게조차. 응급실에서 퇴원을 기다리는 동안, 우리는 온갖 이방인들과 '일생에서 가장 거북한 대화' 를 하는 장면을 상상한다.

"그렇게 나쁘진 않을 거야."라고 내가 말한다. "우리 한 번 임신했으니 다시 노력하면 될 거야."

내 말이 어리석다는 것을 스스로도 알고 있지만 말을 참을 수가 없다. 말로 설명함으로써 모든 것을 해치워버리고 싶다는 생각을 멈출 수가 없다. 소피는 성난 눈빛으로 나를 바라보고, 그렇게 우리는 침묵에 빠진다.

우리는 집으로 간다. 가는 길에 맥시패드를 사려고 멈춘다. 약국 복도에서 소피는 가봐야겠다고 말한다. 출혈이 심하기 때문이다. 나에게 물건을 골라오라고 말한다. 나는 작은 것에서부터 초대형에 이르기까지 모든 종류의 맥시패드를 하나씩 집어 들고 서둘러 집으로 간다. 나중에 보니 맥시패드 종류를 잘못 집어 왔지만, 그게 무슨 큰 문제겠는가, 오늘은 모든 것이 잘못되고 있는데.

우리는 종일 침대에 누워 울면서 보낸다. 우리는 각자의 부모에게 전화해서 하소연하며 운다. 우리는 서로 이 사건에 대해서 대화하려고 노력하지만 기분이 너무 나쁘기 때문에 최소한 한동안은 그럴 수가 없다. 소피가 자기 엄마에게 전화해서 얘기하는 동안, 나는 집안을 돌아보며 우리에게 잃어버린 것을 상기시킬 만한 물건이 있는지 찾아본다. 나는 우리가 샀던 동화책과 장난감과 아기 옷을 벽장 안에 넣는다. 봉제 동물인형이 쌓여있는 것을 바라보다가 무슨 이유인지 모르지만 장난감에게도 사죄해야할 것 같은 기분이 든다.

소피는 비극적인 물건을 모아놓은 종이상자 앞에 앉아있다. 말도 없이, 손목에 있는 응급실용 플라스틱 번호표 팔찌를 잡아끌러 상자 속에 넣고는 뚜껑을 닫아 구석에 밀어놓는다.

마침내 잠잘 때가 되자 우리는 너무 피곤해서 잘 자라는 말도 하지 못한다. 나는 양 팔과 다리를 잃은 것 같은 기분으로 누워있다. 내 심장보다 더 중요한 것을 빼앗긴 듯한 기분으로. 어떤 것이 심장보다 더 중요할 수 있을까? 모르겠다. 그것이 무엇이든, 바로 그것을 잃어버린 것이다.

다음날 아침 회사에 가자, 내 컴퓨터에 보스가 써서 붙인 포스트잇 메모가 있다. 나는 그 성난 메모를 바라보고는 구겨버린다. 잠시, 그의 사무실로 박차고 들어가서 때려눕힌 다음에 어제의 끔찍한 사건을 세세하게 말해줄까 하는 생각이 들지만 그렇게 하지 않는다. 나는 내 자리에 앉아서 형광조명을 바라본다. 열려있는 서류가방 안에 어제 쓰레기통에서 주운 핑크색 공책이 보인다. 마치 수백 년이나 된 일 같다. 나는 페이지를 넘기며, 펜과 연필로 그린 그림들, 불타는 숲, 날개 달린 아이들을 잡아먹는 호랑이 그림을 뒤적인다. 모든 것이 미미하고 슬프고 하찮게 보인다. 이 엄청난 변화를 어떻게 다루어야 할지 나는 알지 못한다. 단지 하루 만에 일어난 일을 어떻게 받아들여야할지 알지 못한다.

소피의 생일이 1주일 앞으로 다가오지만 우리는 둘 다 축하하고 싶은 기분이 아니다. 우리는 생일파티를 연기하기로 결정한다. 그러자 10월이 되고, 곧 11월이 된다. 하지만 우리는 여전히 슬프기만 할 뿐, 결정된 것은 아무 것도 없다. 우리는 1월이 오기 전에, 한 해가 공식적으로 끝나기 전에, 생일을 축하하는 게 낫겠다는 결론을 내린다. 그래서 영화관에 간다.

영화관에서 나는 표를 산다. 소피에게 팝콘 먹겠느냐고 묻고 소피는 아니라고 대답한다. 나는 화난 표정으로 소피를 바라보면서 팝콘 먹겠느냐고 다시 물어보지만, 소피는 여전히 필요 없다고 한다. 우리는 극장 안으로 들어간다. 소피가 어둠 때문에 비틀거리자, 푸에르토리코 십대 두 명이 휘파람을 분다. 나는 그들을 향해서 눈을 부릅떠 보지만 돌아오는 것은 미키마우스처럼 낄낄대는 웃음소리뿐이다. 내가 입은 옷, 재킷, 신발에 뭐가 잘못되었나 하고 생각한다. 내가 봉으로 찍혔단 말인가? 표적으로? 아마도 그런가보다. 십 년 전에는

나도 저렇게 뒷자리에 앉아서 웃곤 했다. 이제 나는 그런 걸 무시한 채 2주 전에 자른 어색한 헤어스타일 탓으로 돌리고 있다.

앞에서는 직사각형 스크린에서 예고편이 깜빡이고 있는데 성우의 목소리는 지나치게 흥분되어 있다. 우리는 빈자리를 찾아 둘러보다가 객석의 중간쯤 오른쪽 열에서 자리를 발견한다. 우리가 앉은 곳에서 두 줄 뒤에는 일단의 고등학생 나이의 아이들이 앞 의자에 발을 올려놓고 있다. 우리가 어리석게도 그들과 가까운 곳에 앉자, 아이들은 웃기 시작한다. 우리는 최선을 다해서 그들의 말을 못 들은 체 한다. 어둠 속에서 들리는 아이들의 목소리는 마치 스쳐지나가는 자동차에서 들리는 라디오 소리처럼 한 마디, 두 마디씩 귀에 들어온다. 그들 중 한 명이 소피가 입은 회색 털이 달린 푸른색 코트에 대해서 뭔가 말한다. 소피의 코트는 중고품 할인점에서 구한 남루한 물건으로 그녀가 미술사를 전공하던 대학생일 때부터 입던 옷이다. 약간 우스꽝스럽게 보이기는 하지만, 그게 뭐 어떻단 말인가?

스크린에서는 예고편이 끝나고 영화의 오프닝 크레디트가 상영되기 시작한다. 우리는 손을 잡은 채 제발 저 아이들이 그만 입을 닥치고 영화를 봤으면 하고 바라지만, 이제 나조차도 영화를 보지 않고 있다. 나는 그저 뭔가 나쁜 일이 일어나기를 바라는 머저리처럼 앉아있을 뿐이다.

우리는 보통 이 영화관에는 가지 않는다. 언제나 지독하기 때문이다. 바닥은 엎질러진 음료 때문에 끈적거리고, 좌석은 거의 언제나 망가져있다. 고개를 들어보니 영화는 이미 시작되었다. 화면에서는 남자와 여자가 말다툼을 하고 있다. 영화는 흑백으로 자막이 달려있다. 이제 그들이 키스하자 뒷자리의 아이들은 휘파람을 불고 야유를 퍼붓는다. 스크린의 남녀가 옷을 벗기 시작하자 소피가 내 쪽으로 기대더니 나가고 싶다고 말한다.

우리는 아무 말도 없이 나와서 주차장까지 간다.

"왜 나오고 싶었어?" 내가 묻는다.

"아무튼 그 영화는 보고 싶지 않았어."

"그래."

"이런 귀찮은 일 하지 않는 게 좋았을 텐데." 소피가 안전벨트를 하면서 이렇게 중얼거린다.

거기에 대해서 뭐라고 말해야할지 모르기 때문에 나는 한동안 아무 말도 하지 않는다. 내가 생각해 낸 말은 이렇다. "네가 왜 나한테 화가 나 있는지 모르겠어. 나는 아무 짓도 안 했는데."

"내가 왜 너한테 화가 나 있는지 나도 모르겠어. 하지만 화가 나 있어."라고 그녀가 말한다.

우리는 거의 모든 것에 좌절한 채 집으로 향한다. 도시의 화려한 불빛이 선명한 흔적을 남기며 우리 곁을 지나가면서, 우리가 얼마나 작고, 얼마나 나약하고, 얼마나 완벽하게 하찮은 존재인지 일깨워준다. 모든 것이 의심스럽고, 취한 것처럼 보인다. 모든 것이 흉측한 거리를 재생한 영화세트장 같다. 모든 곳이 그라피티 천지로 낙서 위에 낙서가 겹쳐 있다. 우리는 별로 신경 쓰지 않는다. 우리는 여기서 1년만 더 살면 된다. 그럼에도 불구하고 우리는 여전히 서로에 대해서, 뭔가에 대해서 화가 나 있다. 그날 밤 현관문이 열리는 소리는 우리 사이의 언쟁의 종말을 알리는 소리로 들리지는 않는다. 사과하는 소리로 들리지도 않는다.

소피는 오늘은 이제 됐다며 목욕을 해야겠다고 결심한다. 목욕탕으로부터 물이 흘러나오는 소리, 소피가 욕조 안으로 들어가는 소리, 그녀가 물 안에서 움직일 때 물이 부드럽게 튀는 소리가 들린다. 나는 문에 노크한다. 소피는 대답하지 않는다. 나는 다시 한 번 노크하지만 여전히 대답이 없다. 손잡이를 돌리자 문이 열린다. 잠기지 않은 것이다. 나는 안으로 들어가서 문을 닫고는, 아무 생각도 하지 않고, 소피가 언쟁을 시작하기 전에 옷을 벗기 시작한다. 우리 욕조는 한 사람이 겨우 들어갈 정도로 작다. 그래서 나는 소피 뒤에 앉아서 그녀의 목에 팔을 감는다. 그러자 우리가 이렇게 함께 옷을 벗은 채 있었던 것이 꽤 오래되었다는, 아마도 두어 달은 되었다는 것을 깨닫는다. 그것은 기묘하고 슬프면서 흥분되는 느낌이다. 소피는 몸을 돌려서 내 머리에 샴푸를 칠한다. 손가락으로 머리를 감기면서 나를 보고 미소 짓는다. 조용히, 나는 우리가 과연 다시 재미있는 일을 찾게 될 수 있을까 하고 생각한다. 나는 버스정류장에 있었던 여자아이의 핑크색 공책을 떠올린다. 그것은 거의 두 달 동안이나 내 가방 안에 있다. 얼마나 더 오랜 시간이 지나야 그 공책을 소피에게 보여줄 수 있을 것인지, 얼마나 더 오랜 시간이 흘러야 모든 종류의 어리석은 일에 대해서 웃을 수 있을 것인지. 내 머리에서 비눗기를 씻어낸 다음에 소피는 몸을 돌려서 나를 본다. 소피가 실제로 미소를 짓고 있는지 아닌지 구별할 수 없지만, 왼쪽 뺨에 보조개가 파이는 것으로 봐서 미소를 띠고 있는 것이 꽤 확실하다.

"안녕." 내가 말한다.

"안녕." 이것이 소피가 나에게 한 대답이다.

일·러·스·트

캐롤라인 황 Caroline Hwang은 미술가 겸 일러스트작가로, 미네소타에서 출생해서 남부 캘리포니아에서 자랐다. 현재는 브루클린에서 살고 있다. www.carolinehwang.net

the
ARCHITECTURE
of the
MOON

달의 건축양식

월요일이 되자 달은 더 이상 빛을 내지 않게 되었다. 한순간 그것은 밤하늘에서 가장 중요한 단 하나의 형체였는데, 그 다음에 사라져서는 사람들의 눈까풀 아래 불타오르는 흐릿한 잔상殘像이 되고, 그 다음에는 그저 하나의 질문, 그저 한 줄기 섬광이 되고, 그 다음에는 아무것도 아닌 것, 단지 추억이 되고 말았다. 달이 더 이상 자기 자리에서 빛나지 않게 되자 나머지 별들도 재빨리 사라진다. 그러자, 달과 별이 없어지자, 모든 종류의 전구가 영감을 잃고는 곧 꺼지기 시작한다. 마침내, 매일 밤 태양이 사라지는 것과 동시에 세상의 빛은 완벽하게 사라져서, 오직 어둠만이 존재하게 된다. 비극적인 것은, 사람들이 저녁마다 길을 잃게 되어간다는 것이다. 길을 잃은 사람들은 차 안이나, 현관 입구나, 다른 집의 잔디밭에서 잠을 자야 한다. 사람들은 어둠 속에서 헤매다가 결국 피곤해지면 지금 있는 장소에서 그냥 누워버리는 것이다. 마치 용감한 고아처럼 말이다. 밤이 되면, 건물들조차 서로 자리를 옮기는 것 같다. 거리 표지판은 서로 위치를 바꾼다. 밤이 되면 거리는 막다른 골목이 된다. 사물을 제 위치에 유지시키는 달도 없고 별도 없고 가로등도 없어지자, 사람들은 세상이 움직이는 속도를 깨닫게 된다. 그 효과는, 여러분도 상상할 수 있듯이, 어지러운 편이다.

매일 저녁이면 토머스는 망원경으로 새까만 하늘을 바라보며, 한편으로는 환영幻影조차 없는 밤을 힐끔힐끔 쳐다보며, 아버지의 전화를 기다린다. 초 몇 자루가 그의 방을 비추고 있다. 촛불의 불꽃은 여전히 적절하게 작동하는 유일한 빛일 것이다. 사실, 토머스는 더 이상 직업이 없다. 한때 그는 도시의 나이트라이프에 관한 잡지에서 일러스트를 그리는 일을 했는데, 그때 사람들이 어둠 속에서 길을 잃기 시작했으며, 그래서, 물론, 잡지는 재빨리 문을 닫아버렸다. 토머스는 달이 어두워진 이래로 자신의 머리카락이 빨리 자라기 시작했다는 것을 알아차렸다. 짙은색 웨이브로 자란 머리카락은 귀 위에 지저분하게 늘어져 있다. 토머스는 달이 예전에는 어떤 모양이었는지 기억하여 그림 그리는 것으로 시간을 보낸다. 그는 아버지의 전화를 기다리는 동안 한 장 한 장 스케치를 해 나간다. 토머스의 아버지는 대형 보험회사의 회계원으로 밤에 일을 한다. 보편적인 혼란과 재앙 덕택에 보험사는 꽤 잘 되고 있는데, 그 때문에 업무 시간을 늘린 것이다. 매일 저녁 일이 끝난 후, 토머스의 아버지는 텅 빈 도시를 절망적으로 헤매 다니느라 시간을 많이 소비할 것이다. 길고 하얀 얼굴에 잔뜩 인상을 찌푸린 채, 자신이 차를 세워놓은 장소를 찾아 대책 없이 헤매다가, 그대로 몇 시간이 지난 후에야 점점 커다란 원을 그리면서 운전하면서 자신의 집이 숨어있는 곳을 찾아다닐 것이다. 종종 그는 포기한 채 차 안에서 자면서 아침이 올 때까지 기다릴 것이다. 혹은 길 잃고 헤매고 있는 사람을 데려다주려고 차에 태우기도 할 것이다. 하지만 긴장된 채 몇 시간이 지난 다음에도 이 낯선 사람은 종종 자기 집을 찾지 못할 것이며, 그래서 토머스의 아버지와 이 이방인은 차를 세우고 눈을 붙이려고 하겠지만, 어색한 비[非]익숙함 때문에 쉽게 잠을 이루지 못할 것이다. 이 정체불명의 신경과민 때문에, 다른 사람의 숨소리 듣는 것을 피하기 위하여, 토머스의 아버지는 종종 자동차 시동을 켜 놓을 것이다. 하지만 나중에 보면, 이런 식으로 오도 가도 못하는 사람은 매일 밤 수천 명이나 된다.

보통 자정 때쯤 되면 토머스의 전화기가 울리기 시작할 것이다. 오늘 밤, 토머스는 망원경을 조절해 가면서, 도심의 어둠 속을 선회하고 있는 불가능할 정도로 불명료한 형체들 사이로, 키가 크고 기울어진 아버지의 형체가 튼튼해 보이는 갈색 서류가방을 끌고 가는 모습을 찾아보고 있다. 하지만 아무 것도 없다. 망원경의 뷰파인더에는 다수의 다양한 종류의 암흑이 보인다. 어떤 것은 손으로 눈을 가리고 있을 때 발생하는 암흑, 즉 부분적으로 흐릿한 어둠을 닮았고, 어떤 것은 온통 따끔따끔한 느낌이다. 하지만 남자 형태를 닮은 것은 아무 것도 없다.

"여보세요?" 토머스가 전화를 받는다.

"토머스?" 아버지의 목소리는 고음이며 평소보다 조금 더 혼란스러운 것처럼 들린다.

"아버지, 오늘 밤에는 어떠세요?"

"괜찮단다, 아들아. 지금 내가 주차장 건물에 있는 것 같은데… 사실은 정확하게 어디에 있는지 모르겠다. 몇 바퀴째 주차장을 돌고 있는데 출구를 못 찾겠어. 사람들이 건물을 지을 때 출구 만드는 것을 잊어버릴 수도 있는 걸까?"

"아닐 거예요, 아버지."

"어딘가 있어야 할 텐데. 벌써 세 시간째 찾고 있는 중이란다. 그냥 차를 몰고 빙빙 돌고 있어."

"옆에 누구 있어요?"

"아니. 하지만 나처럼 원을 그리면서 빙빙 돌고 있는 차들은 많이 있단다. 다들 출구를 찾지 못하는 거야."

"제가 망원경으로 아버지를 찾아볼까요?"

"아니다. 난 괜찮아. 그냥 너무 외로워서 전화한 거다. 라디오에서는 같은 노래만 흘러나오고 해서, 내가 지금 꿈을 꾸는 게 아닌지 확인하고 싶었을 뿐이란다."

"좋아요, 아버지. 원하는 만큼 말상대가 되 드릴게요."

"토머스, 고맙다."

"아버지, 오늘은 어떠셨어요? 좋은 일 있었어요?"

"저녁에 수프를 큰 사발로 한 그릇 먹었지. 맛있었단다."

"좋은데요."

"그런데 토머스, 너의 하루는 어땠니?"

토머스는 난파선처럼 엉망이 되어 있는 방을 둘러본다. 구겨진 종이뭉치가 여기저기 산더미처럼 널려 있다. 예전에 보름달이 아름다운 산 위에 떠 있을 때 어떤 모양이었는지 예술가가 상상한 것을 그린 그림들이 있다. 한 쌍의 남녀가 신비한 달빛을 받으며 키스하고 있는 그림도 있다. 어떤 가상의 도시 시민들이 하늘에 걸린 반달의 놀라운 아름다움을 손으로 가리키며 기쁨에 겨워 눈을 반짝이는 그림도 있다.

"하루 종일 주로 그림을 그리며 보냈어요."

"그럼 저녁에는?" 아버지가 묻는다.

"밤에는 대부분 망원경을 들여다보면서 지냈어요."

"뭘 봤는데?"

"여자 한 명이 개 한 마리를 데리고 길을 따라 걷고 있는 걸 봤어요. 여자는 아마도 길 건너편에 있는 아파트에 살고 있을 거예요. 저는 개를 산책시키기에는 너무 늦은 시간이라고 생각했어요. 황혼 무렵이었거든요. 해가 지자 여자는 소리치기 시작하더니 시간에 꼭 맞춰서 아파트로 돌아갔어요. 하지만 개는 따라오지 못했어요. 길을 잃었겠죠. 여자는 창가에 서서 몇 시간이고 소리쳐 불렀지만 개는 아직 돌아오지 않았어요."

"참 안됐구나."

"그래요. 동물들조차 점점 혼란스러워하고 있어요. 제 창문 밖에 있는 비둘기들은 도무지 전선에서 떠나려 하지 않아요. 그것들은 끔찍하게 말라가고 있어요."

"모든 게 난장판이야." 토머스의 아버지가 말한다.

"아버지, 이제 출구를 찾을 가능성이 보여요?"

"지금 어떤 스테이션왜건을 따라가고 있단다. 그 차는 자기가 어디로 가는지 알고 있는 것 같구나."

"좋아요. 아버지가 출구를 찾을 때까지 계속 얘기해요."

"그래준다면 좋지. 내 뒤로 차가 열 대쯤 따라온다. 우리 모두 길을 잃은 거겠지, 아마."

"어디든 표지판이 보여요?"

"잠깐만··· 그래, 저기, 저기에 있구나. 하긴, 처음부터 저기에 있었지, 토머스. 스테이션왜건을 탄 신사를 따라온 게 운이 좋았어. 네 엄마 전화가 오면 내가 곧 집에 갈 거라고 해라."

"알았어요. 혹시 다시 길을 잃게 되면 주저하지 말고 다시 전화하세요."

"그럴게, 토머스. 고맙다."

토머스는 다시 한 번 망원경을 통해서 본다. 커다란 은색 마천루처럼 보였던 것이 갑자기 폐기된 공장으로 변한다. 가을날의 어둠 속에서 두 개의 굴뚝이 회색 연기를 내뿜기 시작한다. 토머스는 전화기를 침대 옆에 놓고 다시 전화벨이 울리기를 기다린다. 반시간 후에 전화벨이 두 번 울리더니 끊어진다. 토머스는 아버지가 집에 잘 들어갔다는 것을 알게 된다. 그는, 달이 죄책감을 느끼듯 살금살금 창공을 가로질러 가는 것을 볼 수 있을 거라고 확신하면서, 다시 한 번 하늘을 힐끗 쳐다보지만, 아니다. 언제나 그렇듯이 하늘에는 아무 것도 없다.

토머스는 달 그림을 그려서 달에 대한 향수를 가진 사람들에게 판매한다. 특히 가상의 도시 밤하늘에 떠오르는 달을 그리는 것이 그의 전공이다. 이미 토머스는 자신이 그리는 주제의 결정적인 디테일 몇 가지를 잊어버렸다. 달에 창문이 많이 있었다는 것은, 중앙부를 따라 군함의 포문처럼 생긴 창문이 있었다는 것은 기억한다. 다른 그림에서는 흡사 달걀처럼 생긴 달이 다수의 은백색 구름 사이에서 비스듬하게 균형을 잡고 있으며, 중앙을 따라 가느다란 틈이 있다. 다른 그림에서는 달에 있는 강과 호수가 확연하게 보인다.

토머스는 일하는 중에 종종 연필을 내려놓고, 자신이 상상하는 것이 과연 맞는지 확인하기 위하여, 망원경 뷰파인더에 오른쪽 눈을 갖다 대고는 달을 찾으려 할 것이다. 하지만 공허한 밤하늘에 보이는 것은 점점 깊어가는 어둠뿐이다. 그러면 그는 다시 돌아가서, 혹시 달에 날개가 달려 있었는지 기억하려고 노력하면서, 불확실한 채로 그림을 그릴 것이다.

다음날 저녁에 토머스의 아버지가 전화를 하는데, 몹시 흥분한 것처럼 들린다. 목소리가 높고 불안정하다. 토머스는 아버지의 초조한 발걸음이 검은색 포장도로에 부딪쳐 울리는 소리를 들을 수 있다.

"토머스?"

"네."

"내가 어디에 있는지 모르겠다. 어딘가를 걸어가고 있는데, 아직도 내 차가 어디에 있는지 찾지 못했단다."

"서두르지 마세요, 아버지. 우리 같이 찾아봐요."

"벌써 몇 시간째 걷고 있단다. 거의 숨이 막힐 지경이야."

"아버지, 지금 어디세요? 주위에 뭐가 있는지 말해 주세요."

"강 종류 같은 것 옆으로 걸어가고 있는 것 같다."

"다리 위에 있어요?"

"아마 그런 것 같다."

"다리는 무슨 색인데요?"

"구별이 안 된다. 푸른색인 것 같다. 아니면 녹색인지도 모르겠고."

토머스는 색으로 구분된 도시 지도를 펼쳐서 손으로 강을 따라서 다리를 찾아본다. 어둠 속에서, 깜빡이는 촛불 하나로는 어느 것이 푸른색이고 어느 것이 녹색인지 구별할 수 없다.

"아버지, 푸른색이든 녹색이든 그런 다리가 있는지 잘 모르겠어요."

"어쩌면 다리가 아닐 지도 모르겠다. 아니구나. 에스컬레이터다. 내가 틀렸어. 나는 지금 에스컬레이터 위에 있다."

"어디에 주차했는지 아세요?"

"그럼, 알고 있지. 그런데 내가 주차장이라고 생각했던 곳이 이제는 어떤 건물이더구나. 이렇게 계속 돌아다니다 보면 찾게 될 거라고 확신한다. 그러니 이제 너의 생활에 대해서 얘기해 보렴, 토머스. 네 얘기를 들으면 걱정이 조금 덜 될 것 같다."

토머스는 자신의 작은 방을 둘러본다.

"아버지, 오늘은 새로운 그림을 그렸어요. 달에 대한 그림인데, 그게 바다 밑에 있을 때, 그러니까 떠오르기 직전이죠. 그림에는 다수의 배가 거대한 물결 때문에 흔들리고 있고, 바닷새들이 그 주위를 돌고 있어요."

"토머스, 예전에 달이 그랬었던 것 같지는 않구나."

"저는 제 말이 거의 맞는다고 생각해요. 그랬던 걸로 기억한다고 거의 확신하는데요."

"아마 꿈에서 봤겠지."

"그럴 수도 있겠네요."

"그거 말고 다른 일은 뭘 했니?" 토머스의 아버지가 묻는다. 토머스는 아버지의 걱정스러운 숨소리가 들린다고 생각한다. 그것은 나지막이 똑딱이는 시계소리 같다.

"그래요, 오늘 저녁에 맞은편 아파트에 사는 여자를 지켜봤어요."

"그래서?" 아버지의 목소리가 갑자기 경쾌해지는 듯하다.

"그 여자는 개를 산책시키러 데리고 나갔어요. 저는 그녀가 제 시간에 맞춰서 돌아오지 못할는지도 모르겠다고 생각했지만 여자는 제 시간에 돌아왔어요. 돌아왔을 때 보니 개목걸이는 들고 있는데 개는 사라진 거예요."

"오, 그거 참 안됐구나."

"여자는 한참동안이나 소리쳐 불렀지만 개는 돌아오지 않았어요."

"토머스, 이제 나는 괜찮은 것 같다. 주차장을 찾은 것 같아. 아니, 아니구나,

So
ut
heR

이게 아니었어. 하지만 주위에 돌아다니는 사람들이 많이 있으니 내 차를 찾지 못하면 여기 있는 사람들에게 나 좀 태워다 달라고 부탁할 수 있단다."

"아버지, 그렇게 할 수 있어요?"

"걱정 마라, 토머스. 혹시 문제가 생긴다면 다시 전화하겠다."

토머스는 전화를 끊고 전화기를 침대 옆으로 가져다 놓는다. 한밤중에 눈을 떠 보니 아직 아버지로부터 전화가 없다. 토머스는 재빨리 아버지 전화번호를 돌린다. 아버지가 전화를 받는다. 매우 부드럽고 조용한 목소리다.

"아버지, 괜찮은 거예요?"

"토머스?"

"네."

"나는 지금 엘리베이터 안에서 자고 있는 중이야. 다른 사람들도 있어. 아무도 차를 찾지 못했거든."

"아버지, 거기 있는 거 괜찮은 거예요?

"괜찮다, 토머스. 내일 아침에 전화할게."

"안녕히 주무세요, 아버지."

"잘 자라."

토머스는 수화기를 제자리에 놓은 다음 다시 한 번 망원경을 들여다본다. 잠시 달처럼 보였던 것을 자세히 보니 건너편에 사는 여자의 감정 격한 흰 얼굴이다. 그녀는 창문을 열어놓은 채 소리쳐 개를 부르고 있다. 방금 흘러내린 눈물 자국이 찬란하게 빛나고 있다. 토머스는 스케치북을 찾아 여인의 외로운 얼굴과 달이 함께 있는 것을 서둘러 스케치한다.

월말이 되자 사건은 슬픈 방향으로 전개되기 시작했다. 밤에 길을 잃은 사람들, 자기 차를 찾아 속수무책으로 거리를 헤매는 사람들, 운이 좋아서 우여곡

절 끝에 차는 찾았지만 집을 찾지 못해서 계속 빙빙 돌다가, 결국은 차를 세우고 낯익은 운전대 앞에서 안전하게 잠드는 사람들, 그들이 사라지기 시작한 것이다. 해가 뜬 다음에 보면 이들은 설명할 길 없이 사라지고 없다. 그들의 자동차는 차선 반대 방향을 향한 채 엉뚱한 장소에 세워져 있다. 그들의 옷은 여기저기에 흩어져 있다. 사족을 달자면, 낮에 일하는 사람들이 아침에 일어나서 보니, 주인 잃은 옷들이 가장 말이 안 되는 장소, 즉 찬장이라든가, 책상 밑이라든가, 계단이라든가, 차량으로 붐비는 교차로 한복판 등에 널려있는 것이었다. 이 현상이 어두워진 달과 관계가 있다는, 달에서 분출된 소리 없는 정체불명의 입자, 혹은 어쩌면 엑스선線과 관계가 있다는 의견이 제시되었다. 하지만 원인은 여전히 매우 불명확하다. 단지 알려진 것은 이제 밤 시간에는 뭔가 잘못되어 있다는 점이다. 일단 자신의 집 밖에서 잠들면, 그늘에 가린 달 아래 어딘가에서 잠들게 되면, 달로부터 분출되는 보이지 않는 유황선線이 치명적인 해를 입힐는지도 모른다.

토머스는 아버지에 대해서 심각하게 걱정하기 시작한다. 하루는, 달 그림을 그리는 것 대신에 세밀한 도시 지도를 그려보겠다고 결심한다. 토머스는 망원경을 사용하여 그의 아버지 사무실이 있는 건물을 찾아낸다. 그것은 평평하고 특징 없는 직사각형 마천루이다. 그는 건물 주변의 모든 것을, 복잡한 도심 도로를, 재빨리, 떨리는 선으로 그려 나간다. 나무와 가로등과 교차로와 표지판을 하나하나 표시한 다음, 좀 더 자세한 부분, 예를 들어 휴지 한 조각, 쓰레기통, 담배꽁초 등을 그린다. 그날 저녁 아버지가 전화할 때쯤, 토머스는 광범위한 도심 지도를 완성한다.

"토머스, 절대로 믿지 못하겠지만, 또다시 길을 잃었단다. 지금 차를 타고 있는데 숲처럼 보이는 것 옆을 지나가는 중이다."

"숲이라고요?" 토머스는 자신이 만든 지도를 손가락으로 따라가다가 두 번

툭툭 친다.

“아니에요, 아버지. 그건 공원이에요. 다음 교차로까지 가서 우회전하세요.”

“이번에는 분수 종류 같은 게 있구나.”

“분수가 어떻게 생겼어요?”

“글쎄… 조각상이 하나 있다. 남자 모습인 것 같다. 아니면 여잔가? 구별이 안 된다.”

“그 조각상이 트럼펫을 들고 있나요?”

“아니, 아닌 것 같다. 칼 종류 같은 걸 들고 있는데.”

토머스는 칼을 들고 있는 조각상을 추적하여 아버지의 정확한 위치를 알아낸다. 그는 아버지에게 다음번에 우회전하라고 말한다.

“그대로 되네, 그대로 되는구나, 토머스. 곧 집에 도착할 수 있겠다.”

“좋아요. 계속 지도를 따라가기로 해요.”

“너 정말 머리가 좋구나, 아들아. 훌륭한 생각이야! 훌륭한 지도야!”

아버지의 목소리는 기쁨으로 넘친다. 토머스는 자신이 그린 도로를 하나씩 하나씩 손가락으로 짚어가면서, 자기의 집게손가락 끝이 가리키는 곳 어딘가에서, 아버지가 그곳을 안전하게 지나고 있는 것을 상상한다. 손가락 끝에서 심장이 두근거린다. 한 시간도 지나지 않아 아버지는 집에 도착했다. 토머스는 전화의 수화기를 통해서 어머니가 손뼉을 치는 것, 그리고 행복하게 함성 지르는 것이 들린다고 생각한다. 그것은 토머스가 이미 잊어버렸다고 생각했던 소리이다.

그 다음 월요일이 되자, 이 지도조차 소용이 없어지기 시작한다. 왜냐하면 달도, 사람들도, 그리고 어둠에 갇힌 세상도, 실종되는 데에 열중하는 듯이 보이기 때문이다. 밤이 되면 도시 구획 전체가 서로 위치를 바꾸기 시작한다. 건물은 돌아앉아 마치 애도하는 과부처럼 어두운 표정을 짓는다. 구름 덮인 어둠 속에서 점점 더 많은 사람들이 사라지기 시작한다. 이 사람들은 어디로 가는 것일까? 그들이 입었던 옷은 도시 곳곳에 작은 파편더미처럼 쌓여간다. 아직 이러한 재앙의 복잡한 전개양상을 인식하지 못하고 있는 토머스는 자신의 도시지도 제작을 계속한다. 이제는 극도로 세세한 부분을 그리고 있다. 가을 하늘에서 태양이, 끊이지 않고, 영광스러우며, 사랑하는 아이처럼 반가운 태양이 밝게 빛나는 낮 시간 동안, 토머스는 망원경 뷰파인더에 눈을 갖다 댄 채, 전선에 앉아 있는 새, 구부러진 가로등, 보도경계석 주위에 떨어져 있는 빈 음료수 깡통 등을 그려 넣는다. 그러나 그날 저녁 토머스의 아버지가 전화했을 때, 지도는 소용이 없게 된다. 어둠 속에서는 모든 것이 뒤죽박죽이 되는 모양이다.

"지금 장미화원 옆이라는 게 확실해요?" 토머스가 묻는다.

"확실치 않단다, 토머스."

한동안 말이 없다. 토머스는 손가락으로 지도를 추적하여 장미화원이 이쯤 있겠다 싶은 곳으로부터 20블록 정도 떨어진 곳에 있다는 것을 알아낸다.

"아들아, 장미화원을 못 찾겠니?"

"아버지, 제가 잘못 그린 게 아닐까 걱정이 돼요. 다른 것은 뭐가 보이는지 말씀해 보세요."

"모르겠다. 아주 컴컴하단다. 지금 미술관 종류 같은 것 옆에 서 있는 것일는지도 모르겠다는 생각이 든다. 정면에 두 개의 사자 동상이 있다."

"미술관 안으로 들어가지 마세요. 길만 잃을 뿐이에요."

"너무 늦은 게 아닐까 걱정이다. 내 뒤에 뭐가 있는지조차도 볼 수가 없단다. 잠시 앉아야겠다. 발이 너무 아프구나, 토머스. 그리고 공기가 말이야, 찌르는 것 같이 느껴진다. 폐가 힘들어하는 모양이야. 폐에서 열이 나는 것 같아."

토머스는 망원경 뷰파인더에 눈을 대고 한 줄기라도, 희미한 빛이라도 있는지 찾아보지만, 보이는 것은 암흑뿐이다. 마치 부대자루로 만든 커튼처럼, 암흑 위에 암흑이 겹치고 또다시 암흑이 겹쳐있다.

"나는 몸 상태가 별로 안 좋단다, 토머스." 아버지가 속삭인다. "현기증이 나는구나. 마치 떠 있는 것처럼 말이다. 그냥 누워서 자고 싶단다."

"아버지, 눕지 마세요."

하지만 전화선에는 잡음만 들릴 뿐이다. 잠시 후 토머스는 아버지 코고는 소리가 들린다고 생각한다. 그것은 손목시계 스프링이 풀릴 때 나는 소리 같다. 토머스는 잠시 동안 아버지가 잠자는 소리를 듣다가 큰 소리로 나지막이 말한다. "아버지, 일어나야 해요! 저한테 지도가 있어요. 아버지 차를 찾을 수 있을 거예요. 약속해요."

"알았다, 토머스." 아버지가 말한다. 아버지가 하품하는 소리, 끙끙대며 일어서는 소리가 들린다.

"아버지, 지금 어디에 있는지 말해 주세요."

"모르겠다, 토머스. 모든 것이 아주 파랗단다. 무슨 꿈을 꾸는 것 같구나. 아주 예쁘다. 오, 나무가 있네. 나무가 아주 하얗다. 크리스털로 만들어진 것처럼 보인다. 나는 걷고 있어. 숲 전체가 이 아름다운 나무로 꽉 차 있다."

토머스는 지도를 찾아본다. 할 수 있는 한 열심히 들여다본다. 물론 이 도시 안에서 지금 아버지가 묘사한 것처럼 보이는 장소는 어디에도 없다. 그는 망원경을 들여다보고, 다시 지도를 내려다보고는, 일어서서 창문을 열어젖힌다. 바깥은 매우 고요하다. 길 건너편에서는 개를 키우는 여자가 여전히 울부짖고 있는 것이 들린다. 여자는 개 이름을 한 번 부르고, 그런 다음 두 번 부르고, 그 다음에는 다시 흐느끼기 시작한다. 토머스는 이정표라도, 표지판이라도, 별이라도, 무엇이든, 어떤 것이든 아버지의 길을 이끄는데 도움이 될 만한 것이 있는지 살펴본다. 하지만 지금 모든 것은 캄캄하다. 길 건너편의 여자도 갑자기 조용해졌다. 여자는 창문을 단단히 닫아버린다.

토머스는 수화기를 다시 귀에 대고 묻는다. “아버지, 지금은 뭐가 보이세요? 어디에 계세요?”

“집들이 모두 똑같아 보이는구나. 하나하나 모두 다. 전부 하얀 색이고 전부 정사각형이다. 아주 아름다워 보인다. 하지만 현관문은 제대로 된 것 같지 않네. 별 모양으로 생겼어. 아마도 이 집들은 별들의 소유인가 보다.”

“아버지, 포기하면 안 돼요.”

“정말 피곤해진다. 토머스, 나는 좀 누워야 할 것 같다.”

“거기 누우면 문제가 생길 수도 있어요.”

“나는 정말 졸린단다.”

“필요하다면 밤새 얘기할게요.”

“좋아, 토머스. 좋아.”

“좋아요, 아버지. 지금 어디 계세요?”

“걷고 있어. 공장처럼 보이는 것 옆을 지나고 있다.”

“어떤 공장인데요?”

“토머스, 잘 모르겠다. 말로 할 수가 없어. 모든 것이 아주 파랗단다.”

“지금 뭐가 보이는지 묘사해 보세요, 아버지.”

“큼지막한 직사각형이 하나 있고, 하나 더 있고, 또 하나 더 있다. 굴뚝이 세 개 있다. 굴뚝에서는 흰색 연기가 쏟아져 나오고 있어. 연기, 아니, 연기가 아니라 우주진宇宙塵이다. 빛나고 있어. 파란색이었다가 그 다음엔 검은색이 된단다. 토머스, 내가 어디쯤 있는 것 같은지 혹시 짚이는 데가 있니?”

“모르겠어요, 아버지.” 토머스는 지도를 얼굴 가까이에 대고 본다. 촛불만 가지고는 거의 아무 것도 안 보인다. 선은 그냥 선일뿐이다. 토머스는 도시를 스케치한 그림 밑에서 달이 사라지는 흔적이 보인다고 생각한다.

“토머스?”

"네."

"아무래도 나는 달에 있는 것 같다."

토머스는 플라스틱 수화기를 통해서 아버지의 초조한 호흡이 울리는 것을 들을 수 있다. 그는 아버지의 표정이 지금 어떨 것인지 상상한다. 눈가에는 근심 가득한 주름살이 있을 것이며, 놀라서 딱 벌린 입가에도 주름이 있을 것이다. 아버지의 머리 주변으로 온통 몰려드는 공허한 밤의 또 다른 소리들을 상상하고, 아버지가 관절염 있는 손가락으로 전화기를 꽉 움켜쥐고 있는 모습을 상상하고, 아버지가 초조하게 우왕좌왕할 때 함께 흔들리는 서류가방을 상상한다. 토머스는 도움이 될 수 있는 방법을 생각해내려고 노력한다. 그는 자신의 말이, 자신의 목소리가 훌륭한 말, 현명한 말을 하는 것을 상상하고, 자신의 지도가 명료해지는 것을 상상한다. 하지만 토머스와 아버지 사이에 존재하는 것은 아득한 침묵뿐이다. 이제 토머스는 그 공장이 어디에 있는지, 실제로 달에 있는 것인지, 그리고 어떻게 하면 아버지를 되돌아오도록 할 수 있는지 알아내야만 한다. 이제 토머스는 아버지가 어디쯤 걷고 있는 중인지, 다음에는 어디로 갈 것인지, 그리고 왜 달이 이런 식으로 행동하는 것인지 알아내야만 한다. 토머스는 눈을 감고, 흰색 크리스털 나무 그늘 아래로 말없이 건너가고 있는 아버지의 모습을 상상한다. 마침내 그는 눈을 뜨고 이렇게 말한다. "아버지, 저 여기 있어요. 이제 말해 보세요. 뭐가 보이세요?"

일 · 러 · 스 · 트

수더 살라자 Souther Salazzar의 작품이 처음 유포된 것은 90년대 초반, 복사하여 잘라서 붙인 미니코믹스와 개인제작 잡지를 통해서였다. 십대 초반의 틴에이저였던 그는 캘리포니아 주의 시골마을 오크데일에 있는 자신의 침실에서 이것들을 제작했다. 현재는 로스앤젤레스에 살면서, 빽빽하고 광폭한 설치물 안에 콜라주, 프린팅, 드로잉과 조각 작품을 만들고 있는데, 관람자의 탐색과 참여를 유도한다. 그의 작품은 뉴욕, 로스앤젤레스, 브라질, 그리고 도쿄의 갤러리에서 전시되었으며, '크레이머스 어고트', '드라마', '자이언트 로봇' 등 출판물에도 게재되었다.

미술학교는
너무 지루하다

미술학교는 너무나 지루해서 오드리는 우주인 헬멧을 쓰고 다닌다 그것은 약간 건방진 방법이지만, 그게 뭐 어때서.

비밀 하나 오드리는 '벨벳 언더그라운드 Velvet Underground'(실험적인 음악으로 유명한 미국 록밴드)의 노래라고는 하나도 모르지만 그럼에도 불구하고 그들의 티셔츠를 입고 있다. 티셔츠는 검은색이고 오드리의 머리도 검은색이다. 오드리는 키는 매우 작고 눈은 갈색이며 크다. 남자들은 그걸 보고 귀엽다고 하겠지만, 오드리는 자신이 예쁘다고 생각하지 않는다. 그녀는 고등학교 시절

괴짜로 통했다.

물론, 오드리는 새로운 잡지과제물에 대한 아이디어를 가지고 있다 잡지에는 '배설물의 회합' 이라는 제목이 붙을 것이다. 잡지 내용이 무엇이 될 것인지 오드리는 잘 모른다. 연예인과 그들의 배설물 모양에 관한 것이 되겠지.

보라 바로 지금 아파트 창문을 통해 오드리가 우주인 헬멧을 쓴 채 마네킹처럼 서 있는 것을. 옆방에서는 누군가가 다른 누군가와, 못 말리게 색을 밝히는 누군가와, 그 짓을 하고 있다. 그 누군가는 바로 이소벨, 오드리의 색골 룸메이트이다. 이소벨은 늘 방에서 예술광狂 남자친구와 그 짓을, 젊은 남녀가 가끔씩 한다고 알려져 있는 짓을 하는 것 같다.

카메라를 들고 오드리는 들키지 않으려 노력한다. 이웃에 사는 일본인 노부부 사진을 찍고 있다. 그들은 손을 잡은 채, 아파트 건물에서 천천히, 천천히 걸어 나오고 있다. 나이든 남자는 큼지막한 검은 안경을 끼고 있으며 나이든 여자는 목에 흰색 스카프를 두르고 있다. 오드리는 지금까지 본 것 중에서 이 노부부가 가장 아름다운 장면이라고 생각하고, 어떻게든 자신이 구상하고 있는 잡지에 이들을 이용하겠다고 마음먹는다. 오드리는 잎이 지고 있는 나무 사진을 찍고는 잡지 표지에 쓸 수 있겠다고 생각한다.

또 다른 비밀 오드리는 '작문2' 수업의 기말과제로 무엇을 할 것인지 전혀 생각하지 못하고 있다. 봄 학기는 앞으로 2주일밖에 남지 않았는데 오드리가 생각할 수 있는 것이라고는, 모든 사람이 누군가와 사랑에 빠져 있는데 어떻게 해서 자기는 어느 누구도 사랑하지 않는가 하는 것뿐이다. 오드리는 이런 생각을 하면서 빨래방에서 룸메이트 이소벨이 세탁하는 것을 보고 있다. 이소벨은 키가 크고 날씬한, 짧은 금발의 무용수이다. 인터넷에는 이소벨의 누드 사진이 돌아다닌다. 모두 그녀 자신이 올려놓은 것들이다. 오드리는 이소벨이 침대시트를 세탁하는 것이 이번 달에만 네 번째라는 것을 알아차리는데, 바로 저기,

저 세탁기 안에서 유령처럼 돌아가고 있는 것은 이소벨 남자친구의 더러운 자주색 팬티이다.

오드리가 미술학교에서 공부하는 것은 사진이다 — 하지만 그녀는 '사진1' 수업에서 F를 맞았다.

전화에 대고 오드리는 엄마에게 자기도 누군가와 사랑에 빠졌으면 좋겠다고 말한다. 엄마는 웃고 나서 이렇게 말한다. "나도 그렇단다, 얘야, 나도 그래. 혹시 나한테 맞겠다 싶은 사람 있니? 나는 받아들일 수 있단다."

"지겨워." 이것이 오드리의 대답이다.

'배설물의 회합' 잡지에 대한 기본 방침 다양한 연예인들의 배설물 그림과 그에 딸린 다양한 코멘트. 톰 크루즈, 줄리아 로버츠, 매콜리 컬킨, 그들은 어떤 종류의 배설물을 가지고 있을까, 그런 것들이다.

또 하나의 비밀 오드리는 룸메이트인 이소벨과, 그녀가 언제나 방안에서 미술광 남자친구와 그토록 시끄럽게 섹스를 하는 방법에 대해서 잡지를 만들까 하는 생각을 하기도 한다. 바로 그 소음 때문에 오드리는 매일 밤 자기 방에서 우주인 복장을 하는 것이다. 오드리는 침대에 누운 채 그 소리를 들을 수 없다. 그렇게 한다면 완전히 흥분하게 되고 그 다음에는 화가 나고 그 다음에는 슬퍼지기 때문이다. 어쩌면 오드리는 그들이 침대 위에서 하는 온갖 바보 같고 야한 말을 받아 적을는지도 모른다. 아니면… 아니, 아마도 오드리는 그렇게 하지 않을 것이다. 해야 할 일이 백만 가지나 있기 때문이다. 아아아.

오드리가 가장 좋아하는 뮤지션 갱 오브 포Gang of Four, 혹은 세르쥬 갱스부르Serge Gainsbourg. 최소한 현재로서는 그렇다.

오드리가 혐오하는 것 물론, 최근에 오드리는 세상을 혐오하기로 결정했다. 미술학교에 다니는 사람은 누구나 그렇듯이 오드리도 미국 제국주의를 혐오한다. 대량생산을 혐오하지만 속으로는 브리트니 스피어스Britney Spears를 좋아한다. 그녀는 자신의 외모를 혐오한다. 예쁘긴 하지만 코카시아인의 특성을 너무 많이 가지고 있으며 지나치게 미니사이즈다. 머리가 검은색이라는 것도 혐오한다. 중고의류 할인매장에 있는 옷 중에 자기에게 맞는 것이 없다는 것도 혐오한다. 핑크색 롤러스케이트를 가지고 있지만 아무도 그걸 보고 재미있다고 생각하지 않는 것도 혐오한다. 사람들이 하고 있는 흰색 가죽벨트는 모두 다 혐오하지만, 어쨌든 그녀 자신도 그런 벨트를 하나 하고 다닌다. 오드리는 모든 현대미술이 말로 설명되어야 하는 것을 혐오한다. 자기가 그린 그림을 혐오한다. 사람 얼굴을 그릴 수 없기 때문이다. 그녀는 부모가 부유하다는 것을 혐오하며, 부유하다는 이유로 자기가 그들을 혐오한다는 사실도 혐오한다. 미술과목 수업을 듣는 아이들도 혐오한다. 그들은 어떤 때는 허풍인 것처럼 보이다가도 어떤 때에는 진실로 뛰어난 재기를 보여준다. 자신은 지난 학기에 만든 우주인 복장 외에는 자랑스럽게 내세울 만한 작품을 한 것이 없다는 사실도 혐오스럽다. 그것조차 누구 하나 눈여겨보지 않았지만, 그래도 그나마.

오드리가 사랑하는 것 헨리 다저Henry Darger(판타지 유작遺作으로 유명한 미국 작가), 영화 '구니스' The Goonies, 스스로 충분히 매력적이라고 생각할 만한 코와 눈썹, 그리고 가수 올리비아 뉴튼 존. 그게 전부다. 그 외의 것들은 이미 백만 번이나 끝장났다.

미술학교에서 오드리는 핫 에릭에게 완전히 빠져 있다. 에릭은 '아메리칸 비디오 게임' 이라는 밴드의 일원이다. 이 밴드는 '아타리 2600' (비디오게임기)에 나오는 노래의 커버버전(원곡의 가수가 아닌 다른 가수가 하는 연주)을 맡고 있다. 오드리는 호빗(톨킨의 작품에 나오는 가공의 난쟁이족族)처럼 머리를 자른 에릭이 마음에 들지 않는다. 미술학교에 다니는 다른 남학생들도 똑같은 헤어스타일을 하고 있다. 그것은 더 스트록스The Strokes (미국의 록 밴드) 멤버들과 똑같은 스타일인데, 모든 사람이 그 헤어스타일을 한다는 사실이 오드리

MORRISSEY

에게는 혐오스럽다.

물론 오드리는 복사 체인점 '탑 카피' 에서 일하고 있다. 물론, 오드리는 일을 제대로 하지 않는다. 실내에서도 오노 요코 스타일의 선글라스를 끼고 있으며, 은팔찌를 겹겹이 하고 아이 메이크업을 짙게 하고 있는데, 이 때문에 "전적으로 비非직업적 복장"이라는 경고를 들었다. 업무에는 화장실 청소가 포함되어 있지만 그녀는 거부한다.

오드리는 자기가 만든 노래를 부르기도 하는가? 대답은 '그렇다' 이다. 그중 한 곡을 예로 들자면 이렇다 "아시아 여인아 / 너의 아파트에서 / 너는 왜 장갑을 끼고 있니 / 너는 왜 장갑을 끼고 있니?"

근무 중에 오드리는 들어오는 고객의 그림을 그린다. '코끼리 얼굴에 갈색 넥타이' 씨도 있고 '주먹코에 지팡이를 든' 남자도 있으며, '얼굴은 땅겼지만 가슴은 축 처진' 부인도 있다. 오드리는 잡지를 어떻게 만들 것인가에 대해서 최소한 천 가지의 아이디어를 가지고 있다. 한 가지는 홀앤오츠Hall & Oates (국민적 인기를 누리는 미국의 2인조 팝그룹)에 대해서 하는 것이고, 또 다른 방법은 해마海馬에 대한 것이며, 또 하나는 그녀 자신이 어떻게 해서 소울 음악을 좋아하게 되었는가에 대한 것이고, 또 하나는 전부 폭죽에 대한 내용으로 채우는 것이다. 문제는, 글쎄, 너무 바쁘기 때문에 무엇 하나 시작하지 못했다는 것이다.

물론 오드리는 룸메이트 이소벨과 그녀의 남자친구가 함께 있을 때 발생하는 소리를 듣기 싫어한다. 아마도 그들은 소리를 죽이려고 애쓰는 것 같은데, 그게 더 나쁘다. 왜냐하면 모든 것이 당근 너무나 명백하기 때문이다. '브라이트 아이즈' (팝가수 멜리사 맨체스터의 히트앨범) 레코드의 사운드, 거의 매일, 거의 매일 밤, 강요된 침상에서, 가장 친밀하며 가장 열망해 왔던 종류의 웃음, 가장 정교하며 가장 훌륭한 팔다리의 혼합으로부터 흘러나오는 동일한 레코드

소리. 오드리는 귀를 막고, 비명을 지르면서 침대에서 뛰쳐나온다. 우주인 헬멧을 꺼내 머리에 뒤집어쓰고는 창가에서 마네킹처럼 서서, 심장에 손을 얹고 큰 소리로 한탄한다.

근무 중에 오드리는 종이칼로 손톱을 다듬으려 한다. 호빗 헤어스타일의 에릭이 비디오카메라를 든 채 복사가게로 들어선다. 카메라에는 빨간 불이 밝게 깜빡이고 있다.

"내 영화에 너를 찍고 싶은데." 그가 말한다. 언제나 그렇듯이, 그의 호빗 스타일 머리는 호빗처럼 끔찍하다.

"절대 안 돼." 오드리가 얼굴을 가리면서 말한다. "무성영화에는 출연하지 않을 거야."

"그러지 말고. 이 배역에는 네가 적격이란 말이야."

"어떤 역할인데?"

"복사가게에서 일하는 소녀, 그러면서 마음속으로는 젊은 영화 제작자를 사랑하고 있는 소녀."

"그래, 고마워. 하지만 사양하겠어."

"그러지 말고. 네가 딱 완벽하다니까. 너는 아주 아름다워."

남자가 이 말을 하자 오드리는 얼굴이 붉어진다. 그녀는 서둘러 카운터 뒤로 가서는 뭔가 복사하느라고 바쁜 척한다.

오드리의 삶에 수수께끼 같은 일이 발생하다 이웃 아파트에 사는 일본인 노인 두 명이, 둘 다 같은 날에, 갑자기 사망한 것이다. 오드리와 이소벨은 현관에 서서, 시신을 넣은 두 개의 회색 비닐 주머니가 실려 나가는 것을 지켜본다. 경찰관 한 명이 와서 그녀들의 이름을 적어 가지만, 결코 전화는 오지 않는다. 무슨 용역업체에서 오더니 이웃집을 청소하고는 그들의 개인 유품을 건물 앞 쓰레기장에 남겨둔다. 오드리는 그 낯선 물품을 조심스럽게 조사한다. 검은색 비닐봉지 안에는 노인이 사용했던, 작은 다이아몬드로 장식된 매우 현대적인 넥타이와 남성용 구두 한 켤레, 또 한 켤레, 수십 켤레, 작은 종이 제등[提燈] 하나, 섬세한 흰 장갑 두 켤레, 그리고 부부의 사진을 담은 여러 권의 사진첩 안에는 그들이 젊은 연인이었던 시절에 화산 앞에서 찍은 사진, 중년 시절에 워싱턴 기념비 앞에서 찍은 사진, 나이 든 몸을 이끌고 푸른 모자를 덮어쓴 것 같은 산 앞에서 찍은 사진 들이 있다. 오드리는 이 사진들을 잡지에 활용하기로 마음먹는다. 이제 그 잡지의 타이틀은 '나의 놀라운 이웃과의 휴가' 라고 결정되었다. 오드리는 그들이 어디로 여행했을 것인지, 그들의 대화는 어떤 식이었을 것인지 상상한다. 잡지에서 한 꼭지 제목은 '이웃과 내가 식료품 쇼핑을 가다' 가 될 것이다.

복사가게에서 오드리는 어떤 여중생에게 원래는 연구조사해서 작성하도록 되어 있는 리포트를 표절해서 만드는 법을 알려준다. 오드리는 소녀에게 리포트 제목을 정해 준다. '주홍글씨는 여성에게 당근 불공평하다' 라고 하라고. 오드리는 또한 어떤 부분을 베껴 쓰고 어떤 단어를 바꿔야 하는지 가르쳐준다. 또 다른 고객, 야구 모자를 뒤로 돌려 쓴 젊은 남자가 와서 셀프서비스 복사기에 문제가 있다고 말하자, 오드리는 귀를 막고 뒤편으로 사라져서는 돌아오지 않는다.

밤에 오드리는 이소벨과 에드워드가 소파에 앉아 어둠 속에서 속삭일 때까지 기다린다. 우주인 헬멧을 머리에 뒤집어쓰고 비척거리면서 방에서 나가서는 현관에 서서 홀로 우주유영을 하고 있는 척한다.

"팝콘 먹을래?" 이소벨이 묻는다.

"좋아." 오드리가 말하면서 그들 옆에 앉는다. 우주인 헬멧을 쓴 채로 칙칙한 푸른 플라스틱 밑으로 손을 내밀어 팝콘을 입에 넣으며 곁눈질을 한다.

"그거 머리에 쓰면 보이기는 하니?" 이소벨이 묻는다.

"완전 잘 보여."라고 오드리가 말한다. "미래에는 말이지, 사람들이 언제나 이런 걸 쓰고 다니게 될 거야."

"안 그럴 걸." 에드워드가 혼자 웃으며 말한다. "이번 대통령 임기 중에는 아닐 걸. 2006년에도 그렇게는 안 될 거야."

"그래, 나도 알아, 나는 미래에서 왔어." 오드리가 말한다. "이게 미래인들의 복장이야."

"그래? 네가 미래에서 왔다면 말이야, 내가 다음 주 집세를 낼 돈이 있을 것인지 아닌지 말해줄래?" 이소벨이 씩 웃으면서 물어본다.

우주인 오드리는 헬멧에 버튼이라도 달린 것처럼 헬멧을 몇 번 누르고는 이렇게 선언한다. "모든 증거로 보건대 돈은 없을 것 같은데."

"그러면 에드워드는 어때?" 이소벨이 묻는다. "얘한테는 어떤 일이 생길 것 같아?"

"에드워드의 미래를 예언하자니 끔찍한 걸. 보인다, 보여, 에드워드가 복도에 서서 거울을 보며 자기 모양새를 살펴보는 것이 보인다. 처음엔 배짱을 죽이고 설설 기지만 나중에는 큰 소리로 욕을 해 댈 거야. 집세는 한 푼도 내지 않으면서 계속 여기에서 살아가게 될 거야."

그러자 다들 입을 다물고 다시 TV를 보기 시작한다.

또 하나의 비밀 오드리는 지금까지 섹스라고는 단 한 번 했는데, 그것도 제대로 한 건지 아닌지 잘 모른다. 고등학교 2학년 때 엽기적인 고스족[族](체제순응을 거부하는 반항문화집단. 기괴한 고딕풍의 치장이 특징이다 : 역주) 남학생과 한 것이었는데, 너무나 형편없이 진행된 바람에 오드리는 다시 섹스를 하겠다는 생각을 포기하기 시작했던 것이다. 좋아, 이걸 이해해 보라. 일을 벌이던 중, 고스족 소년은 오드리의 배 위에 사정을 했다. 오드리는 마치 총에 맞은 것처럼 누워 있었는데, 사실 어떤 점에는 총 맞은 셈이었다. 그 기억을 되살리

ON VACATION
WITH MY AMAZ-
ING NEIGHB-
OURS.

면서, 오드리는 '작문2' 리포트의 주제를 결정한다. 더 스미스The Smiths(영국의 록밴드)의 멤버인 모리세이, 교황, REM(미국의 록밴드)의 리드보컬 마이클 스타이프 등, 금욕생활을 하는 것으로 알려진 유명 인사들에 대하여 써야겠다고 결심한다. 오드리는 섹스에 대해서 늘 걱정하는 사람들보다 그렇지 않은 사람들이 일을 할 시간이 더 많은 법이라고 주장하는 글을 쓰기 시작한다. 그렇게 쓰다 보니, 갑자기 자기는 미술 프로젝트든지 잡지든지 그중에서 하나라도 끝내야 한다는 것을 깨닫는다. 그러자 오드리는 자신과 룸메이트에 대해서 쓰기 시작한다. 자신이 똑똑하고 사랑스럽다는 것을 이 세상 어느 누구도 알아주지 않는 상황과, 그럼에도 불구하고 노상 룸메이트와 그녀의 애인이 뭔 짓을 하는 소리를 들어야만 하는 것이 얼마나 무시무시한 일인가에 대해서 쓰고, 더 나아가 자신의 첫 경험이 얼마나 끔찍했던가에 대해서도 쓴다. 이런 내용을 기술한 과제를 제출하면서, 오드리는 이것이 자신의 일생에서 제일 잘한 일인지 가장 못한 짓인지 알지 못한다. 하지만 솔직했을 뿐이고 진실일 뿐이며, 일반적인 미술학교 과제물이 아니기 때문에, 제발 선생님이 이 글을 마음에 들어 하게 되기를, 오드리는 진심으로 바란다.

오드리는 또 다른 직업을 갖고 있다. 자신이 고안해 낸 독자적 사업이다. 그것은 광대 같은, 그러나 광대는 아닌 역할이다. 광대를 무서워하는 아이들을 위해서 생일파티를 진행하는 일인데, 대개의 경우엔 오히려 오드리가 아이들에게 겁을 주는 것으로 끝나고 만다. 누구나 추측할 수 있듯이, 사업은 잘 되지 않는다. 토요일 대부분의 시간에 오드리는 쇼핑몰에 나가 손으로 만든 전단지를 돌리곤 하는데, 일감을 하나 맡게 되면 대체로 상황은 상당히 끔찍하게 전개된다.

"하지만 언니는 광대가 아니잖아." 이것이 대부분의 아이들이 하는 말이다.

"나도 알아. 하지만 상관없어." 오드리는 이렇게 대답한다. "그래도 우리는 춤도 추고 게임도 할 거야." 오드리는 플라스틱으로 만든 티아라를 쓰고 핑크색 튀튀를 입은 채, 아이들이 재미있게 놀게 하려고 애쓸 것이다. 그러나 대부분의 경우, 아이들은 그저 앉아서 바라보기만 할 뿐이다. 보통은, 오드리가 준비해 간 프로그램을 다 마치기도 전에, '네가 행복하다면, 그걸 알고 있다면'을 부르는 것까지(너무나 잘 알려져 있는 동요. 그렇기 때문에 파티에서 하기에는 진부하기 이를 데 없다 : 역주) 포함한 순서가 모두 끝나기도 전에 부모가 돈을 지불하는 것으로 끝난다. 부모들이 불만을 표시해도 오드리는 사과하지 않는다.

토요일에 오드리는 '파티를 해 달라는' 부름을 받는다. 오라는 곳으로 갔는데, 집에는 아무도 없다. 몇 분이 지나서야 속았다는 것을 깨닫는다. 틀림없이 장난전화였던 것이다. 그녀는 머리에 쓰고 있던 티아라를 벗어서 현관 계단에 던지고 그 옆에 마술지팡이도 던진다. 빌어먹을. 이제 광대 짓은 끝이다, 라고 오드리는 자리를 뜨면서 결심한다.

근무 중에 중학교 여학생이 되돌아왔다. 리포트 쓰는 데 도움이 좀 더 필요하단다. 오드리는 소녀에게 원하는 리포트 전체를 마음대로 빌릴 수 있는 인터넷 사이트를 찾아준다. "이러면 부정행위 아니에요?"라고 소녀가 묻는다. 소녀의 머리에는 보라색 오리 모양의 머리핀이 꽂혀있다. "이러면 훔치는 거나 다름없잖아요?"

오드리는 소녀를 내려다보고 난처한 표정을 짓는다. "더 이상 독창적인 아이디어 같은 건 없어. 모든 게 전부 다 베끼기에다 전부 다 수준이하야. 포스트모더니즘 예술은 다 그런 거야." 이 말을 하면서 오드리는 스스로 매우 나이 먹은 느낌이 들면서 슬퍼진다. 하지만 이 말은 오드리가 미술학교에 다니면서 지금까지 배운 것의 전부이다.

근무 중에 오드리는 창밖을 쳐다보고 있다. 호빗 헤어스타일의 에릭이 비디오카메라를 들고 다시 들어온다. 그는 오드리 앞에 서서는 아무 말도 하지 않는다. 그저 카메라를 돌리면서 거기에 서 있을 뿐이다.

"너는 지상 최대의 머저리 같아." 오드리가 말한다.

"이건 나의 최고걸작이 될 거야." 에릭이 고개를 끄덕이면서 속삭인다. "제목은 이렇게 할 거야. 의심하지 않는 미인의 초상."

또다시 얼굴이 달아오르자 오드리는 재빨리 손으로 얼굴을 가린다.

"잠깐! 네 얼굴이 달아오르는 것을 한 컷 찍고 싶어."라고 그가 말한다.

"나는 부끄러워하는 게 아니야."

"완전히 빨개졌는데, 뭘."

"빨개진 게 아니라니까."

에릭은 오드리의 손을 떼어낸다. 그렇게 하면서, 한 손은 오드리의 손목에 대고 다른 손에 들고 있던 카메라를 내린다. 그러자 에릭의 얼굴이 드러난다. 키스하게 되나보다, 라고 생각하면서 오드리는 겁을 먹고 흥분한다. 하지만 그들은 키스하지 않는다. 에릭은 카메라를 다시 눈에 대고 촬영을 시작하고, 오드리는 아마도, 아마도 내가 에릭을 좋아하는 게 아닐까 생각한다.

전화에 대고 오드리는 엄마에게 학기말 작문과제에서 B학점을 맞았다고 말한다. 엄마는 "그거 참 훌륭하구나, 얘야."라고 말한다.

"하지만 아직도 사랑하는 사람은 없는 걸." 오드리가 말한다.

"나도 그렇단다."라고 엄마가 말한다. "누구나 그래."

직장에서 오드리는 늦게까지 남아 있기로 마음먹는다. 그녀의 색골 룸메이트 이소벨이, 오늘 아파트에서 그녀와 에드워드 단둘이서 만남 3개월 기념파티를 해도 괜찮겠느냐고 물어왔으며, 오드리는 한숨을 쉬고 나서 동의했던 것이다. 하지만 그것도 좋다. 오드리는 지금 새로운 잡지 프로젝트를 하고 있는 중이다. 지금 막 자기 사진을 오려 붙여서 나이 든 일본인 이웃과 함께 식료품

쇼핑을 가는 사진을 만들었다. 오드리가 자신의 머리를 제 자리에 풀로 붙이는 동안, 배경에서는 이웃 노부부가 행복하게 손을 흔들고 있다. 그들 세 명은 컬러풀하고, 낱낱이 분해되어 있으며, 즐거워 보인다. 오드리는 시계를 쳐다보고는, 룸메이트가 어떤 지겨운 짓을 하든지 이제는 시간이 충분했을 거라고 결론짓는다. 풀로 붙인 사진을 보면서 그녀는 미소 짓는다. 오드리는 아마도 내일이면 이것을 끝낼 수 있을 거라고 생각한다. 아니, 아마 끝내지 못할 지도 몰라. 누가 알겠어? 라고 그녀가 생각한다.

일 · 러 · 스 · 트

스테프 데이빗슨 Steph Davidson은 토론토에서 태어났다. 웨스턴온타리오대학교에서 시각미술을 공부했으며, 현재 토론토에 살고 있다. www.prettyempty.com

죠 메노는 흥미로운 케이스다. 펑크이며 느와르적인 문체주의 작가이면서도 좀 더 순화되고, 시적이며, 보편적인 내용을 다루는 것이다. 그런 특성은 이번에 출판된 책, 그래픽아티스트와 카툰작가 등이 그린 일러스트를 곁들인 스무 편의 단편소설에서 더욱 명확히 드러난다…. 소설 전체가 일상적 대화, 명료한 백일몽, 그리고 순전히, 너무나 인간적이기 때문에 우스꽝스러운 경험 등으로부터 추출한 음시(音詩)와 서정단장(抒情斷章)으로 구성되어 있다는 느낌을 준다.

– 엘르 매거진

건강하라, 세이머!

오션랜드

빛의 에어포트

세계적으로 유명한 얼음호텔에서의 겨울

오늘날의 아이슬란드

ter

건강하라, 세이머!

배드민턴을 치고 있는 여자가 바로 그녀다. 하지만 나는 그렇게 믿고 싶지 않다. 왜냐하면 그녀의 다리는 참으로 길고 매끈하며 눈부시게 하얀 것이 지난 겨울 내내 실내에서 지냈다는 것을 나타내고 있기 때문이다. 여자의 발목은 잘 만든 조각 같고 무릎은 핑크빛으로 빛나고 있으며 날씬하고 매혹적인 손목은 상류사회의 기품 있는 매력을 보여준다. 그녀의 나머지 부분에 대해서 나는 별로 관심이 없다. 나의 관심을 앗아간 것은 그녀 그림자의 형태, 유람선 상갑판上甲板에서 녹색 스커트를 입고 무릎 아래까지 흰색 테니스양말을 신은 그녀가 따분하다는 듯 서 있는 자태이다. 나는 그녀가 라켓 끝으로 허공에 뭔가 보이지 않는 언어나 형체를 그려대는 것을 본다. 그녀는 공상에 잠겨 있는데, 대양을 건너는 여객선의 한 복판에 그녀가 서 있는 모습은 완벽하게 눈부신 한 폭의 그림이다. 셔틀콕이 그쪽으로 날아가자 그녀가 웃는데, 그것은 그런 모습을 한 도도한 상류사회 여자가 터뜨릴 것 같은 오만한 웃음소리가 아니다. 그래서 갑자기 나는 겁이 난다. 나는 얼굴이 붉어지지도 않고 화가 나지도 않는다. 그녀가 그곳 배드민턴 코트에서 완벽하게 편안하고 당당한 태도로 서 있는 것을 본 순간, 나는 내가 하려던 일을 잊어버린다. 나는 바닷바람을 얼굴에 맞으면서 셔틀콕이 바람에 흔들리는 네트 위로 날아다니는 모습을 눈으로 좇다가 의문을 품기 시작한다. 대체 얼마나 오랫동안 연습을 했기에 저렇게 쾌활하고 저렇게 균형 잡힌 자태에 저렇게 아름다우리만치 자신감에 찬 모습으로 보이는 걸까.

"저 여자라는 게 확실해?" 나는 여동생의 얼굴을 바라보며 묻는다.

알렉산드리아는 고개를 끄덕인다. 내 여동생의 얼굴은 기이한 형태와 은색의 철사가 뒤엉킨 모습이다. 튼튼해 보이는 철테 안경에서부터 번쩍거리는 금속제 치열교정기에 이르기까지, 알렉산드리아의 얼굴에 있는 것들은 서로 어울리지 않아서 보기에 애처로울 정도이다. 여동생의 얼굴은 서양 배pear와 똑같이 생겼다. 화가 나면 목소리가 걷잡을 수 없이 삑삑대기 시작한다. "저 여자 맞대니까." 알렉산드리아가 영악하게 눈을 흘기면서, 치열교정기를 번쩍이며 혀 짧은 고음의 목소리로 말한다. 화났을 때 한쪽 눈썹이 쳐지기 때문에 이중초점 안경에 비쳐 백배쯤 확대된 것이 무섭게 보인다. "그래, 오빠는 저 여자한테 뭐라고 말할 건데?"

"정확히는 모르겠어."라고 내가 중얼거리는데, 그 말은 지금 순간에는 절대 진실이다.

"모른다고? 저런 사람을 어떻게 다루는지 오빠가 정확하게 알고 있다고 생각했는데?"

"그런데 지금은 좀 때가 아닌 것 같아서."라고 나는 중얼거린다. 나는 다시 문제의 여자에게 시선을 돌린다. 이제 그녀는 곁에 있는, 아마도 동생쯤 되는 것 같은 금발 소녀에게 속삭이고 있는데, 바로 그 순간 셔틀콕이 그녀의 머리 위쪽으로 날아온다. 그녀는 웃고 나서 — 그것은 자신의 앞쪽 갑판 의자에 앉아있는 관객을 의식한 것으로, 지금 자기가 얼마나 즐거운 시간을 보내고 있는지 증명하는 그런 종류의 웃음이다 — 셔틀콕을 향해 힘차게 라켓을 휘두른다. 셔틀콕은 그녀의 라켓을 피해서 떨어져서 부드러운 인조 잔디 위에서 튀어 오른다. 떨어진 셔틀콕을 집으러 상체를 숙일 때 그녀는 고민도 없이 습관적인 우아한 자태로 왼손을 스커트 뒷부분을 잡아 제자리에 고정시킨다. 그 새침한 태도를 보자 나는 갑자기 열대 태양의 열기가 얼굴에 쏟아지는 것을 느낀다. 여자는 왼손으로 셔틀콕을 집어 들고 라켓으로 강타하여 네트 위로 높이 날려 보낸다. 셔틀콕은 솜씨 좋게 상대의 발아래 떨어진다. 근처 갑판 의자에서 누군가 박수를 치자 그녀는 그쪽을 향해 단정하게 허리를 숙여 감사의 인사를 한다. 허리를 펴면서 그녀는 알렉산드리아를 보고 그 다음엔 나를 본다. 나는 그녀가 머릿속으로 순간적이며 무의식적인 계산을 하다가 — 우리가 누구인지, 혹시 전에 인사했었는지 기억을 되살려 보다가 — 우리가 사회적으로 동등한 신분이 아니라는 것을 판단하고는 유쾌하게 다시 시합에 몰두하는 것을 지켜본다.

"그래서?" 알렉산드리아가 묻는다.

"저녁 식사시간까지 기다려보자."라고 내가 속삭인다. "그러면 저 여자의 부모도 함께 있을 테니."

알렉산드리아는 고개를 끄덕이고 갑판 위의 여자에게 한 번 더 눈을 흘기고는 뒤돌아서 나와 함께 선실로 돌아간다.

지금은 2월이고 우리는 말하자면 휴가여행 중이다. 물론 며칠째 부모님을 보지는 못했지만 말이다. 당신들 스스로 이미 몇 번이고 감탄하며 말했듯이, 우리 부모는 다시 한 번 열애 중이다. 두 분 사이에 키스와 낄낄대는 장난과 손을 잡는 행동이 과도하게 늘어났다. 부모님과 함께 있다 보면 대개 오히려 우리가 후회하게 되기 때문에, 우리는 유람선 위의 여유로운 생활양식을 즐기기로 한다. 부모님은 당신들의 선실 밖으로는 나오지도 않는다. 배에는 룸서비스가 있는데 우리 부모는 식사 외 시간에 음식을 주문해 먹는 것이다. 우리가 부모님의 식사습관을 알 수 있는 것도 당신들 선실 앞에 쌓여 있는 은쟁반과 검은 잉크로 아버지 이름이 무턱대고 서명되어 있는 룸서비스 청구서 때문이다.

그 외에 배에 탄 사람들은 돈 많은 노인들과 버릇없는 애새끼들인데 다들 귀족처럼 들리는 근사한 성씨姓氏를 달고 있다. 여기는 내가 어울릴 수 있는 곳이 아니라는 것을 되풀이해서 깨닫게 된다. 나는 프린스턴대학교 신입생이다. 전공은 정치학이다. 부전공으로 세계철학을 택할까, 하고 진지하게 고려하는 중이다. 내가 이 메스꺼운 여행에 승선한 것은 어머니와 아버지의 간곡한 부탁 때문이었다. 두 분 모두 우리 가족이 함께 휴가여행을 한 것이 거의 5년이나 되었다고 주장했지만, 이제 와서 보니 그것은 책략이었을 뿐, 나를 초대한 것은 이번 달로 열두 살이 되는 알렉산드리아를 돌봐 줄 성인 보호자가 필요했기 때문이었으며, 그래야만 당신들이 성공적인 결혼생활의 혐오스러운 육체적 측면을 재조사하는 데 탐닉할 수 있기 때문이었다. 그런 부탁이었다면 고맙지만 사양하겠노라고 말했겠지만, 배는 이제 막 칸쿤(멕시코 해안의 휴양도시)을 지났기 때문에 돌이키기에는 이미 너무 늦었다.

다행히도 나는 책을 한 보따리나 들고 탔는데, 비록 내가 대양의 소금냄새와

광활한 하늘의 심오한 깊이를 좋아하는 것은 사실이지만, 그래도 내 기분이 가장 유쾌하게 회복되는 것은 혼자서 플라톤과 헤겔을 음미할 때이다. 하지만 재미있는 기분전환 상대로서, 충실한 후견인으로서 알렉산드리아를 돌보다 보니 독서는 거의 불가능하게 되었다. 지난 며칠 동안 우리는 한 편이 되어 다녔는데, 알렉산드리아는 내가 지금까지 봐왔던 다른 열두 살짜리와는 달리 매우 조숙하기 때문에 다행스럽게도 적당히 잘 어울릴 수 있다. 과학과 수학에 대한 알렉산드리아의 관심은 꽤 놀라운 것이다. 그 애는 상갑판 상공을 맴도는 다양한 해조海鳥의 깃털을 채집하여 자신의 진행 프로젝트에 사용될 일지에 꼼꼼히 분류해 놓는 작업을 하고 있다. 뿐만 아니라 알렉산드리아는 크로스워드 퍼즐도 상당히 좋아한다. 자기가 모르는 단어를 찾기 위하여 나의 대학생용 유의어사전을 뒤적이는 것을 겁내지 않는다. 나는 다만 알렉산드리아가 그렇게 툭하면 눈물을 터뜨리지 말았으면, 그리고 사교 감각이 조금 더 세련되었으면 하고 바랄 뿐이다. 집을 떠나 지난 몇 달 동안 대학에 있는 동안, 나는 어떨 때 의견을 제시하고 어떨 때 — 아무리 내가 어느 특정한 주제에 대하여 매우 상세한 지식을 가지고 있다고 하더라도 — 입을 다물어야 하는가 하는 기술을 가까스로 파악할 때까지 꽤 어려움을 겪었다. 나는 기숙사 룸메이트 브라이스와 종종 불화를 일으키는데, 그는 내가 영원히 동정童貞으로 남고자 한다고 믿고 있다. "고대 희랍인들의 말을 그렇게 자주 인용하지 마." 이것은 그가 나에게 준 결정적인 교훈 중 한 가지였으며, "그리고 네가 누군가의 부자 할아버지라도 된 것 같은 태도로 말하지 마." 이것 역시 전자前者만큼 중요한 또 하나의 교훈이었다.

같은 날 오후 늦은 시간에 좌현 갑판에 놓인 안락의자에 나란히 앉은 채 알렉산드리아는 내가 왜 어려운 어휘를 사용하는지 물어온다. "네가 교향곡을 하나 작곡하고 있다면 말이야."라고 내가 말한다. "그러면 너는 할 수 있는 한 다양한 악기에 접근하기를 원하겠지. 그런 거야. 뿐만 아니라, 고대 그리스는 물론 19세기 영국에 이르기까지 사람들은 종종 설전을 통해서 분규를 해결하곤 했단다. 나도 나에게 문제가 생기면 폭력에 호소하기보다는 날카로운 언어와 재빠른 기지로 해결하는 쪽을 택하겠어." 그리고 또 이렇게 덧붙인다. "뿐만 아니라, 다른 사람들의 이해를 돕기 위해서 내 말을 쉽게 하는 것은 내 신조가 아니야."

알렉산드리아는 눈을 굴리고 나는 그걸 못 본 척한다. 아이는 다시 무릎 위에 펼쳐놓은 크로스워드 퍼즐에 주목하더니 이렇게 묻는다. "외롭다는 뜻에 해당하는 일곱 글자 단어가 뭐야?"

"Dejected (낙담한)" 내가 신속하게 대답한다.

"그건 여덟 글자잖아." 동생이 말한다. "그리고 F로 시작해야 돼."

"Forlorn (쓸쓸한)" 이번에는 맞을 거라고 확신하면서 내가 말한다.

"정확하게 맞아 떨어지네." 알렉산드리아는 즐거워하면서 검은색과 흰색의 사각형 안에 단어를 적어 넣는다. "내가 아는 애들은 아무도 크로스워드를 좋아하지 않아. 하지만 나는 크로스워드가 참 훌륭하다고 생각해."

"그래, 나도 네 나이였을 때 그걸 하기 좋아했어."

"오빠가 내 나이였을 때는 사람들이 왜 나를 비웃는 걸까 하고 생각해 본 적 있어?"

나는 몸을 일으켜서 내 여동생의 둥글둥글하고 울퉁불퉁한 얼굴을 들여다본다. "어떨 때 사람들이 널 보고 웃는데?"라고 내가 묻는다.

"언제나 그래."

"구체적으로 말해 봐."

"학교에서나 파티에서나 뭐, 그런 거. 내가 손을 들거나 말을 하거나 그럴 때마다 웃어."

"잠깐만… 너 파티에 가니?"

"엄마가 보내."

"하지만 파티에 초대는 받는 거야?"

"전부 다 초대 받아. 그게 모든 부모들의 규칙이야."

"그렇구나."

"나는 내가 대학생이라면 좋겠어." 알렉산드리아가 말한다. "하고 싶은 공부만 하면서 다른 사람들이 나를 좋아하는지 아닌지 걱정하지 않아도 된다면 좋겠어."

"곧 그런 날이 올 거야. 너하고 똑같은 관심을 가진 사람들에게 둘러싸일 거고, 그러면 절대로 위화감을 느끼지 않게 될 거야."라고 말하면서, 나는 이렇게 말하면서도 내가 하는 엄청난 거짓말에 대해서 이미 걱정을 시작하고 있다.

그날 저녁 식사 시간에 알렉산드리아와 나는 줄을 서서 기다리는 동안 분주한 식당을 둘러보며 우리의 적이 되어버린 새침데기 여자를 찾아본다. 돌아보니 알렉산드리아가 초콜릿 푸딩이 담긴 유리그릇 두 개를 양손에 들고 있다. 부모님이 모습을 감춘 이후 알렉산드리아는 디저트만 먹고 있는 중이다. 우리는 거대한 식당 구석에 동떨어진 식탁으로 간다. 이곳에서는 다른 사람들이 뭘 하는지 조용히 지켜보면서도 정작 우리 자신은 눈에 띄지 않을 수 있다. 우리는 뷔페 앞에 분주하게 줄서 있는 이혼한 할머니들 틈으로 그 여자의 익숙한, 해맑은 얼굴을 찾아본다. 내가 지금 먹고 있는 것이 무슨 생선일까 알아내기 위해서 열심히 생각하는데 알렉산드리아가 팔꿈치로 내 옆구리를 거칠게 찔러댄다. "그 여자 저기 있어."라고 속삭인다.

사실이다. 쳐다보니 그 여자는 생각에 잠긴 채 큼직한 환상環狀 식탁에 앉아 있다. 양 옆으로 그녀의 부모가 앉아있는데, 한눈에 봐도 원래 돈 많은 가문 출신으로 보인다. 굵은 눈썹, 우아한 귀, 귀족답게 생긴 코, 벌어진 입 등, 대서양 연안 지방의 특징적인 용모를 하고 있다. 그녀의 형제자매들도 함께 둘러앉아 있는데, 웃으면서 음료를 주문하는 태도가 완벽한 여유를 보여준다. 아버지는 자기가 엄청나게 시장하다는 것을 보여주기 위하여 천으로 된 냅킨을 셔츠 칼라 안으로 장난스럽게 밀어 넣다가, 아내가 험한 눈길을 보내자 재빨리 냅킨을 빼낸다.

"게다가 부모도 함께 있네." 알렉산드리아는 기쁘다는 듯이 말한다.

"그렇군." 나는 이렇게 말하고 한 번 더 같은 말을 한다. "그렇군."

"저 여자 좀 봐. 자기가 완벽하다고 생각하고 있어. 그리고 봐, 그 여자의 엄마 좀 봐."

다이아몬드 귀걸이와 두 겹의 다이아몬드 펜던트로 치장한 그녀의 어머니는 아름답기가 딸보다 더하면 더했지, 결코 뒤지지 않는다. 여배우처럼 보인다. 평생 큰소리 한번 내지 않고 우아한 인생을 살아온 사람처럼 보인다.

"저 사람들 어디 출신이라고 생각해?" 알렉산드리아가 묻는다.

"매사추세츠. 아니면 코네티컷이겠지." 나는 과감하게 단언한다. "코네티컷일 확률이 제일 높아."

"어떻게 알 수 있어?"

"저 아버지가 머리 빗어 넘긴 스타일을 봐. 학교에서 보니 매사추세츠에서 온 사람은 모두 저런 식으로 머리를 하고 있지. 중간에서 반으로 가르고, 귀밑머리는 기르지 않아."

"저 아버지 구릿빛 피부 좀 봐. 아마 정치인이거나 그런 건가 봐. 상원의원인 것 같아."

"상원의원은 아니야."라고 내가 말한다. "주식이나 증권 거래인이야. 아니면 프로 골퍼든가. 어쩌면 헬스클럽 체인 매니저일 거야."

“저 여자 포크 잡고 있는 모양 좀 봐. 자기가 공주나 뭐 그런 거라고 생각하는 모양이지.”

“그래, 그런 거라고 생각하나봐.”

“그런데 오빠는 저기에 갈 거야 말 거야?” 알렉산드라가 묻는다. 경박한 목소리가 점차 절박하게 바뀐다.

“잘 모르겠어. 아직도 내가 그렇게 하길 바라는 거야?”

“그래.” 아이는 다른 말을 덧붙이지도 않고, 오직 불만에 가득 찬 한 마디를 혀와 이빨과 교정기 틈으로 내뱉는다.

“그리고 그 말을 한 게 바로 저 여자라는 거 확실하지?”

“이미 말했잖아.” 알렉산드리아는 다시 불만스럽게 말하는데 이번에는 참을성을 잃고 있다. “내가 탈의실에 있을 때 저 여자가 나에게 손가락질 하면서 ‘베이비 휴이’(거대하고 못생긴 오리 새끼를 묘사한 만화 캐릭터)라고 불렀단 말이야. 그러고는 웃음을 터뜨렸다고.”

나는 여동생의 눈에 눈물이 고이는 것을 말없이 지켜본다.

“오빠가 그렇게 꽁무니 뺄 생각이라면, 내가 엄마 아빠에게 가서 말해서 해결해 달라고 할 거야.” 아이가 작은 목소리로 말한다.

“아니, 안 돼. 그럴 필요 없어. 나는 다만 혹시라도 네가 잘못 알았다면 공연히 내가 저기에 가서 바보 될까봐 그랬던 거야.”

“확실히 저 여자라니까. 저 여자가 다른 여자한테 그 말을 했어. 그리고는 둘이서 함께 웃었다니까.”

“그리고 네가 들은 그 말이 확실한 거야?”

“그래.” 아이는 얼굴이 빨개지면서 거의 소리를 내지 않은 채 이렇게 말한다. 대체 알렉산드리아는 그 모욕의 근원을 알고는 있는 걸까, 라고 나는 의문이 든다. 자기 몸이 이상하게 생겼다는 것에 대해서 스스로 끔찍하게 생각하고 있었기 때문에 그런 말이 들렸던 것은 아닐까. 어느 쪽이든 이제는 상관없는 일이다. 아이의 길쭉한 타원형 얼굴은 빨개졌고, 보기 흉한 이중초점 안경에 비친 눈물은 거대하게 보인다. 나는 정말 무슨 일이든 해야 한다고 결심한다.

"알았으니 이제 그만 울어." 나는 여동생의 손을 잡고 말한다. 나는 다시 저쪽 식탁을 쳐다본다. 그 여자는 침착하게 디저트를 끝내고 있으며 여동생은 팔짱을 끼고 오만한 태도로 음식을 내려다보며 뿌루퉁하게 앉아 있다. 그들은 분명히 버릇없는 아이들이다. 얼마나 투정을 피워왔는지 입가에는 이미 주름이 잡혀있다. 그들의 복장도, 어느 누구 하나도 마음에 들지 않는다. 정장 셔츠에 정장 넥타이를 하고 있으며, 어머니라는 사람은 짙은 화장에 보석으로 치장하고 있다. 여기는 로마나 파리 근교가 아니다. 여기는 모로코의 신비스러운 항구가 아닌 것이다. 여기는 유람선이고, 그저 유람선일 뿐이며, 무슨 유명한 원양 항해여행이 아닌 것이다. 저렇게 으스대다니, 도대체 자기들이 누구란 말인가. 저 여자는, 다른 인간에게 상처를 주고도 자기는 아무런 대가도 치르지 않을 수 있다고 생각하는 저 여자는 대체 누구란 말인가. 나는 다시금 분노가 솟아오르는 걸 느끼면서 나이프와 포크를 내려놓는다.

"좋아."라고 내가 말한다. "저기로 가겠어."

"저기에 갈 거야?" 갑자기 알렉산드리아에게 미소가 떠오른다.

"그래. 너 다 먹었어?"

"응."

이 말을 입증이라도 하듯 두 개의 푸딩 그릇은 비어 있으며 알렉산드리아의 입술과 이빨에는 초콜릿 얼룩이 수두룩하다.

"좋아. 그럼 너는 선실로 돌아 가 있어. 엄마 아빠가 물어보면 내가 갑판에서 산책하는 중이라고 말해."

"하지만 왜 내가 오빠랑 같이 저기에 가면 안 되는 거야?"

나는 몸을 돌려 내 여동생을 쳐다본다. 피지 못한 장미꽃, 영원한 미운오리 새끼. 거대한 안경은 끊임없이 되풀이되는 악의적인 희망으로 빛난다.

"왜냐하면 나는 네가 이 일에 끼는 것을 원하지 않기 때문이야. 이제 가 봐."

알렉산드리아는 말없이 고개를 끄덕이고는 일어난다. 문제의 그 여자가 앉아있는 식탁 옆을 지나갈 때 잠시 지체하면서 최선을 다해서 험악한 표정을 지어 보인다. 하지만 불행하게도 알렉산드리아의 그 험악한 표정을 알아차리기는 거의 불가능하다. 눈썹을 곧추세운다 해도 안경테에 가려지고 입술을 치켜올린다 해도 들쑥날쑥하고 금속으로 빛나는 이빨 때문에 구별되지 않는 것이다. 알렉산드리아는 식탁 곁을 지나 식당 회전문으로 서둘러 빠져나가는데, 아이가 사라지는 것과 동시에 나의 용기도 사라지는 것을 느낀다. 하지만 나는 나의 여동생에게 약속을 했다. 나는 일어서서 용기를 내서 대형 환상 식탁 쪽으로 발걸음을 옮긴다. 서두르지 않는다. 나는 인간이 할 수 있는 한 가장 느린 속도로 식당을 가로질러 가는데, 이곳은 몇 시간 후면 댄스클럽으로 바뀔 것이다. 내가 가까이 다다를 때쯤, 그 여자와 그녀의 여동생은 이미 자리에서 일어서 하갑판下甲板으로 향하는 문으로 사라진 후이다. 나는 잠시 멈추고 다음 이동 방향을 고민한다. 그들 가족 옆을 지나치면서 나는 콧구멍을 벌름거리지 않으려고 노력한다. 쌍둥이로 보이는 남동생들은 무딘 버터나이프로 야성적인 칼싸움을 벌이고 있으며, 어머니는 취해서 말을 잃은 듯 보이고, 아버지는 황금색 이쑤시개로 거대한 이빨을 괴물처럼 쑤셔대고 있다. 힐긋 바라보자 그 여자가 앉아 있었던 자리가 보인다. 그곳에, 그녀의 접시 위에, 케첩처럼 보이는 것으로 써 놓은 글자들이, '건——라, 세이머' 라고 쓰인 단일 어구가 보이지만, 갑자기 시야가 막히는 바람에 메시지 전체를 읽을 수 없다. 무슨 이유에서인지 이 발견이 나를 놀라게 했기 때문에 나는 회전문에 부딪치고는 겨우 수습해서 비틀거리며 문을 통과한다.

그래서 누군가 나에게 물어봐도 좋다. 왜 내가 그토록 비겁한 것인지. 알고 보니 모습이 아름답다는 이유로 내가 왜 그 여자를 두려워하는 것인지. 영어사전에서 가장 정확하고 가장 세련된 어휘에 대한 지식을 소유하고 있음에도 불구하고, 이 동일한 표현들이 종종 나를 실망시키는 것은 무엇 때문인지. 나는 오랫동안 상갑판을 서성이며 이처럼 불확실한 것들에 대하여 숙고한다. 나는 우리의 작은 선실로 돌아가는 것을 병적으로 피하고 있다. 그곳에 가면 내 여동생에게 설명해야만 하는 것이다. 왜 내가 실패했는지, 왜 여동생에게 그처럼 작은 희생을 할 만큼의 애정도 없는 것인지, 왜 내가 이만큼 유식하고 현명하고 만족스러운 듯이 보이면서도, 새로운 헤어스타일과 엄청난 어휘력을 자랑하면서도, 실제로 마음 깊은 곳에서는 언제나 그래 왔듯이 자신감이 없는 것인지, 그것은 너무나 두려워서 대면할 수조차 없었던 바로 그 사람과 충돌하게 되는 바로 그 순간인 것이다.

휘어진 복도 끝에서 좁은 계단으로 통하는 문을 여는 순간 나는 문제의 그 여자와 부딪친다. 그녀는 그곳에서 흰색 페인트가 갈라져 있는 칸막이벽을 검은색 볼펜으로 열심히 긁어대고 있다. 나는 그녀의 발에 걸려 넘어지다가 차가운 철제 난간을 잡고 일어선다. 그녀가 내 앞에 혼자 서 있다는 사실에 너무나 놀란 나머지 처음에는 아무 것도 못하고 쩔쩔매다가 가까스로 경솔한 사과를 건넨다.

"미안합니다." 나는 말을 더듬는다. "제 불찰입니다."

"앞을 보고 다니셔야죠." 그녀는 열 내거나 화내지도 않은 채 말한다. 그녀 역시 나처럼 그저 당혹스러운 것이다. 그녀는 부딪치면서 벗겨져 나간 황금색 플립플롭 슬리퍼 한 짝을 재빨리 찾아 신는다.

"미안합니다. 나는 그저…." 그런 다음에 나는 그녀를 잠시라도 붙들어 놓기 위한 말을 아무거나 생각해 낸다. "혹시 천체관측용 갑판이 어디 있는지 알아요?"

그녀는 자신이 얼마나 아름다운지 정확하게 드러내는 몸짓으로 앞머리를 손가락으로 쓸어 넘긴다. "모르는데요."라고 말하면서 그녀는 핑크빛 아랫입술 위로 솟아오른 눈부신 송곳니를 드러내면서 온순한 미소를 짓는다. "아직 그곳에 가보지 못했어요."

"우리 서로 인사한 적이 없죠." 나는 손을 내밀면서 말한다. 그녀는 수줍은 듯 내 손을 잡으면서, 이번에는 전혀 다른 미소를, 약간 소심한 듯 친절하게 얼굴에 홍조를 띄운 그런 미소를 짓는다. 열여덟이나 열아홉쯤으로 보인다. 푸른색 스커트에 스포티한 세일러복 상의를 입고 있다. 그녀도 가족과 함께 휴가여행 중이며, 정확히 나만큼 따분해 하고 있을 것이다. 그렇다면 우리가 친구가 되지 못하라는 법은 없지 않은가. 나는 즉시 우리가 함께 셔플보드(배의 갑판에서 하는 원반놀이)나 스노클링을 하면서 오후를 즐기는 것과, 그녀의 부모님과 동생들을 만나는 것, 그리고 알렉산드리아에게 그녀를 소개하고 지난번 일이 그저 불행한 실수일 뿐이라고 화해시키는 것을 상상하기 시작한다. 그녀와의 친분을 만들어야겠다는 의도를 품은 채 나는 최대한 자신 있는 태도로 규범적인 자기소개를 계속해 나간다.

"나는 죠쉬라고 해요." 나는 약간 지나치게 조용하게 말한다.

"사빈이에요."라고 그녀가 말하는데, 그 이름이 발음될 때 마치 작은 새 한 마리가 바람 속을 스쳐 나는 것 같다. 그녀가 자신의 이름을 말하는 방식을 듣자 나는 나에 대한 거의 모든 것에 대해서 의문을 품기 시작한다. 나는 고개를 끄덕이고는 여전히 그녀의 손을 잡고 악수하면서 다음에는 어떤 말을 해야 하나 고민한다. 그녀는 천천히 손을 빼고는 눈으로 가장 가까운 출구를 찾는다.

바로 내 뒤에 한 쌍의 엘리베이터가 있다.

"만나서 반가워요."라고 그녀가 말한다.

"친구들하고 여행하는 중인지 물어봐도 될까요? 겨울방학인가요?"

"아뇨. 내 말은, 학교 방학인 것은 맞아요. 하지만 가족하고 함께 있어요."

"좋은 일이죠."

나는 그녀가 눈썹을 평평하게 하면서 다시 한 번 고개를 끄덕이고는 엘리베이터 쪽으로 움직이기 시작하는 것을 본다.

"그러면 그냥 산책하러 가는 중인가보죠?" 나는 그녀 곁에서 따라가면서 묻는다.

"아마도 그러겠죠. 댄스클럽을 찾던 중이었어요."

"댄스클럽은 저녁 식당과 같은 장소라고 생각되는데요. 식탁만 치워버리면 되니까요. 나이 든 사람들이 뷔페에 줄 서서 북적거리던 곳이 몇 시간 후에는 댄스클럽으로 변신한다는 게 좀 우습죠."

내 말에는 아무 반응이 없다.

"대학생이에요?" 나는 다시 말을 붙여본다.

"아뇨." 그녀가 말한다.

"고등학생?"

그녀가 고개를 끄덕인다. "하지만 내년에 바사(뉴욕 주에 있는 명문 사립대)에 가요."

"오우, 대단한데요. 나는 지금 프린스턴에 다니고 있어요."

"멋진데요."

"그렇죠. 혹시 대학교에 대해서 얘기하고 싶다면, 내 말은, 대학생이 되는 것은 어려운 전환기니까 말이죠. 내가 알게 된 것은…."

"고마워요."

우리가 좁은 엘리베이터에 올라탔을 때, 나는 그녀가 재빨리 손에 검은 펜을 잡고 거의 판독할 수 없는 또 하나의 메시지를 끼적이는 것을 지켜본다. '건강하라, 세이머!' 라고 쓰는 것이다. 나는 곁눈질로 그 단어들을 보면서, 접시 위에 케첩으로 썼던 것도 바로 이 말이며, 오후에 배드민턴 코트에서 허공에 썼던 것도 바로 이 구절이라는 것을 알아차린다. 다음 층 갑판에서 엘리베이터 문이 옆으로 열리고 여자가 뛰어내리자 나도 따라서 내리지만 여전히 무슨 말을 할 것인지 무슨 일을 할 것인지 알지 못한다. 나는 그녀를 따라잡고는 자신 넘치는 말투로 묻는다. "세이머가 누군지 물어봐도 될까요?"

"세이머?"

"조금 전에 뭔가 썼잖아요. 그게 건강하라, 세이머! 던데."

"그냥 장난으로 하는 놀이에요."

"오, 내가 그런 놀이를 몰랐군요."

"세이머는 우리가 키우는 새 이름이에요. 여행 떠나느라 집에 남겨 두어야만 했죠."

"오."

"아프리카 회색앵무새죠. 거의 백 살쯤 되었어요. 할아버지가 키웠던 거였는데, 할아버지가 유언장에 우리에게 남겨준다고 썼어요. 우리가 여행을 떠날 때마다 나하고 여동생 제스는 이 놀이를 해요. 세이머를 위해서 메시지를 남기는 거죠. 왜냐면, 한 번 우리가 바하마로 갔을 때, 세이머는 새장에서 나와서 쓰레기 통로로 숨어들었다가 날개를 부러뜨리고 말았거든요. 우리를 따라오려고 했던 거예요. 다행히도 관리인이 새를 찾아냈죠. 하지만 우리가 어딘가로 갈 때마다 세이머는 결국 다치고 말아요."

"그렇군요."

"우리가 출발하려고 하면 세이머는 감기나 뭐 그런 거에 걸려요. 아버지 말씀으로는 정신신체증精神身體症이래요."

"앵무새가 감기에 걸릴 수 있다는 건 몰랐는데요."

"앵무새는 그래요. 정말 사람 같아요. 나이가 들수록 알레르기도 많아지고 혹도 많아지죠. 한 번은, 우리가 지난번 휴가여행을 갔을 때였는데, 돌아오니 세이머가 우는 거였어요. 어머니 말씀이 세이머가 기쁨 때문에 실제로 울기 시작했다는 거였죠."

복도를 따라 걸어서 시대에 뒤떨어진 음악이 시끄럽게 울려 퍼지는 곳에 이르러 보니 밝은 파스텔 색상의 유람선 복장을 한 노인들이 줄을 서서 입장을 기다리고 있는 것이 보였다.

"이게 무슨 댄스클럽이람." 여자는 실망한 채 중얼거리고는 마음을 바꾼다. 그녀가 몸을 돌려서 엘리베이터 쪽으로 향하자 나도 따라간다. 그녀는 멈추더니 쏜살같이 좁은 복도로 내려가서는 검은 잉크로 재빨리 메시지를 적어 넣고는 끝내자마자 다시 서둘러 돌아온다.

"저기 좋은 곳이 있는데."라고 그녀가 말하면서 상부 몰딩이 완벽하게 화려한 아치를 만들어 내는 모서리를 가리킨다. "손이 안 닿네." 까치발을 한 채 그녀가 말한다. "대신 좀 해 줄래요?"

나는 고개를 끄덕이고 그녀의 향기로운 손에서 펜을 받아서 내가 할 수 있는 한 빠른 속도로 "건강하라, 세이머!"라고 낙서한다. 마지막에 삐죽삐죽한 장식체 느낌표를 큼직하게 그려 넣고는 펜을 다시 여자에게 돌려주자 그녀는 내가 적은 낙서에 감탄하면서 고개를 끄덕인다.

"좋은 생각이 났어요." 그녀가 속삭인다.

"뭔데요?"

"상갑판 전체에 적어 넣는 거예요. 내일 아침에 제스가 보면 아마 어마어마하게 놀라겠죠. 당신이 사용할 펜만 구하면 되는데… 콘시어지에 부탁해 볼까?"

"그러면 수상하게 보일 걸요." 내가 말한다.

"그 말이 맞아요. 이걸 봐요."라고 말하면서 그녀는 은색 룸서비스용 쟁반 위에 놓인 검은색 볼펜을 집어 든다. "자, 여기 있어요." 그러자 우리는 아무 말 없이 복도를 따라 걸어간다. 그녀는 몇 발짝마다 멈춰 서서 깨알 같은 글씨로 같은 문구를 되풀이하고 되풀이해서 적어 넣는다. 나는 그녀가 이끄는 대로 몰딩과 선실 문틀 상부 등 손닿기 어려운 곳에 글자를 써 넣는다. 우리는 아마 반 시간 이상은 이 짓을 한다. 어느 순간, 그것은 복도 끝에 도달하기 전에 누가 더 많이 써넣을 수 있는지 시합하는 것처럼 되어버린다. 다 끝낸 다음에 쳐다보니 우리는 둘 다 얼굴이 빨갛게 되어 있고 그녀, 사빈은 웃고 있다.

"당신을 보니 내가 전에 알고 지내던 사람이 생각나요." 그녀는 싱긋 웃으며 나를 가리키면서 말한다.

"유명인이었나요?" 내가 묻는다.

"아뇨, 친구였어요. 그 남자도 나보다 한 살 많았죠. 브라운대학교 학생이었어요. 한 번은 댄스파티에 나를 데리고 갔는데, 우리는…." 그녀는 말을 흐리고 나는 그녀가 얼굴을 붉히는 것을 알아차린다. "가서 내 동생 제스가 뭘 하고 있는지 볼래요?"

"좋죠." 내가 속삭인다.

바로 다음 순간에 나는 알렉산드리아, 불쌍한 알렉산드리아와 내가 했던 약속과, 그 애의 얼굴 표정과, 빨개진 눈언저리에 눈물이 고이기 시작하는 것이 곧바로 생각났다는 말을 할 수 있었으면 좋겠다. 바로 그 다음 순간에는 내가 이 여자의 완벽하게 대칭을 이룬 눈을 들여다보면서, 주근깨가 완벽한 그녀의 얼굴을 들여다보면서, 비굴하게도 지금까지 하지 못했던 질문을, 내 어린 여동생을 가리키면서 무례한 말을 하고는 웃기 시작한 게 사실이냐는 질문을 할 수 있었으면 좋겠다. 하지만 나는 그렇게 하지 못한다. 대신에 나는 사빈의 형체를 따라, 그녀의 윤곽과 그림자를 따라, 위층으로 올라가 그녀의 가족이 묵고 있는 거대한 두 개의 특실로 들어간다. 나는 그녀의 어머니와 아버지를 만나는데 그들은 재미없는 사람들이 아니며, 어머니는 유명한 법학 교수이고 아버지는 신문사 그룹 총수라는 점을 제외한다면 그저 전형적인 부모이다. 나는 그들이 나에게 '하트' 라는 카드게임을 가르쳐 주도록 허용한다.('하트' 는 일반적인 카드게임으로 주인공이 모를 리가 없다 : 역주) 실망스럽게도, 자녀들 중에 실제로 버릇없는 아이는 아무도 없다. 그들은 모두 예의바르고 놀라울 정도로 점잖으며, 아마도 이 세상에서 가장 매력적인 가족일 것이다. 쌍둥이 남동생들은 흑백영화 시절 스타였던 그루초 막스Groucho Marx와 그레타 가르보Greta Garbo의 연기를 흉내 낸다. 아버지는 아프리카로 수렵탐험여행을 갔던 얘기를 하는데, 가서 동물들에게 한 일이라고는 고속카메라를 돌린 것밖에 없다고 한다.

카드게임을 하는 중에 어머니는 마치 우리가 오랫동안 알고 지냈던 것처럼 내 손을 건드리면서 혹시 패를 버리고 싶으냐고 친절하게 물어본다. 여동생은 완벽한 언어를 구사한다. 그녀가 사용하는 ersatz(대용품)라는 단어는 내가 한 번도 들어보지 못한 것이다. 이 순간부터 나는 그 단어가 사용될 때마다 오늘 밤을 기억할 것이다. 테이블 맞은편에 앉은 사빈은 종종 미소를 지은 채 나를 향해 눈을 깜빡인다. 나는 그들에게 프린스턴대학교에서 보낸 첫 해에 대해서 전부 다 털어놓았는데 아무도 지겨워하지 않는다.

그들 가족은 한발 더 나아가 다음날 오후에 벨리즈(멕시코 남쪽 카리브 해에 있는 국가) 항구에 함께 가자고 초청한다. 나는 아무 생각도 없이 이 모든 제의를 받아들인다. 밤이 끝날 때쯤 여동생 제스가 아래쪽 갑판에서 손전등을 이용한 술래잡기 놀이를 하자고 제안하지만, 그녀의 아버지는 신중하게 말을 막더

니 약간 인상을 쓰면서 자신의 은장 손목시계를 가리킨다. 그제야 나는 이미 자정이 지났다는 것을 알아차리고, 내일 내가 알렉산드리아와 함께 있다가 이 즐거운 가족과 마주친다면, 마치 그 누구도 알지 못한다는 듯 행동할 수밖에 없다는 것을 깨닫는다. 내가 수영장 옆에 앉아 있을 때 그들이 나에게 손을 흔든다면 나는 손을 흔들어 답할 수 없을 것이다. 식당에서 줄서 있을 때 저편에서 그녀의 아버지가 내 이름을 부르면서 그들의 식탁으로 오라고 해도, 나는 수치심으로 붉어진 얼굴을 돌린 채 나의 여동생이 두 그릇의 초콜릿 푸딩을 들고 오는 것을 기다렸다가 가장 인적이 드물고 가장 멀리 떨어진 식탁으로 데리고 갈 것이다.

가장 아름답던 저녁을 보낸 후, 나는 침울한 것보다 더 침울하고, 외로운 것보다 더 외로움을 느끼면서 엘리베이터로 돌아간다. 나는 사빈이 검은색 펜으로 낙서해 놓은 메시지 하나가 나무 벽체에 있는 것을 보고, 2층 갑판 복도에서 또 하나 발견하고, 상갑판의 난간에서 세 번째를 발견한다. 나는 바지 주머니 안에서 검은색 볼펜을 찾아서 손에 쥐고는 무슨 이유에서인지 그것을 룸서비스 쟁반 위에 버리지 않는다. 나는 펜을 자세히 살펴보면서 사빈이 수줍은 듯 눈을 감으면 어떻게 보일 것인지, 나중에 나에게 어떤 비밀을 털어놓을 것인지 생각해 본다. 나는 희미한 조명 아래 서 있다. 하늘의 별들은 나를 향해 입을 벌리고 있고, 거대한 선박의 엔진소리는 답변 없는 논쟁처럼 우르릉대며 현창舷窓을 통해 울리는데, 나는 오래 오래 오랫동안 내 발끝을 내려다보고 있다.

여동생에게 무슨 말을 해야 할지 나는 알지 못한다. 내가 생각할 수 있는 것이라고는 여동생의 초라한 자아상自我像을 적당하게 위로해 줄만한 기발한 거짓말뿐이다. 몇 시간 후 내가 선실로 돌아왔을 때 불은 꺼져 있고 알렉산드리아는 침대에 누워 있다. 여동생은 즉시 일어나 앉아서 침대 옆의 불을 켜는데, 얼굴은 미묘하게 빛나며 은백색 미소는 완벽하게 눈부시다. 나는 알렉산드리아 쪽으로 얼굴을 돌리지만 차마 쳐다보지는 못하는데, 동생은 나에게 제발 전부 다 얘기해 달라고 말한다.

일 · 러 · 스 · 트

폴 혼슈마이어 Paul Hornschemeier는 1997년 신시내티에서 출생했으며 대학 시절에 실험적인 만화 연작 '시퀀셜'을 자비로 출판하기 시작했다. 졸업 후 시카고로 이주하여 신작 '절망적인 만화' 연작을 시작하고, 그래픽소설 '엄마, 돌아와요'를 창작하였다. 그의 최신작은 '세 개의 패러독스'이다. 현재 시카고에 살고 있다. www.margomitchell.com

오션랜드

오션랜드의 상태는 말이 아니다. 오션랜드는 끔찍한 몰골을 하고 있다. 해양 생물들은 전부 늙고 쇠약해지고 생각이 없는 것처럼 보인다. 열대어는 칙칙해진 채 부풀어 올라 있고, 돌고래는 술에 취하기라도 한 것처럼 서로 들이받는다. 대부분의 가오리는 헤엄을 멈췄으며, 전부 다 노쇠하게 보인다. 배리는 동생 잭을 탓한다. 잭은 이 장소의 책임을 맡도록 되어 있다. 배리는 이 붕괴되어 가는 해양공원에서 가장 인상 깊은 전시관인 '무척추생물관' 앞에 서 있다. 높이 세워진 유리벽이 성당의 폐허처럼 보인다. 배리는 각종 불가사리를 모아 놓은 곳을 들여다본다. 어린 시절을 돌이켜보건대, 발이 다섯 개 달린 극피동물은 언제나 화려한 빨간색과 노랑빛이 도는 핑크색을 자랑했으며, 배리가 가장 좋아하던 해양생물 중 하나였다. 그러나 현재의 불가사리는 마치 배리의 마음을 그대로 보여주는 것 같다 : 칙칙하고, 부서질 것 같고, 다리를 몇 개씩 잃은 불구의 모습.

불가사리 맞은편에는 곰치가 있는데, 호흡을 할 때마다 턱뼈를 떼었다 붙였다 하면서, 필사적으로 먹을 것을 찾고 있다. 배리는 곰치가 사람이 있는 것을 알아차리고 플라스틱처럼 보이는 암초 아래 있는 동굴 속으로 사라지는 것을 지켜본다. 곰치는 머리를 상하로 움직이며 쉭쉭 공기방울을 뿜어내면서 경계심을 보인다. 배리는 가까이 기대어 사죄를 시작한다. "너희들이 지금 내 손을 물어뜯고 싶어 한다는 걸 알고 있어. 나를 해치고 싶겠지. 만약에 여기가 바다라면, 너희가 나보다 빠르겠지. 분명 나를 죽였을 거야. 지금은 나를 해칠 수 없는 상황인 게 미안해. 하지만 봐, 새우를 줄 테니 먹도록 해."라고 부드럽게 속삭인다. 어둠침침한 탱크 바닥에 새우 떼가 뿌려지자, 곰치들은 그쪽으로 관심을 바꾼 것 같다. "오늘 잘 지내."라고 말한 다음, 배리는 천천히 동생 잭을 찾아 나선다.

배리는 걸어가면서 몇몇 전시실 앞에 멈춰서 들여다보고는 실망한다. 동물들은 고독하게 보이며 전시물은 손질이 안 된 채 방치되어 있다. 배리는 흐느끼고 있는 듯 보이는 해마에게 사과한다. 유리벽에 이마를 대고는 "이곳은 너처럼 점잖은 동물이 있을 곳이 못 돼."라고 말한다.

계속 걸어가던 배리는 곧 해양공원 전체가 텅 비어있다는 것을 알아차린다. 그는 걱정스럽게 손목시계를 들여다본다. '아홉 시가 넘었잖아. 매표소직원들은 전부 어디 있는 거야? 기념품점 직원들은 어디 있는 거야? 이거 봐, 9시 13분이잖아. 그런데 흰색 돌고래는 아직도 먹이를 먹지 못했고 갈매기들은 피에

굶주린 듯 보이며 정문은 열려 있어야 하는데 대체 잭은 어디 있는 거야?'

오징어 모양의 거대한 플라스틱 조형물 뒤 모퉁이를 돌아서자, 갑자기 잭의 모습이 나타난다. 잭은 연체동물 전시 폐기물 뒤에 숨어서 마리화나를 피우고 있다. 더러운 회색 잠수복을 입고 있는데, 지퍼가 허리까지 내려와 있어, 그 안으로 보이는 두드러진 가슴팍은 동글동글 뭉친 가슴 털로 덮여 있고, 목에는 작은 흰색 조개껍질 목걸이가 늘어져 있다. 잭은 불가능할 정도로 오랫동안 연기를 빨아들이면서 야생동물처럼 이빨을 드러내고 웃는다. 배리는 동생이 얼마나 오랫동안 담배연기를 폐 안에 잡아놓을 수 있는가에 대해서 감탄하면서 지켜본다. 어린 시절, 아이들이 돌고래 수조의 깊은 바닥으로 잠수해서 누가 제일 오랫동안 숨을 참을 수 있는지 내기할 때면, 승리는 언제나 잭의 몫이었다. 붉은 머리에 주근깨가 가득했던 어린 잭은 바닥으로 내려가서 은색의 워터 필터를 손으로 잡거나 통풍구를 손가락으로 움켜잡곤 했다. 잭은 두려워하는 기색 없이 아래로 내려가 인도식으로 다리를 꼬고 수조 바닥에 앉곤 했다. 그 자세로 눈을 감은 채, 4분이나 5분 동안 그곳에 있곤 했는데, 그럴 때 빨갛게 된 작은 얼굴에는 세상에서 가장 평온한 웃음이 떠올랐다. 배리는 절대 1분을 넘기지 못했다. 나이가 더 많고, 더 현명하고, 아버지의 영향으로 걱정이 심했던 배리는 동생이 익사한 건 아닐까 하는 생각에 겁이 나서 언제나 제일 먼저 눈을 뜨곤 했다.

배리는 잭이 있는 쪽으로 걸어가면서, 자기보다 동생이 훨씬 나은 신체조건을 가졌다는 것을 깨닫는다. 잭의 팔뚝과 가슴팍에는 근육이 잘 발달되어 있다. 배리는 동생의 등을 가볍게 치면서 말한다. "잭, 우리 긴급회의를 했으면 하는데."

잭은 두 개의 허파에 가득 담겼던 담배연기를 내뿜고는 미소 짓는다. "그러지 뭐."라고 말한다. "무슨 얘긴데?"

여기서 배리는 형처럼 굴지 않으려고 애쓰고 있다. 책임자는 자신이 아니라는 것을 잊지 말아야 한다. 자신은 8년 동안 외지에 나가 있었다. 자신은 이곳의 총지배인이 아니다. 배리가 떠나 있었던 사이에, 비록 충분히 인정받지 못했다 하더라도 성공적인 공인회계사로 일하면서, 동시에 몸 안에 어마어마한, 운석만한 크기의 궤양을 키우고 있던 사이에, 동생 잭은 여기에 남아서 반백이 되어가는 아버지와 함께 오션랜드를 운영하면서, 운영하는 방법을 배워 온 것이다. 네 살 아래인 잭은 이제 형의 고용주이다. 이 슬픈 사실 때문에 배리는 이곳으로 돌아온 그 순간부터 초조해 하고 있는 것이다. 사실은, 이것뿐만이 아니라, 상처 입은 듯 보이는 저 모든 동물들, 옷을 입지 않은 채 아파트에서 돌아다니는 아내 마샤, 그리고, 말하자면, 다른 문제도 많이, 많이 있다.

배리는 발끝을 응시하면서 이렇게 묻는다. "잭, 지금이 아홉 시는 되었을 거야. 그런데 왜 그걸 피우고 있는 거야?"

"형이 나에 대해서 알아두어야 할 사실이 두어 가지 있어."

"말해 봐."

잭이 숨을 내쉬자 솜털구름 같은 담배연기가 코를 통해서 흘러나온다. 근육을 수축하자 가슴 근육이 바위처럼 단단해진다.

"첫 번째. 지난 일이 년 사이에 나는 고금을 통틀어 가장 훌륭한 기타 연주자 중 하나가 되었어. 허풍떠는 게 아니야. 올먼브라더스(미국 남부 음악의 전성기를 구가한 록밴드) 노래라면 음표 하나 안 틀리고 거의 모두 솔로 기타로 연주할 수 있어. 내 말은, 형이 내가 작곡한 노래 연주를 들어봐야 한다는 거야. 그중에 '어깨에 악마를 달고 있는 천사'라는 곡이 있는데, 아마 형이 지금까지 들어 본 기타연주 중에서 가장 전염성이 강한 리프(반복 악절)일 거야. 내 말은, 한 번 들으면 절대로 잊을 수 없다는 말이지. 잊어버리려면 수술을 하거나 정신과치료를 받아야 할 걸."

배리는 또다시 발을 내려다본다. 이번에는 동생이 맨발이라는 것을 알아차린다.

"둘, 두 번째, 세군도(둘째라는 의미의 스페인어). 가끔씩 나는 긴장을 풀기 위해서 아침에 가볍게 마약을 하곤 해. 책임자라는 것은 일종의 부담을 수반하는데, 나는 그 압박감 때문에 하루를 망치고 싶지 않아."

배리는 미간을 잡고 한숨을 내쉰다.

"좋아, 세 번째, 그리고 아마도 가장 중요한 내용은 이거야. 아버지가 운영에서 손 떼었기 때문에, 우리는 편안하고 느슨한 작업환경에서 일하고 있어. 목요일에 공원이 폐장하고 나면, 우리는 다 같이 술을 마시지. 다 같이 '비제이스 그릴'로 몰려가는데, 나는 직원들에게 뭐든지 마시고 싶은 대로 마시라고 해. 약간 과격한 방침이긴 하고, 아직 청구서를 본 적은 없지만, 직원들의 사기진작에 상당히 좋은 방법이라고 생각해. 이런 과격한 방침 중에는 형이 받아들이기 어려운 것도 있겠지. 형은 기업 쪽에서 일했으니까. 하지만 내 요점은 이거야. 아버지가 나에게 이곳 운영을 맡으라고 했을 때 나는 아버지에게 이렇게 말했어. 내 방침대로 할 수 없다면 시작도 안 할 거라고. 그 말을 형한테도 똑같이 다시 하겠어. 그리고 여기서 내 방침이란 일을 즐기자는 거야."

배리는 고개를 돌려서 바로 정문 너머에서 솟아오르는 잔잔한 폭포를 바라본다. 원래 푸른색이어야 하는 물은 시커먼 녹색이다. 녹조가 가득한 것이다.

"잭, 들어 봐, 아홉 시가 훨씬 지났는데 아직 정문을 열지도 않았잖아."

"형, 들어 봐, 근심걱정 하라고 형을 고용한 게 아니야. 놀라운 회계기장 기술 때문에 고용한 거야. 또한 형이기 때문에, 그리고 형이 도움을 필요로 하고 있다는 것을 알았기 때문에 고용했던 거야. 그러니까, 내 말 들어 봐. 좋아, 정문은 열릴 때가 되면 열릴 거야. 이곳 이름이 뭐야? 오션랜드? 내 말 맞지? 그런데 오션(대양)은 인간의 시계에 맞춰 움직이는 게 아니야. 오션은 자신만의 스케줄을 가지고 있는데, 거기에 개입하려는 것은 멍청한 짓이지. 말 되지? 우리는, 오션의 스케줄에 문제가 없다면, 그걸 따라서 운영하고 있어. 자, 이제 얘기가 끝났다면, 나는 가족사업인 해양공원을 유지하러 가 봐야겠어."

배리는 고개를 끄덕이고는 동생이 비척거리며 걸어가는 것을 바라본다. 귀상어가 가쁘게 호흡하고 있는 수조 옆에 멈춰선 잭이 전기막대로 스파크를 일으켜 상어를 펄떡거리게 하는 것을 지켜본다. 배리는 울고 싶은 기분이지만 자신이 울지 않으리라는 것을 알고 있다.

배리가 마지막으로 운 것은 열네 살 때였다. 관람객을 이끌고 오션랜드를 안내하고 있었는데, 갑자기 아버지가 나타나더니, 배리의 말을 끊은 채, 관람객들이 걱정스러운 표정으로 지켜보는 가운데 아들의 울퉁불퉁한 귀를 잡아채고 끌고 갔다. 아버지는 플렉시 유리로 만들어진 탱크에 아들의 머리를 세차게 부딪치면서 소리 지르기 시작했다. 배리가 뱀장어에게 먹이 주는 것을 잊어먹었으며, 그중 세 마리가 잿빛으로 번들거리면서 수면에 떠올랐던 것이었다. 당혹감과 죄책감을 견디지 못한 배리는 일어서서 달리기 시작했다. 공원을 가로질러, 멍하니 바라보는 사람들과 환하게 불 밝힌 전시장을 지나서, 기념품가게와

'브레이크타이드 폭포'를 지나서 달렸다. 돌고래 수조에 이른 배리는 머리부터 뛰어들어서 할 수 있는 한 세차게 바닥을 걷어찼다. 훈련된 돌고래 맨디와 새러가 마치 유령처럼 주위에서 까닥거리고 있는 동안, 배리는 차가운 철제 통풍구를 움켜잡고 제어할 수 없이 울음을 터뜨렸다. 눈물의 짠맛과 바닷물의 짠맛이 섞였다. 몇 시간처럼 느껴질 만큼 긴 시간 동안 펑펑 운 다음에, 수면으로 올라와서 옷을 갈아입고는, 무슨 일이 있었는지 아무에게도 말하지 않았다.

그날 이후로 배리는 단 한 번도 울지 않았다.

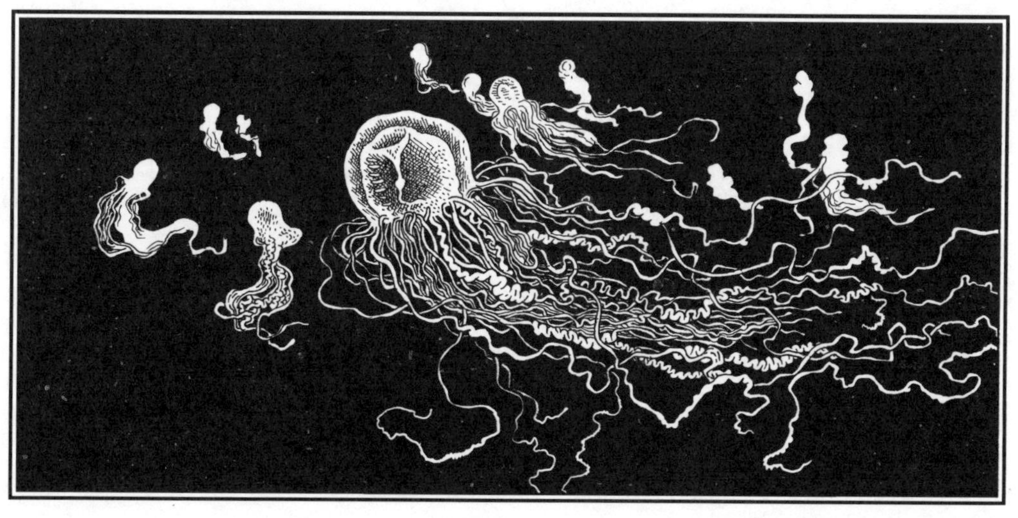

배리는 활기 없어 보이는 만타가오리 전시실을 바라보면서, 예상했던 것보다 더 깊은 슬픔을 느낀다. 어린 소년 하나가 손가락으로 가오리를 찌르면서 끔찍한 즐거움에 씩 웃고 있다. 어떤 노인은 가오리의 눈을 찔러보려고 하고 있다. 기분이 상한 배리는 노인에게 눈을 흘겨보지만, 노인은 개의치 않는다.

배리가 고개를 숙여 자세히 들여다보니, 가오리들은 모두 겁에 질려 있으며 온통 상처로 뒤덮여 있다. 얼마나 많은 아이들과 어른들이 만지고 찔러댔는지, 가죽의 대부분이 사포처럼 거칠고 거무튀튀하다. 배리는 이것이 가오리의 사망 원인이 될 거라는 것을 알고 있다. 너무나 손을 많이 타서 결국 죽게 되는 것이다. 관람객 한 무리가 가오리 전시실로 다가오자, 배리는 재빨리 밝은 노란색 표지판을 걸어놓는다. 표지판에는 카툰으로 그려진 상어가 카툰으로 그려진 말풍선 안에 이렇게 말하고 있다. '여러분, 미안합니다. 지금은 전시를 안 합니다. 나중에 다시 한 번 들러 주세요.'

엄마의 손을 잡고 온 소년이 입을 삐죽거리자 배리가 사과한다.

"미안합니다. 오늘 만타가오리 상태가 안 좋아서요."

"하지만 그걸 보려고 한 시간이나 차타고 왔는걸요."

"물고기들은 휴식이 필요할 뿐입니다."

"내 참, 여기는 지독한 곳이군요."라고 소년의 엄마가 큰 소리로 말한다. "당신들이 어떻게 망하지 않는지 모르겠네요." 엄마와 아들은 휙 돌아서서 돌고래들이 모여 있는 '돌고래종합전시관' 쪽으로 향한다. 배리는 고개를 숙여서 만타가오리를 바라보면서 속삭인다. "이제 괜찮아. 너희들은 오늘 조용히 쉬면 돼."

배리는 심해생물 탱크의 pH를 검사한다. 물론 자신의 공식 업무인 회계와는 상관없는 일이다. 그때 아내가 전화를 한다.

"배리," 해양공원의 확성기가 찢어지는 소리를 낸다. "부인으로부터 전화 왔습니다." 약간 당황한 배리는 가까이에 있는, 조가비 모양의 플라스틱 패널 뒤에 숨겨져 있는, 공원용 전화기로 서둘러 간다.

"여보세요." 배리가 초조하게 말한다.

"안녕, 여보. 일은 어때?"

“여보, 마샤, 여기로 전화하는 것에 대해서는 얘기했던 것 같은데. 여기서 전화를 받으면 말이야… 잘 모르겠지만… 뭐랄까, 직장인으로서 그러면 안 될 것 같아서 그래.”

“그런 걸 눈치 채는 사람은 당신뿐이야, 배리.”

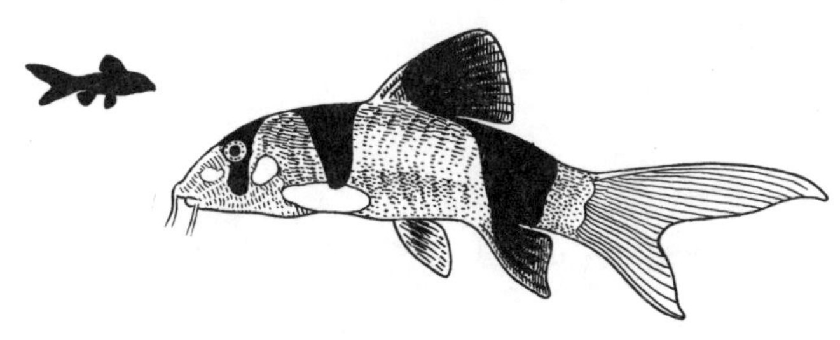

“아니, 그렇지 않아. 사람들은 다 알아차려.”

“여보, 내 생각에는 사람들이 그런 것에는 신경 쓰지 않을 것 같은데.”

“나는 아직 여기가 편치 않아. 아직도 사람들이 전부 나를 지켜보고 있는 것 같단 말이야.”

“알았어.”

“그래, 집은 어때?” 배리가 묻는다.

“심심해. 그래서 당신한테 전화해서 물어보려고 했지. 오늘 시내에 뭐 재미

있는 일이 있는지 당신이 알고 있나 하고. 어쩌면 당신이 어디에 가 봐라, 어느 상점에 가 봐라, 이렇게 말해줄 수 있지 않을까 해서."

"뭐라고?"

"나는 당신이 뭔가 재미있는 일을 알려주기를 기대했다고. 심심해. 산책하고 싶지만 내가 어디로 갈 수 있겠어? 아직 이웃도 모르기 때문에 알 수가 없어. 그리고 아마도 그냥 당신하고 얘기하고 싶었던 것 같아."

"마샤, 여보, 그런 걸 물어보려고 전화하면 안 돼. 전화는 심각한 용무가 있을 때 하는 거야. 위급상황일 때만 전화하라고."

"좋아."

"좋아. 나중에 얘기할게."

"좋아."

"잘 있어."

배리는 전화를 끊고 서둘러 떠난다. 젊은 커플이 입장료를 가지고 설전을 벌이고 있다. 둘러보니 푸른색 모자를 쓴 남자아이가 '돌고래종합전시관'의 두꺼운 플렉시 유리벽을 두드리고 있는데, 유리벽 안쪽에 있는 불쌍한 포유동물들은 미치려고 한다.

사무실 건물로 가는 길에, 배리는 짙은색 머리에 물빛 오션랜드 셔츠를 입은 젊은 여자가 호랑이상어 수조 위에 자리 잡고 서서, 끊임없이 일렁대는 잿빛 물을 들여다보고 있는 것을 발견한다. 그는 멈춰 서서 잠시 지켜본다. 여자는 검은색 신발을 수조 가장자리 너머로 흔들어댄다. 배리는 숨을 들이키고는 금속 계단을 올라가면서 소리쳐 부른다. 여자가 놀라서 시커멓게 화장한 눈을 크게 뜨고 쳐다본다.

"여기서 뭐 하고 있어요?" 배리가 묻는다.

"음, 아무 것도 안 해요. 그냥 상어를 보고 있었어요."

"물속으로 뛰어들려는 것처럼 보였는데."

"그냥 보고 있었어요."라고 여자가 말한다. 짙은 머리카락이 눈으로 흘러내린다.

"공원의 어느 부서에서 일하나요?" 배리가 묻는다.

"구내매점이요."

"그렇다면, 어쨌든 여기에 올라와서는 안 돼요. 이곳은 조련사만 들어올 수 있어요."

"문이 열려 있었는데요."

"그렇다고 이곳에 들어와도 된다는 건 아니죠. 당신이 다칠 수도 있었고, 당신이 동물을 다치게 할 수도 있었어요."

"그저 보기만 했을 뿐이에요. 그게 뭐 큰일인가요?"

"여하튼, 내 생각에는 당신이 제자리로 돌아가야 할 것 같은데."

"좋아요, 뭐가 어쨌든."

배리는 여자가 걸어 나가서 실망한 가족들과 나이 든 소매치기들이 모여 있는 곳으로 사라지는 것을 지켜본다. 문을 닫고 자물쇠가 안전한지 확인한다.

배리는 더 이상은 못 참겠다고 결심한다. 이 일을 하고 싶진 않지만, 그래도 할 것이다. 왜냐하면 그는 오션랜드를 사랑하기 때문이며, 그보다는 동물을 더 사랑하기 때문이다. 동물 모두를, 하나, 하나, 전부를, 돌고래, 연체동물, 게, 홍어와 가오리, 상어, 해면, 뱀장어, 해파리, 말미잘, 그 모든 것을 사랑하기 때문이다. 배리는 2층짜리 사무실 건물에 있는 아버지 방으로 서둘러 가지만, 지금은 아무도 없다. 그는 성이 난다. 자신이 분개하는 것은 정당하다고 느낀다. 배리는 다리가 잘린 불가사리를 떠올리고, 먹이를 먹지 못한 뱀장어를 떠올리고, 해마와 만타가오리를 떠올린다. 오늘 아침에는 보라색 대형 문어 한 마리가 죽은 채 수조에 떠 있었다. 초등학생 한 무리가 그걸 보고는 손가락질 하면서 겁에 질려 있었으며, 꼬마 한 명은 이미 울음을 터뜨렸던 것이다.

아버지가 공원에서 가장 인기 높은 전시물인 백상아리 앞에 서 있는 것을 발견한 배리는 그쪽으로 다가간다.

"다 자란 백상아리는 4분의 1마일이나 떨어져 있는 곳에 있는 25갤런 탱크 안에 한 방울 떨어진 피의 냄새를 맡을 수 있단다."라고 아버지가 중얼거린다.

배리는 그 연설을 너무나 잘 알고 있다. 그 말을 외워서 매해 여름이면 수백 명씩 몰려드는 관람객 앞에서 외워야만 했었다. 배리는 열두 살 때부터 그 일을 했다.

"상어는 요즘 어때요?" 배리가 묻는다.

"별로 좋지 않아."라고 아버지가 말한다. "이빨이 모두 다 빠졌어. 이유가 있겠지."

"일종의 조류藻類 때문인가요?"

"아마도 그렇겠지."

배리는 거대한 상어가 가로질러 가는 것을 지켜본다.

"아버지," 배리는 아버지의 굽은 등에 손을 얹고 속삭이듯 말한다.

"사업은 잭이 운영한다."

"뭐라고 하셨어요?"

아버지는 얼굴을 움직이지도, 찡그리지도 않는다. "잭에 대해서, 이곳에 대해서 얘기하려 한다면, 나는 참견하고 싶지 않다. 사업은 잭이 운영한다. 네가 여기 돌아왔을 때 그렇게 말했을 텐데."

"네. 그래요, 아버지. 하지만 왜 그래야 해요?"

"왜냐고? 왜냐고? 내가 그렇게 말했기 때문이지."

"하지만 왜 그렇게 하셨어요? 잭은 일을 개판으로 만들고 있어요."

"왜냐하면 잭이 곁에 있었기 때문이지. 그 애가 사업을 배우길 원했기 때문이다. 그 애가 시간을 투자해서, 오션랜드가 나에게 어떤 의미인지 배웠기 때문이다."

"하지만, 아버지. 정말, 동물의 반이… 제 말은, 이곳 좀 둘러보세요. 여기는, 말하자면, 마치 동물들의 지옥 같아요."

아버지는 몸을 돌리고 큼지막한 선글라스를 조절하더니 마치 전에는 만난 적이 없는 사람처럼 배리를 자세히 살펴본다. 그는 주저하듯 손을 내밀어 배리의 어깨를 한 번 두드리고는 다시 등을 돌린다.

"배리, 너는 언제나 네가 우리보다 잘났다고 생각했지. 나는 너의 그런 점이 한 번도 마음에 들지 않았다."

배리는 인상을 찌푸린다. 그는 고개를 돌려서 거대한 물고기가 어둠 속을 통과하는 어뢰처럼 번득이며 질주하는 것을 지켜본다.

배리가 한 마디 입 밖에 내기도 전에, 아버지는 또다시 같은 말을 되풀이 한다. "너는 언제나 네가 이곳보다 잘났다고 생각했지. 그렇기 때문에 지금 잭이 사업을 운영하고 있다."

회사의 연말파티에서 트로피를 받지 못했기 때문에, 힐데브란트 제조회사에 다니던 동료직원 그 누구보다 자기가 잘났다고 믿었기 때문에, 기업회계라는 시시한 세계에 신물이 났기 때문에, 배리는 직장을 그만 두었다.

사건은 회계부서 직원과 예산이 엄청나게 삭감되는 것으로 시작되었다. 배리는 편법을 써서 회사 손실의 일부를 기업 후원금으로 신고하는 방법을 찾아냈다. 그렇게 함으로써 힐데브란트 사장에게 수십만 달러를 절약해 주었다. 그러나 그 다음에 회사에서는 배리의 사무실을 회수하고, 최고참 비서인 로버타와 두 명의 하급 회계사를 해고했다. 그들이 서툰 재무부정財務不正의 명백한 증거를 가지고 와도, 배리는 매일 회사에 나갔으며 최선을 다했다. 그는 비록 그것이 회계 분야라고 해도, 자신의 최선을 다하는 것은 중요하다고, 사람이 할 수 있는 가장 중요한 일이라고 믿었다. 세 명의 회계사가 함께 써야 했던 조명도 없는 작은 사무실에서, 배리는 레지 잭슨Reggie Jackson(미국의 메이저리그 야구선수)의 사진을 붙여놓고 있었는데, 어릴 때부터 자기 방에 걸어 놓았던 바로 그 사진이었다. 그 좁은 사무실에서 일하는 것은 형벌 같았으며, 힐데브란트 회사가 운이 다했다는 확실한 징표처럼 보였다. 그러나 배리는 계속 해 나갔으며, 몇 가지 대담한 회계 술수를 사용하여 회사를 구해냈다.

그 치열했던 해의 연말 파티에서, 빳빳하게 풀 먹인 칼라 때문에 지독하게 주름진 목이 조일 것 같은 옷을 입은 힐데브란트 사장은 트로피를 수여했다. 유통부서, 인사부서, 개발부서… 회계부서만 완전히 무시한 채 트로피를 주었다. 취하기도 했지만 취한 것보다는 화가 더 났던 배리는 일어나서 소리치기 시작했다. 의자를 걷어차면서 고함을 질렀다. "속았어! 우리 모두 속았다구!"

시상식이 끝나고 집으로 돌아오면서, 끔찍하게 당황한 배리는 돌아오는 월요일에 어떤 일이 일어날 것인지 생각하면서 몸을 떨었다. 곧, 그는 울어야 할 것 같은 기분이 들었지만 자신이 울 수 없다는 것을 알았다. 열네 살 그 지독했던 날 이후로는 울 수 없었던 것이다. 혼자서 운전하며, 울고는 싶지만 울 수 없던 배리는 곁눈질을 하다가, 예상대로, 아내의 새 차를 처음에는 전신주에, 그 다음에는 나무에 들이받았다. 그는 차를 그대로 두고 걸어서 집에 왔다. 잠결에 마샤가 쳐다보니, 남편이 침대 모서리에 앉아 이마에서 피를 흘리며 끙끙대고 있었다. 배리는 만일 자기가 더 비싼 생명보험에 들어 있었더라면 아마도 자살했을 거라고 아내에게 말했다. 하지만 언제나 돈에 대해서 보수적이었던 배리는 보험에 큰돈을 쓰지 않았던 것이다.

배리는 낙담한 채 해파리 수조 옆에 앉는다. 해파리 수조는 가장 인기 없는

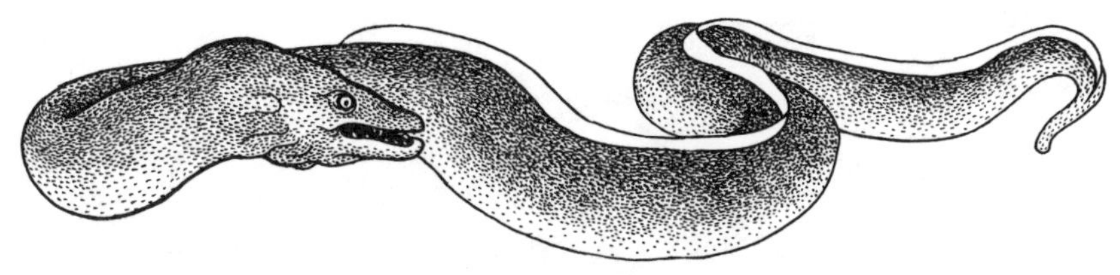

곳이다. 해파리는 잘 보이지 않기 때문이다. 사람들은 보통 부옇게 흐린 물을 흘끗 보고는 지나쳐 버린다. 하지만 때때로 보름달이 뜬 밤이면 이 작은 생물들은 놀라운 진주색 광선을 방사하면서 빛을 내기 시작할 것이다. 어린 시절, 공원이 폐장된 후, 해파리 전시실 끝으로 살금살금 들어가서, 금속 난간에 몸을 기대고 수조를 지켜보곤 했던 것이 기억났다. 때가 되면 수조는 작은 불빛을 깜빡거리면서 생생하게 살아나서 노래를 시작하곤 했다. 그렇게 혼자서 그곳에 있을 때, 배리는 해파리가 자기에게 말을 한다고 믿었다. 조물주와 우주와 자연과 인간에 관한 비밀을 알려주려 한다고 믿었다. 때때로 배리는, 해파리가 빛나고 있을 때, 주위에 아무도 없다는 것을 확인하고 나서 손을 포개어 조용히 기도하곤 했다.

지금 해파리는 물에 떠 있는 잿빛의 촉수 덩어리일 뿐이다. 잠시 해파리를 응시하다가 보니 잭이 옆에 와 있다. 잭은 또다시 마리화나를 피우는 중이다. 그는 담배를 배리에게 건네고 배리는 그걸 바라본다. 가늘게 만 담배 끝을 따라 동생의 침 자국이 보인다. 배리는 눈을 감고, 한숨을 쉬고, 담배를 집어서 깊게 빨아들인다. 담배를 잭에게 돌려주고는 연기를 내뿜으며 격렬하게 기침을 한다.

"형이 여기 있을 줄 알았어. 이 세상에서 해파리를 좋아하는 사람은 형뿐이니까."

"나도 그럴 거라고 생각해." 배리가 말한다. "이렇게 밖에서 공개적으로 마리화나를 피우는 게 현명한 짓인지 모르겠네."

잭은 이빨을 드러내고 웃는다. "모르겠어. 내 말은, 지금은 내가 대장이고 아버지는, 글쎄, 절대로 이쪽으로 오시지 않아. 아버지 사무실에서 여기는 너무 멀거든."

잭은 다시 담배를 건넨다. 배리는 또 한 모금 하고는 또 한 번 기침을 한다.

"오랜만에 피워서 그런가, 머리가 아프네."

"이건 아카풀코에서 온 놈에게서 구하는 거야. 아주 좋아." 잭이 말한다. "이걸 피우면 마치 헤엄치러 가는 것 같은 기분이야. 예전에 우리 여기서, 공원 문 닫은 다음에, 헤엄치곤 했던 거 기억나?"

배리는 고개를 끄덕인다. "맞아. 돌고래들이 언제나 우리 사타구니를 밀치곤 했지."

"그랬지. 이 새로 온 돌고래들 말이야, 얘들은 함께 헤엄치는 것조차 허락하지 않아. 그랬다간 물어뜯을 거야. 얘들은 뭣 같은 아마존에서 왔는데, 그것 때문에 뭣 같이 잘난 척 한다니까."

"오."하고 배리가 말하면서 해파리 수조의 필터에서 소용돌이치는 소리를 듣는다. 그러자 잭이 다시 말을 시작한다.

"아버지하고 얘기했어. 형이 아버지한테 내가 일을 개판으로 만든다고 그랬다며?"

"그렇게 말하지는 않았어. 단지… 오션랜드가 상당히 엉망이 되어 있다고 말했는데."

"그게 그거잖아." 잭이 고개를 끄덕이며 말한다. "나는 대부분의 시간에 내가 뭘 하고 있는지 전혀 모르는 것 같아. 그건 상관없어. 내 말은, 형도 알겠지만, 나를 걱정시키는 건 동물들이야. 나머지는, 서류작업이나 월급장부 그런 것들은, 전혀 신경 안 써."

"하지만 왜 내가 도와주는 걸 원치 않는 거야? 나는 조직이나 기획, 그런 거라면 뭐든지 잘한단 말이야. 그런 일을 좋아하기도 하고."

"그래, 알고 있어. 형은 언제나 그런 일을 잘 했기 때문에 아버지는 언제나 형에게 맡겼고, 그래서 나는 절대로 그런 일을 할 필요가 없었지. 하지만 나는 내 힘으로 할 수 있는지 보고 싶은 거야. 알겠어? 내 말은, 이건 일생에 한 번뿐인 기회 같은 거야. 나는 어느 누구의 도움도 없이 나 혼자서 이 일을 해결할 수 있는지 시험해보고 싶단 말이야."

"하지만 오션랜드는 망해가고 있어, 잭."

"그것도 상관없어. 다시 재건할 자신 있어. 형이 여기서 계속 일하고자 한다면, 이걸 내 힘으로 하도록 해 줘야 해. 나를 감시하면서 탱크의 pH를 검사한다거나 하는 엿 같은 일은 참을 수 없어."

"내가 참견 안하고 놔둘 수 있는지 잘 모르겠어."

"그래? 그렇다면 나도 형이 여기서 일하도록 놔둘 수 있는지 잘 모르겠어." 잭이 말한다.

배리는 해파리초 너머를 응시한다. 가족들이 한낮의 태양을 피해서 매점 코트의 파라솔 그늘 아래로 숨어버리면서, 해양공원은 다시 한 번 한산해진다. 동물들은, 건강하지 않고 잘 먹지도 못하고 우리에 갇힌 채 방치된 동물들은 고함과 전기막대로부터, 유리벽을 두드리는 애새끼로부터 해방되어, 한 순간의 고요를 만끽하고 있다. 배리는 돌아서서 하늘색 난간에 기대어 있는 동생을 바라본다.

"잭, 네가 한 가지만 알아줬으면 하는데."

“뭘?”

“나는 내가 너보다 잘났다고 생각하지 않아.” 그가 속삭인다. “그걸 네가 알아줬으면 해.”

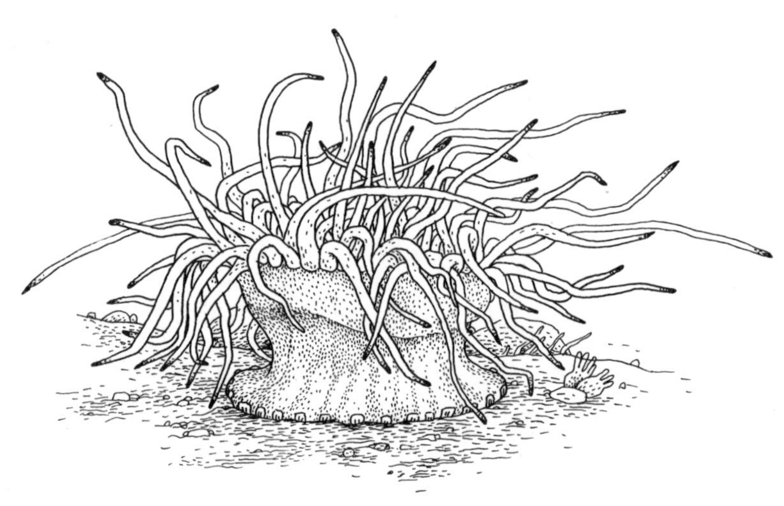

“아니야, 형은 그렇게 생각하고 있어.” 잭이 말한다. “형은 표정관리에는 정말 소질 없거든.”

오후 시간 내내, 배리는 취한 채 오션랜드를 배회하며 보낸다. 겨울 오후 치고는 사람들이 꽤 많다. 그래서 배리는 천천히 걸어서 ‘돌고래종합전시관’ 의 차가운 유리 수조에 이마를 대고 누르면서 돌고래들에게 조용히 외친다. 너희들이 제대로 전시되고 있지 않다는 걸 나는 알고 있다고. 아이 몇 명이 유리벽을 두드리고 있기에 배리는 터무니없이 화가 치밀어 돌아본다. 아이 한 명의 팔을 잡고 소리친다. "내가 하루 종일 네 머리를 두드린다면 너는 어떻겠니? 어떨 것 같으냐고!" 겁에 질린 아이는 엄마를 부르며 허겁지겁 도망간다. 배리는 인상을 찌푸리고 나서 시커멓게 변한 산호초 뒤로 숨는다.

배리가 사무실 건물로 가는 길에, 눈이 검은 젊은 여자가, 호랑이상어 수조 위에 무심하게 서 있던 그 여자가 매점 부스에서 나와서 그의 곁으로 온다.

"고맙다는 말을 하고 싶어서요." 자신의 검은 신발을 내려다보며 그녀가 말한다. "오늘 오후의 일이요."

배리가 고개를 끄덕인다. "괜찮아요. 됐어요."

"하지만 진짜 중요한 문제는 아니죠. 내일 다시 자살할 거니까요."

"뭐라고?"

"내일 자살할 거라고요."

"당신이?"

"네."

"왜?"

"왜냐하면 세상이 너무 평범하거든요. 모든 게 엿 같아요."

"그게 자살하려는 이유라고요? 세상이 엿 같아서?"

"그래요. 게다가 남자친구는 어떤 걸레 같은 년을 만나고 있고."

"아. 그렇다고 해도, 그것 때문에 자살해서는 안 된다고 생각해요."

"당신은 나를 알지도 못하잖아요. 내 말은, 나한테는 그것이 세상에서 제일 좋은 것일는지도 몰라요."

"아마 아닐 거예요."

"글쎄요, 아마 내 말이 맞을 거예요. 그러니까, 여하튼, 노력한 것에 대해서는 다시 한 번 고마워요."

"괜찮아요." 배리가 인상을 찌푸리면서 말한다. 여자는 고개를 끄덕이더니 늦은 오후의 군중에 파묻혀 흐릿하게 사라진다. 배리는 선 채로 좀 더 오랫동안 그곳을 응시하면서, 자신이 그 여자 걱정을 해야 하는지 아닌지 생각해 본다. 자신이 이미 걱정을 하고 있다는 결론을 내리고는 그녀를 찾으러 매점 구역을 지나 걸어간다. 그러나 이미 그녀는 사라졌고, 기름이 묻은 매점 부스에서 일하고 있는 무뚝뚝한 십대들에게 그녀에 대해서 물어보지만 그들은 그저 배리를 쳐다보기만 할 뿐이다.

퇴근 후 돌아와 작은 아파트로 들어서면서 배리는 한숨을 쉰다. 아내는 또다시 옷을 벗은 채 돌아다니고 있다. 아내 마샤는 날씬하고 아름다운 여인으로, 골격은 난간처럼 가늘고 검은 머리에 크고 인상적인 갈색 눈을 하고 있다. 배리는 아파트 열쇠를 손에 든 채 현관에 멈춰 선다. 마샤는 화초에 물을 주고 있다. 양치류 몇 종류, 난초 하나, 우울하게 보이지만 죽기를 거부하고 있는 수국 하나. 창문은 활짝 열려 있고, 커튼도 활짝 열려 있으며, 마샤는 완벽한 알몸이다. 이것이 그녀가 세상을 돌아다니는 새로운 방법이다.

"회사는 어땠어, 여보?" 마샤가 쳐다보지도 않는 채 묻는다.

"괜찮았어. 그런데, 우리 이미 이 문제에 대해서 얘기했을 텐데."

"무슨 문제?"

"맙소사, 마샤, 제발 옷 좀 입으면 안 돼?"

"안 돼. 안 입을 거야. 나는 내 몸에 관해서 완벽하게 편할 뿐 아니라 이대로 내 집안에서 돌아다니는 게 부끄럽지도 않아. 당신이 왜 그렇게 긴장하는지 모르겠어."

"좋아, 그렇다면 최소한 창문을 가릴 수는 있잖아?"

"여보."라며 아내가, 마침내 고개를 돌려 쳐다보면서 말한다. 그녀의 어둡고 부드럽고 아름다운 눈에 비열한 섬광이 스쳐 지나간다. "이 끔찍한 아파트에 해가 드는 것은 하루에 오직 한 시간뿐이야. 내가 이런 꼴로 있는 게 당신의 기분을 상하게 한다면, 아마도 당신이 다시 시작해야 할 거야. 스스로 불행하다면 스스로 행복하게 만들어야겠지. 나는 당신을 행복하게 만들기 위해서 여기 있는 게 아니라고. 자, 이제 저녁은 뭘 먹을래? 집에는 생선밖에 없긴 하지만."

배리는 잠시 아내를 바라보다가 고개를 돌린다. 손에는 아직 열쇠를 들고 있다. 그는 집을 나서서, 문을 닫고, 복도를 걸어 나가면서 죽어버리고 싶다고 생각한다. 주차장에 이르자, 일고여덟 명 남자 애들이 쌍안경을 가지고, 그중 한 명은 망원경을 가지고, 배리의 아내가 알몸으로 아파트에서 활보하는 것을 훔쳐보고 있다. 배리는 한 마디도 하지 않는다. 차에 타고는 주차장을 빠져나오면서 라디오에서 자신의 끔찍한 탈출에 맞는 사운드트랙이 흘러나오기를 바란다. 그러나 라디오에서는 잡음만 흘러나오고, 멀리서 울부짖는 갈매기 소리만 들릴 뿐이다.

듣고 싶은 노래를 찾아 라디오채널을 이러 저리 돌리다가 포기한 채, 배리는 대략 한 시간 동안 차를 타고 돌아다닌다. 그는 브레이크록 마을을 둘러본다. 그는 이곳에서 자랐으며, 다시는 이곳에 돌아오지 않겠다고 맹세했었다. 조가비로 둘러싸인 모터보트가 있는 해안을 지나고, 성형수술을 한 할머니들이 끈 달린 비키니를 입고 있는 모래사장을 지나서, 반쯤 비어 있는 식당이 일렬로 늘어선 곳을 지나간다. 식당마다 조개껍질 호, 진주 호, 모래언덕 호 등, 항해를 연상시키는 상호가 네온사인으로 반짝이고 있다. 차창 밖을 보니 이제 막 어두워지기 시작한다.

관광객에게 바가지요금을 씌우는 상가를 지나, 개인소유의 석호와 회원제 리조트비치를 지나자, 불꽃놀이가 시작되고 있다. 배리는 차를 멈추고 잠시 지켜본다. 다시 출발해서 잭이 사는 곳, 벽토를 칠한 단층짜리 렌탈하우스로 향한다. 차를 세우기도 전에 배리는 동생이 기타로 울부짖는 소리를 듣게 된다. 동생은 배리가 모르는 어떤 레코드에 맞춰 연주하고 있는데, 거대한 마셜 앰프에서 흘러나오는 사운드는 마치 백열전선이 하늘에서 회전하며 휘감기는 것 같다. 배리는 차안에 앉아서 연주를 들으면서, 예전에는 잭이 얼마나 기타를 못 쳤었는지 기억해 본다. 그러나 이제, 이제 그는 천재처럼 연주한다.

배리는 결코 알지 못했다. 자기 동생에게 뭔가 잘하는 게 있다는 것을 절대 알지 못했다. 그는 뒤로 기대어 눈을 감은 채, 동생을 싫어했던 사실에 대해서 끔찍한 기분을 느끼고 있다.

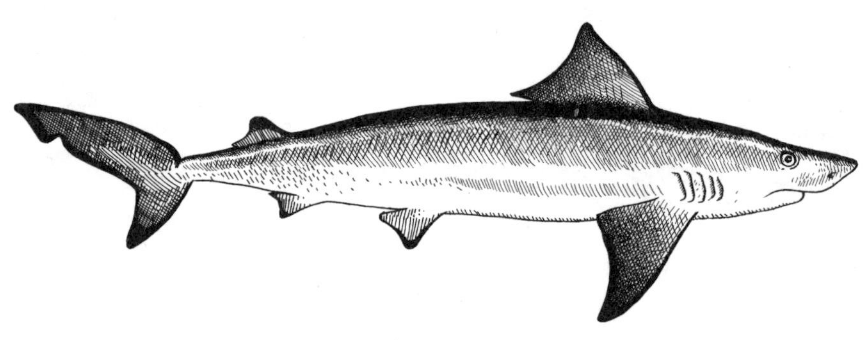

배리는 조금 더 차를 타고 돌아다니다가 공중전화를 발견한다. 아내에게 전화를 걸지만, 전화벨만 계속 울릴 뿐이다.

"제발 전화 좀 받아. 제발, 여보, 전화 좀 받아 줘."

기적처럼 아내가 전화를 받는다.

"여보세요."

"당신이야?"

"그래."

"여보, 내가 괜찮다는 걸 알려주려고 전화했어."

"좋아."

"차타고 돌아다녔어."

"잘했어."

"당신이 이걸 알았으면 해서."

"뭘?"

"미안해."

"뭐라고?"

"미안하다고."

"무엇 때문에?"

"당신하고 한 마디 상의 없이 직장을 그만 둔 것도 미안하고, 이곳으로 끌고 오면서 당신 직장을 그만 두게 한 것도 미안하고, 시시한 집에서 살게 한 것도 미안해."

"배리." 그의 아내가 조용히 말한다. "지금 어디 있어?"

"공중전화에 있어."

"배리, 당신한테 할 말이 있어. 괜찮아?"

"괜찮아."

"당신은 내가 본 사람 중에서 가장 머리가 좋고 가장 열심히 일하는 사람이야."

"알았어."

"그런데 가장 불행한 사람이기도 해."

"알았어."

"그러니까 당신은, 당신이 생각하는 것만큼 훌륭하지 않은 이 세상에서 행복하게 사는 법을 찾아내야만 해."

"알았어."

"그리고, 앞으로 행복하게 살 것인지 불행하게 살 것인지 결정해야만 해. 만일 불행하게 살겠다고 결정한다면 제발 집으로 돌아오지 마. 당신은 나를 미치게 만들어."

"나는 당신을 미치게 하고 싶지 않아."

"그렇겠지. 하지만 당신은 나를 미치게 만들어."

"그래? 그렇다면 미안해."

"좋아, 그건 됐어. 하지만 당신은 어떤 것들을 이해해야만 돼. 항상 최고라는 것이 언제나 큰 의미가 있는 건 아니라는 것을 알아야만 해."

"하지만 내 생각으로는 최고라는 것이 큰 의미인 걸."

"잘 자, 배리."라고 말하고 마샤는 전화를 끊는다.

그날 밤 배리는 오션랜드 주차장에 차를 세우고 그 안에서 잠을 잔다. 해가 떠오르자, 차창 밖에서 누군가의 둥근 얼굴이 자신을 내려다보고 있는 것을 보고는 놀라서 눈을 뜬다. 그것은 휴가 중인 과체중 가족인데, 모두 크고 둥근 얼굴을 하고 있으며, 모두 배리를 손으로 가리키면서 수군대고 있다. 배리는 조수석 창문을 열고 몸을 일으켜 비틀거리며 앞문으로 내린다. 그는 뱀장어 전시실 앞에 잠시 멈춘다. 오늘은 흉포하게 보인다고, 뱀장어에게 말한다. 그 이빨로 뭔가 심각한 피해를 입힐 것처럼 보인다고 말해준다. 그는 공원을 한 바퀴 돌면서 모든 동물들에게, 그들 모두에게, 미안하다고 사과하고는 중대한 회계 업무를 하기 위하여 사무실로 향한다.

한 시간쯤 지나서, 배리가 필터 계좌의 회계감사를 하기 위해서 사무실 건물로 걸어가는 중에, 어디선가 여자가 비명을 지르기 시작한다. 비명 소리를 따라 가자, 그 곳에는 눈이 검은 여자가, 전날 만났던 그 젊은 여자가, 백상아리 수조의 금속 난간에 올라 서 있다. 사람들이 둘러 서 있다. 부모들은 토실토실한 아이들의 눈을 가린다. 프랑스 관광객 한 무리가 손가락질 하면서 야유를 보낸다.

"오, 맙소사." 배리는 이렇게 중얼거리고는, 멍청하게 바라보는 군중을 밀치면서, 가능한 한 빨리 달린다. 여자는 배리를 똑바로 쳐다보고는 즉시 물속으로 뛰어든다. 배리는 심장 안에서 엘리베이터가 화염에 휩싸인 엄청난 통로를

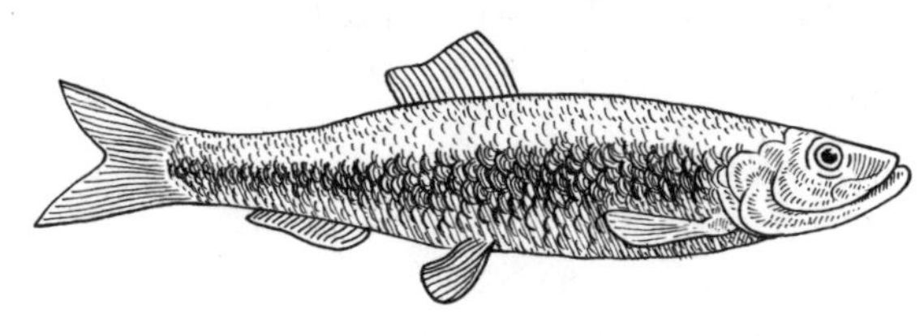

따라 수직으로 떨어지는 것 같은 느낌이다. 입을 다물지 못한 채 그곳에 잠시 서 있던 배리는 곧장 행동을 취한다. 안전 방책을 뛰어넘어, 신발을 벗어 던지고는, 머리부터 잠수한다. 흐릿한 회색 그림자 같은 상어가 재빨리 돌진하더니 주둥이로 배리를 강타한다. 갑자기 배리는 상어가 이빨이 없다는 것을 기억해 낸다. 갑자기 호흡하는 법을 기억해 낸다. 그는 수면으로 올라와서 한입 가득 물을 물고, 다시 아래쪽으로 잠수하여 여자의 팔 아래로 손을 넣어 부여안는다. 여자는 저항한다. 상어가 또다시 돌진해 오는 것을 느낀다. 등지느러미가 배리의 다리를 스쳐간다. 여자는 배리의 팔을 물어뜯는다. 그녀의 부드러운 가

슴이 배리의 가슴팍에 눌린다. 배리는 악을 쓰고 걷어차면서 수조 가장자리로 여자를 몰고 가서는 다리를 올려서 수조 밖으로 나온다. 여자는 여전히 저항하고 있다. 여자가 다시 물속으로 돌아가려고 몸을 빼고 있는 것을 배리가 위에서 꽉 잡는다. 어딘가에서 어떤 정신 나간 관람객이 촬영을 한다. 플래시가 터지고 사람들은 박수치고 있다. 여자는 검은 색 메이크업이 다 흘러내린 얼굴로 배리를 쳐다보며 울고 있다.

"당신이 다 망쳤어." 여자가 소금물을 뱉어내면서 중얼거린다. "당신이 다 망쳐버렸어."

"미안하군요." 배리가 속삭인다.

"그 잘난 당신 일에만 신경 쓰면 안 되는 거였어요, 응? 왜 그 잘난 당신 일에만 신경 쓰면 안 되냐고!"

"미안합니다." 배리가 중얼거리며 대답한다. "미안해요."

배리는 동생을 찾아 가 이 사건을 보고하려 하지 않는다. 대신에, 그는 해양공원을 가로질러 비척비척 걸어간다. 은퇴한 노부부가 일회용 카메라 가격을 놓고 설전을 벌이고 있는 곳을 지나친다. 십대 한 무리가 바다뱀 수조 가장자리에 위험하게 매달려 있는 곳을 뚫고, 지치고 권태로운 가족들이 말없이 있는 곳을 지나서, 마침내 배리는 직원전용 입구를 통해서 돌고래 수조에 숨어든다.

일·러·스·트

앤더스 닐슨 Anders Nilsen은 뉴햄프셔에서 태어났으며 뉴햄프셔와 미니애폴리스에서 성장했다. 시카고미술관 대학원에서 1년 동안 공부하다가 그만두고 만화작업에 전념하고 있다. '크나큰 질문', '내가 따라갈 수 없는 곳에는 가지 마', '개와 물', '닥쳐올 전염병을 위한 모놀로그' 등의 저자 혹은 작가로, 현재는 시카고에서 살고 있다.
www.margomitchell.com/thc/an.htm

그곳은, 오션랜드의 거의 모든 전시가 그렇듯이, 영원히 '임시휴관' 중이다. 돌고래가 다른 곳으로 옮겨졌기 때문에 수조에는 흰색 잔물결이 찰랑이고 있을 뿐이다. 수조 안의 물은 은색으로 빛나면서 사람을 유혹한다. 물론 그 물을 둘러싼 수조 내벽은 정체불명의 해조류에 덮여서 칙칙한 녹색으로 변해 있다. 배리는 개의치 않는다. 신발을 벗어던지고, 셔츠도 벗고, 바지도 벗고, 물속으로 뛰어들자, 그 차가움, 그 날카로움, 그리고 중력이 배리를 아래쪽으로 끌어내린다. 온 힘을 다해 물을 가로질러 헤엄치는 동안, 배리의 흰색 팬티는 투명해진다. 산호초 전시를 보고 있던 아이들 몇 명이 고개를 돌리고, 돌고래 수조에서 남자 혼자서 물장난을 치고 있는 것을 손으로 가리키며 지켜보고 있다.

수조 중앙에 이른 배리는 숨을 가득 들이쉬고는 격렬하게 물을 걷어차면서 아래쪽으로 잠수하여 마침내 손을 뻗어 통풍구를 움켜잡는다. 금속 장치를 손가락으로 움켜잡는다. 허파는 터질 듯 쿵쾅대고 귀에서는 비명소리가 들린다. 배리는 눈을 감은 채 얼마나 오랫동안 참을 수 있는지 시간을 헤아려 본다. 마침내 그의 심장이 이렇게 말한다. '그토록 열심히 노력했지만 여전히 실패했어, 그렇게 열심히 노력했는데 여전히 모두 엉망진창이야.' 심장은 곧 폭발할 것 같다. 가슴으로부터 심장이 터져 나와서 예쁜 빨간 풍선처럼 작렬할 것 같다. 마침내 배리는, 홀로 수조 바닥에서, 괜찮아, 괜찮아, 라고 생각하더니 갑자기 울기 시작한다.

Airports of light

빛의 에어포트

슬픈 이야기 하나. 폴과 여자 친구 엘리자베스는 그들의 소형 승용차 안에서 그것이 언제 시작되었는지 논쟁을 벌이고 있다. 언제 처음 시작되었는지, 지금 라디오에서 나오는 팝송을 누가 처음 불렀는지 논쟁하고 있는 것이다. 엘리자베스는 자기가 틀렸다는 걸 알고 있지만, 인정하기는 싫다. 폴의 얼굴표정이 우둔해 보이기 때문이다. 노래가 끝나 디제이가 노래제목과 가수 이름을 밝히자 폴은 고개를 끄덕이며 한쪽 눈썹을 치켜 올리는데, 그 모습이 정신지체아 같아서 엘리자베스는 곁눈질을 하면서 웃고 만다. "내가 맞았잖아!"라고 폴이 소리치며 이빨을 드러내고 웃는다. "나는 지배자다! 나는 당신과 세상과 모든 것을 지배한다." 엘리자베스는 잠시 그를 쳐다본다. 폴의 얼굴은 예전처럼 날렵하지도 않고, 뺨에는 며칠 동안 자란 금발의 구레나룻이 덮여 있으며, 재킷은 팔꿈치 부분이 찢어져 있다. 그녀는 마치 처음 보았다는 듯이 폴을 응시한다. 그리고는 여전히 그를 사랑한다는 결론을 내린다. 고개를 돌려서 조수석 차창 밖을 바라본다. 도시가 빠르게 움직이고 있다. 갑자기 그녀는 뭔가 심각하게 잘못되었다는 것을 깨닫게 된다. 호흡은 정상이 아니다. 심장은 박동을 멈췄다. 정맥 안의 혈구가 아무래도 멈춘 것 같다. 몸은 딱딱하게 굳고, 팔다리는 풀린다. 그녀는 눈을 크게 뜨고 숨을 쉬려고 애쓴다. 폴은 아직 알아채지 못했다. 여전히 작은 승리를 자축하고 있다. 마침내 옆자리를 쳐다본 폴이 차선에서 벗어나 라디오를 끄고 나서 보니, 이미 기이한 일이 시작되고 있었다. 하얀 불빛이, 흰색의 미미한 불빛이, 엘리자베스의 흉부 정중앙에서부터 흘러나오고 있었으며, 그녀는 비명을 지르고 있었는데, 입을 통해서 나오는 소리는 마치 구름에서 떨어지듯이 멀리 까마득하게 들리는 것이었다.

응급실에 몇 가지 검사가 진행된다. 캘커타 출신의 의사가 불려오고, 몇 시간 후 진단이 완료된다. 결과는 이렇다. 이제 서른셋 밖에 되지 않았으며 대체적으로 건강에 문제없는 엘리자베스는 끔찍한 병에 걸렸다. 심장을 둘러싼 좁은 공간에 작은 도시가 자라기 시작한 것이다. 축소판 빌딩과 시민들이 흉강[胸腔] 주변을 독점한 것이다. 캘커타 출신의 의사, 턱수염을 기르고 더러운 안경을 낀 수척한 남자, 닥터 라크스만은 X-레이 사진을 많이, 아주 많이 찍도록 지시한다. 곧 폴과 엘리자베스는 이 낯선 악성신생물의 모양이 20세기 초의 현대도시 지도와 완벽하게 일치된다는 것을 알게 된다.

"상태가 좋지 않군요."라고 의사가 언급한다. "아마 1900년이나 1910년쯤일 거예요. 귀기울여보면 전차소리가 들릴 겁니다."

폴은 엘리자베스의 흉부에 머리를 댄다. "맙소사. 진짜 전차가 다니네요."라고 말한다. "그리고… 교회에서는 예배 중이에요… 오르간 소리하고 사람들 노랫소리가 들려요. 아니, 노래가 아니라 기도하고 있네요."

의사는 고개를 끄덕인다. "이미 1910년이나 1915년쯤인 것 같은데, 그렇다면 나쁜 소식이군요."

"무슨 말이죠?" 폴이 묻는다.

"지금까지는 석탄만 사용했지만, 곧 전기를 사용하게 될 겁니다. 그게 당신이 봤던 불빛이고 당신이 설명했던 그 이상한 느낌이죠." 닥터 라크스만은 흰색 작은 손수건으로 이마를 닦는다. "그 안에서 누군가가 마침내 전기를 발견했을 것입니다. 곧 불이 켜지면 이제는 꺼지지 않을 겁니다."

엘리자베스의 푸른 눈이 감긴다. "무슨 말을 하시는 거예요?"라고 그녀가 묻는다. "그러니까 이 도시에…."

"도시가 아닙니다. 도시의 특성을 가진 종양이죠." 의사가 정정해 준다.

"그럼 이 종양은 수술로 제거할 수 없나요?"

"오, 절대 안 됩니다." 닥터 라크스만이 말한다. "금세 마천루들이 들어설 거예요."

"뭐라고요?"

"이거 보이죠?" 의사는 X-레이 한 장을 들더니 갈색 손가락으로 작고 하얀 반점을 가리킨다.

폴은 눈을 가늘게 뜨고 바라본다. 엘리자베스는 폴에게 기대어 바라본다.

"그게 뭔데요?" 폴이 묻는다.

"이것은 곧 공장으로 자랄 것이라고 생각됩니다. 여기 이 모양이 보이나요? 굴뚝을 알아볼 수 있죠? 가까운 미래 어느 시점에서, 종양은 산업화를 시작하게 될 겁니다. 더 좋은 도로를 건설하고, 더 많은 공장에서는 독성물질을 배출하고, 마천루가 도래하고, 공항과 자동차가 생기겠죠. 산업화가 시작되어 도시가 그만큼 번잡해지면, 그와 동시에 당신은 죽을 겁니다. 지금 속도라면, 내 생각으로는, 당신의 생명은 앞으로 두세 시간 밖에 남지 않은 셈이죠."

엘리자베스는 폴의 코트에 머리를 묻고 흐느끼기 시작한다. 평생이라고 느낄 만큼 긴 시간 동안 울고 나서 고개를 들어보니 옆에서 폴이 말없이 눈물을 흘리고 있다. 의사는 사라졌다. 흰색으로 명멸하는 응급실의 조명은 엘리자베스의 흰색 웃옷 아래에서 박동을 계속하는 낯선 불빛을 닮아있다. 갑자기 엘리자베스가 일어나 앉더니 뭔가를 읊조린다. 노래다. 폴은 그녀가 눈물을 닦고 나서 조용한 가락을 흥얼거리는 것을 바라본다. "내 가슴으로부터 노래가 흘러나오네." 그녀는 부드럽고 구슬픈 목소리로 웅얼댄다.

"무슨 노래야?" 폴이 묻는다.

"잘 모르겠어. 그냥 하는 거야."라고 그녀가 대답한다. "갑자기 머릿속에 떠올랐어."

폴은 엘리자베스의 가슴에 귀를 대고 들어본다. "아니야, 아니야, 이 안쪽에서부터 나오는 노래야. 그건… 아마 듀크 엘링턴Duke Ellington(재즈 음악에 가장 큰 영향을 끼친 미국 음악인으로, 그의 활동시기 현재 엘리자베스의 흉곽 안에서 자라는 도시의 발전시기와 같다 : 역주)일 거야. 확실치는 않지만."

"오." 엘리자베스는 이렇게 말할 뿐이다.

병실에서 폴과 엘리자베스는 손을 맞잡고 있다. 소리 없이 윙윙거리는 텔레비전에서 나오는 번쩍이는 섬광이 그들의 얼굴을 부드럽게 비추고 있다. 엘리자베스가 담요를 턱 아래까지 끌어당겨 덮고 있기 때문에 작은 도시 불빛이 번잡하게 깜빡이는 것은 보이지 않는다. 밖에는 눈이 내리기 시작했다. 두 사람은 이것이 둘이서 함께 바라보는 마지막 눈이 될 것이라고 생각한다. 이제 모든 어리석은 일들이 의미를 가진다. 엘리자베스는 최후의 설탕 입힌 컵케이크를 먹을 것이다. 최후의 양말 한 켤레를 신을 것이다. 최후의 핫 초콜릿을 마실 것이다. 핫 초콜릿을 마시다가 혀를 데는 것도 마지막일 것이다. 혀를 덴 것에 대해서 걱정하는 것도 마지막일 것이다. 재채기를 하는 것도 마지막이 될 것이다. 머리를 적시는 것도 마지막이 될 것이다. 늙어가는 것에 대해서 걱정하는 것도 마지막이 될 것이다. 잠드는 것도 마지막이 될 것이다. 꿈을 꾸는 것도 마지막이 될 것이다.

엘리자베스의 링거 주사약을 교환하는 동안, 폴은 밖에 나가서 눈을 가지고 돌아온다. 말없이, 그들은 창밖을 보고 앉아서, 조용히 눈을 먹는다. 이제는 그 끔찍하고 불공평한 일에 대해서 생각하는 것 외에는 어떤 말도 할 수 없고 어떤 일도 할 수 없다.

나중에, 슬퍼 보이는 회색 넥타이를 맨 라크스만 박사가 찾아온다. 자정이 훨씬 지났으며, 엘리자베스는 잠들어 있다. 폴은 창가에 놓인 불편한 비닐 의자에 앉아서 눈 내리는 것을 바라보고 있다. 그때 의사가 들어온다. 폴은 의사를 보면 눈을 깜빡일 뿐, 구태여 미소 지으려 하지도 않는다.

"잠들었군요?" 침대 발치에 선 채 의사가 묻는다.

"그런 것 같습니다. 엘리자베스는 잠들고 싶어 하지 않았어요."

"그렇겠죠."라고 의사가 말한다. "이해할 만합니다."

폴은 자신의 손을 바라보면서 고개를 끄덕인다. 그는 의사를 살해하고 싶다고, 밖에 나가서 누군가 죽여 버리고 싶다고 생각하지만, 곧 마음을 가라앉히고, 이것이 의사의 잘못은 아니라고 생각한다. 이것이 모든 사람의 잘못이 아니라면 누구의 잘못도 아닌데, 폴은 지금 너무나 피곤하고 심상해서 그걸 고려할 수도 없다.

"당신은 이 여자를 사랑하오. 그렇죠?"라고 의사가 묻는다.

폴은 고개를 끄덕인다. 그는 지금 어떤 감정으로 가득 차 있기 때문에 (그 감정이 무엇인지는 슬픔, 죄책감, 두려움, 고통, 중에서 독자의 마음에 드는 걸로 선택하시오) 이 어리석은 질문에 말로 대답할 수도 없다.

"여자가 죽는 것을 지켜보고 싶지 않은 거요. 그렇죠?"

폴은 고개를 젓는다 — 오, 맙소사, 폴은 울고 있다. 그는 의사의 눈가에도 눈물이 고인 것을 알아차린다.

"당신은 여자를 너무나 사랑하기 때문에, 그녀가 죽는 것을 지켜보고 싶지 않은 거요. 사실이죠?"

"그래요."라고 폴은 중얼거린다. "제발… 다른 방법은 없겠죠?" 폴은 대답을 뻔히 알면서도 울음 섞인 목소리로 물어본다.

의사는 한 걸음 앞으로 나와 텔레비전에서 나오는 나른한 불빛 속에 선다. 그는 천천히 안경을 벗어서 접어서 흰색 가운의 앞주머니에 넣는다.

"여자가 죽는 것을 볼 수 없다고 결정했다면, 이제 그녀 없이 살 수 없다는 것을 알게 되었다면, 방법이 한 가지 있소."

폴은 가슴 속 부드러운 곳에서 공포의 전율이 시작되는 것을 느낀다. "그녀가 죽는 걸 볼 수 없어요."라고 말한다. "그럴 수 없어요."

의사는 고개를 끄덕인다. 그는 폴을 다시 한 번 찬찬히 살핀다. 마치 젊은이의 얼굴에서 보이지 않는 주름살과 보이지 않는 흔적을 측정하듯이.

"그래요, 좋아, 그렇다면 이게 있소." 이렇게 속삭이면서, 의사는 매우 천천히 그의 검은 손을 들어올린다. 손바닥에는 뭔가 하얀 것이 놓여있다. 폴은 눈물로 흐려진 눈으로 그것을 바라본다. 메모인가? 팸플릿인가? 폴은 눈을 깜빡거리고 한 걸음 가까이 가서, 그것이 오래되어 보이는, 종이로 된 비행기 표라는 것을, 일종의 물표라는 것을 알아낸다. 그곳에는 흐릿하게 뭉개어진 글씨가 쓰여 있는데, 아마도 비행기 편명이거나 출발시간일 것이다. 하지만 아무것도 명확하지 않다.

“이게 뭐죠?” 폴이 묻는다. 심장이 쾅쾅 뛴다.

“그녀와 함께 하고 싶다면 그렇게 할 수 있소.” 의사가 말한다. “이걸 보시오.” 의사는 엘리자베스의 불안정한 흉부를 가리키며 나지막이 말한다. “여기를 보시오.” 의사는 푸른색 담요를 조심스럽게 들쳐서 옆으로 밀어놓고 손으로 가리킨다. 폴은 가까이 몸을 기울이고 엘리자베스의 흉부를 바라다본다. 그곳에, 가슴뼈 바로 아래, 흰색 환자복 밑으로 희미하게 비치는 것은 불빛으로, 다수의 미세한 불빛으로 시간에 맞춰 다 같이 깜빡이고 있다. 완벽한 패턴이다. 의사가 폴의 어깨에 손을 올리고 말한다. “마천루요. 심장을 따라 쭉 들어서 있소. 이제 오래 가지 않을 거요.” 폴은 놀란다. 걱정도 되고 겁도 나지만 놀란 것 역시 사실이다.

폴은 자신이 울고 있다는 것을 인식하기도 전에 얼굴 위로 눈물이 흘러내리는 것을 느낄 수 있다.

의사는 격려하는 듯 폴의 어깨를 꽉 잡고는 말한다. “앞으로 몇 시간 후면 저 작은 도시에 최초의 공항이 지어질 거요. 그러고 나서 또 하나 들어서겠지. 그리고 세 번째도. 당신이 비행기를 타고 그 공항으로 내리는 방법이 있소. 하지만 서둘러야 할 거요. 기다리고 망설이다 보면 비행기가 착륙하기 전에 여자는 사라지고 말 거요. 기다릴 시간 없소. 비행기 표는 당신 손 안에 있소.”

폴은 고개를 숙여 비행기 표를 바라보고 다시 고개를 들어 의사의 단호한 얼굴을 바라본다.

“하지만 엘리자베스가 깨나면요? 깨나서 내가 어디 있는지 물어보면 어떻게 하지요?”

“내가 전부 다 설명하겠소.”

“하지만 내가 비행기에 올라타면 어떤 일이 일어나는 겁니까? 제 말은, 무슨

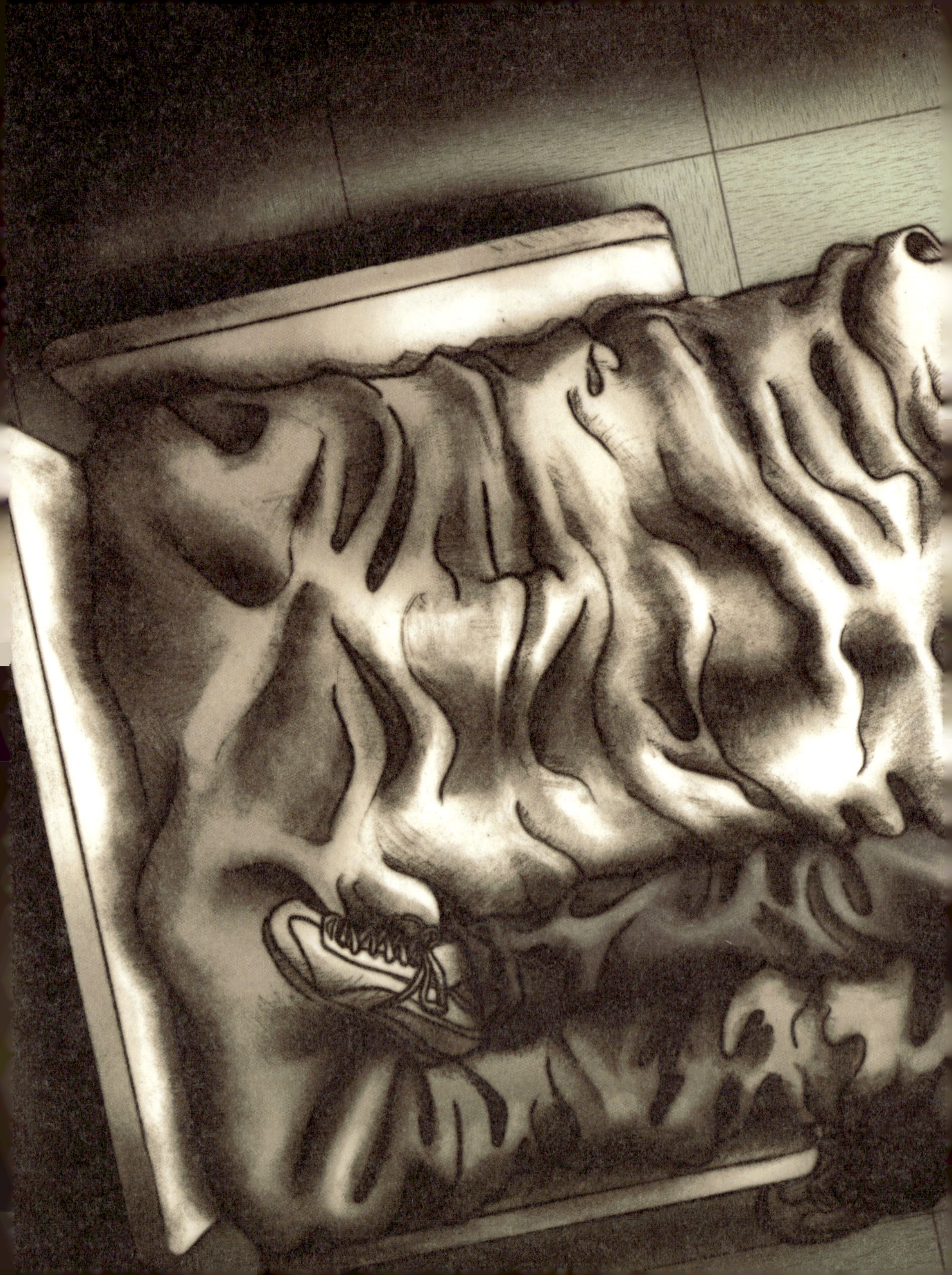

일이 일어나도록 되어 있는 건지요?"

"젊은이, 다른 질문은 하지 마시오."라고 의사가 경고한다. "가야 한다면 그냥 가는 거요."

폴은 고개를 끄덕이고 코트를 잊은 채 나가다가 다시 돌아와서 코트를 집어 들고는 단숨에 문을 나서 현관으로 내려간다. 가장 가까운 공항이 어디에 있지? 라고 생각한다. 공항으로 가는 가장 빠른 방법은 뭘까? 그는 자신의 소형 승용차에 올라타고 보도경계석 너머로 차를 빼서는 무모하게도 도로로 들어선다.

하지만 교통은 물론 만만치 않다. 어디든 차선마다 자동차로 넘쳐나고 있으며, 여기에 눈까지 오는 바람에 운전은 매우 어렵다. 스테이션왜건 한 대를 불법으로 앞지르려 하다가, 그 안에서 아이들이 손뼉치고 노래하는 것을 보고는 참기로 하고, 신호등이 녹색으로 바뀔 때까지 기다린다. 순조로울 것 같지 않다. 고속도로, 진입로, 주요도로, 모두 숨 막히는 차량으로 터져 나간다. 하얀 눈안개 속에서 움직이지 않는 차량의 미등 불빛이 끝없이 이어져있다.

오래지 않아 폴은 시간을 너무 많이 썼다는 것을 깨닫는다. 어쩌면 제 시간에 맞추지 못할 것이다. 아직도 공항은 너무 멀리 있다. 오히려 병원 쪽이 더 가깝다. 폴은 반대편 차선으로 옮겨서 마주 오는 차량과 충돌을 피해가면서 달린다. 주머니에서 뭉개진 비행기 표를 꺼내어 쳐다본다. '표가 작아진 것 같은데? 사라지기 시작했나?' 그러나 이제 폴은 무엇 하나 확신할 수가 없다.

마침내 폴은 수렁에 빠져서 꼼짝 못하는 택시 주위를 돌아서 공항 입구에 들어서서는 도착 전용 차선에 차를 세우고 내린다. 뛰어가다가 멈추고 뒤돌아보니 차에는 헤드라이트가 그대로 켜져 있다. 티켓카운터와 보안검색대를 지나, 푸른색 카펫이 깔려있는 탑승구를 헤치고 나가면서 비행기 표에 표시된 8A와 일치되는 숫자를 찾는다. 그가 지나쳐 온 탑승구에서는 숫자가 사라지고 있다.

8A 탑승구에 이르자 기다리는 승객은, 물론, 아무도 없다. 폴은 푸른색 제복을 입은 예쁜 아가씨에게 비행기 표를 건네주고 숨을 거칠게 몰아쉰다. 숙녀는 미소를 짓고 비행기 표에 뭔가 적어서 폴에게 되돌려주면서 이렇게 말한다. “손님, 시간에 꼭 맞춰 오셨군요. 이미 탑승이 시작되었습니다.”

폴은 고개를 끄덕이고 열려 있는 출입구를 쳐다본다. 게이트 밖에는 거대한 흰색 제트여객기가 있는데, 그 비행기를 보면서 폴은 가던 발걸음을 멈춘다. ‘이건 하나도 말이 안 돼. 이게 무슨 효과가 있단 말인가? 어떻게 해결책이 될 수 있단 말인가? 저 비행기를 탄다면 무슨 일이 일어날 것인가? 나에게는 무슨 일이 일어날 것인가?’ 폴이 뒤돌아보니, 젊은 숙녀가 인상을 찌푸린 채 눈으로 빨리 비행기에 타라는 신호를 보낸다.

“손님, 우리는 이륙 준비가 다 끝났습니다. 비행기를 타려면 지금 탑승해야 합니다.”

폴은 계속해서 그녀를 쳐다본다. 내가 지금 뭘 보고 있는 걸까? 그는 알지 못한다. 젊은 여자를 보고 있는 게 아니다. 사람의 모양을 하고 있는 뭔가 다른 것이 보인다. 하지만 지금은 너무나 무섭고 당황스러워서, 엘리자베스 외에는, 그녀의 손과 얼굴 모양 외에는, 어느 누구도 알아볼 수 없다. 엘리자베스와 함께 있고 싶다는 생각, 그녀를 안고서 웃는 입 모양을 보고 싶다는 생각, 어디에 있든 여기는 아니라는 생각이 절실해진 폴은 급하게 돌아서 나온다. 아까 세워 둔 차는 여전히 헤드라이트가 켜진 채 그곳에 있다. 뒤돌아보니 공항은 사라지기 시작한다. 청사를 따라 켜져 있던 불빛도, 활주로를 따라 켜져 있던 불빛도 모두 꺼지고 컴컴할 뿐이다. 황급히 차에 올라타서 출발한다. 이번에는 아까보다 도로교통이 수월하다. 병원에 도착하자, 다른 주차장에 차를 세우고 주차원의 말은 무시한 채 병동으로 뛰어 들어간다. 엘리자베스가 있는 층에 엘리베이터가 도착할 즈음, 그녀는 일어나서 병상에 앉아서 미소

짓고 있다. 폴이 벌컥 문을 열고 들어가자 빨대로 오렌지주스를 마시고 있던 엘리자베스가 윙크한다,

"당신이 도망가 버린 줄 알았어." 그녀는 미소 지으면서 말한다. 폴은 그녀가 병에 걸렸다는 것을 잠시 잊어버린다. 그녀의 미소는 그만큼 따뜻하고 그만큼 설득력 있다.

"미안해." 폴이 말한다. "나… 성공하지 못했어."

"알고 있어. 라크스만 박사가 말해줬어."

"그래. 놓쳤어. 비행기를 놓쳤어."

"알고 있어."라고 그녀가 말한다. "괜찮아. 걱정하지 마. 괜찮아." 들고 있던 플라스틱 주스 컵을 내려놓고는 폴을 향해 눈을 깜빡이면서 한층 더 환하게 미소 짓는다.

"아니야, 괜찮지 않아. 괜찮지 않아."

"폴, 괜찮다니까. 잘 될 거야. 보면 알게 될 거야."

"아니야." 폴이 말한다. "괜찮지 않다니까."

엘리자베스는 마치 키스하려는 듯 폴을 바라본다. 하지만 키스는 하지 않는다. 대신에 폴의 손을 잡아서 자신의 흉부, 심장 바로 위쪽에 가져다 댄다. 폴은 흠칫 몸서리를 친다. 손바닥 아래 뭔가 딱딱한 것이, 뭔가 뾰족한 것이 느껴진다. 눈썹을 모은 채, 미심쩍은 표정으로 쳐다본다. 엘리자베스는 다시 미소 짓는다. "마천루야." 그녀는 자랑스럽게 말한다. "높은 거야. 아마 엠파이어스테이트 빌딩 높이쯤 될 거야."

폴은 손을 치우지 않는다. 손을 얹어 놓은 채, 그녀를 들여다보며 고개를 끄덕인다.

엘리자베스는 눈을 감고 미소 지은 채 이렇게 말한다. "괜찮아질 거야, 폴. 보면 알게 될 거야. 내 말을 믿어야 해. 괜찮을 거라니까." 폴은 고개를 끄덕이

고, 엘리자베스는 폴의 손을 잡아 가슴에 안고 조용히 노래하기 시작한다. 아까 불렀던 바로 그 듀크 엘링턴의 노래다. "내 마음에서 노래가 흘러나오네." 라고 흥얼거리면서, 엘리자베스는 폴의 어깨에 머리를 기댄다. 그들을 함께 창밖에서 다시 눈이 내리기 시작하는 것을 지켜본다. 폴은 엘리자베스의 눈을 들여다보면서 갑자기 따라서 흥얼거리기 시작한다.

일·러·스·트

코진단kozyndan은 부부로 구성된 팀인데, 시간을 분할하여 한편으로는 미술창작을 하고, 다른 한 편으로는 미래의 수중생활에 대비하여 인간에게 아가미를 자라게 하는 프로젝트의 실험대상으로 일한다. 로스앤젤레스에서 살고 있다.
www.kozyndan.com

Winter
at
the
World-Famous
Ice
Hotel

세계적으로 유명한 얼음호텔에서의 겨울

자정, 현관복도에서는 거울에 비친 시계가 12시를 알린다. 그 나이 때의 다른 아이들은 이미 잠들어 있을 그 시간에, 여덟 살 헨리는, 최근에 대도시로 이사 왔으며, 만화책과 천문학에 필생의 애정을 품고 있는, 그리고 일반적으로 말하자면 아무도 별로 신경을 안 쓰는 조용한 소년 헨리는, 골드만 부부가 주최한, 종교와 관계없는 연례 겨울파티에 참석 중인 유일한 어린이였다. 소년의 엄마 조이스 반후즈는 최근에 이혼했으며, 전에는 워싱턴 정가에서 스캔들로 고통 받는 다수 정치인들의 홍보담당자였으며, 또한 미술 큐레이터로 일하기도 했는데, 최고 성공작 '백악관의 가발 전展' 에서는 제퍼슨 대통령이 사용했던, 파우더가 뿌려진 도발적인 가발을 열광적인 대중에게 선보임으로써 거의 모든 사람들로부터 호평을 받았다. 또한 전직 어드바이스 칼럼니스트로서, 전직 "거의 모든 것"으로서, 최신 스타일로 성형한 코와 그에 어울리도록 수술한 턱을 자랑하는 미즈 반후즈는 지금 골드만 부부의 흰색 가죽 소파 위에서, 낯선 남자에게 기대어 팔다리를 늘어뜨린 채 계속 미친 듯이 웃어대고 있었다.

그 남자, 강하고 짙은 머리카락 아래로 검은색 할리퀸마스크를 쓰고 있는, 거의 이방인에 가까운 그 남자는, 헨리 엄마의 은색 구두를 손으로 잡아서 귀에 대고는, 그 안에 대고 말하고 있다. "여보세요, 여보세요, 조이스 있어요?" 라고 남자가 묻자, 헨리 엄마는 높은 음조로 부서지는 듯한 웃음을 터뜨렸다. 그녀는 마음의 창문이 열려있음을 나타내는 듯, 자신의 가슴을 톡톡 가볍게 두드렸다. 아직 이혼서류에 서명도 하지 않았다는 것을 잘 알고 있지만, 그럼에도 불구하고 낯선 남자의 수작을 나른하게 받아주고 있는 것이다. "여보세요, 여보세요, 조이스 있어요?" 남자가 다시 물었다.

"네, 전데요." 헨리의 엄마가 윙크를 하며 말했다.

"오늘 저녁 기분이 어때요? 지금 즐거운가요?"

"그런 거 묻지 말아요." 그렇게 말하면서, 헨리의 엄마는 낯선 남자의 허벅지를 찰싹 때리고는 자신의 하얀 손을 남자의 검은 바지 위에 놓았다. "좀 더 개인적인 걸 물어봐요, 좀 더 대담한 질문 말이에요."

헨리는 엄마가 그렇게 하는 걸 쳐다보면서 시무룩한 채 시계 옆에 서 있었다. 헨리는 우주비행사의 꿈을 키우고 있는 소년으로 세상에서 가장 불가능할 정도로 멀리 떨어진 것들에 완전히 빠져 있었다. 행성, 달, 별, 성좌, 은하계. 소년에게는 엄마도 그러한 느낌이었다. 엄마라는 존재는 지구라는 한정된 영역에서 바라볼 때 멀리서 고독하게 빛나는 또 하나의 물체일 뿐이었다. 사실,

엄마는 그런 존재가 되는 것을 오히려 선호했다. 소년의 방 천장에는 푸른색과 흰색의 아름다운 포스터가 붙어 있었는데, 그것은 엄마가 보여준 유일한 애정의 징표였다. 포스터에는 아홉 개의 행성과 그들의 궤도가 그려져 있었는데, 그 또래의 다른 아이들이 천사나 성인에게 기도하듯이, 헨리는 이들 성좌에 대고 속삭였으며, 그러면 행성은 둥근 형태와 행복한 얼굴로 화답하였고, 소년은 그들의 영원한 충고에 행복해 했다. 행성들은 매우 도덕적인 경구[警句]로 대답하곤 했는데, 그것은 행성들 자신이 우주에서 가장 오래된 사고의 순서에 의하여 만들어졌기 때문이었다. 헨리와 별들 사이의 전형적인 대화는 이런 식이었다.

"이번 철자법 시험 망쳤어요."

"헨리, 너희 아버지는 이제 없고 어머니는 매우 슬프기 때문에, 너는 최선을 다하도록 열심히 노력해야 한다는 것을 잊지 말아라. 네가 최선을 다하지 않는다면, 밤에 네가 잠든 사이에 이집트인들이 창문으로 기어 들어와서 너를 죽일 것이다."

"학교에서 어떤 여자애가 나를 밀치고는 내 도시락을 뺏어갔어요."

"참 안 됐구나, 헨리. 하지만 거짓말 하는 것이 얼마나 나쁜 짓인지도 알아야 한다. 거짓말쟁이들은 반드시 소금기둥이 되는 법이다."

"어제 어떤 남자가 학교까지 따라왔어요."

"낯선 사람은 경계해야 한다, 헨리. 낯선 사람의 차에 올라타면 안 된다. 만일 올라탄다면, 그 사람들은 너의 목과 손을 잘라 버릴 텐데, 그것은 네가 한 행동에 대한 당연한 귀결이다."

헨리의 마음을 사로잡은 것은 이런 충고뿐이 아니었다. 우주의 종말, 즉, 지금껏 자신이 그토록 열심히 연구해 온 이 모든 행성도 소멸된다는 것을 생각하면 소년의 마음은 마법에 걸린 것처럼 황홀해지는 것이었다. 태양계가 시시각각 종말을 향하여 가까워지고 있다는 것은, 아마추어 관점에서 본다고 해도 자명한 일이었다. 그 어떤 운명의 날, 아마도 너무 멀지 않은 미래의 어느 날, 이 회전타원체들, 하늘에 매달려 있는 이 빛나는 별들은 폭발하여 은하의 장관을 이루며 쏟아져 내릴 것이며, 그러면 인류는, 그 결과로, 영원히 소멸하게 될 것이다, 눈 깜빡하는 순간에. 그것은 정말로 꽤 단순한 논리였다. 이런 일들은 '완전한 소멸' 이라는 방법으로 작용해 왔던 것 같았다.

이제 헨리는, 낯선 남자가 은색 구두에 대고 구애를 하면서 엄마의 하얀 허벅지를 찰싹 찰싹 때리고 있는 것을 보면서, 당혹스러운 표정으로 서 있다. 물론, 다른 부모들은 몇 시간 전에 이미 떠났다. 흰색 머플러와 번드르르한 모피코트를 칭칭 두른 채, 아이들을 끌고 집으로 갔다. 휘트먼 부부도, 레이놀즈 부부도, 프리드먼 부부도, 아이들을 데리고 갔다. 모두 갔다. 헨리는 응접실 구석에 서서 계속해서 발끝을 올렸다 내렸다 하면서, 엄마의 주의를 끌기 위해서 헛기침을 해 댔지만, 이러한 책략은 먹혀들지 않았다. 엄마 조이스는 이미 자신의 한계를 넘어 곤드레만드레 취해 있었다. 지금까지 남아 있는 사람들은 모두 그랬다. 대부분 흰색 쿠션을 끌어안고 드러누워서, 물기 많고 퀭한 눈을 껌뻑이면서, 담배연기로 가득 찬 동굴 같은 입으로 말하고 있었다. 낯선 남자가 믿기 어려우리만큼 털이 많은 손으로 헨리 엄마의 부드럽고 하얀 어깨를 쓰다듬고 있을 때, 레코드가, 재즈 음악이, 음란한 음향을 내는 트럼펫 연주가, 스스로 암시하듯 흘러나오고 있었다. 방안 구석 레코드플레이어 가까이에 검은색과 금색이 화려한 가죽 오토만이 있었는데, 헨리는 결국 그 위에 앉아서 얼굴을 손에 파묻고 소리를 내어 툴툴대고 있었다. 갑자기 아파트 정문이, 기술의 경이를 입증하듯, 짧고 깨끗한 소리를 내면서 열렸다.

헨리가 고개를 들어보니, 흰색과 하늘색이 섞인 모피코트가 섬광처럼 재빨리 지나가는 것이 보였다. 은색 망토를 입은 소녀였는데, 복슬복슬한 후드가 작은 머리를 감싸고 있었다. 소녀는 곧장 응접실 중앙으로 가서는, 침실 쪽으

로 난 현관복도를 따라서 사라지더니 골드만 부인 앞에 나타났다. 쓰러지듯 소파에 앉아 있던 골드만 부인은 손뼉을 치고 손으로 가리키며, 태엽 감긴 장난감 광대 같은 목소리로 이렇게 말했다. "여러분, 여기 봐요. 실비가 왔어요. 봐요, 실비가 왔다니까요. 안녕, 실비, 안녕, 아가야." 골드만 부인은 딸에게 뽀뽀하려고 손을 뻗다가 남편의 하이볼 잔을 건드려서 술이 조금 쏟아지자, "괜찮아, 여보. 그냥 소다수야."라고 중얼거리고는, 어린 소녀의 얼굴을 움켜잡고 뽀뽀해 댔다. 골드만 부인은 실비의 후드를 벗기고는 딸의 양 볼에 뽀뽀를 했다. 구석에 있던 헨리는 일어나 앉아서 소녀를 살펴보았다. 소년보다는 나이가 많은 중학교 여학생의 작은 턱, 아름다운 갈색 눈, 윤기 흐르는 갈색 머리타래가 마치 요정 같은 헤어스타일, 그 모든 것을 단번에 파악한 소년은 자기가 좋아하는 슈퍼히어로들이 느끼는 외로움의 고통을 이해할 수 있다고 생각했다.

그중에서 특히 한 장면이 헨리의 마음에 떠올랐다. 도시의 심장부를 향해 잘못 발사된 로켓을 필사적으로 좇아가는 용감한 에메랄드 팔콘. 화려한 레스토랑 위를 눈부신 녹색 광선처럼 날아가던 중, 자신의 연인, 스타급 기자 달린 로저스가 혼자서 비탄에 잠긴 채 기다리는 것을 보게 된다. 하지만, 사랑을 구하기보다는 도시를 구하기로 결심한 팔콘은 이제 그들 사이에는 희망이 없다는 것을 깨닫게 된다.

"그런데 애야, 왜 집에 왔니?" 골드만 씨가 가운데 손가락으로 칵테일을 저으면서 물었다.

"카슬 씨 집에서 문제가 생겼어요." 소녀는 마치 연극대사를 연습하는 것처럼, 극적인 과장을 섞어서 말하면서, 현관복도 쪽으로 한 발 다가섰다.

"문제가 있었다고?" 골드만 부인이 물었다. "어떤 문제?"

"카슬 씨의 여비서가 밤늦게 집으로 전화했거든요." 실비는 이렇게 말하면서 한숨을 쉬었다.

방안에 있던 사람들이 돌아가며 알겠다는 듯이 고개를 끄덕였다. 마치 뮤지컬의 한 장면 같았다.

"놀랄 일도 아니지…"라고 어느 부인이 말을 시작했지만, 남편이 재빨리 팔을 꼬집자 말을 멈췄다.

"엄마." 마침내 헨리가 엄마의 발을 끌어당기면서 말을 시작했다. "이제 늦었잖아요. 피곤하기도 하고. 우리 집에 가요."

"조금만 더 있자." 미즈 반후즈가 귀신같은 미소를 지으며 말했다. "너도 알겠지만, 우리는 아직도 도시를 충분히 즐기지 못했잖니. 그리고…."

"얘야, 피곤하면 우리 집 손님 침실에서 눕지 그러니?" 골드만 부인이 소년의 머리를 쓰다듬으며 말했다. "실비, 얘가 쉴 수 있게 준비 좀 해 주면 좋겠는데."

"엄마!" 자기 엄마 술을 홀짝홀짝 마시고 있던 실비가 놀라서 대답했다.

"잠잘 만큼 피곤하지는 않아요. 그냥 기다릴게요." 헨리가 눈을 깜빡거리면서 중얼거렸다.

"오, 실비 착하지. 가여운 헨리와 좀 놀아주겠니?"

실비는 화난 듯 잠시 발을 구르더니, 입고 있던 망토를 벗어 바닥에 떨어뜨리고는 툴툴댔다. "이렇게 하인 취급을 받을 줄 알았다면 그냥 카슬 씨 집에 있을 걸."

"아가야, 배고프니?" 골드만 부인이 물었다. "간식이라도 먹을래?"

"좋아요." 헨리가 말했다.

"실비, 가서 얘한테 뭣 좀 만들어주렴."

실비는 발끈하더니 돌아섰고, 헨리는, 실비가 신고 있는 작은 은색의 슬리퍼, 흰색과 푸른색이 섞인 작은 나비리본이 달려 있는 슬리퍼에 넋이 빠진 채, 뒤따라갔다. 실비는 방을 가로질러 가면서 카펫 위에서 따닥따닥 발소리를 내면서 퀵 댄스 스텝을 연습했다.

"너 발레리나야?" 헨리가 물었다.

"그래." 실비가 대답했다. "내가 아는 사람은 모두 발레를 해. 너도 그렇지?" 실비는 부엌 불을 켜고 은색과 흰색으로 칠해진 실내로 들어가서 냉장고문을 활짝 열어젖혔다. 응접실 쪽에서 누군가 웃음을 터뜨렸는데, 마치 벽난로의 소음처럼 숨차게 들렸다. 헨리는 몸을 뒤로 젖혀서 응접실 구석을 살펴보았는데, 그의 엄마는 사라지고 없었다.

"내가 아는 사람들 중에 알아둘 만한 가치가 있는 사람들은 모두 무용계에 몸담고 있어. 너도 그렇게 생각하지?" 실비가 계속 말했다.

"모르겠어." 헨리가 말했다. "우리는 이사 온 지 얼마 안 됐거든."

"오, 그래." 실비가 갑자기 어른처럼 말했다. "그런데 뭘 먹고 싶니, 귀여운 아이야?" 실비는 보여주겠다는 듯이 발끝으로 서더니 피루엣(한 발로 회전하는 발레동작)을 한 번 하고는 플리에(꼿꼿한 자세로 무릎을 굽히는 발레동작)로 끝을 맺었다. "냉장고 안에는, 물론, 눈도 있어."

"눈?"

"그래, 눈. 너희 집에서는 눈 먹지 않니?"

"안 먹어." 헨리가 말했다.

"그렇다면 지금 먹어봐야 해." 실비는 냉동실 안쪽으로 손을 넣어서 은백색 통을 꺼내서 뚜껑을 열고는, 그릇장에서 흰색 그릇 두 개를 가져다 스쿠프로 듬뿍 떠서 각각의 그릇에 담았다. 헨리는 은백색 통 위에 놓인 그릇을 의심스러운 눈초리로 쳐다보았다.

"그게 아이스크림이 아니라고?" 헨리는 곁눈질을 하며, 눈을 깜빡이며, 물었다. "아이스크림처럼 보이는데."

"우리 사랑스러운, 귀여운 아이야, 무식하게 굴지 마." 실비가 말했다. "우리는 눈만 먹는단다."

소년은 먹기 시작했다. 그는 은색 작업대 앞에 서 있었는데, 현관문이 열리고 닫히는 소리를 들으면서, 아빠가 집으로 돌아오는 소리, 다시는 듣지 못할 그 소리를 떠올렸다. 헨리의 아빠는 키가 크고 말이 없으며, 부드럽고 푸른 눈에, 턱이 움푹 파인 남자였는데, 아무런 설명도 없이 그냥 사라졌던 것이다. 너무나 조용히, 아무런 상황설명도 없이, 아빠는 그들의 삶에서 사라졌는데, 아무런 경고도 없었다는 것이 헨리를 두렵게 하였다. 한순간 아빠는 나무와 가죽으로 장식된 서재에 앉아서 체리목으로 만든 파이프를 물고 있었는데, 그 다음 순간 영원히 가 버린 것이다. 아빠는 수요일에 떠났는데, 그 수요일이라는 것이, 그 완벽한 무질서가, 헨리를 끔찍하도록 당황하게 만들었다. 아빠는 그저 현관문을 열고 나가서 차고로 걸어가서는, 가장 최근 부부불화의 원인이 되었던 새 차에 시동을 걸고, 성에가 낀 차창에 손을 대고, 차를 후진시켜 진입로 밖으로 나가서는, 그 길로 차를 타고 가 버렸다. 그것은 마치 밤이 왔다 가듯이, 소리도 없고 의미도 없었다.

파티는 소용돌이치며 계속되었고, 손님들은 점점 불행해지고 있었다. 소년은 곧 실비 골드만이, 자신이 알고 있던 어느 누구와도 달리, 원하는 것은 모두 받아 온 소녀라는 것을 알아차렸다. 예를 들자면, 일반적인 침실 대신에 실비는 이글루를 가지고 있었다. 방 안에 있는 것은 모두 크리스털과 조각된 유리로 만들어진 것이었다. 침대는 천장에서 내려온 고드름으로 둘러져 있었으며, 하얗게 서리가 덮인 캐노피가 쳐져 있었다. 카펫은 풍성하고 흰색이며 부드러운 털로 덮여 있었는데, 북극곰 가죽이 그럴 것이라고 헨리가 상상했던 것 그대로였다.

"방이 근사하구나." 헨리가 입구에 서서 말했다.

"나도 알아. 내가 직접 디자인했거든." 실비가 침대에 털썩 눕자, 폭신폭신한 흰색 속으로 푹 파묻혔다.

"너희 엄마가 이렇게 해 주시니?"

"엄마는 내가 원하는 거라면 뭐든지 허락해 줘. 이번 2월에는 '아이스호텔'에 데려가 주실 거야."

"오." 헨리는 고개를 끄덕이며 말했다.

"그런데 너 아이스호텔이 뭔지 아니?"

"몰라."

"그건 북극권 바로 위 라플란드 유카샤르비에 있는 호텔이야. 얼음으로 만들어졌어."

"전부 다?"

"응, 전부 다. 우리 엄마 아빠가 나를 데리고 가실 거야. 거기에는 얼음으로 만들어진 교회와 얼음 스크린이 있는 영화관도 있대." 실비는 침대에서 몸을 일으키더니 유리로 만들어진 책상 앞으로 가서 흰색과 푸른색으로 된 엽서 한 장을 집어 올려서 헨리에게 건네주었다.

사진에서는 흰색 겨울 코트를 칭칭 둘러 감은 아이들이 얼음으로 만들어진 반짝이는 은빛 썰매 위에서 미소 짓고 있었다. 아이들 뒤에는 거대한 눈덩어리로 만들어진 교회당 모양의 은색과 흰색의 굉장한 구조물이 보였다.

헨리는 은색 사진을 쳐다보며 미소 지었다. "근사한데."라고 말하면서, 눈썰매 방울이 울리는 소리를 상상했다. 그러자 자기가 다른 세계, 다른 행성의 도시에 대해서 생각하면서 상상했던 것들이 떠올랐다.

"가보고 싶으면 같이 가도 돼." 실비가 말했다. "너하고 너희 엄마하고 말이야. 내가 새로운 애완동물이 필요하다고 말할 테니, 네가 애완동물이 되는 거야."

"내가 가는 걸 너희 엄마가 허락하실까?"

"네가 나의 애완동물로서 간다면 괜찮아."

헨리는 고민하면서 다시 엽서를 들여다보았다. "그런데 왜 안 녹는 거지? 어떻게 무너지지 않을 수 있어?"

"거기는 너무 춥거든. 뭐든지 다 얼어붙어 있어." 실비가 말했다.

"하지만 영원히 안 녹는단 말이야?"

"봄이 되면 녹아." 실비가 말했다. "하지만 호텔이 녹으면 전부 다 다시 짓기 시작한대."

소년은 다시 한 번 엽서를 쳐다보고는, 봄이 와서 세상 모든 것이 준비되기 전까지는 너무나 추워서 모든 것이 얼어붙는 곳, 아무 것도 움직이지 못하고 아무 것도 변화할 수 없는 곳을 머릿속에 그려보았다. 그리고 전부 다시 짓기 위해서 큼지막한 얼음덩어리를 끌고 오는 사람들과 말들을 상상해 보았다. 그렇게 한다는 것은 완벽하게 근사한 듯 했다. "나도 거기에 가고 싶어."라고 헨리가 말했다.

"좋아, 그럼 결정된 거야." 실비는 이렇게 말하면서 옆에 앉아서 소년의 머리를 강아지처럼 쓰다듬었다.

어른 한 명이 헨리 엄마의 구두를 훔친 것으로 드러났다. 남자들 몇 명은 이제 붉은색 디너 냅킨을 머리에 두르고 있었다. 헨리의 엄마는 그들 중 한 명과 실랑이를 벌이고 있었다.

"내 구두 돌려줘요."

"키스해 주면 돌려주지."

"철딱서니 없게 굴지 말아요." 그녀가 말했다.

"당신이야말로 철딱서니 없게 굴지 마시지."라고 남자가 맞받아치면서 붉은 입술을 내밀었다. "내가 바라는 것은 한 번의 키스뿐이야."

“딱 한번이에요.” 헨리의 엄마가 말했다. 남자가 고개를 끄덕이고는 눈가리개 위치를 바로 잡았다. 그러는 사이에 헨리의 엄마는 남자의 이마 꼭대기에 머리털 없이 분홍색으로 살이 올라와 있는 것을 볼 수 있었다. 그녀는 눈을 감고 입을 꼭 다물고는, 지금 하는 키스가 근사하기를, 이것이 마술이 되고 불꽃놀이가 되고, 모든 것을 변화시키는 입맞춤이 되기를 기원했다.

그렇게 되지는 않았다. 턱도 없었다.

실비의 거대한 고드름 침대의 발치에서 헨리는 잠들기 시작했다. 한 번인가 두 번인가, 실비가 잠결에 발로 걷어찼는데, 얇은 흰색 스타킹을 신은 소녀의 발이 매우 부드럽게 소년의 귓가에 스쳤으며, 소년은 실비가 그렇게 하는 것이 좋았다. 그 부드럽고 우연한 느낌을. 그런 다음에 소녀는 코를 골았고, 곧 소년의 눈꺼풀도 무거워졌다. 헨리는 머리 위에 있는 유리 고드름을 바라보며, 실비가 아이스호텔에 대해 한 말이 거짓이 아니기를 바라고 기도하였다. 여행을 같이 가자고 한 것이 거짓말이라면, 그건 괜찮았다. 하지만 호텔은 실제여야만 했다. 그래야만 했다. 만일 진짜 얼음으로 만들어진 호텔이 있다면, 사람들이 찾아가서 잠을 잘 수 있는, 녹지 않는 얼음으로 만들어진 호텔이 있다면, 그리고 만일 사람들이 매년 그것을 다시 지을 수 있다면, 만일 매년 그 호텔이 다시 지어질 수 있다면, 좋아, 그렇다면 불가능한 일은 없다는 말이며, 그것은 바로 지금이 모든 것의 종말은 아니라고 믿는 이유가 될 것이다. 그러나 헨리는 아직도 확신이 없었다. 그는 돌아누워서 팔로 머리를 감싸고 아무 이유 없이 울고 싶은 기분이 들었다. 그러자, 자기가 이렇게 어리석고 멍청한 아이라는 것이 창피하다는 생각이 들어서, 한 손을 실비의 발에 올려놓고 그와 동시에 잠들어서 꿈을 꾸기 시작했다.

엄마들이 서서 그들을 바라보고 있다. "잠들었네요." 골드만 부인이 말했다. "하늘에서 내려온 천사들 같죠? 그렇죠?"

헨리의 엄마는 아들이 숨을 몰아쉴 때 눈이 가볍게 흔들리는 것을 지켜보았다. 그녀는 조심스럽게 기울여 아들을 안아 올렸다. 헨리는 이 세상의 모든 시민과 마찬가지로, 자신이 실제로 이동한다는 것을 모르는 채, 여전히 잘 자고 있었다.

엄마의 사브 승용차가 출발하자 조수석에 앉아 있던 헨리가 잠을 깼다. 소년은 천천히 눈을 뜨고 교량의 반짝이는 흰색 불빛이 흘러가는 것을 보았다. 운전석에 앉은 헨리의 엄마는 복슬복슬한 흰색 후드를 뒤집어쓴 채 말이 없었다. 헨리는 잠시 동안 바라보다가 고개를 돌렸다. 창밖으로 교량이 보였다. 도시 전체가 얼음과 눈으로 만들어진 것처럼 보였다. 은색의 창틀과 서리 앉은 유리창이 어두운 밤하늘로 솟아오른 크리스털처럼 빛나고 있었다. 그러나 언제든지 그것은 모두 사라질 것이다. 그런 다음에는? 그 모든 것에는 어떤 일이 생기는 걸까?

"아빠한테 전화 걸어도 돼요? 크리스마스에?" 헨리가 불쑥 물었다. "내가 오늘밤에 알게 된 것을 아빠한테 말해주고 싶어요."

"네가 하고 싶다면." 엄마가 말했다. "그렇게 하렴. 좋아."

헨리는 고개를 돌려서 뒤쪽 창문을 통해 밖을 보았다. 도시는 여전히 거기에 있었다. 그 아래에는 교량이 견고하게 있었다. 그 순간에, 헨리는 아무것도 두렵지 않다고 느꼈다.

일 · 러 · 스 · 트

로라 오웬스 Laura Owens는 광범위한 전시회를 하는 미술가이다. 뉴욕의 개빈브라운 엔터프라이즈, 런던의 새디콜 HQ, 로스앤젤레스 현대미술관, 취리히미술관, 런던의 캠든아트센터, 마스트리히트의 보네판텐미술관 등에서 개인전을 열었다. 현재 로스앤젤레스에 살면서 활동 중이다.

ICELAND TODAY

오늘날의 아이슬란드

놀라우리만치 매력적이며 완벽하게 흥미로운 섬나라 아이슬란드는 북대서양 북극권 바로 남쪽에 위치하고 있다. 이 작은 공화국에서 가장 독특한 것은 지구상에서 인간의 거주가 가장 늦게 시작된 섬 중 하나라는 사실이다. 9세기와 10세기에 스칸디나비아 이주자들이 발견하기 전에는 사람이 살지 않았다. 아이슬란드에 살고 있는 사람들은 매우 창백하다. 마치 사람조차 얼음으로 만들어진 것 같다. 그들의 눈에는 거짓이 없으며 색깔도 없다. 불쾌하거나 마음 아픈 일이 있을 때에는 각막이 마치 유리처럼 투명해지기 때문에, 말 그대로 마음을 읽는 것이 실제로 가능하다. 아이슬란드어에서 실제로 사용되는 단어는 겨우 쉰 두 개 뿐이지만, (추위 때문에 언어 의사소통이 방해 받는다) 아이슬란드인들은 번영하는 조국 섬나라에 대하여 상당한 자부심을 가지고 있다.

역사적 배경

아이슬란드는 한 때 노르웨이와 덴마크의 지배를 받았다. 서기 928년에 아이슬란드인들과 덴마크 지배자 사이에 독립전쟁이 발발하는데, 이것은 '가장 조용한 전쟁' 으로 알려져 있다. 당시 아이슬란드는 알려져 있지 않은 소규모 어촌으로 구성되어 있었는데, 그중 다수는 지도에 표시된 적도 없었다. 928년 겨울, 덴마크 지배자들이 피정복자 아이슬란드 백성들로부터 세금을 걷기 위하여 돌아왔다. 그들은 전리품을 신속하게 걷어 들이기 위하여 젊은 아이슬란드인 **마그뉘스 라그네이더**Magnus Ragnheiðr에게 지도를 만들도록 명령했다. 그러나 대담한 반항정신을 가진 마그뉘스 라그네이더는 피에 굶주린 덴마크 병사들을 속이려는 생각으로 거짓 지도를 그려주는 놀라운 일을 해치운다. 데인족族 바이킹들은 부유한 마을을 찾아 약탈하겠다는 꿈을 갖고 겨울 행군을 시작하지만, 혹독한 겨울 기후를 견딜 만큼 준비가 되어 있는 것은 아니었다. 바이킹들이 하나씩 차례로 쓰러지기 시작한다. 이 죽음의 행군 길목에는 마그뉘스 라그네이더가 이미 만들어 놓은 축소판 마을들이 기다리고 있었다. 순전히 얼음과 나뭇가지와 눈으로 만들어 놓은 가짜 마을이었다. 험난한 지형에 엄청난 눈보라가 더해지자 시야가 흐릴 수밖에 없었고, 이 때문에 이 디오라마(축소모형을 이용해서 실제처럼 연출하는 것. 영화촬영에 자주 사용된다 : 역주) 효과는 꽤 성과를 거둔다. 가짜 마을 가까이에 이르러서야 데인족은 그것이 아이슬란드인의 책략이라는 것을 알게 되었지만 이미 때는 너무 늦었다. 가공의 얼음마을에 이르는 가상의 경로를 따라가던 데인족 정복자들은 마침내 자신들이 패배했다는 것을 알게 되었다. 그러자 당시 살아남아 있던 데인족 바이킹들은 서로서로 공격하다가, 결국은 최악의 눈보라에 갇혀 모두 사라지고 만다. 오늘날 마그뉘스 라그네이더의 독창성과 그 혼자서 소리 없이 전쟁을 승리로 이끈 공적은 매년 12월 1일에 재현되는데, 이 국경일은 특별한 명칭 없이 그저 **얼음, 나뭇가지, 그리고 눈의 날**이라고 알려져 있다.

그 후 얼마 지나지 않은 930년에 아이슬란드 국민들은 세계 최고最古의 실제적인 입법의회를 창설하는데, 이것이 **알씽**Althing(아이슬란드 국회)이다. 마그뉘스 라그네이더는 초대 의장이 된다. 또한 마그뉘스 라그네이더는 아이슬란드에서 가장 가치가 큰 동전인 **표르드라그네이더**Fjordragnheiðr에도 모습이 새겨져 있다. 이 동전은 대략 미국의 25센트 정도 가치를 가진다.

이후 아이슬란드는 수많은 화산폭발을 제외하고는 대체로 조용한 번영을 누리고 있다. 최초의 폭발은 1875년 **아스캬**Askja**화산**에서 발생한다. 휴화산으로 여겨져 왔던 아스캬화산이 폭발하자 얼음 눈사태가 당시 수도였던 **올라뷔르**Olafur를 덮쳤다. 특이한 점은, 도시는 엄청난 빙하설과 얼음으로 형성된 투명한 장벽 아래 갇혔지만 대부분의 시민들은 직접 피해를 입지 않고 살아남았다는 것이다. 그로부터 거의 8년 동안 올라뷔르 시민들은 반투명한 성채로 무장한 독립 식민지처럼, 꽤 행복하게 살아갔다. 이 끔찍한 기간 동안 다수의 흥미로운 발명품이 태어났다. 얼음을 뚫어 만든 좁은 통로를 오갈 수 있을 만큼 작은 몸집에 일 잘하는 말 품종이 개발되었다. 후에 이 축소판 말은 영국 품종의 폭스트롯 조랑말과 교배되어 세계에서 가장 작은 말 품종인 **아이슬란드 폭스트롯 종**이 된다. 이에 필적할 만큼 중요한 발명은 지하도시의 사회적 관습이다. 통로가 너무 좁았기 때문에 사람과 마주치면 서로 허리를 구부정하게 숙인 자세로 지나쳐야만 했는데, 이 때문에 세계최초로 상대방을 환영하는 의미로 **고개 숙여 인사하는** 공식적인 관습이 시작된 곳은 다름 아닌 올라뷔르 지하도시라는 주장이 오늘날 대두되고 있다.

아스캬화산은 1900년에 또다시 폭발을 일으켜 아이슬란드 전체를 황폐하게 만들었다. 올라퓌르 지하도시는 또 한 번 엄청난 양의 살인적 우빙雨氷과 얼음에 덮이는데, 이번에는 불행하게도 아무도 살아남지 못했다. 올라퓌르 시민들은 있던 그대로 순식간에 얼어붙었다. 화산재와 뒤섞인 얼음은 공포의 현장을 영원히 남겨놓았다. 오늘날 올라퓌르 얼음도시에는 매년 수십만 명의 관광객이 찾아온다. 얼어붙은 시민들의 모습에서는 그들이 죽기 직전에 어떤 일을 하고 있었는지 알아볼 수 있다. 청소, 바느질, 기도하는 모습도 있으며, 생선을 먹는 모습도 있는데, 그 물고기도 함께 화석이 되어 있다.

아스캬화산의 2차 폭발 후 아이슬란드 섬나라의 3분의 2가 화산 파편에 뒤덮였다. 1901년 봄, 눈과 얼음이 사라지기 시작하자, 아직 얼어 있는 수천 명의 사람과 동물의 시체가 믿기 어려운 장소에서 속속 발견되었다. 나무 꼭대기에 걸려 있거나, 마구간 건초더미 위에도 있었고, 이웃집 굴뚝에 처박혀 있는 시체도 있었다. 그중에 특히 눈에 띄었던 것은 **할쉬크**Halsuk에 있는 세인트제임스성당의 뾰족한 첨탑 꼭대기에서 발견된 어른 말 한 마리였다. 후에 황금으로 주조되어 **골디**Goldie라는 애칭으로 불리는 이 말은 오늘날까지 할쉬크의 랜드 마크로 남아있다.

세계 최초의 나선형 계단이 19세기 후반에 현재 아이슬란드 수도인 **레이캬비크**Reykjavik에서 만들어졌다는 사실도 아는 사람은 거의 없다. 과학 검증을 한 건축가들은 그 연대가 1865년에서 1866년 사이라고 믿는다. 현재 레이캬비크에서는 계단은 모두 나선형으로 지어져야 한다. 훌륭한 역사를 통하여, 수도 시민들은 나선형계단일 때 입구가 가장 아름답고 출구가 가장 매력적이라는 것을 알아냈으며, 그리하여 1903년에는 나선형계단을 의무화하는 법률이 제정되기에 이른다.

그 다음 한 세기 동안 전체 인구의 20퍼센트에 달하는 엄청난 인구가 **캐나다와 미국**으로 이민 갔다. 화산 폭발, 기근, 경제 불황에 대한 두려움 등이 이민의 공통적인 이유였다. 잔혹한 조건으로부터 필사적으로 탈출하려던 용감무쌍한 아이슬란드인들은 수트케이스나 트렁크를 개조하여 작은 배를 만들고 버려진 가구나 다

른 종류의 파편으로 돛대를 만들곤 했다고 알려져 있다. 이러한 임시변통의 미니 범선은 **플루에브더스**Fluevõrs라고 불렸으며, 두꺼운 킬트나 겨울 담요를 이용해 전문가적 솜씨로 돛을 만들어 달고 항해하여 종종 무사히 목적지에 도착하곤 했다.

오늘날 아이슬란드의 식자율識字率은 세계에서 가장 높은 편해 속해 있다. 아이슬란드 문학은 종종 서유럽 사람들은 상상도 할 수 없는 주제를 다루곤 한다. 얼음요정과 얼음공주 이야기가 가득하다. 요즘 문학작품과는 달리 아이슬란드의 문학전통에서는 남녀 주인공들이 소설이 끝날 때, 즉, 그들의 과업이 끝날 때, 보통 물에 빠져 죽는 것으로 되어 있다. 지금까지 쓰인 아이슬란드 작품 중에서 가장 유명하며 가장 긴 소설은 **쿠르트 부틀홀링**Kurt Vullholing이 쓴 열일곱 권에 달하는 대작 〈**마그뉘스**〉Magnus로 건국의 아버지 마그뉘스 라그네이더의 일생을 그리고 있다. 또한 이 소설에는 마그뉘스 라그네이더의 후손들 각각에 관한 자세한 내용이 부록으로 포함되어 있는데, 그들 각각의 매일 건강상태와 식사체계에 대한 흥미로운 설명도 볼 수 있다. 이 식단표에 따르면 거의 믿을 수 없을 만큼 어마어마한 고래의 피를 마신 것으로 되어 있다.

현재 아이슬란드의 경제를 지탱하는 것은 순조로운 어업, 풍부한 관광산업, 그리고 국가 보조를 받으며 번창하는 **마네킹 산업** 등이다. 아이슬란드산産 마네킹은 전 세계에서 가장 정교하고 가장 도발적인 마네킹에 속한다. 아이슬란드산 마네킹은 쉽게 판별할 수 있는데, 그것은 손가락이 열 개가 아니라 아홉 개이기 때문이다. 언제나 왼손 새끼손가락이 없는데, 이는 조각상이 살아나지 못하도록 한다는 아이슬란드의 오래된 미신에 기인하고 있다.

오늘날, 대부분의 아이슬란드인들은 유럽 본토의 국민들이 즐기는 것과 똑같은 자본주의, 상업주의, 그리고 소비자보호운동이라는 덫에 사로잡힌 채 비교적 안전한 중산층 삶을 즐기고 있다. 물론 지진과 화산폭발의 위협은 항상 존재하고 있지만 말이다.

위치

아이슬란드는 북극권 안에 위치하고 있으며 남쪽과 동쪽은 **영국**과 면하고 있다.

지리적 좌표

북위 65도, 서경 18도.

면적 비교

아이슬란드의 면적은 미국의 대형 공항의 크기와 대략 비슷하다.

기후

아이슬란드의 기후는 일반적으로 혹독하게 춥다. 얼마나 추운지 대부분 아이슬란드 여자들은 머리카락이 얼어서 뿌리에서부터 끊어질까 두려워 머리를 짧게 자르는 일이 흔할 정도이다. 잘라낸 금발 머리타래는 사랑하는 남자의 장갑 낀 손 안에 선물로 남겨진다. 대부분 겨울 동안에는 얼어붙는 기온 때문에 사람들은 좀 더 오랜 시간동안 잠을 자고, 학교와 회사는 겨울 내내 문을 닫는다. 아이슬란드 성인의 수면 시간은 연간 5개월쯤 되며, 아이슬란드 어린이들은 연간 10개월에 이르는 휴식을 즐기곤 한다.

야생 생태계

아이슬란드 원산의 유일한 포유동물은 **북극여우**이다. 오늘날, 이 동물을 사냥하는 것은 대개 부드러운 모피를 얻기 위해서이지만, 북극여우의 이빨을 갈아 감초술에 섞어 최음제를 만들기도 한다.

그 외의 야생 동물로는 백로가 있는데, 아이슬란드 제염산업의 왕성한 확장

때문에 그 숫자가 줄고 있다. 뿐만 아니라 아이슬란드의 국조國鳥이며 민요와 자장가에 종종 등장하는 나팔부리 북극원앙오리 역시 백로의 생존을 위협하는 데 일조를 하고 있다.

수도

아이슬란드의 수도는 레이캬비크이다. 위도는 북위 64도 08분이고 경도는 서경 21도 56분이다. 도시 거의 전체가 유리로 만들어져 있다. 레이캬비크의 모든 계단은 나선형으로 설계되어 있다.

레이캬비크에서 가장 높은 건물은 **기슬라도우티르**Gísladóttir이다. 빌딩에 달린 화려한 크리스털 안테나는 매일 저녁 정확하게 같은 시간에 빛나는 파란색으로 바뀌는데, 이는 레이캬비크의 근무시간이 끝났다는 표시이다.

레이캬비크 시민들에게는 새해가 오는 것이 가장 중요한 행사이다. 이들은 막대한 돈을 들여서 폭죽을 구입하고 자정이 가까워오면 폭죽을 터뜨린다. 이 엄청난 불꽃놀이 때문에 매년 다수의 불행한 사망사고가 발생하는데, 이는 레이캬비크를 상징하는 낮은 범죄율에 악영향을 끼친다.

지형

아이슬란드 지리는 대부분 고원지대인데, 여기에 화산과 산봉우리, 그리고 확장된 빙원氷原이 산재되어 있다. 아이슬란드의 해안은 다수의 만灣과 **피오르드**로 형성되어 있다. 피오르드는 협만峽灣을 말하는데, 계절 및 기후양식에 따라 크기와 깊이가 상당히 달라진다. 아이슬란드인에게 피오르드가 정말 유용한 것은 염분 및 유황 등의 미네랄을 얻을 수 있기 때문이다. 한때 이 피오르드를 따라서 탄광촌이 형성되기도 했다. 봄에 눈이 녹고 얼음이 풀리면 기슭을 따라 가파르게 피오르드가 확장되었다. 여름이 되면 이 작은 탄광촌은 수면 아래로 사라졌다가 가을이 오면 다시 모습을 드러냈다. 몇몇 건물과 집은 입구를 두 개씩 만들기도 했는데, 높은 쪽 입구는 피오르드가 높아지는 여름에 사용하기 위한 것이며, 건물 바닥에 있는 낮은 쪽 입수는 피오르드가 낮아지는 겨울용이었다. 아이슬란드 5대 피오르드는 다음과 같다.

퀄표디르Hvalfjörður

스카가표르뒤르Skagafjörður

이사파다르뒤프Ísafjarðardjúp

에이야표르뒤르Eyjafjörður

휘나플로우이Húnaflói

해발고도 극점

최저점 : 대서양, 해발 0미터.

최고점 : 콰다날쉬누퀴르Hvannadalshnukur, 해발 2,110미터 (바트나요쿠틀Vatnajokull빙하에 위치)

천연자원

아이슬란드 최대의 천연자원은 어류가 풍부하다는 것이다. 대구와 송어가 주종이다. 아이슬란드에서 어업은 가장 오랜 역사를 지니고 있으며 오늘날까지도 가장 경제성이 뛰어난 산업이다. 물고기는 그저 식품으로만 소비되는 것이 아니라 훨씬 더 많은 용도로 사용된다. 어안魚眼은 피부손상 치료제를 만드는 아이슬란드 제약 산업에 필수적인 원료이며, 어유魚油는 복잡한 기계의 윤활제로 사용된다. 그 외의 아이슬란드 천연자원으로는 해안을 따라 엄청나게 퇴적되어 있는 바닷소금을 들 수 있으며, 또한 적절하게 개착開鑿된 화산가스는 아이슬란드의 유명 청량음료를 제조하는 데 사용되고 있다.

자연재해

아이슬란드는 무수한 단층선과 만 개가 넘는 화산으로 넘쳐나기 때문에 가장 위험한 자연재해는 지진과 사나운 화산활동이다. 아이슬란드에서 마지막으로 지진이 있었던 것은 1989년으로 리히터 진도 6을 기록했다. 최초의 충격파가 수도 레이캬비크에 있던 많은 건물의 기초를 위험할 정도로 어긋나게 만들었지만, 뒤따라 발생한 '쌍둥이', 혹은 '메아리' 라고 불리는 동일한 힘의 역진동이 곧 이 어긋난 건물을 원래 위치에 되돌려 놓았다.

가장 최근의 아이슬란드 화산분출은 2002년에 발생했는데, **라스카르드** Laskard **의 3대 화산**이 사전경고도 없이 폭발한 것이었다. 이미 분화구에 푸른 물이 찰랑대고 있었던 이 세 개의 화산은 활동이 없는 안전한 화산으로 여겨져 왔기 때문에 이들의 연속적인 폭발은 국가적인 재해를 불러왔다. 1년이 지나자 예상치 못했던 일이 일어났다. 아이슬란드 상공에 밝은 녹색의 연기구름이 머물면서 화산재와 유황이 섞인 비를 뿌리기 시작했던 것이다. 아이슬란드 정부는 모든 시민들에게, 남녀노소 누구나 착용할 수 있는 보호용 안전복과 이에 어울리는 헬멧, 산소탱크와 장갑으로 구성된 안전장구 세트를 지급했다. 2005년이 되어 이제 아이슬란드의 대기가 확실하게 안전하다는 정부의 공식 발표가 나올 때까지, 다수의 아이슬란드인들은 이 플라스틱 안전장구를 계속해서 착용했다.

인구 : 299,388명 (2008년 7월 추정치)

문화와 관습

아이슬란드 문화에서 가장 인상적인 특징 하나는 남자들이 정교하게 손질된 콧수염이나 턱수염을 기른 것을 종종 볼 수 있다는 점이다. 매년 3월에는 아이슬란드에서 가장 독창적인 턱수염을 선발하는 전국대회가 열린다. 여기에서 선발된 사람은 국가적인 유명인이 되어 섬나라 조국의 관광홍보물에 많이 등장한다. 아이슬란드 여자들은 보통 1년 내내 겨울용 장갑을 끼곤 하는데, 이 때문에 여자가 공공장소에서 장갑을 벗으면 이를 본 남자들은 때때로 큰 소리로 "뒤스!"라고 외쳐대곤 한다. 이 감탄사는 흔히 볼 수 없는 사랑스러운 광경을 목격한 사람이 놀라움을 나타내는 아이슬란드어 표현이다.

아이슬란드의 문화행사와 관습은 대부분 지진이나 화산폭발 직전이나 직후에 느끼는 끔찍할 정도로 고요한 기쁨으로부터 시작된다. 우리에게는 이해하기 어려운 일이겠지만, 아이슬란드 사람들은 자신의 작은 섬나라 조국의 복잡하며 종종 파괴적인 자연특징을 사랑하는 것이다. 팝송 가사를 보면 아이슬란드는 보통 "만나지 않았더라면 하고 후회하는, 그러나 절대로 잊을 수 없는 여자"에 비유된다. 조국이 그처럼 종종 끝없는 비참의 원천이 되어왔음에도 불구하고, 왜 아이슬란드인들은 작고 불완전한 조국을 사랑하는 것일까? 왜 화산폭발의 위험과 혹독한 기후를 견뎌야 하는 황폐한 삶을 선택하는 것일까? 아이슬란드인들은 왜 지진에 의해서 생매장될지도 모른다는 공포를 오히려 묵상하는 것일까? 그 지진이 결국은 자신이 사랑하는 모든 것을 순식간에 파괴한다는 것을 알면서도? 그렇다면 도대체 사랑은 왜 하는 걸까?

* 아이슬란드어 한국어 표기 자문 : 조해형 총영사(나라홀딩스 회장, 아이슬란드 명예 총영사)

일·러·스·트

레이첼 섬터 Rachel Sumpter는 현재 퓨젓사운드의 외딴 섬에서 살고 있다. '뭐가 뭐라니', 계간지 20호와 24호, '여기 그들이 온다' 등, 맥스위니즈의 과거 간행물에 작품을 기고했다. www.rachellsumpter.com

| 작품해설 |

1 우리나라에 처음 소개되는 미국 소설가 죠 메노의 신작 단편소설집의 원제는 『Demons in the Spring』으로 우리말로 하면 '봄날의 귀신' 쯤 되겠다. 저자 서문에서도 밝혔듯이, 이 '귀신' 은 현대적 일상에서 발생하는 재앙을 지칭한다. 악귀를 몰아내기 위해서 폭죽을 만들었다는 중국 전통에 착안한 저자는 폭죽 같은 효과를 내는 소설을 통하여 재앙과 화해하는 법을 제시하며, 그렇게 함으로써 재앙을 예방할 수는 없지만 극복할 수는 있다는 가능성을 시사한다. 스무 편의 단편을 묶어놓은 이 책은 재앙을 불러오는 귀신을 몰아내는 폭죽 한 세트인 셈이다. 귀신 몰아내기는 봄날부터 시작되어 겨울까지 계속되며, 봄 여름 가을 겨울로 나뉜 각 장마다 다섯 편의 소설이 포함되어 있다.

2 죠 메노의 소설에는 크고 작은 재앙이 등장한다. 작게는 학교에서 문제를 일으키는 여자아이로부터 크게는 빛을 잃은 달이나 지구를 집어삼키는 블랙홀 등, 인류의 생존을 위협할 만한 사건이다. 하지만 저자가 초점을 맞추는 것은 거대비극에 맞서는 인류의 모습이 아니라 일상적 비극을 겪는 개인의 모습이다. 〈달의 건축양식〉에서 주인공 토머스의 관심사는 빛을 잃고 사라진 달이 아니라, 어둠 때문에 매일 길을 잃고 헤매는 아버지의 귀가를 돕는 것이다. 〈세상의 종말 전에 들리는 소리〉에서 일단의 중년남자들을 극한슬픔으로 몰아넣는 것은 도시를 집어삼키는 블랙홀이 아니라, 그룹 '키스'의 멤버가 탈퇴했다는 소식이다. 〈유령 프랜시스〉에서 실제로 자넷을 괴롭히는 것은 남편을 중동의 사막으로 끌어가 버린 전쟁이 아니라 침대시트를 뒤집어쓰고 다니는 어린 딸이다. 뿐만 아니라, 〈빛의 에어포트〉에는 도시가 발달하여 마천루가 올라가고 비행기가 날아다니며 공장에서는 독성물질을 뿜어대기 시작하면서 인류의 미래에 암울한 그림자를 드리운다는 비극적인 문명론이 나오지만, 주인공이 해결하기에는 너무 막연한 사건이다. 〈1973년 스톡홀름〉은 실제로 일어났던 은행 강도사건을 다루고 있지만, 사건은 소설의 소재일 뿐이며 주제는 다른 곳에 있다. 〈유나바머와 우리 형〉에서는 테크노산업문명에 대한 반감으로 무작위 폭발행위를 자행한 전설적인 폭파범 유나바머의 사건일지가 등장하지만, 이 역시 소설의 배경에 지나지 않는다. 이처럼 죠 메노가 다루고자 하는 것은 전 세계적이며 전 인류적인 재앙이 아니라, 일상적이며 개별적인, 그리고 무엇보다도 지극히 인간적인 비극이다.

3 인간적인 비극을 관통하는 첫 번째 주제는 상실감이다. 〈동물원의 동물〉에서 아내에게 배반당한 사육사는 동물원에 있던 맹수들을 탈출시키고는 자살해 버리는데, 이러한 상실감은 엄마가 멀리 떠난 이후 학교생활

에 적응하지 못하는 어린 에밀리의 상실감과 맞닿아 있다. 〈나는 파티 걸의 고요한 순간을 원한다〉는 거칠 것 없이 세상을 헤쳐 나가던 젊은 커플이 자연 유산으로 아기를 잃고 나서 겪는 상실감을 그리고 있다. 이들이 견딜 수 없는 것은 아기를 잃었다는 사실이 아니라, 스스로 특별하다고 믿었던 자신감이 파괴되면서 남긴 상실감, 그리고 그로부터 오는 좌절이다. 〈사람들은 구름이 되어간다〉에서 주인공은 애정을 표현할 때마다 수증기가 되어 버리는 아내 때문에 좌절하고 상심하지만, 동시에 욕구불만 때문에 아내를 사랑하지 않게 되면 어쩌나 하는 죄책감에 괴로워한다. 〈사과 하나면 웃을 수 있다〉에서 남자는 스스로 전혀 특별하지 않다는 것을 잘 알면서도 기적 같은 일이 일어날 것을 기대한다. 그러나 우리 일상에 기적은 없는 법이다. 이러한 실망의 확인은 〈얼음호텔에서의 겨울〉 한 장면에서도 되풀이된다. 방만한 조이스 반후즈가 진부하기 그지없는 남자와 키스하면서 '이것이 마술이 되고 불꽃놀이가 되고, 모든 것을 변화시키는 입맞춤이 되기를' 기원하지만, 그런 일은 결코 일어나지 않는다.

4 상실(혹은 결여)로부터 오는 좌절은 스스로 특별하지 않다는 것을 알고 있을 때 좀 더 마음 쓰리게 다가온다. 그러나 동시에 자기 자신의 실체를 인정하는 것은 좌절로부터 탈출하는 실마리가 되기도 한다. 〈너는 놀라운 여학생이다〉에서 어색한 사춘기를 맞고 있는 주인공은 자기는 가지지 못한 미모에, 자기는 가질 수 없는 미남 애인을 가졌던 응원단장이, 자기는 실행할 수 없는 방법으로 자살한 이후, 응원단에 지원하여 죽은 소녀가 입던 유니폼을 물려받는다. 이 '놀라운 여학생' 에게 있어서는 전혀 아름답지 않은 자기 모습을 사람들 앞에 드러내는 것 자체가 자살과 다를 바 없는 일이라고 생각한다. 그렇지만 주인공은 절대로 죽지 않을 뿐 아니라, 불완전하지만 남자친구도 사

귀게 되고, 인간피라미드 꼭대기에 올라가서 사람들의 시선도 받게 된다. 〈미술학교는 너무 지루하다〉에서 주인공 오드리는 미술학교가 너무 지루해서, 룸메이트가 너무 섹시해서, 그 섹시한 룸메이트가 밤낮으로 애인과 섹스하는 소리가 너무 시끄러워서, 우주인 헬멧을 쓰고 있다. 하지만 오드리는 나름대로 복수도 한다. 자기가 얼마나 똑똑하고 사랑스러운지 몰라주는 세상에 대한 반격을 글로 써서 작문 숙제로 제출하는가 하면, 룸메이트의 애인의 미래를 예견한다면서 저주를 퍼붓기도 한다. 이들 두 명의 여주인공은 각각 좌절과 화해하는 법을 터득한 셈이다. 전자는 좀 더 화려한 생활에 이르는 지름길(즉, 응원단장의 자살)을 이용함으로써, 그리고 후자는 이 세상 모든 것은 진부하다는 믿음을 통해서('더 이상 독창적인 아이디어 같은 건 없어. 모든 게 전부 다 베끼기에다 전부 다 수준이하야. 포스트모더니즘 예술은 다 그런 거야.') 스스로를 구제하는 것이다.

5

좀 더 적극적으로 비극에 직면하여 해결방법을 찾는 주인공들도 있다. 〈유령 프랜시스〉의 자넷은 한 줄짜리 소식만 전해오는 남편에게 이제 더 이상 참지 않겠다는 최후통첩을 (마음속으로) 전하고는, 어린 딸이 목숨처럼 소중하게 간직하는 침대시트를 빼앗아버린다. 성이 난 딸은 울음조차 터뜨리지 않으며, 그걸 보면서 자넷은 좌절보다는 오히려 분노가 났다고 결론짓는다. 〈세상의 종말〉의 주인공 론은 자타가 인정하는 2류 인생을 살아간다. 가족으로부터 따돌림 당하고, 버릇없는 청소년들로부터 '돼지 같은 경찰 놈'이라고 욕을 먹고, 불어나는 뱃살 때문에 신체검사를 가까스로 통과해가면서도 미래를 위한 계획 같은 것은 없다. 그의 유일한 정열은 록음악이고, 유일한 진리는 '키스 아미'다. 아내가 집을 나가도, 딸이 집을 나가도, 아들이 집을 나가도, 블랙홀이 도시 전체로 퍼져나가도 절대적인 심각성을 느끼지 못하던 론은 키스 멤버가 탈퇴했다는 소식에 드디어 충격을 받는다. 그러고 나서야 정작 소중한 것은 아내 베스라는 진실을 깨닫게 된 그는 아내에게 전화한다. 그러자 아내는 곧 거기로 가겠다고 화답한다. 〈유령비행기〉에도 이에 버금가는 한심한 남자주인공이 등장한다. 젊고 아름답지만 정숙하지는 않은 니콜이 책을 읽는다는 사실에 경외심을 가지고, 그처럼 지성적인 여자가 섹스도 즐긴다는 사실에 홀딱 반하지만, 정작 니콜이 가지고 있는 치명적인 정신질환에는 관심이 없다. 벨리즈 여행은 엉망진창이 되고, 극도로 신경질적이 된 두 사람은 파국에 이른다. 하지만 혼자서 폭죽으로 장난치던 주인공은 문득 잘못은 자기에게 있다는 것을 깨닫고 폭죽으로 니콜의 마음을 풀어주려 한다. 다행히도 니콜 역시 환한 웃음으로 화답한다. 그렇게 해서 이들은 모두 비극과 화해하는 셈이다.

6

하지만 주인공이 모두 다 그렇게 운이 좋은 것은 아니다. 자기변명조차 먹히지 않는 회복불능의 파멸을 맞는 경우도 있다. 〈그것은 로맨스다〉의 주인공 미스터 앨비는 30대 후반의 외로운 동성애자이다. 하지만 그가 원하는 것은 아둔한 파트너와의 육체적인 교통이 아니라 '보이지 않는 가능성이 전율하는' 로맨스이다. 불행히도 미스터 앨비의 연정은 자신이 지도하는 토론클럽의 학생들을 향하고 있으며, 그 사랑의 무게가 너무 크기 때문에 상식적인 판단력을 잃게 된다. 마침내 미스터 앨비는 뻔뻔한 술수를 사용하여 학생들을 한자리에 모아놓고 '우리가 만들어 갈 새로운 문명'에 대한 엄청난 희망을 털어놓지만, 아이들은 이 비정상적인 이야기를 차마 들어줄 수 없다. 이제는 돌이킬 수 있는 방법도, 화해할 수 있는 방법도 없다. 미스터 앨비가 할 수 있는 일이라고는 흐느끼며 쓰러지는 것뿐이다.

그만큼 가차 없는 좌절은 〈건강하라, 세이머!〉에서도 나타난다. 주인공 죠쉬는 프린스턴대학교 신입생이라는 것 외에는 변변하게 내세울 게 없는 젊은이로, 세련되지 못한 부모와 '애처로울 정도로' 못생긴 여동생과 함께 '어울릴 수 없는' 유람선 여행을 하는 중이다. 여동생에게 모욕을 준 건방진 여자를 찾던 죠쉬는 그 여자가 놀랍게도 아름답고 우아하다는 것을 발견한다. '대체 얼마나 오랫동안 연습을 했기에 저렇게 쾌활하고 저렇게 균형 잡힌 자태에 저렇게 아름다우리만치 자신감에 찬 모습으로 보이는 걸까.' 좌절은 그렇게 시작된다. 운 좋게 그녀와 마주친 죠쉬는 그녀의 환심을 사기 위하여 전혀 중요하지 않은 장난에 동참하고, 마침내 그녀의 가족이 머물고 있는 특실까지 따라간다. 사회적으로나 인격적으로나 훌륭한 부모와 예의바르고 똑똑한 자녀들로 구성된 세련된 가족 틈에서, 죠쉬는 잠시 그들과 동화되어 꿈결 같은 시간을 보낸다. 하지만 그 화려한 세계에서 밖으로 나오는 순간 현실은 '침울한 것보다 더 침울하고 외로운 것보다 더 외롭게' 다가오는 법이다. 여동생의 비극은 절대로 백조가 될 수 없는 미운오리새끼라는 점이고, 죠쉬의 비극은 절대로 지킬 수 없는 약속을 했다는 것이다. 드러낼 수 없는 비밀스러운 욕망이, 그것을 포기해야 하는 상실감이, 처음부터 공정한 게임이 아니라는 상대적 박탈감이, 그의 마음에 깊은 좌절을 남길 것이다.

7 상대적 박탈감으로부터 오는 좌절이 남긴 통렬한 상처를 가장 치열하게 그린 작품은 〈오션랜드〉라 하겠다. 스스로 능력 있고 열심히 일한다고 믿는 형은, 자기보다 어리고, 능력도 떨어지고, 생활도 제멋대로이고, 마약과 기타에 심취하느라 오션랜드를 엉망으로 만들고 있는 동생을, 왜 아버지가 그냥 놔두는지 이해할 수 없다. 자기가 운영한다면 훨씬 더 잘할 것이라고 아버지에게 어필해 보지만, 잘난 척 하지 말라는 싸늘한 대답만 돌아온다. 망해가는 회사를 뛰어난 회계조작기술로 살려 놓았지만 결국 인정받지 못한 채

사표를 던져야 했던 것처럼 말이다. 몸속에서는 엄청난 궤양이 자라고 있으며, 욕구불만 아내는 옷을 벗고 돌아다닌다. 자살하려는 여자를 애써서 구해놨더니 상관하지 말라고 원망만 한다. 해결책을 찾아보려고 동생을 찾아가지만, 집 밖으로 흘러나오는 동생의 천재적인 기타연주를 듣고는 용기를 잃을 뿐이다. 그는 '동생에게 뭔가 잘하는 게 있다는 것을 절대 알지 못했다. 그는 뒤로 기대어 눈을 감은 채, 동생을 싫어했던 것에 대해서 끔찍한 기분을 느끼고 있었다.' 온 세상이 오직 자기에게만 냉혹한 것 같은 생각에 가슴은 터질 것 같지만 오래전에 다시는 울지 않겠다고 결심한 이후로는 울 수도 없다. 자만심과 완벽주의가 스스로 만들어 놓은 덫이다. 이 덫에서 벗어나지 못한다면 그는 영원히 파멸할 수밖에 없다.

동생과 형의 관계를 그린 또 다른 소설 〈유나바머〉에서는 동생이 형에 대한 상대적 박탈감 때문에 괴로워한다. 어릴 때부터 힘이 센 형을 당할 수 없었을 뿐 아니라, 왜소하고 소심하며 만화책을 사기 위해서 돈을 모으는 자신에 비해서, 형은 야성적이고 마력적인 남성미를 가지고 있기 때문이다. 그런 형이 고등학교 2학년 때 여자를 임신시켰다는 것을 알게 된 동생은, 기독교적 도덕적 우위를 점함으로써 자신감을 회복하는 기회로 삼으려 한다. 그러나 형이 그 여자를 진정으로 사랑한다는 것을 발견하고는 한층 더 비참한 기분만 가지게 된다. 그처럼 끝없는 열등감의 근원이 되었던 형이 정신질환을 겪으면서 점차 폐인이 되어가는 동안 동생은 모르는 척 할 뿐이다. 더 이상 원상회복이 불가능한 상태에 이른 형을 보면서, 동생은 비로소 자신이 형을 시기했다는 것을 인정한다. '키 크고 체격 좋으며 핸섬한 외모에서부터 말하는 방법, 체력, 유머센스, 그리고 교회에 앉아서 두 손을 모으고 실제로 기도하는 것처럼 보일 때 얼마나 진지해질 수 있는가에 이르기까지, 나는 형의 모든 것을 질투했었다.' 하지만 이제는 아무 것도 되돌릴 수 없다. 형은 야성을 잃은 저능인간처럼 살아갈 것이고, 동생은 결코 특별한 것 없는 평범한 인생을 살면서 끊임없이 죄책감에 시달릴 것이다.

8

죠 메노의 소설에는 악역은 있지만 악인은 없다. 화려한 스타도 없고 비참한 범죄자도 없다. 권선징악도 없고 신앙에 의한 구원도 없다. 다들 조금씩은 정신적 문제를 가지고 있지만 그렇다고 현실에서 찾아볼 수 없는 허구적 캐릭터는 아니다. 소설의 배경은 지극히 일상적이며 도시적이고 동시대적이다. 거창한 담론이나 위대한 진리를 전달하는 것은 아니지만, 우리 일상에서 수없이 발생하는 소소한 재앙과, 그것의 원인이 되거나 결과가 되는 잠재적 비극요소에 대해서 잠시 진지하게 생각해볼 수 있는 기회를 제공한다. 그리고 그 모든 실수와 치기와 욕심과 오해에 대하여 비판의 칼날을 들이대는 것이 아니라 '너무나 인간적이기 때문' 이라는 면죄부를 준다. 그런 점에서 저자는 확실히 휴머니스트다. 그 외에도 죠 메노 소설의 장점은 많다. 언론 서평에서 공통적으로 찬사를 보내는 뛰어난 문체는 물론이고, 놀라운 감정이입, 사족 없는 단정한 구성, 대중문화 코드의 적절한 사용, 숙련된 유머와 위트, 그리고 스무 명의 컨템포러리 아티스트가 그려내는 삽화에 이르기까지, 완성도 높은 소설이 줄 수 있는 다양한 재미와 성공적으로 감동을 독자에게 전달하는 장치들이 작품 전체에 포진하고 있다. 죠 메노는 미국에서 마니아 독자층을 형성하고 있다고 한다. 이번 번역본 출판을 계기로 우리나라에서도 많은 독자들이 죠 메노의 작품세계를 경험하게 되었으면 하는 바람이다.

김 현 섭 (번역자/평론가)